MA SŒUR, MON AMOUR

PAR

CHITRA BANERJEE DIVAKARUNI

Traduit de l'américain
par Françoise ADELSTAIN

10 18

« Domaine étranger »
dirigé par Jean-Claude Zylberstein

PLON

Titre original :
Sister of my Heart

ISBN 2-264-03607-9

Pour ceux qui m'ont raconté des histoires
Et ceux à qui je vais les raconter maintenant :
mon grand-père, Nibaran Chandra Ghosh,
ma mère, Tatini Banerjee,
et mes trois hommes, Murthy, Anand et Abhay.

Mes plus profonds remerciements à

Mon agent, Sandra Dijkstra, pour avoir cru en moi et m'avoir constamment soutenue ;

Mes éditeurs Martha Levin, Peternelle van Arsdale, et Marianne Velmans, qui m'ont guidée dans le labyrinthe ;

Deepika Petraglia Bahri, Amitav Ghosh, Martin Nouvelle et Suzanne Pari, pour leurs suggestions ;

Le California Arts Council, qui m'a aidée financièrement ;

Le Foothill College, qui m'a laissé le temps d'écrire ;

Ma famille, spécialement ma mère et ma belle-mère, Tatini Banerjee et Sita Divakaruni, qui m'ont encouragée et donné leur bénédiction ;

Mes trois hommes, Murthy, Anand et Abhay, qui ont accepté sans se plaindre d'innombrables repas préparés au micro-ondes ;

Baba Muktananda et Gurumayi Chidvilasananda, qui m'ont ouvert le cœur.

Seule une histoire... peut empêcher nos descendants de trébucher comme des mendiants aveugles et de se déchirer aux épines de cactus.

Chinua ACHEBE,
Les Fourmilières de la savane.

LIVRE I

La princesse dans le Palais des Serpents

I

Sudha

Les vieilles légendes racontent que, durant la première nuit qui suit la naissance d'un bébé, le Bidhata Purush en personne descend sur terre pour décider du sort de l'enfant. C'est pour cette raison qu'on baigne les bébés dans de l'eau parfumée au santal et qu'on les enveloppe dans du malmal rouge tendre, couleur de la chance. C'est pour cette raison qu'on dépose des sucreries à côté du berceau. Du sandesh aux feuilles argentées, des pantuas bruns flottant dans du sirop doré, des jilipis, glacés au miel, d'un orange aussi vif que le cœur d'une flamme. Si la chance sourit à l'enfant, il ne restera plus rien de ces sucreries le lendemain matin.

« C'est parce que, la nuit, les domestiques les fauchent et les mangent », dit Anju, en secouant impatiemment la tête, alors qu'Abha Pishi lui applique de l'huile sur les cheveux. Voilà bien ma cousine, toujours à railler, toujours incrédule. Mais elle sait très bien, comme moi, que pas un seul domestique dans tout Calcutta n'oserait manger la nourriture destinée à un dieu.

Les vieilles légendes disent aussi : dans le sillage du Bidhata Purush viennent les démons, car telle est la nature du monde — le mélange du bien et du mal. Voilà pourquoi on laisse brûler une lampe à huile. Voilà pourquoi, afin de protéger le bébé, on place une feuille du tulsi sacré sous son oreiller. Dans les foyers plus riches, comme celui où a grandi ma mère, à ce qu'elle raconte, on loue les services d'un brahmane qui passe toute la nuit dans le couloir à réciter des invocations.

« C'est absurde, dit Anju. Les démons n'existent pas. »

Je n'en suis pas si sûre. Ils n'ont peut-être pas les dents immenses, les griffes courbes et dégoulinantes de sang, les yeux rouges protubérants de notre livre d'images, le *Children's Ramayan*, mais je pense qu'ils existent. N'ai-je pas senti leur souffle, comme un frôlement de doigts visqueux, courir le long de mon dos ? Je le raconterai à Anju, plus tard, quand nous serons seules.

Mais devant les autres, je la soutiens toujours. Alors je dis, courageusement : « Elle a raison. Tout ça, ce sont des vieilles histoires. »

L'après-midi s'achève, nous sommes sur notre terrasse en brique recouverte de mousse. C'est l'heure où le soleil se tient bas à l'horizon, à demi caché par les figuiers qui bordent les murs de la propriété, tout le long de l'allée qui mène aux grilles en fer forgé, cadenassées. C'est notre arrière-grand-père qui fit planter les figuiers, il y a une centaine d'années, pour mettre les femmes de la maison à l'abri des regards étrangers. Et l'histoire nous a été racontée par Abha Pishi, l'une de nos trois mères.

Oui, nous avons trois mères — peut-être pour compenser le fait que nous n'avons pas de pères.

Il y a Pishi, notre tante qui, devenue veuve à dix-huit ans, s'est consacrée de tout son cœur au foyer de son frère. Vêtue de blanc, sans le moindre ornement, ses cheveux grisonnants coupés très courts comme le veut l'orthodoxie, si bien que leurs pointes rêches me chatouillent les mains quand je les caresse, c'est elle qui veille à ce que nous partions pour l'école convenablement habillées, dans notre uniforme, la jupe à un centimètre au-dessous du genou, comme l'exigent les sœurs. Elle qui retrouve, miraculeusement, les stylos et les encriers égarés, les feuilles qui manquent dans nos devoirs. Elle qui prépare nos plats favoris : rouleaux de luchis, soufflés et frits jusqu'au brun doré, curry de pomme de terre et de chou-fleur sans piments, payesh épais et sucré, cuisiné avec le lait d'une vache Budhi, que son propriétaire conduit chaque matin chez nous, et que l'on trait sous le regard sévère et vigilant de Pishi. Elle qui, les jours de fête, tresse du jasmin dans nos cheveux. Mais surtout, Pishi est notre source d'informations, elle nous raconte les histoires que refusent de nous raconter nos mères, les contes secrets, délicieux et interdits de notre passé.

Il y a la mère d'Anju, que j'appelle Gouri Ma, dont les pommettes saillantes et le noble front évoquent des générations d'ancêtres, car elle vient d'une famille aussi ancienne et respectée que les Chatterjee, sa belle-famille. Elle n'est pas belle au sens traditionnel du terme — même moi, à mon âge, je sais cela. Les épreuves ont creusé des rides autour de sa bouche et sur son front, car c'est sur elle que repose la sauvegarde de la famille depuis ce jour, il y a huit ans, où la nouvelle de la mort de nos pères est tombée comme la foudre. Mais ses yeux : sombres et insondables, ils me font penser à Kalodighi, l'immense lac derrière la maison de campagne que notre famille possédait autrefois, avant ma naissance et celle d'Anju. Quand les yeux de Gouri Ma me sourient, je me tiens plus droite. Je veux me montrer grande et courageuse, exactement comme elle.

Enfin (je me sens un peu coupable d'utiliser ce terme), il y a ma propre mère, Nalini. Sa peau est toujours aussi resplendissante car, bien que veuve, elle n'oublie pas d'appliquer tous les jours de la crème de cucurma sur son visage. Ses lèvres d'une forme parfaite sont rouges et brillantes, grâce au paan qu'elle mâche sans arrêt — par goût et surtout, me semble-t-il, à cause de la couleur qu'il donne à sa bouche. Elle rit souvent, ma mère, en particulier quand des amies viennent prendre le thé et bavarder. Un son étincelant et argentin. On croirait entendre les clochettes des bracelets de cheville, disent les gens, bien que, à mon sens, il fasse plutôt penser à celui d'un verre frappé par une petite cuillère. Les rares fois où elle presse ses joues contre les miennes, je sens leur douceur comparable à celle de la fleur de lotus, dont elle porte le nom. Mais la plupart du temps, quand elle me regarde, un pli se creuse sur son front, entre ses beaux sourcils ailés. D'inquiétude ou de mécontentement ? Je ne sais jamais. Puis elle se rappelle que, avec l'âge, les plis forment des rides, et elle l'efface du doigt.

Maintenant, Pishi arrête de huiler les cheveux d'Anju et nous sourit d'un air rusé. Elle prend la voix grave et tremblotante avec laquelle elle nous raconte des histoires de fantômes. « Ils écoutent, vous savez. Les démons. Et ils n'aiment pas que des petites filles de huit ans parlent comme vous le faites. Attendez seulement cette nuit que... »

Parce que j'ai peur, je l'interromps en disant la première chose qui me passe par la tête : « Pishi Ma, raconte, est-ce que les sucreries ont disparu pour nous ? »

La tristesse assombrit son visage comme un voile de fumée. Je devine qu'elle voudrait bien se lancer dans un de ces contes extraordinaires que nous aimons tant, magiques, qui nous font vibrer et espérer. Mais, finalement, elle dit d'une voix sans timbre : « Non, Sudha. Vous n'avez pas eu cette chance. »

Je sais cela. Anju et moi avons entendu les chuchotements. Pourtant, il faut que je lui repose la question.

« As-tu vu *quelque chose* cette nuit-là ? » Car c'est elle qui nous a surveillées la nuit qui a suivi notre naissance pendant que nos mères restaient couchées, encore sous le choc du terrible télégramme qui avait déclenché les premières douleurs de l'enfantement, le matin même. Nos mères, couchées dans leur lit qu'elles ne partageraient plus jamais avec leurs époux. Ma mère qui pleurait, ses beaux cheveux pendant sur son visage gonflé, qui tapait sur un oreiller jusqu'à ce qu'il se déchire, libérant son rembourrage de coton aussi blanc que le chagrin. Gouri Ma, immobile et silencieuse, contemplant l'obscurité qui pesait sur elle comme les responsabilités qu'elle savait être seule à pouvoir assumer.

Pour en finir avec ces obsessions, je supplie : « Du moins as-tu entendu quelque chose ? »

Pishi secoue la tête, navrée. « Le Bidhata Purush ne vient peut-être pas pour les petites filles. » Par bonté, elle s'arrête là, mais j'ai entendu suffisamment chuchoter les gens pour compléter mentalement sa phrase. *Des petites filles assez malchanceuses pour causer la mort de leurs pères avant même leur naissance.*

Anju fronce les sourcils, comme toujours ses yeux pleins d'un amour féroce me traversent de leurs rayons X et lisent dans mes pensées. « Peut-être aussi qu'il n'y a pas de Bidhata Purush », déclare-t-elle, en échappant aux mains de Pishi, qui n'a pas fini de lui tresser les cheveux. Insensible aux cris de réprimande de celle-ci, elle court dans sa chambre et claque la porte derrière elle.

Moi je demeure immobile tandis que les doigts de Pishi font pénétrer dans mes cheveux l'huile d'hibiscus, tandis qu'elle me peigne et défait les nœuds, sur ce rythme lent, apaisant que je connais d'aussi loin que ma mémoire remonte. Le soleil est d'un rouge sombre et triste, et je sens, faible dans l'air du soir, l'odeur de fumée de bois. Les occupants du trottoir allument leur brasero pour faire la cuisine. Je les vois souvent quand Singhji, notre chauffeur, nous conduit à l'école : la mère en sari vert usé, courbée sur une pierre à broyer les épices, la fille qui surveille le bébé, pour l'empêcher de tomber dans le caniveau. Le père n'est jamais là. En turban rouge, il court peut-être le long d'un quai, gare Howrah, les épaules nouées d'avoir porté depuis tant d'années des malles et des literies, et criant : « Coolie chahiye, vous voulez un coolie, memsaab ? » A moins que, comme mon père, lui aussi ne soit mort.

Chaque fois que j'y pense, les yeux me picotent de compassion, et si par chance Ramur Ma, la vieille servante acerbe qui nous chaperonne partout, ne se trouve pas dans la voiture, je supplie Singhji de s'arrêter afin que je puisse prendre quelque chose dans mon panier-repas et le donner à la fille. Et Singhji le fait toujours.

De tous nos domestiques — mais non, je ne le considère pas comme un domestique — c'est Singhji que je préfère. Peut-être parce que je sais qu'il ne me dénoncera pas aux mères, comme Ramur Ma. Peut-être parce qu'il est un homme de silences, qui ne parle que lorsque c'est nécessaire — une qualité que j'apprécie dans une maison pleine de bavardages féminins. Ou peut-être à cause du voile de mystère qui l'enveloppe.

Anju et moi avions environ cinq ans lorsque Singhji

est apparu à notre porte un matin — comme un bienfait du ciel, dit Pishi — en quête d'un emploi de chauffeur. Notre ancien chauffeur venait de prendre sa retraite, et les mères n'avaient pas les moyens d'en engager un autre, dont pourtant elles avaient terriblement besoin. Depuis la mort des pères, on était à court d'argent. Dans son mauvais bengali, Singhji dit à Gouri Ma qu'il accepterait ce qu'elle pourrait lui offrir. Les mères trouvèrent cela un peu suspect, mais supposèrent que sa laideur en était la cause. Il est vrai qu'au premier regard son visage est épouvantable — je me rappelle avec embarras avoir crié et m'être enfuie quand je l'ai vu. Il a dû, il y a longtemps, se trouver pris dans un terrible incendie, car la peau de toute la partie supérieure de sa figure — ça va jusqu'au turban — est rose et ratatinée comme celle d'une vieille brûlure. Le feu lui a aussi carbonisé les sourcils et étiré les paupières, ce qui lui donne une expression orientale étrange, et qui jure avec l'épaisse moustache noire et la barbe qui lui couvre le reste du visage.

« Il a de la chance que nous l'ayons engagé, aime à répéter ma mère. La plupart des gens auraient refusé car ce front brûlé témoigne à coup sûr qu'il est né sous une mauvaise étoile. Et puis, cette laideur... »

Je ne suis pas d'accord. Parfois, quand il ne sait pas que je l'observe, je saisis dans ses yeux un regard à la fois lointain et intense — le regard que pourrait avoir un roi exilé en pensant au pays qu'il a quitté. A ces moments-là, son visage n'est absolument pas laid, il ressemble au sommet d'une montagne pris par le gel après une tempête de neige. Et, bizarrement, il me semble que c'est nous qui avons de la chance qu'il nous ait choisis.

Un jour j'ai entendu les domestiques raconter que Singhji avait jadis possédé une ferme au Penjab, mais qu'après la mort de sa famille dans une épidémie de choléra, il s'était fait vagabond. Ça m'a rendue si triste que, malgré l'interdiction formelle de ma mère de parler de sujets personnels avec les domestiques, j'ai couru à la voiture et j'ai dit à Singhji combien j'étais désolée de ce qui lui était arrivé. Il a hoché la tête en silence. Aucune autre réponse n'est sortie de la muraille brûlée qu'est sa figure. Mais quelques jours plus tard, il m'a dit qu'il avait eu un enfant, jadis.

Bien qu'il ne m'ait pas donné plus de détails, j'ai immédiatement imaginé que cet enfant était une petite fille qui aurait eu mon âge. Je n'arrêtais pas de penser à elle. A quoi ressemblait-elle ? Est-ce qu'elle aimait manger les mêmes choses que nous ? Quels genres de jouets Singhji lui achetait-il au bazar du village ? Pendant des semaines je me suis réveillée en pleurant au milieu de la nuit parce que je rêvais d'une petite fille se débattant sur sa couche, folle de douleur. Dans le rêve, elle avait mon visage.

« Voyons, Sudha ! » me disait Anju, inquiète et exaspérée — je dormais souvent dans sa chambre et c'était donc elle qui devait me réconforter. « Comment peux-tu te mettre dans de tels états pour des choses qui n'existent pas ? »

C'est encore ce qu'elle dirait si elle était là, juste en ce moment. Car j'ai l'impression de m'éloigner, d'échapper aux mains de Pishi, au sol de brique sous mes pieds, chauffé par le soleil, de tomber dans la première nuit de mon existence, où Anju et moi, couchées ensemble dans un berceau de fortune, dans une maison qui n'était pas prête à nous accueillir, suçons des tétines sucrées que quelqu'un nous a mises dans la bouche pour nous faire tenir tranquilles. Anjali et Basudha, bien que, au milieu de cette tourmente, personne n'ait encore songé à nous donner un nom. Anjali, qui signifie offrande, car une femme bien doit offrir sa vie aux autres. Basudha, comme la déesse de la terre dont j'aurai ainsi la patience. En dessous de nous, Pishi, forme noire allongée sur le sol, s'est endormie d'épuisement, le sel séché de ses larmes formant une croûte sur ses joues.

Grand, avec une longue barbe soyeuse, le Bidhata Purush ressemble à l'astrologue que ma mère consulte chaque mois pour savoir ce que les planètes lui réservent. Il est vêtu d'une longue tunique du coton blanc le plus fin, de ses doigts coule la lumière et ses pieds ne touchent pas le sol. Il glisse vers nous et, quand il se penche sur notre berceau, son visage resplendit tellement que, aveuglée, je ne peux voir son expression. Du premier doigt de sa main droite il trace des signes sur notre front. Ça picote un peu, comme lorsque Pishi nous frotte les tempes avec du baume de tigre. Je crois savoir ce qu'il écrit pour Anju. *Tu seras courageuse et intelligente, tu combattras l'injustice, tu ne céderas pas. Tu épouseras un homme bien, tu voyageras dans le monde entier et tu auras beaucoup de fils. Tu seras heureuse.*

J'ai plus de mal à imaginer ce qu'il écrit pour moi. Peut-être écrit-il *beauté* car, bien que je ne me voie pas ainsi, les gens disent que je suis belle — encore plus que ma mère les premières années de son mariage. Peut-être écrit-il *bonté* car, même si je ne suis pas aussi obéissante que ma mère le voudrait, je m'efforce d'être bonne. Il écrit un troisième mot, dont les jambages durs piquent comme le feu et me font hurler, ce qui réveille Pishi, qui se redresse et se frotte les yeux. Mais le Bidhata Purush est déjà parti, et elle n'aperçoit qu'un tourbillon — un nuage de poussière tamisée — derrière la fenêtre, une lueur qui s'affaiblit, comme des lucioles.

Des années plus tard je me demanderai : le dernier mot qu'il a écrit, n'était-ce pas *chagrin* ?

II

Anju

Il y a des jours dans ma vie où je déteste tout le monde.

Je déteste tante Nalini qui n'arrête pas de nous dire, à Sudha et à moi, ce que nous devrions faire si nous étions de gentilles filles, à savoir exactement le contraire de ce que nous faisons sur le moment. Je déteste l'entendre répéter ses éternelles histoires sur son enfance. Je sais que ces histoires sont fausses — personne ne peut être si vertueux, surtout pas *elle*. Le pire, c'est quand elle invente des bouts rimés dégoulinants de morale. *Les gentilles filles sont des ampoules brillantes qui illuminent le nom de leur mère ; les méchantes filles sont des brandons qui brûlent la réputation de leur père.*

Je déteste ses amies, toutes ces femmes sans taille et aux cheveux tirés en chignons huileux qui se réunissent chaque après-midi dans notre salon pour boire des litres et des litres de thé, manger trop de sucreries, étaler leurs bijoux et tricoter des pull-overs aux dessins laids et compliqués. Et cancaner, ce qui est le véritable but de leur visite.

Je déteste Pishi quand, les jours de fête, elle arbore son patient sourire et se retire au fond de la pièce, parce que les veuves ne doivent pas participer aux réjouissances. Et si je lui dis que c'est ridicule, qu'elle n'a qu'à regarder tante N ou même ma mère, elle se contente de me tapoter les joues et de dire : tu es adorable, mon Anju, mais tu es trop jeune pour comprendre.

Parfois il m'arrive même de détester maman parce qu'elle croit trop en moi. Ça pèse comme une pierre au centre de ma poitrine, sa certitude que je suis quelqu'un de particulier. Que je réussirai de belles choses dans ma vie, que je serai une vraie fille de l'illustre famille Chatterjee.

Et plus que tout — quand je m'autorise à penser à lui — je déteste mon père. Je déteste la désinvolture avec laquelle il est parti chercher l'aventure, sans se soucier de ce qui pouvait nous arriver. Je le rends responsable des cernes de fatigue sous les yeux de maman, des moqueries des enfants à l'école parce que je n'ai pas de père. Rien de tout cela ne serait arrivé s'il n'avait pas été aussi insouciant et ne s'était pas fait tuer.

Mais jamais Sudha. Je ne pourrai jamais détester Sudha. Parce qu'elle est ma moitié. Ma sœur de cœur.

Je peux dire à Sudha tout ce que je ressens sans avoir besoin de rien lui expliquer. Elle me regarde de ses grands yeux, sans ciller, me sourit, un tout petit sourire, et je sais qu'elle me comprend parfaitement.

Comme personne d'autre au monde ne le peut. Comme personne d'autre au monde ne le pourra.

Très tôt dans ma vie j'ai saisi une chose. Que les gens étaient jaloux de nous, Sudha et moi.

Au début j'ai cru que c'était à cause de notre famille, si ancienne et respectée. Mais ça ne pouvait pas être cela, parce que chacun sait que désormais les temps sont durs pour nous, et que la librairie que dirige maman est la seule source de revenu qui nous reste. Sur le mode mélodramatique qu'elle affectionne, tante N n'arrête pas de crier qu'elle est assise sur le seuil de la pauvreté, qu'il est heureux que ses chers parents soient morts, et que leur soit épargnée ainsi la vue des souffrances de leur fille. Ça ne peut pas non plus être à cause de ce que nous possédons — Sudha et moi ne possédons pas grand-chose. Simplement par manque d'argent, malgré les longues heures que maman passe au magasin et sa volonté de nous procurer tout ce que des filles Chatterjee doivent avoir. (Encore une chose que je ne comprends pas. Ma mère est la personne la plus intelligente que je connaisse, et la plus efficace. Pourtant la librairie semble ne jamais produire de bénéfices, et chaque semaine je la vois, attentive et inquiète comme toujours, examiner les dépenses de la maison et tenter de les réduire.)

Mais finalement j'ai compris. Ce que les gens ne supportent pas, c'est le bonheur que nous éprouvons, Sudha et moi, d'être ensemble. De n'avoir besoin de personne d'autre.

Il en est ainsi depuis notre naissance. Avant même que j'aie su marcher, m'a raconté Pishi, je me faufilais en rampant dans le dédale de couloirs à la recherche de Sudha, et nous poussions des hurlements de rire quand je finissais par la trouver. Nous nous amusions pendant des heures, jouant avec les orteils, les doigts et les cheveux l'une de l'autre, et quand tante N arrivait pour emmener Sudha, nous nous mettions dans une telle colère qu'elle battait en retraite. C'était bien la peine, disait-elle à Pishi d'un ton amer, d'avoir enduré les douleurs de l'accouchement, pour se retrouver, au bout du compte, sans fille.

Toute notre enfance, nous avons pris notre bain ensemble, mangé ensemble, souvent dans la même assiette, nous tendant l'une à l'autre nos aliments favoris : triangles de parothas, bruns et craquants, aubergines frites, boulettes de rasogollah sucrées et spongieuses. Notre jeu préféré c'était d'interpréter les contes de fées que Pishi nous racontait, Sudha étant toujours la princesse et moi le prince qui venait la sauver. La nuit, nous couchions dans des lits jumeaux dans ma chambre, bien que Sudha eût sa propre chambre, à côté de celle de sa mère, un mausolée sombre et laid, rempli de vieux tableaux à l'huile et de lourds meubles d'acajou. Nous chuchotions, nous gloussions, jusqu'à ce que Pishi vienne menacer de nous séparer. Et quand nous faisions des cauchemars, au lieu de chercher le réconfort auprès de nos mères, nous nous serrions l'une contre l'autre, dans le même lit.

Nous avons grandi, et les bonnes sœurs qui dirigent l'école du couvent que nous fréquentons se sont inquiétées de cette intimité. Ce n'est pas normal, disaient-elles. Ça va retarder leur croissance. Elles nous ont mises dans des classes différentes, avec pour seul résultat que moi je boudais, et que Sudha pleurait. A la récréation, je courais la retrouver dans la cour, ayant l'impression que la matinée m'avait étouffée comme un coussin pressé sur ma figure. Quand je voyais ses yeux gonflés, la peau me brûlait de rage, comme si on l'avait frottée avec du piment en poudre, et j'étais prête à tuer le premier venu. C'est alors que nous avons organisé nos escapades. D'abord nous nous sommes plaintes de maux d'estomac ou de maux de tête, afin de pouvoir rester à la maison. Quand Pishi ne marchait pas, nous nous esquivions de l'école à midi, inaperçues au milieu des filles qui rentraient déjeuner chez elles, et passions l'après-midi quelque part, n'importe où, uniquement pour être ensemble. Nous mangions des cacahouètes au bord du lac, nous nous promenions au marché des animaux en admirant les poussins, ou prenions le tram jusqu'au bout de la ligne et retour, arrivant juste à temps pour, souriantes et innocentes, retrouver Singhji à la porte de l'école.

Nous avions acquis la certitude, allez savoir comment, que nous pouvions couper à l'école. Bien entendu, nos institutrices se sont plaintes, et les mères nous ont convoquées dans le bureau, cette pièce humide remplie de livres de comptes aux pages cornées et qui sent le moisi, où l'on ne nous faisait venir qu'en cas de fautes très graves. D'après tante N, nous méritions une sévère correction, et maman elle-même, d'habitude si raisonnable, était blanche de colère. Mais quand j'ai tout expliqué, elle a eu un regard étrange, triste. Elle nous a certes dit que nos institutrices avaient raison, que l'éducation était une chose trop importante pour la gâcher ainsi, mais sa voix avait perdu sa sévérité, et sa main est venue se poser sur mon épaule.

Plus tard, je l'ai entendue dire à Pishi qu'elle se faisait du souci pour nous. Qu'il était dangereux d'aimer quelqu'un si profondément. Ça vous rendait trop vulnérable. Et Pishi a soupiré : « Oui, nous en savons quelque chose toutes les deux, n'est-ce pas ? »

Le lendemain matin, maman n'est pas allée à la librairie — ce qui n'arrivait presque jamais. En revanche, elle nous a emmenées à l'école et, après nous avoir dit au revoir, elle s'est rendue dans le bureau de la directrice. Elle ne nous a jamais raconté ce qui s'y était dit. Mais, dès la semaine suivante, on nous a remises dans la même classe.

Toute cette histoire n'a rien fait pour accroître notre popularité à l'école ni ensuite, quand la nouvelle s'est répandue — car les nouvelles se répandent toujours à Calcutta — auprès de nos voisins. « Regardez-moi ces gamines Chatterjee, disaient les gens, qui se conduisent toujours comme si nos filles n'étaient pas assez bonnes pour elles. Et la mère d'Anju, qu'est-ce qui lui est passé par la tête, de se montrer si indulgente ? Nanjini avait raison, une bonne correction, voilà ce qu'elles méritaient. Pour leur apprendre à respecter les règlements. Un peu de patience, et vous verrez que leurs ennuis ne font que commencer. Tout le monde sait ce qui arrive aux pimbêches de ce genre. »

Ils ne comprenaient pas que jamais Sudha et moi ne nous étions senties meilleures que les autres. Simplement, nous nous fournissions l'une à l'autre tout ce dont nous avions besoin. Comme dit Pishi : pourquoi aller jusqu'au lac chercher de l'eau quand on a un puits dans sa cour ?

Un jour une de nos voisines m'a dit : « Tu ferais mieux de ne pas passer tout ton temps avec cette Sudha. Tu devrais prendre pour amies des filles d'autres familles importantes, spécialement celles qui ont des frères aînés parmi lesquels ta mère pourrait te choisir un parti. » Puis elle a ajouté, à voix basse, sur un ton confidentiel : « Pourquoi, d'ailleurs, tiens-tu à traîner avec une fille tellement plus jolie que toi ? Ne sais-tu pas que, quand vous êtes ensemble, les gens remarquent davantage tes jambes maigres et tes appareils dentaires ? »

J'étais si furieuse que je n'ai pas pu me retenir : je lui ai dit de se mêler de ce qui la regardait. Et que je me fichais de ces imbéciles qui n'avaient rien de mieux à faire que de comparer notre apparence réciproque. Je savais depuis longtemps que Sudha était plus belle que moi. Est-ce que c'était une raison pour que je l'aime moins ?

« Quelle vertu, Miss Toute-Puissante ! a rétorqué la voisine. Mais fais attention ! Un de ces jours, tu sauras ce que c'est que la jalousie ! » Elle est partie fâchée, et je me suis doutée de ce qu'elle allait raconter partout : cette fille Chatterjee est devenue une vraie sauvage, *baap re*, mais que peut-on espérer d'autre quand il n'y a pas d'homme dans une maison ?

Mais hier, ça a été pire que tout.

Hier, à l'heure du thé, tante Sarita, une des grosses amies de tante N, qui se vante de sa franchise, nous a vues entrer la main dans la main. D'horreur, elle en a arqué les sourcils. « Seigneur, a-t-elle dit, ne pouvez-vous jamais rien faire l'une sans l'autre ? Ma parole, vous êtes comme ces jumeaux, comment les appelle-t-on, qui sont collés ensemble ? »

J'ai failli lui lancer : et alors ? Mais Sudha, qui est la plus polie de nous deux, m'en a empêchée d'une pression de main. Et, à ma surprise, a dit : « Ne le saviez-vous pas, tante ? Nous *sommes* jumelles. »

Les narines de tante Sarita ont tremblé comme celles d'un buffle surmené. « Ei, ma fille, ne t'avise pas de me répondre. Tu crois que je ne sais pas de quoi il retourne ? Vous n'êtes même pas cousines germaines. Ton père était une sorte de lointain parent du père d'Anju, rien à voir avec un vrai frère. »

Curieux, n'est-ce pas, comme certaines personnes prennent plaisir à faire du mal aux autres ?

J'ai cherché quelque chose de cinglant à dire pour lui clouer le bec, mais j'étais incapable de parler. Si maman avait été là, elle serait venue à mon secours, à sa manière calme et froide. *Qui sommes-nous pour juger les relations entre les gens, Sarita ? Ne sommes-nous pas tous parents aux yeux de Dieu ?* Mais elle était à la librairie, et les paroles *Vous n'êtes même pas cousines germaines* ont continué à taper dans ma tête comme des marteaux devenus fous.

A voir tante N, on aurait pu croire que quelqu'un

l'avait forcée à mordre dans un citron acide. Elle n'arrête pas de vanter la maison de son père — avec les domestiques et les enfants, chacun à sa place, et même les vaches qui, obéissantes, produisaient plus de lait qu'aucune de celles des voisins — au point de faire croire qu'elle souhaiterait n'avoir aucun rapport de parenté avec nous. Mais elle n'aime pas qu'on lui rappelle la minceur des liens qui l'unissent aux Chatterjee.

Tante Sarita a poursuivi, triomphante : « Vous n'êtes même pas nées en même temps, ou en tout cas pas sous la même étoile. N'ai-je pas raison, Nalini Di ? »

Pendant un instant, tante N a fait comme si elle n'avait pas entendu la question. Mais, très vite, elle n'a pas pu résister à cette occasion d'interpréter son mélodrame. Poussant un soupir de martyre, elle a dit : « Vous avez tout a fait raison. Si Anju est née à midi pile, Sudha » — elle a jeté un regard accusateur à ma cousine — « n'est sortie qu'à minuit. Quel travail elle m'a donné ! On aurait dit que mille poignards me tailladaient ! Je hurlais, je hurlais, et je perdais du sang. La sage-femme, très jeune, et n'ayant pas l'expérience de celles qui présidaient aux accouchements de ma mère, avait si peur qu'elle a dit que nous devrions peut-être appeler le docteur anglais, même si tout le monde savait qu'il ouvrait le ventre des femmes et que bon nombre mouraient de fièvre après ça. »

Nous avions entendu cette histoire des centaines de fois. Mais Sudha, ouvrant de grands yeux comme si c'était la première fois, demanda : « Mais il ne te l'a pas fait, n'est-ce pas ?

— Non...

— C'est parce que Anju t'a sauvée, n'est-ce pas ? »

Tante N a lancé un regard furieux à sa fille. Elle déteste être interrompue au milieu d'une histoire, surtout si elle en est la malheureuse héroïne.

« En réalité, je crois que c'est l'amulette que j'avais eu la prescience d'acheter le mois précédent à un roja ambulant...

— Raconte ce qui s'est passé ensuite », interrompit Sudha, à ma surprise. Elle est généralement si passive devant sa mère. « Raconte, Gouri Ma. »

Tante N claqua la langue pour marquer sa désapprobation, et fit mine de s'arrêter. Mais elle n'a pas tardé à reprendre, parce qu'elle aime les bonnes histoires tout autant que nous.

« Quand ta tante Gouri a appris ce qui se passait, elle est descendue de son lit. La sage-femme lui répétait qu'elle ne devait pas, parce qu'elle allait perdre elle aussi beaucoup de sang, mais elle ne l'a pas écoutée. Elle a réussi à longer tout le couloir avec Anju dans ses bras et elle l'a posée à plat, la figure contre mon ventre. Anju est restée là, recouvrant mon énorme ventre — j'étais très grosse, bien que je ne fusse qu'à la fin du huitième mois » — nouveau soupir mélodramatique. « Croyez-moi, je n'ai plus jamais retrouvé ma silhouette d'avant. Quoi qu'il en soit, je suppose qu'Anju n'aimait pas se trouver là parce que tout d'un coup elle a poussé un grand cri, et aussitôt j'ai senti une contraction si forte que j'ai cru que ma colonne vertébrale se cassait en deux. Quand j'ai repris conscience, la sage-femme me tendait Sudha et disait : c'est encore une fille.

— Voilà pourquoi Anju est ma jumelle, vous comprenez ? » a dit Sudha, et j'ai eu l'impression qu'elle parlait à sa mère autant qu'à tante Sarita. « Parce qu'elle m'a fait venir au monde. » Et elle m'a passé le bras autour du cou, ma cousine d'habitude si placide, et elle a souri, un sourire resplendissant qui a laissé les deux femmes sans voix.

Je n'aurais pas pu faire mieux.

Il y a d'autres raisons pour lesquelles je ne pourrai jamais détester Sudha. Un jour j'en ai dressé la liste.

Parce que c'est la personne la plus belle que j'aie jamais connue, exactement le portrait des princesses dans les contes de fées que nous raconte Pishi, avec sa peau brun chaud, la couleur même du lait d'amande, ses cheveux doux comme les nuages de la mousson, qui lui coulent le long du dos, et ses yeux plus doux que tout le reste.

Parce qu'elle sait poser sa main sur mon bras quand je suis prête à maudire le monde pour sa stupidité, et qu'alors j'ai l'impression de boire un verre d'eau pure et froide un jour de chaleur.

Parce qu'elle croit à la magie, aux démons, aux dieux, et qu'il faut faire un vœu quand on voit une étoile filante, ce que je n'ai jamais pu faire.

Parce qu'elle est la meilleure conteuse, meilleure même que Pishi. Elle s'empare des vieilles légendes et en fabrique des nouvelles en nous insérant dedans. Nous, Anju et Sudha, au beau milieu des reines démoniaques, des princes charmants et des animaux parlants.

Parce que je l'ai fait naître au monde et que, par conséquent, je dois, coûte que coûte, la rendre heureuse.

III

Sudha

Anju se fâche quand je demande à Pishi la date de la mort de nos pères. Pourquoi ne peux-tu oublier ? dit-elle. Pourquoi ne laisses-tu pas tomber ? Si tu regardes toujours en arrière, tu n'iras nulle part dans la vie. D'ailleurs pourquoi s'intéresser à deux hommes qui n'ont pas eu le bon sens de rester chez eux bien tranquilles, et qui ont préféré courailler à la recherche d'on ne sait quelle stupide aventure ?

Il y a du vrai dans ce qu'elle dit, je dois l'admettre. Et pour une fois, les mères la soutiennent. Ma mère croit que ça porte malheur d'en parler. Gouri Ma estime qu'il vaut mieux braquer nos pensées sur des choses plus positives. Et Pishi, si enthousiaste quand il s'agit de nous apprendre le passé, nous fournit, à contrecœur, quelques détails, puis se dépêche de changer de sujet.

J'ai confiance en Pishi. Je sais qu'elle doit avoir une raison de garder le silence. Et pourtant je me sens étrangement attirée vers cette journée, il y a douze ans, jour de la fin de mon père, jour de mon commencement, où peut-être nos esprits se sont croisés dans les airs, le sien montant au ciel, le mien descendant sur terre. Récemment, cette attirance s'est faite plus pressante, car nous allons bientôt, Anju et moi, nous dépouiller de notre chrysalide enfantine pour devenir des femmes. Et comment s'embarquer dans cette nouvelle histoire sans rien savoir de ce qui s'est passé avant ?

Par égard pour ma mère aussi, je veux apprendre ce qui est arrivé ce jour-là — le pourquoi et le comment. Ça m'aidera peut-être à comprendre pourquoi son cœur est si plein d'amertume, pourquoi elle ne s'adresse à moi que pour se plaindre ou me menacer de punition. Ça m'aidera peut-être à éprouver pour elle des sentiments plus filiaux.

Donc, un dimanche matin, alors qu'Anju est occupée à lire un roman américain qu'elle a emprunté à la librairie, je pars à la recherche de Pishi. Je la trouve sur la terrasse, qui met à sécher de pleins plateaux de mangues salées. Pishi prépare les pickles comme personne — et elle le sait. Jamais depuis qu'elle a regagné la maison paternelle, nous a-t-elle dit fièrement, les Chatterjee n'ont souillé leurs lèvres d'un achar de magasin. Dans trois jours, quand le soleil aura rendu croustillantes les tranches de mangues, elle les mélangera à de l'huile de moutarde épicée et du piment en poudre, et en remplira des bocaux ventrus, où nous puiserons toute l'année. D'ici là, elle doit monter la garde contre les singes à face noire qui surgissent comme par magie — car les singes sont rares ici en plein centre de Calcutta — à la saison des pickles. Anju pense qu'ils s'échappent du zoo Alipur, mais Ramdin-mudi, le patron de l'épicerie du coin, affirme que ce sont des descendants du dieu Hanuman, dont l'image, avec sa longue queue en spirale, pend dans sa boutique au-dessus des bocaux d'huile et d'atta.

Pishi a l'air malheureuse. Cet après-midi, dans le temple voisin, va se dérouler un grand kirtan, chanteurs et joueurs de dholak venus tout droit de Nabadwip, et toutes les femmes qu'elle connaît y assisteront. Les kirtans sont un des rares plaisirs que Pishi estime convenir à des veuves et donc qu'elle s'autorise. Mais le séchage des mangues est un travail important, qu'elle refuse de confier à une servante, car chacun sait que si les tranches sont touchées par une femme qui n'a pas pris de bain, ou a couché avec un homme ce jour-là, ou a ses règles, elles se couvriront de champignons.

Je me ferai un plaisir de surveiller les mangues pour elle, dis-je. Je serai très propre et j'aurai soin de les retourner au bon moment de façon que les deux côtés reçoivent la même quantité de soleil. À condition qu'elle me raconte une certaine histoire, celle que j'ai voulu entendre toute ma vie.

Pishi sait immédiatement de quelle histoire il s'agit. De désapprobation, son visage s'assombrit et se pince. Est-ce de l'appréhension que je vois dans ses yeux ? Elle m'ordonne de redescendre. Mais une légère incertitude dans sa voix me donne le courage de résister.

Je m'écrie : « Pourquoi ne veux-tu pas me raconter ? J'ai le droit d'entendre parler de mon père. Ne nous as-tu pas toujours dit qu'on ne sait jamais vraiment qui on est si on ne connaît pas son passé ? »

Pishi fixe, au-delà de moi, le ciel vide. Finalement elle dit : « Au cœur de l'histoire que tu veux apprendre, il y a un secret. Je suis la seule personne vivante à le connaître, bien que, parfois, je pense que ta tante Gouri a des soupçons. Mais elle est intelligente — elle sait qu'il y a un temps pour chercher des réponses et un temps pour laisser aller les choses.

« J'ai toujours cru qu'il était important pour vous deux, les filles, d'apprendre l'histoire du passé — tu sais cela. Mais ce secret est si terrible que j'ai repoussé l'idée de vous charger de ce fardeau. Je crains qu'il ne détruise votre enfance et votre amour pour ceux qui vous sont le plus chers. Je crains qu'il ne vous fasse me haïr.

— Pishi Ma » — ma voix se casse d'excitation — « tu *dois* me le dire. J'ai besoin de savoir. Et rien ne pourra me faire te haïr.

— J'espère que c'est vrai, parce que toi et Anju êtes les filles que je n'ai pas eu la chance d'avoir. A travers vous le Bidhata Purush m'a octroyé le bonheur de goûter à l'amour maternel, et de cela je ne cesse de le remercier. Mais ce n'est pas pour moi que je m'inquiète, c'est pour vous. Et pour votre relation avec... »

Pishi s'interrompt, et dans le silence qui jaillit autour de nous, je me rends compte que sa voix a changé, est devenue beaucoup plus sombre et rauque qu'avant. Etourdie de peur, je comprends que cette histoire est dangereuse, que je peux me brûler à sa flamme.

« Es-tu sûre de vouloir vraiment connaître ce secret ? »

Pishi m'observe. Je sais que, si je laisse percer le moindre soupçon de crainte, elle n'ira pas plus avant, la chaleur blanche du soleil cessera de tourner autour de moi, et je retrouverai mon ancienne vie bien tranquille.

Je force mon corps à résister à la tentation. « Je suis sûre », dis-je.

« Très bien. » Pishi exhale un souffle déchiré et résigné.

« Viens t'asseoir près de moi, je vais te raconter. Après tout, tu as le droit de connaître l'histoire de ton père. Et de ta mère, car c'est aussi la sienne. Et si ton amour survit à ce récit, alors tu sauras qu'il est réel, que rien ne pourra le tuer, jamais. »

C'est ainsi que j'ai finalement appris l'histoire de la vie de mon père, et de sa mort.

« Ton père est arrivé dans cette maison, dit Pishi, en pleine chaleur du mois de Sraban, une année de sécheresse où les vivres commençaient à manquer, et où les mendiants à notre porte se pressaient plus nombreux que d'habitude. Causés par l'inquiétude, de profonds cernes noirs soulignaient les yeux de Bijoy, le père d'Anju, car en ce temps-là, l'essentiel de notre argent provenait de nos champs de paddy familiaux. Son angoisse me faisait mal, car son bonheur était ce que je désirais plus que tout au monde, mon jeune frère qui m'avait accueillie dans son foyer quand le mien s'était brisé, et qui jamais ne m'avait fait sentir que j'étais un fardeau.

« Avec lui, ton père a apporté une malle bleue fermée à clef, un étui long et fin, doublé de soie rouge, une jeune épouse, et la pluie. La nuit même de son arrivée, le ciel s'est rempli de nuages gras couleur d'acier, et un vent frais s'est mis à souffler, qui sentait la terre humide et lointaine et les fleurs de champak — une odeur qui, maintenant encore quand je me la rappelle, fait battre plus vite mon sang de vieille veuve. Et la mousson a commencé. Allongés dans nos lits, nous entendions le tap-tap des gouttes de pluie sur le toit, le bruissement de plaisir des cocotiers. La pluie est tombée tout le mois, avec la force qu'il fallait, avec suffisamment d'intermèdes ensoleillés pour que nous ne commencions pas à nous en fatiguer. A la fin il y avait dans notre jardin plus de fleurs que je n'en avais jamais vu, des bel et des jui et la fleur royale blanche, le gandharaj, qui enivre de sa senteur sucrée, et les récoltes étaient sauvées.

« C'est peut-être pourquoi Bijoy s'est pris d'une telle affection pour ton père, parce qu'il a cru qu'il portait chance. Mais je pense qu'il l'aurait aimé de toute façon. Car ton père était un homme plein de charme, et une partie de ce charme venait de son insouciance, de sa certitude que chaque jour était un jour nouveau vierge des soucis de la veille, et qu'il pouvait se sortir de n'importe quelle situation au prix d'un sourire.

« C'est tout cela que Bijoy a aimé, lui qui était si différent, toujours correct, toujours responsable. Comme il se devait pour le fils unique des Chatterjee. Mais il perdait un peu de ce sérieux quand il se trouvait en compagnie de ton père, et il riait de plus grand cœur, d'un rire qui le rajeunissait. A cause de cela, moi aussi j'aimais ton père.

« Il nous a appris qu'il s'appelait Gopal, et qu'il était le fils unique de notre plus jeune oncle. Tout ce que nous savions de cet oncle c'est que, bien des années auparavant, à la suite d'une féroce querelle avec notre grand-père, il avait pris sa part d'héritage et avait quitté la maison. A présent Gopal nous apprenait qu'il s'était installé à Khulna, de l'autre côté de la frontière, où il avait fondé un commerce prospère, jusqu'à la partition. Les émeutes alors lui avaient fait tout perdre — affaire, maison, économies — et, le cœur brisé, il était mort peu après. Ses dernières paroles avaient été pour dire à Gopal de retourner dans la maison ancestrale et de raconter son histoire à sa famille.

« Nous avons accueilli ce cousin perdu avec joie, honorés qu'il ait choisi de venir vers nous. Il était si beau, il avait une peau si claire, il venait à l'évidence d'une si bonne famille, et nous riions gaiement à l'entendre raconter les épreuves de son voyage vers Calcutta. A tout propos, il se mettait à chanter. Et il jouait de la flûte — car c'est cela qu'il y avait dans l'étui de soie rouge — aussi mélodieusement que son homonyme Gopal, le dieu

Krishna, a dû le faire quand il charmait les trayeuses de vaches de Brindaban qui quittaient maison et mari pour le suivre.

« Il ne nous disait pas tout, loin de là, sur lui et sur ta mère. Certaines choses, je les ai apprises au hasard des mots que celle-ci laissait parfois tomber, d'autres au moment de ta naissance, en accolant les paroles qui lui échappaient tandis qu'elle se tordait sur son lit, en proie à la fièvre, au chagrin et aux douleurs de l'enfantement. Il avait rencontré sa future femme alors qu'elle lavait du linge au bord de la rivière d'un village où il avait accosté avec son bateau. Il lui avait promis richesses, honneurs et mariage, qu'il la ferait entrer dans l'une des plus anciennes familles de Calcutta, lui avait promis un éternel amour d'une voix si mélodieuse qu'elle allait sûrement, pensa-t-elle, attirer les étoiles du ciel. Nalini en oublia les conseils de prudence que lui avaient prodigués pendant des années les mères et les tantes, les vieilles femmes du village. A l'aube, elle se glissa hors de la maison paternelle. Elle laissa ton père lui prendre la main et l'entraîner à bord du bateau délabré rempli d'hommes qui, comme lui, espéraient faire fortune dans la grande ville. »

Je veux interrompre Pishi. Elle se trompe sûrement. Comment cette aventurière fugueuse pourrait-elle être ma mère, qui n'est que soupirs et plaintes, qui protège le moindre de nos biens comme s'il s'agissait d'un fragile bijou de famille qu'on lui aurait confié personnellement ? Ma mère, qui a si souvent laissé entendre que le relâchement de notre maisonnée n'aurait jamais été toléré dans la maison de son père parfaitement dirigée — comment aurait-elle pu laver du linge comme n'importe quelle vulgaire paysanne ? Pourtant, je vois la scène se former sous mes paupières, et je sais que c'est la vérité.

Je vois ma mère, menue et apeurée. Les regards brûlants des hommes sur le bateau la font rougir et rabattre son sari sur son visage. Au milieu des odeurs de corps mal lavés, elle se demande avec terreur si elle n'a pas commis une terrible faute, si son dégoût des tâches ingrates qui lui incombaient — récurer des marmites, ce qui lui laissait les ongles noirs et cassés, allumer les feux de charbon, ce qui lui piquait et lui rougissait les yeux, enduire de bouse de vache les murs de la cabane, par où s'infiltrait l'eau à chaque mousson — ne l'a pas menée à sa perte. Elle essuie ses larmes en silence tandis que la nuit tombe et que le ciel se remplit d'étranges étoiles, et quand mon père essaie de l'embrasser, discrètement, derrière un ballot de foin, elle le repousse avec une soudaine énergie.

Heureusement, mon père n'est pas un homme sans honneur. Quand, après avoir pris de nombreux bateaux et de nombreux trains, ils arrivent finalement à Calcutta, il la conduit au temple de Kali. Là, un prêtre marmonne quelques mantras et, d'un geste impatient, leur intime d'échanger des guirlandes. Puis il enfonce dans sa ceinture les pièces que mon père lui a données et passe au couple suivant, car les amants en fuite accourent à Kalighat. Voilà donc mes parents mariés.

Ce n'est pas ce que ma mère a imaginé pendant toutes ces années où elle a balayé le sol boueux de sa maison avec un jhata de feuilles de cocotier, broyé les piments rouges pour en faire de la pâte à curry, essuyé le nez morveux de ses petits frères et sœurs. Où est le sari rouge de Bénarès, resplendissant de fils de zari ? Où sont les bijoux de mariage, les bracelets d'or en forme de tête d'alligator, la chaîne de sept rangs qui, déroulée, est aussi longue que son corps ? Où sont les anneaux d'oreilles si grands qu'ils lui cognent la joue quand elle tourne la tête, le minuscule diamant qui orne son nez parfait ? (Car ma mère est jolie, elle le sait, assez jolie pour mériter une meilleure vie.) Où sont toutes ses amies d'enfance, avec qui elle a partagé les mêmes rêves, pour la regarder avec envie et chuchoter derrière leurs mains tandis que de la conque s'échappent les sons propitiatoires ? Néanmoins, elle s'autorise un petit sourire quand son mari enduit de vermillon la raie de ses cheveux, le sindur porte-bonheur par quoi le monde entier sait qu'elle est une femme mariée, qu'une nouvelle vie l'attend.

Cette nouvelle vie a dû lui apparaître sous les meilleurs auspices quand ils sont arrivés en vue de la grande maison blanche qui brillait au soleil couchant, avec ses briques fraîchement peintes, son marbre poli, son portail de fer forgé surmonté de lions fringants. Le chauffeur a klaxonné vigoureusement — ils avaient certes loué une carriole à bras pour transporter leurs bagages, mais quand ils s'étaient trouvés à proximité de la maison, son mari avait hélé un taxi. Il n'était pas question d'arriver chez son cousin comme des miséreux, avait-il dit. D'ailleurs, s'il n'avait pas été victime de voleurs au tout début de son voyage, ils auraient fait tout le trajet en taxi.

Ma mère a-t-elle cru à cette histoire de voleurs ? Elle n'avait pas le choix. Douter de lui signifiait douter d'elle-même, laisser cette voix insidieuse s'infiltrer à nouveau dans son crâne et lui murmurer : *tu n'aurais pas dû, tu n'aurais pas dû*. Elle décida donc d'ignorer la stridulence dans la voix de mon père quand il dit au portier d'aller annoncer son arrivée au barababu, le maître de maison. *Oui, je suis son cousin frère, c'est cela, de Khulna, qu'y a-t-il, tu as les oreilles bouchées ?* Et lorsque le barababu apparut, l'air un tantinet perplexe, elle s'efforça de ne pas voir la tension au coin des lèvres de son mari quand il sourit, ni sa façon de se tenir, trop conscient des faux plis de son dhoti, comme s'il avait quelque chose à prouver. Elle était très triste d'avoir à remarquer ces manières dès le lendemain de leur mariage. Et, bizarrement, sa peine s'accrut de constater que le barababu, un vrai gentleman — sa façon de ne pas élever la voix (il ne l'élevait sans doute jamais) en était la preuve —, croyait chaque mot que disait son mari. Aussi fut-elle heureuse quand la veuve, la sœur du barababu, la prit par la main et dit : suivez-moi, ma chère, vous devez être fatiguée après un si long voyage, sans compter la peur qu'ont dû vous causer ces voleurs. (Car c'est ce qu'avait dit Gopal, pour expliquer les bras nus de sa femme, l'absence de bijoux à son cou et à ses oreilles. Et ma mère, abaissant vivement ses yeux stupéfaits, avait réalisé que ce n'est pas de lier leurs vêtements au cours de la cérémonie du mariage qui attache une femme à son époux, mais la chaîne des connivences.) Heureusement, la veuve ne remarqua pas le rouge de la honte sur le visage de ma mère. Que devient le monde ? poursuivit-elle. C'est kaliyug, pour sûr. Venez, laissons les hommes continuer leur conversation d'hommes. Je vais vous donner un verre d'eau michri sucrée et vous montrer la chambre où vous dormirez.

« Oh, elle était belle, ta mère, dit Pishi. Peut-être la plus belle femme que j'aie jamais vue, encore que, depuis quelque temps, je crois que tu l'as surpassée. Même ce jour-là, avec la poussière de Calcutta posée comme un voile sur son visage, l'apparence flétrie d'une fleur de lotus cueillie et laissée trop longtemps au soleil, elle aurait fait tourner la tête d'un homme. Pourtant elle a eu l'air si docile en me suivant, docile et un peu assommée. Et si émerveillée quand je lui ai montré la chambre, que je lui ai expliqué comment fonctionnait le ventilateur électrique au plafond, et la chasse d'eau. Mais ça n'allait pas durer. »

J'imagine ma mère au fil des années, assise sur le haut lit à colonnes, regardant à travers les barreaux de la fenêtre passer les vendeurs ambulants qui vantent leur marchandise. Mais cette chambre n'est pas vraiment la sienne, et pas davantage le couvre-lit en soie brodé de paons, les saris ou les bijoux qu'elle porte. Elle ne peut même pas prétendre que la nourriture qu'elle mange est vraiment la sienne, gagnée par son mari. On ne la loge ici que par charité, pauvre cousine par alliance, et même si le barababu et sa femme sont tout à fait gentils et accueillants, même si la sœur-veuve l'emmène partout avec elle — au marché, au temple, aux représentations tirées de contes du Mahabharata —, la réalité de sa situation la ronge. Elle se sent flouée, et au fur et à mesure que les années s'écoulent, chacune roulant inexorablement vers sa fin comme la roue en fer du karma, les rides de mécontentement envahissent son visage, comme les toiles d'araignée dans une maison abandonnée. Elle ne cesse de harceler son mari. *Vas-tu un jour gagner ta vie, quand nous installerons-nous dans une maison à nous, que sont devenues toutes tes belles promesses, hélas, Mère Kali, je suis punie pour avoir suivi cet homme, pour avoir couvert de noir le visage de mes ancêtres.*

« Ton père était un homme adorable, dit Pishi, mais il n'avait pas de chance en matière d'argent. Comme si le Bidhata Purush, après lui avoir donné de la beauté et du charme pour deux, avait jugé que cela suffisait. Oh, il avait de grandes idées, Gopal, mais inachevées comme des pots d'argile avant cuisson. Tu vas chercher de l'eau, tu les plonges dans le lac, et il ne te reste plus que de la boue sur les mains. C'est ce qui s'est passé avec son projet d'usine de parfums, ou de journal de gauche. Il demandait à Bijoy de le financer, lui promettant en échange des choses grandioses. *Cette fois-ci ça va marcher, je le sais, Biju Da, je te rembourserai le double dans deux mois*. Bijoy était toujours heureux de l'aider. C'était un homme généreux, mon frère. Trop généreux parfois, nous le lui disions, ta Gouri Ma et moi, mais il ne nous écoutait pas. Il disait : “A quoi ça sert l'argent, Didi, s'il ne m'aide pas à rendre mon propre frère — c'est ainsi qu'il considérait ton père — heureux ? Grâce à Dieu, n'en avons-nous pas assez ? — Pas vraiment, disait Gouri. As-tu vu les comptes ce mois-ci ?” Déjà à cette époque, elle était la plus lucide de tous, et elle ne se laissait pas tromper. Elle faisait remarquer que la librairie perdait de l'argent, et que, du village, Harihar le nayeb n'avait pas envoyé l'intégralité de sa redevance, affirmant que les prix du paddy avaient encore chuté. “Tu dois aller vérifier par toi-même, disait Gouri. Il nous vole des deux mains.”

« Mais Bijoy se contentait de lui décocher son gentil sourire et de dire : “Gouri, pourquoi n'as-tu plus confiance ? Hari Kaku travaille pour notre famille depuis trente ans. Il me portait sur ses épaules à travers le village, quand j'étais petit. Il ne ferait jamais une chose pareille. — S'il est si honnête, répliquait Gouri, le rouge lui montant au visage car elle détestait qu'on abuse de la générosité de son mari, il ne t'en voudra pas de lui poser une ou deux questions, et de vérifier les faits auprès d'autres gens."

« Bijoy secouait la tête. "Je ne vais pas aller fouiner partout pour quelques roupies de plus ou de moins, disait-il. Ce serait insulter Hari Kaku. Nous, les Chatterjee, ne nous sommes jamais comportés ainsi." Il y avait toujours autant de douceur dans sa voix, mais de la fermeté aussi, un ton définitif, si bien que ta tante savait qu'elle ne gagnerait rien à discuter. De toute façon, elle pensait que le premier devoir d'une femme est de soutenir son mari.

« Elle était le type même de l'épouse parfaite, Gouri, une perfection d'autant plus remarquable qu'elle émanait d'une source de bonté profonde. Je l'admirais beaucoup, et je l'enviais un peu. Mais, plus tard, j'ai souhaité qu'elle se fût montrée moins parfaite. Si elle s'était opposée à Bijoy, si elle avait pleuré, boudé, menacé, charmé, comme font d'ordinaire les femmes avec l'homme qu'elles aiment, peut-être serait-il toujours vivant.

« Tout au fond de lui, Bijoy a dû savoir que Gouri avait raison, que la fortune des Chatterjee ressemblait à la lune s'acheminant vers une éclipse. C'est pour cela, je crois, qu'il a accepté l'affaire de la grotte aux rubis que lui a proposée ton père.

« Mais d'abord, il y a eu les grossesses.

« Nous avons tous été contents quand Gouri et Nalini sont tombées enceintes à quelques semaines l'une de l'autre, mais Bijoy était carrément fou de joie. Cela faisait sept ans, depuis le jour de son mariage, qu'il espérait avoir un enfant, et cette double grossesse lui parut une sorte de miracle, une preuve supplémentaire de la chance que Gopal portait à cette maison. Il inonda les deux femmes de cadeaux — d'une égale valeur, car telle était sa nature — et s'assura que la baidya vienne chaque mois surveiller la gestation. Dès qu'elles souhaitaient manger quelque chose de particulier, on le leur préparait. Quand ta mère, qui ne s'était pas sentie très bien, eut envie de mangues en plein hiver, Bijoy envoya un domestique jusqu'au marché de Hogg, où les sahibs faisaient leurs courses, s'en procurer une douzaine à un prix exorbitant. Il voulait que Nalini soit heureuse. »

Mais ma mère n'était pas heureuse, et elle n'essayait plus, comme au début de son mariage, de le cacher. Peu lui importait également ce que racontent les gens : qu'une femme malheureuse transmet son chagrin au bébé qu'elle porte dans son ventre. Car, avec l'arrivée de sa grossesse, un étrange désespoir s'était emparé d'elle. En voyant sa taille épaissir et ses pieds enfler, sa beauté, son seul trésor, disparaître dans cette outre bouffie que lui semblait être devenu son corps, elle eut le sentiment d'avoir perdu son unique chance dans la vie. Les choses désormais ne pourraient qu'empirer. Elle était condamnée à vieillir et à mourir dans la chambre d'emprunt qu'elle habitait depuis trois ans. Aussi ses récriminations se firent-elles encore plus acerbes. *Es-tu un homme ou un insecte rampant ?* criait-elle à mon père. *Combien de temps encore vas-tu mendier ta nourriture auprès de ton cousin-frère, sous prétexte qu'il est bon ? Courir après des idées mauvaises comme un chien après son ombre. Pourquoi ne peux-tu travailler dans un bureau comme tout le monde ? Chee, chee, ne vois-tu pas la façon dont les domestiques eux-mêmes nous regardent, sans respect dans les yeux, ce qu'ils murmurent sur nous dans leur cuisine ?* Et enfin, en point d'orgue : *Si le bébé savait quel genre d'homme est son père, lui aussi aurait honte. Il préférerait mourir que t'avoir pour père.*

Pendant un temps, mon père feignit de ne pas l'entendre. Elle ne croyait pas vraiment ce qu'elle disait. On sait ce qu'il en est des femmes enceintes. L'eau leur jaillit des yeux à propos de n'importe quoi, et les flammes de la langue. Le soir après dîner, il s'installait sur la terrasse et jouait de la flûte, et Bijoy écoutait, et la nuit était fraîche contre sa peau, fraîche, calme et profonde, l'eau d'un lac noir qui s'étendait à perte de temps, et les notes aiguës de la flûte formaient des ondes parfaites sur la surface satinée.

Mais ce qu'elle lui disait à propos du bébé — ah, quelle brûlure —, il avait l'impression qu'on le tournait et le retournait sur des sarments de bichuti empoisonnés. Alors un matin il sortit, très tôt, avant même le réveil des domestiques, et resta absent trois jours. Affolé, Bijoy s'apprêtait à informer l'inspecteur saheb, au poste de police, que son frère s'était évaporé, quand celui-ci réapparut. Avec le rubis.

« Le soleil se couchait quand le portail s'ouvrit à la volée et que Gopal remonta en courant l'allée de graviers, raconte Pishi. Les derniers rayons emprisonnaient ses cheveux ébouriffés dans un halo brun. Une barbe de deux jours lui couvrait les joues, et ses vêtements — les mêmes qu'il portait en quittant la maison — étaient frippés et boueux. Mais ses yeux — ils brillaient avec une telle intensité — on aurait dit un prophète, ou peut-être un fou. Il riait et nous criait de venir tous voir ce qu'il apportait. »

Posé sur sa paume, le rubis devait étinceler comme le feu et la glace mélangés, comme une larme de Jatayu, le mythique dragon-oiseau. La pierre était si grosse qu'ils en eurent tous le souffle coupé, et même ma mère se tut pendant qu'il leur parlait de la grotte.

« Il avait rencontré un homme, nous raconta-t-il, mais il ne nous dirait ni où ni quel était son nom, un homme qui connaissait une grotte au fin fond de la jungle du Sundarban, des parois de laquelle émergeaient des millions de rubis aussi gros que celui-ci. L'arrière-grand-père de cet homme avait appris l'existence de cette grotte par un sannyasi rencontré à l'occasion d'un pèlerinage. Il avait trouvé l'endroit et détaché trois pierres, qu'à son retour il avait fait polir par les meilleurs joailliers de Calcutta. Celle que, stupéfaits, nous nous passions de main en main était effectivement l'une des trois.

« “Pourquoi trois ? demanda Gouri, perplexe. — Parce que, l'avait prévenu le sannyasi, c'est le nombre qu'autorisait le démon qui gardait la grotte.”

« Gopal rit en lui répondant, voulant prouver ainsi qu'il ne se souciait pas de ces sornettes. Il poursuivit son récit, nous racontant qu'avec les années le découvreur et sa famille avaient connu malheur sur malheur, si bien qu'ils avaient dû vendre deux rubis — sauf celui-ci, le plus beau de tous. Maintenant, cependant, menacés de ruine absolue, ils allaient devoir le vendre également — à moins que l'arrière-petit-fils ne puisse redécouvrir la grotte.

« "Et le peut-il ?" demanda sérieusement Bijoy, comme s'il croyait à cette histoire, qui me semblait pour ma part sortie tout droit d'un livre de vieilles légendes.

« "Il pense qu'il le peut, dit Gopal. Son arrière-grand-père a laissé des indications mais des avertissements aussi : les grottes étaient maudites, et les gardiens très irascibles. La famille ne devait entreprendre une telle expédition qu'en cas de détresse absolue. Or c'est le cas à présent, et l'arrière-petit-fils est prêt à prendre le risque. A condition de trouver un partenaire, un homme d'honneur aimant l'aventure, capable de réunir l'argent que nécessite l'entreprise. — Combien faut-il ?" demanda Bijoy.

« Qu'il pût accorder foi un seul instant à une histoire si folle me stupéfia, et je vis que Gouri, elle non plus, n'en revenait pas. En outre, il y avait dans les yeux de son mari quelque chose qui ne se manifestait que très rarement — la peur. Elle croisa les mains sur son ventre — elle était dans son huitième mois — et serra les lèvres pour empêcher d'en sortir ce que je savais qu'elle voulait dire.

« "Cent mille roupies, souffla Gopal, de la voix d'un enfant qui vient de courir un cent mètres. — Cent mille ? s'exclama Gouri. — Oui, je sais que ça fait beaucoup, dit Gopal. C'est parce qu'il faudra surpayer les porteurs — ils croient que la forêt est hantée. L'homme est prêt à nous laisser le rubis en dépôt, nous pouvons le faire évaluer par n'importe quel bijoutier de notre choix. D'après lui, la pierre vaut beaucoup plus que l'argent que nous lui prêterions. A son retour, il nous remboursera le double de cette somme. Je lui ai dit que je pensais pouvoir réunir l'argent — à condition qu'il me laisse l'accompagner. Que je puisse me procurer mes propres rubis. Comme cela il ne me devrait plus rien.

« "Nous nous sommes chamaillés un moment et, finalement, nous sommes convenus que je l'accompagnerais.

J'accepterais qu'on me bande les yeux pour la dernière partie du voyage, et je nc rapporterais qu'un seul rubis. Même ça, mon frère — tu imagines ce que vaudrait un rubis comme celui-ci ? Assez pour me permettre de rembourser en argent — en affection, mon cœur, lui, n'y suffira jamais — ce que tu as dépensé pour nous pendant toutes ces années. Assez pour que Nalini et moi puissions commencer une nouvelle vie dans notre propre maison. Frère, je t'en prie, dis-moi que tu me prêteras cet argent."

« Et Bijoy, mon doux, mon consciencieux frère, qui ne s'était jamais éloigné de plus de trois cents kilomètres de Calcutta, et n'avait jamais exprimé le désir de voyager au loin, Bijoy a dit : "Je le ferai si je peux aller avec toi. Si je peux moi aussi rapporter un rubis."

« Alors, ce fut un formidable tohu-bohu, Gouri et moi criant ensemble : *Es-tu fou ? Il y a un piège là-dessous, ne le vois-tu pas ? Et même s'il n'y en a pas, c'est terriblement dangereux. Et, d'ailleurs, où trouveras-tu une telle somme ? Et comment pouvez-vous, l'un et l'autre, songer à partir en ce moment, à un mois de la naissance des bébés ?* Plus tard seulement, je me suis rendu compte que Nalini n'avait pas prononcé un mot.

« "S'il vous plaît, Didi, Gouri, calmez-vous", a dit Bijoy, et au son de sa voix j'ai su que son parti était pris. Gouri aussi dut le comprendre, car elle quitta la pièce en pleurant, elle qui n'avait pas la larme facile, se mit au lit, et ne descendit pas pour le dîner. Mais les yeux de Nalini brillaient comme ils ne l'avaient plus fait depuis longtemps, et elle mangea copieusement, tout en posant de nombreuses questions.

« L'histoire se répandit à la vitesse d'une flamme dans le vent — avec les domestiques, il ne peut en être autrement. Au fur et à mesure, le rubis devint aussi gros qu'un œuf de pigeon, la grotte un repaire abritant les trésors des jinns, et l'étranger un magicien, un jadukar qui avait sûrement envoûté les deux hommes, car si Gopal Babu avait toujours été fou, Bijoy Babu avait trop de bon sens pour croire de telles choses. Et pourtant, et pourtant — là, les conteurs prenaient un regard lointain — *si* une telle grotte existait, *si* les frères rapportaient ces rubis — et tout un chacun pouvait voir que c'est ce qu'ils souhaitaient. »

Je crois comprendre ce que mon père et mon oncle ont ressenti. Et ma mère aussi, avec ses yeux soudain étincelants (bien qu'elle soit celle que j'ai toujours le moins bien connue, moins bien même que les deux hommes que je n'ai jamais vus). Pour chacun d'entre eux, d'une façon différente, c'était une dernière chance.

La grotte aux rubis permettrait à mon père de se racheter aux yeux de sa femme et de son frère — oui, à son propre étonnement, il considérait Bijoy comme un frère et pas seulement comme le riche cousin dont il était l'obligé. Quand s'était donc produit ce changement, qu'il n'avait jamais délibérément voulu ? Quand avait-il commencé à les aimer tous les deux, à vouloir susciter leur admiration ?

Pour mon oncle, fils unique des Chatterjee, pris depuis sa naissance au piège des convenances, c'était la seule chance de mener une vie aventureuse. Une vie qui jusqu'alors lui avait semblé aussi éloignée et impossible, aussi sacrée — oui, c'était le mot — que celle des princes de contes de fées lancés dans une quête magique. Comment l'aurait-il laissée passer ? Sa main ne trembla pas quand il signa les papiers gageant les terres de la famille — même la propriété à la campagne — en échange de l'argent nécessaire. Gouri Ma eut beau protester, lui rappeler que cette maison appartenait aux Chatterjee depuis d'innombrables générations, il se contenta de tenir ses mains étroitement serrées dans les siennes et de lui affirmer qu'il récupérerait la propriété avant la fin de l'année. La fièvre qu'elle lut dans ses yeux l'empêcha d'en dire plus. Elle devinait l'image qu'il projetait dans sa tête : il se voyait assis au crépuscule pourpre de Calcutta, dans bien des années, racontant tout cela à ses fils — à leurs fils. Et l'émerveillement qui se peignait sur les jeunes visages, une adoration qu'il n'aurait jamais pu espérer autrement.

Et ma mère ? Peut-être souhaitait-elle désespérément

que mon père réussisse *quelque chose*, de sorte qu'il pût lui apparaître une fois encore comme lors de ce premier soir au bord de la rivière scintillante. Peut-être une partie d'elle-même désirait-elle avidement l'aimer — car toutes les femmes, à coup sûr, désirent aimer leur mari — tandis que l'autre partie le considérait indigne de son amour. Peut-être voulait-elle que le père de son fils bientôt né fût un héros. Peut-être cette victoire — si longtemps attendue — sur le destin qui les avait condamnés à la dépendance justifierait-elle la décision qu'elle avait prise, un petit matin, de s'échapper de son lit, de quitter l'abri familial pour le ciel qui plongeait et tanguait au-dessus d'un bateau délabré.

Mais je peux me tromper. Peut-être ne pensait-elle qu'aux rubis. Des rangées de rubis autour de son cou et à ses oreilles, des rubis enchâssés dans des bracelets, enserrant ses chevilles fines, comme un rire de feu, suscitant les murmures de jalousie des voisines à son passage.

« Ils partirent une semaine plus tard, dit Pishi, vêtus en explorateurs : pantalon kaki, bottes de cuir épais qu'aucun d'entre eux n'avait jamais portées, chapeaux ronds de safari, que Gopal avait dû admirer dans un film. Ils prirent un taxi pour se rendre à la gare de Howrah, et pas la voiture de la maison, car leur mystérieux partenaire avait exigé que personne d'autre ne le voie, qu'il n'y eût pas la moindre rumeur : c'était une question d'honneur. Sa propre famille, leur dit-il, ignorait tout de Gopal et de Bijoy.

« Après le voyage en train, ils prendraient un bateau pour remonter la rivière et s'enfoncer dans les marais. Puis ce serait la randonnée au cœur de la jungle. Le partenaire avait tout organisé, équipement, tentes, coolies porteurs et cuisiniers. Ils n'en savaient pas plus, sinon qu'ils étaient sûrs d'être revenus dans deux semaines, bien avant la naissance des bébés. Ils laissèrent le rubis, effectivement authentique, en sécurité dans le coffre de la banque.

« Pendant des semaines nous avons attendu, rongées d'inquiétude. Puis un matin le télégramme est arrivé. Il nous informait que la police du Sundarban avait découvert, dans les marais, deux corps et les restes calcinés d'une chaloupe. Non seulement deux corps, nous dirent les policiers au téléphone, mais bien entendu il pouvait y en avoir eu d'autres, tombés les premiers sous la dent des crocodiles. Après tout, il n'étaient que quelques policiers dans ces coins reculés, pour une vaste zone à surveiller. Non il ne s'agissait pas d'un meurtre commis par des voleurs, l'un des hommes avait toujours sa montre et ses boutons de manchette en or. Dans les poches de l'autre, ils avaient trouvé deux petits sachets enveloppés dans du plastique. Bijoy avait peut-être confié le sien à la garde de Gopal — c'était le genre de chose qu'il aimait faire. Les sachets contenaient quelques roupies et des papiers portant notre adresse. C'est ainsi que la police avait pu remonter jusqu'à nous.

« Pendant des semaines je me suis réveillée au milieu de la nuit, oppressée par un chagrin si profond que je souffrais physiquement — comme si quelqu'un me broyait le cœur avec un pilon de mortier. Mais malgré ma douleur, je savais que ma perte n'était rien comparée à celle des deux épouses. Ah, je n'ai pas pu regarder leur visage quand elles ont ôté leurs bijoux, revêtu le blanc des veuves et effacé le sindur de leur front, comme je l'avais fait moi-même. Surtout ta Gouri Ma. Je la connaissais depuis qu'elle était entrée dans cette maison, jeune mariée de dix-sept ans. Je l'avais soutenue et réconfortée les premiers jours, quand elle pleurait d'avoir quitté ses parents, comme elle me soutiendrait et me réconforterait quelques années plus tard après la mort de mon mari. Je n'arrêtais pas de penser à ce matin du départ pour ce fatal voyage où elle avait supplié Bijoy, une fois encore, de renoncer. Comme il répondait qu'il le devait, elle avait dit : "Et si tu ne reviens pas ?" Il avait ri, lui avait caressé la joue et rétorqué : "Ne sois pas stupide. Je serai revenu avant même que tu le veuilles." Mais Gouri n'avait pas souri. "Et si vraiment tu ne revenais pas ?" avait-elle répété. Soudain sérieux, Bijoy avait dit : "Alors j'attends de toi que tu élèves mon enfant comme il convient que soit élevé un descendant des Chatterjee. Veux-tu me le promettre ?" Et Gouri l'avait regardé avec une telle tristesse dans les yeux qu'on aurait cru qu'elle savait ce qui allait arriver, et elle avait dit : "Je te le promets."

« Elle n'a jamais oublié ces paroles. Dans les jours qui ont suivi l'enterrement, elle ne s'est pas effondrée, comme ta mère. Quand je l'encourageais à pleurer, à laisser la douleur sortir de son cœur, elle disait : "Je ne peux pas me permettre ce luxe. J'ai fait une promesse et je dois utiliser toute mon énergie à la tenir." C'est à dater de cette époque qu'elle s'est mise à travailler à la librairie tous les jours — les terres gagées étaient définitivement perdues — et quand les gens, même sa propre famille, disaient que c'était un scandale, qu'aucune épouse Chatterjee ne s'était jamais comportée ainsi, elle leur jetait un regard de pierre et répliquait qu'elle ferait tout ce qu'il faudrait pour assurer l'avenir de sa fille. »

Nous demeurons assises en silence, repensant au mystère de ces morts, éprouvant une fois de plus leur répercussion tragique sur nos vies. Finalement, Pishi se lève avec un soupir. Le kirtan va bientôt commencer, et elle doit partir. Le passé est le passé, et les regrets, comme l'a dit le prêtre au temple, dans son katha de la semaine dernière, signifient un manque de piété, une résistance à la volonté de Dieu.

Elle a atteint la première marche de l'escalier quand je m'écrie : « Attends. Tu ne m'as pas dévoilé le secret.

— Il était contenu dans l'histoire, dit Pishi. Dans l'une d'entre elles. Si tu ne l'as pas entendu, c'est peut-être tant mieux. » Elle commence à descendre, à pas lents et hésitants, s'appuyant douloureusement à la rampe parce que ces temps-ci son arthrite la fait souffrir. Mais pour une fois, je me moque de sa douleur. Et je hurle : « Ce n'est pas juste. Tu m'as trompée. » La colère me transperce comme la pointe d'une lance. Pourquoi sommes-nous si impuissants, nous les enfants, si dépendants des caprices des adultes ? Je suis bouleversée par tant d'injustice : ma vie. Alors je jette à ma tante les mots les plus blessants que je peux trouver : « Tu n'as pas tenu ta promesse ! Je te hais. Je ne te ferai plus jamais confiance. »

Les pas s'arrêtent.

« Eh bien, d'accord, ma pauvre Sudha, dit Pishi, qui s'est immobilisée dans le tournant de l'escalier, puisque tu tiens tellement à perdre ton innocence, je vais te dire ce que tu réclames. Non à cause de tes menaces d'enfant, mais parce que je suis liée par ma promesse. » Alors, assise dans la pénombre, visage détourné, sa voix ricochant mystérieusement contre les murs, elle me raconte le reste de l'histoire.

« C'était la nuit qui a précédé le départ de Bijoy et de Gopal pour la grotte aux rubis. Je vérifiais que les portes de la maison étaient bien fermées à clef quand j'ai vu de la lumière dans le bureau de Bijoy. J'y suis entrée, et je l'ai trouvé, une lettre à la main. Il a d'abord voulu la ranger, puis, avec un soupir, il me l'a tendue. Elle émanait d'un certain Narayan Bose qui, à en juger par l'en-tête, était avocat. D'après le cachet de la poste, elle venait de Khulna au Bangladesh.

« Khulna, souviens-toi, était la ville où notre oncle, le père de Gopal, s'était rendu après sa terrible querelle avec notre grand-père. Gopal y avait grandi — il parlait souvent avec nostalgie de la belle maison de son père, saisie par les émeutiers ainsi que le reste de leurs biens au moment de la partition.

« "J'avais écrit à Narayan Bose pour lui demander de voir si l'on ne pouvait pas racheter la maison de mon oncle à Khulna", me dit Bijoy, et je remarquai ses traits tirés. "Je pensais que ça rendrait Gopal heureux."

« Narayan Bose avait répondu qu'il était impossible d'acheter la maison en question. La fille du propriétaire — et il donnait le nom de notre oncle — y vivait avec son mari et ses enfants. Elle en avait hérité à la mort de son père, dix ans auparavant, étant donné qu'il n'y avait pas d'héritiers mâles. »

Du haut de l'escalier, je l'interromps : « Comment ça, pas d'héritiers mâles ? Et mon père ?

— Pas d'héritiers mâles, répète Pishi, fixant obstinément le mur. Et la fille, enfant unique, n'avait pas la moindre intention de vendre la maison. Ça valait probablement mieux, écrivait Narayan Bose. La maison avait été en partie démolie, pendant les émeutes, et à moitié incendiée. Pour le même prix, Bijoy trouverait quantité de maisons à acheter, en bien meilleur état.

« Ainsi, ai-je dit à mon frère, il n'est absolument pas de notre famille. Ma voix tremblait de rage, et mes mains aussi, car je me rappelais la confiance que j'avais accordée à Gopal — si ça se trouve ce nom lui-même était un mensonge, inventé à l'intention de ses jobards de "cousins". Mais il n'y avait pas que de la rage en moi. Il y avait aussi de la douleur. J'avais aimé ton père, sa façon de venir me demander une tasse de thé : *Didi, vous faites le meilleur cha que j'aie jamais goûté*, ses attentions, comme d'aller à la foire de Paush pour m'acheter mon nolen gur favori. J'avais aimé — mais à quoi bon se rappeler tout cela, qui n'était que mensonges.

« Le traître, le tricheur, me suis-je écriée. Il faut le jeter dehors à coups de fouet, à la première heure demain matin. Je vais le dire moi-même au portier. Ou plutôt non. Nous devrions le remettre à la police. Il mérite de pourrir en prison.

« J'en aurais rajouté, si la mine de Bijoy ne m'avait arrêtée. Je ne savais pas qu'un visage d'homme pouvait laisser paraître tant de chagrin. Et j'ai compris que l'amour de Bijoy pour ton père dépassait de beaucoup le mien.

« Nous sommes restés là, en silence, un long moment. Quand la pendule a sonné minuit, nous avons sursauté, comme si c'était nous les coupables.

« "Que vas-tu faire ?" ai-je demandé, et Bijoy s'est frotté les tempes et a dit : "Je ne sais pas, je ne sais pas, je n'ai pas d'idée. — Tu ne dois pas partir demain avec lui. On ne peut pas lui faire confiance."

« Mais Bijoy a serré les poings et a dit : "Je dois trouver la grotte aux rubis — pour moi-même plus que pour quiconque d'autre." Et puis il a ajouté : "Je lui parlerai peut-être quand nous serons seuls sur la rivière. — Non, ne fais pas ça. Il pourrait avoir une réaction désespérée, n'importe laquelle. Et tu ne sais même pas nager." Le côté mélodramatique de mes propos ne m'échappait pourtant pas.

« Et il n'a pas dû échapper à Bijoy, car il a secoué la tête en souriant légèrement : "Oh, Didi ! a-t-il dit. Nous ne sommes pas au cinéma ! Que vas-tu imaginer ? Que Gopal me poussera par-dessus bord et me regardera me noyer ?"

« Il avait raison. Gopal était peut-être un menteur, un aventurier, mais pas un meurtrier. Par ailleurs, Bijoy était le chef de famille. Je devais croire qu'il saurait dominer cette situation.

« Nous n'en avons plus parlé.

« Bijoy s'est incliné devant moi avant de partir, touchant mes pieds pour que je le bénisse, et m'a demandé de garder une lampe allumée devant les dieux dans la pièce des pujas. Je l'ai serré contre moi tout en murmurant des prières dans ses cheveux et, un instant, un souvenir enfoui m'est revenu, de je ne sais où : moi, sur le point de quitter la maison pour celle de mon mari, berçant Bijoy dans mes bras — il avait deux ou trois ans — son petit corps qui s'enfonce dans le sommeil, et ses cheveux à l'odeur de sucre fondu.

« J'ai laissé cette lampe allumée en permanence, j'ai prié chaque matin et chaque soir Ganesh, qui écarte les obstacles, et Kali, qui protège du mal. Mais je n'ai pu empêcher l'arrivée du télégramme porteur de mort. »

Combien de temps s'écoule avant que je me rende compte que Pishi est partie et que je suis seule sur la terrasse ? Je me la rappelle vaguement qui remonte l'escalier, à la fin de son récit, des larmes plein les yeux. Qui essaye de me réconforter, et moi qui, raide et dure contre son corps, la repousse.

Tu comprends pourquoi je ne voulais pas te raconter, Sudha.

Va-t'en, va-t'en, laisse-moi tranquille.

Combien de temps ai-je pleuré, et quand les larmes se sont-elles taries ? A présent, le rire jaillit de moi, à gros éclats amers, parce que le passé n'est ni fiable ni solide, que ce n'est pas l'énorme banyan aux solides racines auquel Pishi m'a toujours fait croire. Le passé est une grande roue, comme celle de la foire de Maidan. Une grande roue géante, lancée de plus en plus vite par mon père, jusqu'à ce qu'il en perde le contrôle. Jusqu'à ce qu'elle s'arrache de terre, et fonce dans le vide du ciel jaune et chaud.

Mon père, le beau voyou, l'imposteur au dangereux rire cristallin, qu'un vent mauvais nous a expédié. Qui s'est emparé des êtres de cette maison et, avide et égoïste, les a brisés comme des branches de bois sec.

Et puis il y a cet autre secret — je m'en rends compte maintenant : ma mère.

Ma mère si belle, à la mine toujours hautaine. Qui, à sa façon de bouger la tête, de pencher son cou élégant, laisse entendre que tout était beaucoup mieux chez ses parents. Ma mère, en réalité une fille de paysans, qui lavait son linge au bord d'une rivière boueuse, qui croyait effacer ses origines par un discours habile.

Leurs mensonges tapissent ma tête du carmin de la honte. Honte de savoir que d'autres ont observé leur mascarade, d'abord avec suspicion, ensuite en toute connaissance de cause. Pishi, et donc, fort probablement, Gouri Ma. Nous observant, eux et moi, sachant qui ils étaient bien avant que je ne l'apprenne.

Des coups de poignard me percent le ventre, encore et encore, et je me plie de douleur. Une crampe me tord tout le corps. Et si l'on pouvait réellement mourir de honte, comme il est dit dans les vieilles histoires ?

Alors, je sens l'écoulement chaud entre mes cuisses, et je sais. Le sang aura-t-il la même couleur que les rubis si fortement désirés par mes parents, un désir qui a ravagé la famille Chatterjee ?

Ma tendre Anju, aux yeux si pleins d'amour, que dirais-tu si tu savais ?

Cette idée me balaye comme une vague dans laquelle je pourrais me noyer. Je retiens mon souffle pour me barricader contre elle, et me dirige vers les rangées de mangues en train de noircir. Le soleil, dans sa chute, s'est déchiré aux feuilles coupantes des cocotiers. Il y a longtemps que j'aurais dû retourner les fruits, comme je l'ai promis à Pishi. Tandis que le sang imprègne mes dessous, je me penche et accomplis ma tâche, bien que je connaisse le résultat de mon acte. Mais ça m'est égal. Je *veux* par mon toucher les faire tous pourrir, transformer ce monde perfide en une moisissure noire.

J'essaye de me concentrer sur les fruits enrobés de sel, mais une nouvelle idée surgit, m'empêche de respirer. M'oblige à me balancer d'avant en arrière, de douleur ou de peur, je ne sais pas. Cette idée devient un gémissement qui, à la façon d'une tornade, traverse en vrille la vieille maison des Chatterjee, dont il secoue chaque pierre : moi, Sudha, je ne suis rien par rapport à Anju. Ni jumelle, ni sœur, ni cousine. Personne, si ce n'est la fille d'un homme dont les rêves stupides ont conduit son père à la mort.

Quand je reprends mes esprits — un siècle plus tard ? — alors que la terrasse s'assombrit comme un feu de charbon de bois en train de s'éteindre, que, d'une voix moqueuse, Anju m'appelle et m'intime de descendre, et que, de la même voix, je lui réponds, je sais ceci : quelque chose a changé entre nous, une certaine innocence s'est évanouie comme la lumière de l'aube. A présent l'air que nous respirons sent le sel et le varech, cette odeur, disent les pêcheurs du Gange, qui annonce qu'une tempête va se lever sur l'océan.

IV

Anju

Aujourd'hui n'est pas un jour comme les autres, c'est celui de notre treizième anniversaire. Quand Sudha et moi revenons de l'école, maman nous donne à chacune une petite liasse de billets d'une roupie et la permission d'acheter avec ce que nous voulons. J'en ai des picotements sur tout le haut du crâne, car c'est la première fois qu'on nous donne de l'argent.

Tante N fronce les sourcils. « Je crois, Didi, que tu ne devrais pas confier ainsi de l'argent à ces enfants, dit-elle. Qui sait à quoi il va leur servir.

— Tu oublies, Nalini, répond ma mère en souriant, que ce ne sont plus des enfants. Ce sont des femmes. Il est temps de commencer à leur faire confiance. »

Tante marmonne quelque chose d'un ton lugubre à propos de ce qui arrive quand une mère laisse ses filles lui marcher sur la tête.

J'aimerais que maman lui réponde d'une phrase sèche et virulente, mais elle se contente de sourire à nouveau.

« Ne t'inquiète pas tant, dit-elle. Ce sont de gentilles filles. Elles savent ce qu'elles ont le droit de faire.

— J'espère que tu as raison », soupire tante N, mais au regard qu'elle fixe sur moi, je peux affirmer qu'elle n'a pas le moindre espoir.

Sudha et moi sommes juste en train de finir nos devoirs quand Ramur Ma vient nous dire que maman me demande d'aller la voir dans sa chambre, moi seule. Non, elle ne sait pas pourquoi.

Je suis si heureuse que je grimpe en courant les escaliers. Maman est en général si occupée par la maison et la librairie que je ne l'ai presque jamais pour moi toute seule. J'adore ces rares moments où, dans sa chambre, assise à côté d'elle dans le fauteuil double, je lui raconte ce que j'ai appris en classe. Elle abandonne alors un peu de sa sévérité, de son inquiétude, et quand elle prend mon visage entre ses mains et me dit comme elle est fière de mes résultats, je sens tout mon corps fondre de bonheur, toute mon humeur rebelle s'en échapper. Peut-être aujourd'hui va-t-elle à nouveau sortir de son almirah l'album photos en cuir et me montrer mes ancêtres. Je n'ai vraiment rien à faire de ces personnages défraîchis, avec leur pince-nez, leur canne à bout d'argent, et leur dhoti gaufré. Mais je feindrai un vif intérêt juste pour pouvoir m'appuyer contre son bras et respirer le parfum de santal que dégage sa peau, une odeur de bonté.

Quand j'entre dans sa chambre, maman me demande de fermer les yeux. Puis elle dépose dans ma main un objet à la fois rigide et velouté. C'est un ancien coffret à bijoux, et, en l'ouvrant, je reste bouche bée devant la paire de boucles d'oreilles en forme d'oiseaux, qui étincelle sur la soie bleue. Elles sont superbes — même moi je m'en rends compte. D'habitude, je me fiche complètement des bijoux. Je préfère un bon livre, ce que je dis toujours aux personnes de la famille, qui n'en tiennent d'ailleurs pas compte. Mais ces boucles d'oreilles — j'en tombe amoureuse sur-le-champ. En or filigrané aussi délicat qu'une toile d'araignée, elles sont constellées de minuscules diamants. Avant même que maman n'ouvre la bouche, je sais qu'elles feront partie de mon trousseau — comme elles ont fait partie du sien. Désormais, me dit-elle, à chaque anniversaire elle m'offrira une pièce de la parure à laquelle elles appartiennent — bracelet, bague, peigne d'ornement — ce que sa mère a fait avec elle.

« Elles sont très belles sur toi, ma chérie, dit-elle quand je les essaie. Mais je vais devoir les remettre au coffre. Tu es trop jeune pour les porter.

— Attends, je veux d'abord les montrer à Sudha. Tu sais comme elle aime les bijoux. Je suis sûre qu'elle voudra les essayer aussi. » Je vois déjà le plaisir illuminer le visage de ma cousine tandis qu'elle suit du doigt la courbe dorée d'un cou d'oiseau. Je l'imagine, les sourcils froncés de concentration, accrocher chaque boucle à son oreille. Puis m'offrir un petit sourire satisfait, parce que les bijoux la rendront encore plus belle.

J'ai besoin de voir ce sourire. Parce que quelque chose ne va pas chez Sudha ces temps-ci. Elle me parle à peine, évite aussi de parler aux mères — spécialement à Pishi, que j'ai toujours cru être sa favorite. Le plus étonnant, c'est que Pishi ne lui pose pas de questions, ne lui reproche pas sa méchante humeur, comme elle le ferait d'habitude. Elle se contente de regarder Sudha avec une expression qui m'échappe, et me charge de travaux supplémentaires, on dirait presque qu'elle veut m'éloigner de ma cousine.

Quand Sudha se croit seule, elle fixe un point dans le lointain, et la tristesse souille son visage comme une tache.

J'ai bien dû lui demander une centaine de fois : Sudha, qu'y a-t-il, qu'est-ce qui ne va pas ? Mais tout ce qu'elle sait dire, c'est : Rien. Sur quoi, elle s'invente une excuse pour aller dans sa chambre et, si je fais mine de la suivre, elle me dit qu'elle a mal à la tête et qu'elle a besoin de s'allonger.

Je veux retrouver ma Sudha. Je veux qu'elle secoue la tête de façon que les diamants scintillent au soleil, qu'elle me dise : Tu dois me les prêter pour le premier jour de Durga Puja. Je veux qu'elle me force à essayer tout ce que sa mère lui a offert — une paire de chappals, un sari — frottant les boucles de celles-ci, ajustant le pan de celui-là sur mon épaule, et riant quand je proteste que le corsage ne me va pas. C'est notre rituel d'anniversaire, qui remonte à l'époque où je lui apportais mes poupées qui savaient ouvrir et fermer les yeux, tandis qu'elle attachait mes cheveux avec ses rubans de satin, ou sortait un bindi de la boîte contenant ses quelques ornements et me le collait soigneusement au milieu du front.

Jamais ne nous a tracassées le fait que je recevais beaucoup plus de cadeaux que Sudha, ou que les siens étaient beaucoup moins coûteux. Nous les considérions tous comme des biens communs et n'avons jamais hésité à fourrager dans l'almirah de l'autre pour y prendre ce que nous voulions. Nos mères ne semblaient pas non plus s'en formaliser, sauf de temps en temps tante N, qui grognait parce qu'elle découvrait une tache ou un accroc sur l'un des vêtements de Sudha que j'avais porté, car je n'ai jamais réussi à être aussi soigneuse que ma cousine.

Mais aujourd'hui, alors que je m'apprête à filer retrouver Sudha, ma mère me dit : « Anju, peut-être ne devrais-tu pas.

— Je ne devrais pas quoi ?

— Lui montrer tes boucles d'oreilles.

— Pourquoi pas ?

— Parce que ça pourrait la rendre malheureuse.

— Comment ça, la rendre malheureuse ? » La colère commence à bouillonner dans mon crâne.

Je n'ai jamais vu à maman l'air si embarrassé. « Parce que sa mère n'est pas en mesure de lui offrir des choses aussi coûteuses, finit-elle par dire. Et ça ne pourra qu'empirer, puisque je te remettrai chaque année un bijou de ton trousseau. J'aime Sudha, et j'essaierai de lui acheter quelque chose, mais je n'ai tout simplement pas les moyens de lui faire ce genre de cadeau. » Elle regarde ses mains, et je me demande si elle pense à ce qu'elle m'a toujours répété : que les gens comptent beaucoup plus que les biens, qu'en ce qui la concerne, il n'y a pas de différence entre Sudha et moi.

J'observe ma mère, et je vois encore autre chose, que jusqu'ici, par insouciance ou parce que j'étais trop occupée, je n'avais pas remarqué. Ou peut-être parce qu'elle sait trop bien dissimuler ce qu'elle ne veut pas que nous voyions. Elle a le visage tiré, et sa peau, habituellement d'un brun chaud, paraît tachetée, comme une fleur mordue par le gel. Je me rappelle qu'elle a veillé fort tard toute la semaine dernière, à cause d'une crise à la librairie. De quelle sorte, je l'ignore, elle garde ces difficultés pour elle. Et j'ai honte, à la voir ainsi, de m'être si souvent demandé pourquoi elle ne réussissait pas mieux dans ses affaires. J'ai envie de la serrer contre moi, de lui dire que tout cela n'a pas d'importance, que ni Sudha ni moi ne désirons des cadeaux somptueux. Les temps ont changé. Nous n'aurons plus besoin d'une dot. Après tout, nous irons l'une et l'autre à l'université. Et dès que je serai un peu plus grande, je commencerai à lui donner un coup de main au magasin.

Mais les paroles qui suivent changent ma compassion en fureur.

« Un jour, dit-elle, Sudha va comparer sa situation à la tienne et éprouver une certaine jalousie.

— Comment peux-tu dire une chose pareille ? Tu sais très bien que Sudha n'est pas comme ça. Elle n'a pas une once de jalousie et...

— Et ça rendra tante Nalini encore plus mécontente...

— Tante Nalini est toujours mécontente, à cause d'une chose ou d'une autre. De toute façon, ce n'est pas à elle que je vais montrer les boucles d'oreilles. C'est à Sudha. »

Et avant que ma mère ne puisse ajouter quoi que ce soit, je sors en courant.

Je trouve Sudha en haut, sur la terrasse, ce qui m'étonne. Tante N n'aime pas qu'elle y monte dans la journée, parce que, dit-elle, le soleil va lui foncer le teint, et Sudha est en général très obéissante. Sans compter que depuis le jour où elle a laissé s'abîmer toutes ces mangues, elle évite la terrasse. Elle ne veut même pas y monter avec moi, le soir, après que Ramur Ma a lavé les briques, quand la douce brise apporte les odeurs de jasmin. Ces moments me manquent. Ils n'appartenaient qu'à nous, nous pouvions parler sans craindre les oreilles indiscrètes.

Appuyée à la balustrade, Sudha regarde dans le vide, l'accablement se lit dans la moindre courbe de son corps affaissé. Elle bondit quand je l'appelle, sourit faiblement en voyant les boucles d'oreilles, me dit qu'elles sont jolies.

« Tu ne veux pas les essayer ? Tu ne veux même pas les tenir dans tes mains ? »

Elle secoue la tête, d'un geste qui se veut nonchalant, mais ne réussit qu'à être triste.

Je lui demande : « Qu'est-ce que tu as reçu pour ton anniversaire ? » Mais je soupçonne tante N de lui avoir dit quelque chose qui lui a fait de la peine. Tante a une langue piquante et acérée, et n'hésite pas à s'en servir avec ma cousine.

Sudha me raconte qu'elle a reçu un couvre-lit orné d'un motif très compliqué, et une boîte pleine de fils de soie pour broder le motif.

« Attends — je parie que ça va faire partie de ton trousseau, comme les boucles d'oreilles du mien, c'est ça ? »

En général, quand je lance des trucs de ce genre, Sudha ouvre des yeux ronds et éclate d'un rire conspirateur. Aujourd'hui, elle me regarde, simplement, puis dit : « Anju, cesse de nous comparer tout le temps. Nous ne sommes pas semblables. »

Il y a une telle impassibilité dans sa voix que j'en frissonne de la tête aux pieds. « Pourquoi dis-tu cela ? Qu'est-ce qui ne va pas ? Et ne me réponds pas : *Rien*. »

Sudha garde le silence pendant si longtemps que je commence à me demander si maman n'a pas raison. Si des choses, des *objets*, ne sont pas venus s'interposer entre nous.

Je lui prends la main. « Sudha, écoute, veux-tu faire quelque chose pour moi ? Prends-les, d'accord ? » Je dépose les boucles d'oreilles dans sa paume et referme sa main. « Je te les offre pour ton anniversaire. » Je ne sais pas encore ce que je dirai à maman, ni comment elle réagira. Je m'en inquiéterai plus tard. Pour le moment, il faut que je m'occupe de Sudha. Ce que je vois dans ses yeux semble indiquer qu'elle est en train de se noyer, que, dans une minute, elle aura plongé si profondément que je ne pourrai plus l'attraper.

Je pense qu'elle va me jeter les bras autour du cou, comme elle en a l'habitude quand je lui offre quelque chose, mais elle dit, d'une voix froide d'adulte : « Je ne veux pas de tes cadeaux. Ou de ta pitié. Ma mère et moi ne possédons peut-être pas grand-chose, mais nous avons du moins notre dignité. »

Je suffoque. Ces mots me giflent, pendant une minute j'en demeure assommée. J'ai un goût de fiel dans la bouche, mes mains sont moites d'une rage qui m'incite à faire mal — à blesser ma cousine. Je m'entends cracher : « Si vous avez tant de dignité, comment se fait-il que depuis treize ans vous mangiez notre riz et habitiez chez nous ? Si tu as tant de dignité, pourquoi ne vas-tu pas dire à ta mère de vous dégoter une maison à vous ? »

A la soudaine rougeur qui envahit le visage douloureux de Sudha, je sais que j'ai frappé juste.

Et me voilà qui sanglote, qui me déteste. Depuis que j'ai l'âge de comprendre ces choses-là, je connais la honte qu'éprouve Sudha à voir tante N se conduire en propriétaire dans cette maison où chacun sait qu'elle n'a aucun droit. C'est le seul sujet de conversation que Sudha et moi avons toujours soigneusement évité.

Je lui saisis les mains, toujours pleurant.

« Sudha, je ne pensais pas ce que je disais, je te le jure. Cette maison est à toi autant qu'à moi, tu le sais bien. Sudha, je suis désolée, je n'ai dit ça que parce que j'étais furieuse, parce que je t'aime. »

Je m'attends à ce qu'elle me repousse, ou balance les boucles d'oreilles par-dessus la balustrade, dans la rue en contrebas où elles seront écrasées par un camion ou piquées par une bande de gosses. C'est ce que j'aurais fait à sa place. Or elle se contente de dire, d'une voix froide et réfléchie qui me stupéfie malgré mes larmes : « Anju, pourquoi m'aimes-tu ?

— Qu'est-ce que signifie cette question ?

— Réponds-moi, Anju.

— Je t'aime parce que tu es ma sœur, c'est très simple. »

Sudha tourne et retourne les bijoux dans sa main. Sans même les voir, j'en suis sûre. « Suppose que je ne sois pas celle que tu crois, suppose... » Elle se mord les lèvres. Puis demande, en hésitant : « M'aimerais-tu encore ? »

La colère me reprend, cette fois parce que j'ai peur. Il y a un certain ton dans sa voix — comme si elle savait quelque chose que j'ignore. « Supposition idiote, dis-je.

— Je t'en prie. » Ses yeux sont devenus d'un noir ardoise, et je comprends qu'elle a absolument besoin d'une réponse.

J'essaye d'imaginer une Sudha différente, une Sudha étrangère qui serait entrée dans ma vie par hasard et en sortirait de la même façon. J'essaye de décider si je serais capable d'aimer une telle personne. Mais je suis si totalement liée à ma cousine qu'une telle vision m'est impossible.

« Anju... » L'angoisse fait trembler sa voix. Que lui est-il arrivé de si terrible qu'elle doute à ce point de notre relation ? A présent la peur forme une énorme pierre dans ma poitrine, empêchant le moindre souffle de passer, et moi qui d'habitude vais jusqu'au bout de mes interrogations, aussi dure soit la réponse, je choisis de ne pas savoir.

Mais je sais ce que Sudha a besoin d'entendre.

« Je t'aimerais, qui que tu sois. Je t'aimerais parce que tu m'aimes. Je t'aimerais parce que personne ne nous connaît comme nous nous connaissons.

— Vraiment ? » Le ton se détend, sous le soulagement.

« Absolument. » Un picotement étrange parcourt ma colonne vertébrale — une prémonition ? A mes propres oreilles, ma voix sonne jeune et rauque, pas assez mûre pour étayer la promesse qu'elle est en train de faire.

Quelle idiotie ! Je deviens aussi superstitieuse que Sudha !

J'inspire un bon coup. « Parce que, quoi qu'il en soit, je serai toujours celle qui t'a fait venir au monde. »

Sudha appuie sa tête contre mon épaule et pousse un soupir si lourd qu'il sort, je le sais, du plus profond de son cœur. « Oui, tu l'es, Anju. » Elle est sur le point d'ajouter quelque chose, mais se ravise et m'embrasse sur la joue. Ses doigts, quand elle me rend les boucles d'oreilles, effleurent ma main comme l'extrémité d'une aile d'oiseau. « Garde-les pour moi. Je te les demanderai chaque fois que j'aurai envie de les mettre. »

Et elle tiendra parole, j'en suis sûre.

Main dans la main, nous descendons l'escalier et discutons de ce que nous allons faire avec l'argent qu'on nous a donné. Ça ne représente pas grand-chose, mais c'est la première fois que nous pouvons dépenser de l'argent sans avoir de comptes à rendre. Nous nous sentons riches et insouciantes.

« Moi, je vais m'acheter des vêtements, dit Sudha d'un ton rêveur. Des salwaar kameezes doux comme une peau de bébé, aux couleurs de l'aube. Des saris faits de la soie la plus fine et la plus translucide, celle qui peut passer à travers un anneau. Des écharpes chatoyantes comme la gorge d'un paon. J'achèterai des satins et les transformerai en corsages de sari aux manches bouffantes et incrustés de minuscules miroirs, des chemises de nuit en dentelle blanche aussi légères que de la gaze pour les nuits d'été, l'ensemble aussi différent que possible des robes ternes et pompeuses qu'on nous oblige à porter. »

Le violent désir que traduisent ses paroles me stupéfie. Sudha s'est toujours montrée si calme et obéissante — je ne soupçonnais pas qu'elle détestait tant nos vêtements — qui n'ont rien d'excitant, je l'admets. Me réserve-t-elle d'autres surprises ?

« On ne te laisserait jamais les porter, dis-je tristement. Tu connais la rigueur des mères concernant la façon dont une fille Chatterjee doit s'habiller pour paraître en public. »

Sudha sourit. « Ça m'est égal. Je les porterai dans ma chambre. Je les mettrai pour toi. Mais toi, qu'est-ce que tu vas acheter ?

— Des livres ! Je me ferai envoyer des livres qu'on a du mal à trouver en Inde. Des livres d'écrivains que désapprouvent les bonnes sœurs. Kate Chopin. Sylvia Plath. Des livres où les femmes font toutes sortes de choses folles, courageuses, merveilleuses. Je veux les derniers romans parus, pour avoir un parfum de Londres, de New York, d'Amsterdam. Pour me donner l'illusion de pénétrer dans les cafés et les boîtes de nuit de Paris, les plantations de Louisiane, les forêts tropicales d'Amazonie, à l'intérieur de l'Australie. Tous les endroits — ma voix se teinte d'amertume — où je n'irai jamais, parce que les mères ne me le permettront pas. »

Sudha me serre contre elle. « Oh, Anju, je suis sûre que tu en verras beaucoup ! Peut-être après le mariage...

— Tu parles ! Je finirai probablement par épouser un vieux balourd qui ne voudra jamais mettre les pieds hors de Calcutta, pour qui le bonheur consistera à s'allonger sur un canapé en mâchant du paan et en écoutant des chansons de films. Quelqu'un qui...

— Bon, laquelle de nous deux est victime de son imagination ? interrompt Sudha en riant. Ne t'inquiète pas, je vais faire un vœu pour toi : que tu puisses voyager dans le monde entier. Mais tu me manqueras tellement quand tu seras partie.

— Je ne crois pas aux vœux », dis-je d'un ton maussade. Mais, intérieurement, j'espère que ma cousine a raison.

Nous passons le reste de l'après-midi dans la chambre de Sudha, à examiner son couvre-lit. Le motif en est très élaboré, et il faudra à quelqu'un même d'aussi diligent que ma cousine plusieurs mois pour le broder. Un grand tournesol en occupe le centre, la bordure est constituée d'une farandole de paons à laquelle s'entrelace un texte dans une écriture démodée que nous mettons du temps à déchiffrer. Et alors nous éclatons de rire, car il est écrit : *Pata Param Guru — le mari est le maître suprême.*

Je m'esclaffe : « Où tante N a-t-elle bien pu pêcher ça ?

— Elle l'a peut-être commandé tout exprès, dit Sudha en s'essuyant les yeux.

— Elle a dû dire au fabricant : je veux quelque chose qui apprenne à ma fille trop gâtée et dissipée les vertus de la femme convenable, et le fabricant a dû répondre : Madame, quand elle aura fini de broder le centième *Param Guru*, je vous garantis qu'elle sera une épouse parfaite. »

Nous rions de nouveau, le rire haut perché et tremblant de qui s'est approché trop près du précipice. Nous décidons que Sudha rallongera la queue des paons, ce qui couvrira le texte, et personne ne verra la différence. Nous scellons notre conspiration d'un baiser.

Mais dans la chaleur de la nuit, enchevêtrée dans mes draps trempés, mon cœur me fait toujours aussi mal, comme si quelqu'un l'avait déchiré en deux, puis avait recousu les bords déchiquetés avec une de ces grosses aiguilles qu'utilisent les muchis ambulants pour réparer nos sandales. Je ne cesse de me demander pourquoi Sudha a émis l'idée qu'elle n'était peut-être pas celle que je croyais. Que s'est-il passé, qui a pu à ce point la faire douter d'elle-même ? De nous ? Et pourquoi, pour la première fois de notre vie, n'a-t-elle pas partagé avec moi quelque chose de si important ?

V

Sudha

Le nouveau film s'est abattu sur Calcutta comme un ouragan. Dans toute la ville, des affiches immenses aux couleurs vives exposent le héros et l'héroïne, plus grands que nature. Elle, dans sa jupe et son dupatta de danseuse, brodés d'or, vierge innocente au milieu d'une cour corrompue. Ou pleurant entre les griffes du méchant nabab tandis que son prince accourt sur son cheval pour la sauver. A l'école, les filles n'arrêtent pas de s'émerveiller de tant de romantisme : les amoureux qui voguent sur la rivière au clair de lune en se jurant une éternelle passion. Et puis, alors qu'ils vont se marier, le père du garçon, patricien sévère, lui révèle que la jeune fille n'est qu'une danseuse. Alors celle-ci, ses yeux adorables débordant de larmes, décide de partir plutôt que de souiller le noble nom de son bien-aimé. Chaque échoppe de paan de la ville diffuse la chanson : « Chalo dildaar chalo, Viens avec moi, cœur de mon cœur, de l'autre côté de la lune. » Et : « Saari raat chalte chalte, J'ai voyagé toute la nuit et, miraculeusement, je t'ai trouvée. » Paroles qui font battre plus vite le cœur de toutes les jeunes femmes, et qu'elles chantonnent pour elles-mêmes. L'effet doit être pareil chez les garçons. Mais de cela, je ne suis pas sûre. Grâce à la vigilance des mères, Anju et moi ne connaissons aucun garçon.

Nous avons évolué dans un monde de femmes, ma cousine et moi, à la maison comme dehors. Un monde de lumière tamisée, sous-marine, de mouvements languides, de regards qui filtrent sous le pan du sari. De bruits menus et étouffés : tintements de bracelets, rires aigus. Les quelques domestiques mâles sont cantonnés au rez-de-chaussée. Quant à Singhji — que sa laideur semblait pourtant placer dans une catégorie à part, androgyne — il n'est jamais entré dans la maison.

A l'école du couvent, le darwan veille à la porte, ne laissant pénétrer aucun homme, faisant tournoyer avec zèle son lathi au bout métallique, obligeant les pères eux-mêmes à attendre dans la rue. Durant les quelques cérémonies mondaines auxquelles nous avons assisté, mariages ou pujas, nous sommes restées assises avec les femmes de la famille, captives d'un filet aux mailles constituées de chants, de vieilles histoires et de potins. Peut-être parce que nous n'avions pas de pères, cet autre monde — sueur et lumière du soleil, voix masculine donnant un ordre à un domestique — nous paraissait lointain et plein de mystère, comme un océan mugissant vu à travers un télescope.

Notre existence était étriquée, c'est vrai. Mais, bizarrement, elle me réconfortait.

Je savais que la plupart des filles de seize ans à Calcutta ne vivaient pas comme nous. Je les voyais, en me rendant à l'école, se hisser dans des bus surchargés, marchander haut et fort avec les vendeurs de légumes ambulants quand elles faisaient les courses pour leur mère, tripotant allègrement les courgettes, pinçant les pois de sheem pour en vérifier la fraîcheur. Des groupes d'adolescentes gaies comme des papillons appelaient le marchand de glaces, achetaient des esquimaux à l'orange et, quand elles avaient tout mangé, essuyaient en gloussant leurs lèvres brillantes. Des femmes, jeunes et vieilles, hélaient des taxis et se faisaient conduire au New Market ou à Dalhausie ; certaines manœuvraient leur scooter à travers des rues encombrées d'autobus, de piétons et de vaches errantes, à coups de klaxon autoritaires. Et, de temps en temps, dans les ruelles sombres qui abritent les échoppes de fleuristes, j'apercevais une fille et un garçon se tenant par la main, et la fille baissait timidement les yeux pendant qu'il lui posait une fleur dans les cheveux.

Et leurs vêtements. Des salwaar-kameeze traversés de fils d'argent, des dupattas diaphanes qu'on laissait glisser et retomber artistiquement sur les épaules. Pour les occidentalisées, des jeans, ou des jupes moulantes qui accentuaient la rondeur de leurs hanches et la finesse de leurs chevilles. Les saris, pour celles qui en portaient, suivaient la dernière mode telle qu'elle apparaissait dans les films, et n'étaient pas fabriqués dans ces étoffes galonnées tissées main, que nos mères nous achetaient. Leurs corsages d'été, sans manches et généreusement décolletés dans le dos, leur valaient les sifflements des Roméos de trottoir, adossés à longueur de journée aux murs des immeubles, et me faisaient rougir.

L'audace de ces femmes me fascinait. Ainsi que leur insouciance pour cette fragile fleur de verre, la réputation, qui constituait l'essence même de notre vie, à Anju et à moi. Ces femmes représentaient tout ce que nous, les filles Chatterjee, souhaitions être et ne serions jamais. Si nos pères avaient vécu, nos mères se seraient peut-être montrées moins strictes. Mais la promesse de Gouri Ma à son époux semblait avoir figé la maisonnée entière, comme le charme magique qui, dans les histoires de Pishi, plongeait les palais dans un sommeil éternel.

J'acceptais cette situation, mais Anju ne cessait de se battre. « Pourquoi Ramur Ma doit-elle nous accompagner chaque fois que nous quittons la maison, même si c'est pour aller emprunter des livres à la bibliothèque voisine ? demandait-elle. Pourquoi ne pouvons-nous assister à la fête d'anniversaire de Sushmita comme toutes les autres filles de la classe, au lieu de lui faire porter un cadeau par Singhji ? Pas étonnant qu'on nous prenne pour des pimbêches. » Et aussi : « J'en ai marre de ces saris de vieilles femmes que vous nous faites porter. Comme si on vivait au Moyen Age. Je parie qu'il n'y a pas une autre fille de mon âge dans tout Calcutta — à l'exception de la pauvre Sudha bien sûr — qu'on oblige à s'habiller comme ça. Pourquoi n'ai-je pas droit au pantalon, aux jupes, ou du moins au kurta, de temps en temps ? »

« *Pourquoi, pourquoi, pourquoi*, disait ma mère. Ouf, la tête me tourne avec toutes questions. Ne pourrais-tu rester tranquille et laisser tes aînées, qui en savent plus que toi sur le monde, prendre les décisions importantes ?

— Nous en saurions sur le monde autant que vous, rétorquait Anju, si vous ne nous gardiez pas tout le temps parquées à la maison comme... comme des vaches de concours.

— Tu entends ça, Didi ? » pleurnichait maman en s'adressant à Gouri Ma. Chargée d'indignation, sa voix m'écorchait les oreilles et me tordait l'estomac. « Tu entends comme ta fille me répond ? Jamais, durant toutes les années que j'ai vécues chez mes parents je n'ai entendu un enfant parler si vulgairement. Vas-tu la laisser continuer à se conduire ainsi ? Pas étonnant que ma Sudha devienne si têtue. Je vois d'où ça vient. »

Alors tout le monde se mettait à parler en même temps, Anju criant : « Laissez Sudha en dehors de cela, elle n'a jamais rien dit, vous la critiquez toujours sans raison. » Et ma mère : « Tu vois, Didi, tu vois ce que je veux dire ? » Et Pishi, se voulant apaisante : « Ne t'en fais pas pour ce que dit la petite, Nalini, tu la connais, née sous le signe du Taureau, laissant les mots lui sortir de la bouche sans réfléchir. » Jusqu'à ce que finalement Gouri Ma lève les yeux des livres de comptes, qu'elle rapportait tous les soirs à la maison, les tourments inscrits dans les rides de son front comme du noir de fumée.

« S'il vous plaît, taisez-vous. Taisez-vous toutes. »

Et dans le silence renfrogné qui suivait, elle disait à Anju : « J'ai promis à ton père, et c'est la dernière promesse que je lui ai faite, que, si quoi que ce soit lui arrivait, je t'élèverais comme il le voulait. Comme doit l'être une fille Chatterjee. Et tu sais cela. »

Ces paroles auraient suffi à me réduire au silence. Ainsi que la voix de Gouri Ma, sombre et un peu lointaine — le genre de voix que devaient avoir les reines dans les contes de fées de Pishi.

Mais Anju ne cédait pas. « Qu'est-ce qui est le plus important : le bonheur d'une fille vivante ou la promesse faite à un mort, qui est mort parce qu'il nous a abandonnées pour courir après un projet stupide ?

— Ne parle pas ainsi de ton père, s'écriait Pishi. Fille ingrate, irrespectueuse.

— Ou bien est-ce parce que je suis une fille que mon bonheur n'a pas d'importance ? » Sa respiration saccadée, et sa voix chevrotante annonçaient qu'elle allait se mettre à pleurer. « Je parie que si j'étais un garçon tu ne me rembarrerais pas tout le temps comme ça.

— Hai bhagaban ! s'exclamait ma mère, ses yeux suppliants tournés vers le ciel. Voilà que maintenant elle veut être traitée comme un garçon.

— Je pense effectivement à ton bonheur, disait Gouri Ma, en veillant à maintenir ouvertes les portes de maisons dans lesquelles tu pourrais vouloir entrer un jour. Mais je n'espère pas que tu t'en rendes compte maintenant. » Un certain désenchantement, aussi subtil que celui qu'évoquent les dernières notes d'un raga, se devinait dans sa voix habituellement neutre. Mais peut-être était-ce le fruit de mon imagination et, l'instant d'après, elle nous expédiait dans nos chambres faire nos devoirs.

Elle me convainquait. Mais elle ne convainquit jamais Anju, qui remontait l'escalier en donnant de grands coups de pied dans la rampe de marbre sculptée de lions.

Ainsi ce matin, à l'école, pendant le rassemblement des grandes, Anju me chuchote : « On sèche cet après-midi et on va voir le nouveau film, d'accord ?

— Tu es folle ? » De stupeur, j'en oublie de parler bas, et sœur Baptista, qui surveille le rassemblement, tourne vers moi ses lunettes à monture d'acier qui scintillent de désapprobation.

« Ne sois pas si trouillarde », dit Anju, sans bouger les lèvres — un exploit qui réussit toujours à m'impressionner — et en offrant à la sœur un sourire d'ange. « On l'a déjà fait, tu te rappelles ?

— Et on s'est fait piquer, ce que tu as cru bon d'oublier. Comme tu as oublié la colère de Gouri Ma. » Je parle aussi bas que je peux, mais une houle de sons sifflants semble sortir de ma bouche, et la sœur me lance un regard terrible.

« On était beaucoup plus jeunes, dit Anju, et on ne savait pas comment éviter de se faire prendre. » Elle dédaigne la dernière partie de ma phrase.

« Mais nous avons promis à Gouri Ma... » Je revois son visage, aussi austère que celui du bodhisattva dont j'ai admiré la statue au musée de Calcutta. Elle nous avait toisées avec un tel reproche dans les yeux — à moins que je n'imagine simplement l'avenir ? Depuis ce terrible après-midi où j'ai appris que les mères peuvent vous mentir et les pères vous tromper, le temps parfois s'enroule sur lui-même, et je ne sais plus où j'en suis.

« Je devrais savoir qu'on ne peut rien attendre de toi, Miss Sainteté, crache Anju. Tout ce que tu veux, c'est être dans les petits papiers de maman. Et rentrer vite à la maison pour aller tout lui raconter. Eh bien, je m'en fiche ! J'agirai, avec ou sans toi. »

Chaque fois qu'Anju se met dans un tel état, je n'arrive pas à me fâcher, car je sais que cette colère cache un chagrin, et qu'elle refoule ses larmes. Chère Anju, pour qui l'amour signifie avoir les mêmes désirs. Etre en tous points semblables. Elle n'a pas encore appris que chacun — même Anjali et Basudha — finit par former un individu distinct. Que chacun finit par être seul.

Cette idée me surprend. Quand m'est-elle venue ? Est-ce l'après-midi des secrets, l'après-midi du sang nouveau et des larmes anciennes ? Est-ce le jour des boucles d'oreilles, quand j'ai demandé à Anju pourquoi elle m'aimait et que sa réponse a coulé, plus douce qu'une source inopinée, dans le désert de mon cœur ? Quand j'ai pris la décision de lui épargner ce terrible secret qui me ronge comme un cancer ? Quand je me suis promis de passer le reste de ma vie à réparer le mal que mon père a fait au sien, en l'attirant vers la mort ?

De par cette promesse, je me sens terriblement plus vieille qu'Anju.

« Sudha », susurre Anju, et je me tourne pour lui dire — quoi ? Quels mots puis-je extraire de ma gorge, devenue aussi bleue que celle du Seigneur Shiva par le poison que j'ai avalé, qui permettraient à Anju de continuer à rire, à aimer, à se quereller et à se réconcilier ? Qui lui permettraient de croire les liens qui nous unissent à jamais aussi solides ?

Mais je suis sauvée par sœur Baptista, qui ordonne de sa voix le plus sévère à Basudha Chatterjee de venir immédiatement s'installer au premier rang, la place des perturbateurs, pour avoir parlé pendant le rassemblement.

Et tandis que je m'avance, sentant sur mon visage la piqûre d'une centaine d'yeux, et devinant ce sourire affecté qui signifie : Ah, enfin, une des Chatterjee a ce qu'elle mérite, j'entends Anju me dire doucement, très doucement : « Si tu étais vraiment, vraiment ma sœur, tu viendrais avec moi. »

Il fait si chaud dans la rue que l'asphalte fondu colle à nos chappals. Les marchands de boissons froides avec leurs voiturettes pleines de Fantas orange vif et de Juslas jaune pâle, et de cubes de glace qui dégoulinent dans les sacs de jute, sont rentrés chez eux, n'ayant absolument plus rien à vendre. Mais la salle de cinéma obscure et fraîche constitue un lieu magique, pas moins merveilleux que les images qui scintillent sur l'écran. Dans un chuintement aussi apaisant qu'une berceuse, des ventilateurs au plafond déversent sur nous des vagues bénies d'air conditionné.

Non que je songe le moins du monde à dormir.

Je suis déjà allée plusieurs fois au cinéma — voir des films éducatifs avec Gouri Ma et, avec ma mère, ces films bengalis sentimentaux qui la font toujours pleurer. Mais je n'ai jamais ressenti cette excitation, ce picotement qui part de mes orteils et de l'extrémité de mes doigts pour remonter en vague de chaleur jusqu'à ma gorge et à mes joues. A mes lèvres, qui finissent par être enflées et agréablement douloureuses, comme si les avait embrassées (mais là je dois me fier à mon imagination) la dure bouche d'un homme.

Tout cela est dû, en partie, à nos vêtements. Anju s'est arrêtée au bazar proche du cinéma et nous a acheté à chacune les kurtas interdits. « Nous ne pouvons aller au cinéma dans notre uniforme de collégiennes, a-t-elle dit, l'esprit vif comme toujours. Tout le monde saurait qu'on a séché l'école. On nous dévisagerait, et quelqu'un finirait peut-être par nous reconnaître.

— Où as-tu pris l'argent ? » Je regarde la liasse de billets qui surgit, miraculeusement, dans sa main.

« C'est celui de mon anniversaire, dit-elle en riant. Cette année je n'ai pas acheté de livres. Je devinais que j'en aurais besoin pour autre chose. »

Et donc, à la lumière triste et mouillée des toilettes, nous nous sommes changées et avons revêtu les kurtas aux couleurs vives, légers comme des ailes sur notre peau. J'ai regardé mes jambes enserrées dans le pantalon churidar, et me suis émerveillée de leur galbe. Je ne me lassais pas d'observer ma poitrine, mes seins qui s'élevaient et s'abaissaient sous le tissu fin, couleur d'une fleur de grenadier. Et le pouls qui battait si vite au creux de ma gorge, juste au-dessus de l'encolure ovale du kurta.

« Touche finale », a dit Anju en sortant de son cartable un crayon à paupière noir et — oui, du rouge à lèvres. *D'où les tenait-elle ?* Mais je n'ai pas posé de question. Je découvrais que ma cousine avait elle aussi ses secrets.

Nous nous sommes maquillées l'une l'autre de nos doigts maladroits, noircissant nos paupières, soulignant nos lèvres de ce rouge-marron qui convenait mal à de très jeunes filles. Mais nous étions pleines d'insouciance, et riions en défaisant nos tresses et en laissant nos cheveux onduler autour de nos visages enfiévrés. Quand nous nous sommes regardées dans la glace, j'ai été stupéfaite du nombre d'années que nous venions de prendre brusquement, comme si nous avions franchi un seuil menant à l'âge adulte. Sans possibilité de retour.

« Oh, Sudha, a soufflé Anju. Tu es merveilleuse. Les gens vont avoir les yeux fixés sur toi au lieu de regarder les actrices sur l'écran.

— Ne sois pas bête », ai-je répliqué, en lui donnant une légère bourrade. Mais j'étais contente. Nous avons fourré nos uniformes dans nos cartables et sommes allées acheter nos billets.

Nous avons de la chance : nous sommes bien placées, avec vue directe sur l'écran, et, bien que la salle soit bondée, le siège à côté du mien demeure vide. Soulagée, j'y laisse tomber mon cartable. Je m'étais demandé avec anxiété qui serait mon voisin. Chaque fois que nous sommes allées au cinéma avec les mères, elles ont occupé les bords extérieurs, formant rempart entre nous et le reste du monde. Le temps d'un battement de cœur, leur présence protectrice me manque.

Mais j'oublie, fascinée par la salle, son plafond haut et ses corniches bosselées de fleurs de plâtre, le riche velours rouge du rideau de scène, l'odeur douceâtre, rappelant le zarda que les femmes mâchonnent après les repas, qui s'élève des travées. Et par les gens. Même après que le film a commencé, aussi merveilleusement romantique et triste que je l'avais imaginé, je ne peux m'empêcher de les regarder. La lumière de l'écran projette une lueur irréelle sur leur visage ensorcelé, efface les rides, gomme les années. Quand ils sourient, ou se tamponnent les yeux de leur mouchoir, ils paraissent étonnamment innocents, attendrissants. Et pourtant si mystérieux. Anju elle-même, avec son visage sur lequel les émotions glissent comme des nuages au clair de lune, me semble une parfaite inconnue.

Puis une voix masculine dit : « Excusez-moi, il y a quelqu'un, là ? »

C'est bien ma chance ! La dernière chose au monde que je voulais, un étranger assis à côté de moi, qui va gâcher mon plaisir en sifflant ou en faisant des bruits de baisers pendant les scènes romantiques. J'ai entendu des camarades de classe se plaindre de choses pareilles. Peut-être pourrais-je dire que la place est occupée par une amie, qui va revenir dans un instant ?

Mais quand je le regarde, je sais que je n'ai pas d'inquiétude à avoir.

« Comment le savais-tu, Madame Expérience ? A

combien d'hommes avais-tu parlé dans ta vie ? demandera Anju plus tard. Le fait est qu'il nous a plongées dans un océan d'ennuis. »

Parfois on sait les choses, tout simplement, lui dirai-je. Et les ennuis ne venaient pas de lui.

A la lumière bleu perle de la salle, les yeux de l'homme — presque encore un adolescent, lui aussi — miroitent, tantôt sombres, tantôt brillants. Il sourit, d'un sourire franc et d'excuse à la fois. Ses cheveux lui retombent sur le front. D'une façon que je trouve charmante.

« Je suis vraiment désolé, mais je crois que c'est ma place. » Il me tend son billet, en me montrant le numéro. La fossette de son menton pourrait briser le cœur de n'importe quelle fille.

J'enlève mon cartable du siège. Pour m'empêcher de sourire, je garde les yeux fixés obstinément sur l'écran, où le héros vient juste de monter à bord d'un train de nuit. Dans un instant il va découvrir l'héroïne endormie, et tomber amoureux, sans ambages, irrévocablement, une passion véritable, pour l'éternité.

Mais je ne peux m'empêcher, rien qu'une fois, de regarder mon voisin du coin de l'œil.

Il est intelligent, ça se devine à la façon dont il se tient, détendu et pourtant vigilant. Probablement un étudiant, de Saint-Xavier, peut-être. Ou de l'université d'Etat. Sa chemise blanche à col ouvert est très propre et sent la menthe. Et quand, le cœur battant à se rompre, je laisse mon regard remonter un peu, je vois ses lèvres qui sourient. Qui me sourient.

Combien de temps nous regardons-nous, dans cette salle de cinéma, à la fois réelle et irréelle ? Combien de temps restons-nous comme suspendus hors du monde dans cette lumière opale où l'on peut tout se permettre ? Je l'ignore. J'ai dû, par moments, regarder l'écran, mais il y avait longtemps que j'avais perdu le fil de l'histoire. (L'héroïne pleure en lisant une lettre. Puis elle danse — est-ce à la fête de mariage de son bien-aimé ? Elle laisse échapper un verre qui se brise en tombant et continue à danser, les pieds ensanglantés, mais la douleur est moins forte que celle qui lui déchire le cœur. Et puis c'est la fin du film, et il la tient dans ses bras — mais *comment* en est-on venu là ?) J'ai l'impression de ne pas avoir détourné mes yeux des siens, de ne pas pouvoir le faire, alors même que les lumières se rallument, et que les gens se bousculent dans les travées, pressés d'attraper leurs bus avant qu'ils ne soient surchargés.

Dans mon lit, ce soir, je m'émerveillerai du hasard qui a voulu qu'Anju choisisse justement ce jour-là pour me traîner au cinéma, qui a fait que ce jeune homme s'assoie à côté de moi dans une salle de plusieurs centaines de places. Or tout de suite j'ai su que ce n'était pas le hasard, mais l'inexorable force du destin, aussi puissante et silencieuse que la ronde des planètes, qui nous a conduits l'un vers l'autre. Et quand nos regards se sont rencontrés, comme celui du prince et de la princesse dans l'histoire du palais aux serpents, le dernier mot que le Bidhata Parush a écrit pour moi a flamboyé sur mon front. Mais cela, nous n'avions pas d'yeux pour le voir.

Il est dit dans les vieilles légendes que, lorsqu'un homme et une femme ne se quittent pas des yeux, comme ce fut notre cas, leurs esprits se mêlent. Leur regard est une corde d'or qui les lie l'un à l'autre. Même s'ils ne doivent plus jamais se rencontrer, chacun transportera toujours avec lui une parcelle de l'autre. Ils ne pourront jamais s'oublier, ni être totalement heureux.

C'est pourquoi dans les familles fidèles aux traditions, on interdisait aux filles de voir des hommes jusqu'au moment propice, shubbo drishti, celui où les fiancés se donnaient l'un à l'autre par le regard. Ce n'était pas, comme l'affirme Anju, pour maintenir la femme dans l'ignorance et sous contrôle. Les anciens, dans leur sagesse, avaient voulu ainsi empêcher les filles d'avoir le cœur brisé.

« Sudha. » Anju me secoue le bras avec insistance. « Sudha, qu'est-ce qui te prend ? Allons-nous-en. »

J'essaie de saisir ses paroles, mais sa voix me parvient d'ailleurs, de très loin. Je veux lui dire quelque chose pour la rassurer, au lieu de quoi je me retrouve en train de sourire à mon — oui, stupidement, c'est avec cet adjectif possessif que je pense à lui — jeune homme.

« Allez, viens », dit Anju, et je remarque l'inquiétude peinte sur son visage. Voilà bien l'ironie qui veut que ce soit elle, à l'origine de cette aventure, qui ait peur alors que ma propre timidité a disparu. « Viens, il faut qu'on aille se changer et remettre notre uniforme. Si nous ne nous dépêchons pas, nous ne serons jamais à la porte de l'école pour l'arrivée de Singhji.

Je dis « d'accord », mais tous tant qu'ils sont — Singhji, les sœurs à l'école, même les mères avec leur colère inévitable — appartiennent à un autre univers, qui n'a rien à voir avec moi.

D'un ton pensif, rêveur, le jeune homme murmure « Sudha », et dans sa bouche mon prénom acquiert une douceur, une élégance que je n'avais jamais pensé qu'il possédait.

Anju se redresse. « Ecartez-vous, s'il vous plaît, afin que nous puissions passer », dit-elle de sa voix la plus adulte.

« Oui, bien entendu. » Il y a de la courtoisie, mais pas trace d'excuse dans son ton. Pendant qu'Anju passe devant lui, il dit : « Sudha, je m'appelle Ashok, Ashok Ghosh. Quel est votre nom de famille ? »

Ghosh. Dans ma tête une cloche sonne l'alarme. J'entends ma mère s'exclamer de son ton le plus patricien : « *Quoi ? Un homme de basse caste ?* » Je ferme les yeux et serre très fort les paupières, pour chasser cette voix.

« Sudha, tais-toi, ne dis rien, s'écrie Anju, abandonnant tout maniérisme. Nous ne savons pas qui est cet homme, ce qu'il pourrait faire, ou raconter. » Sa main vient me fermer la bouche, mais je l'écarte. *Ashok, celui qui chasse les chagrins*. Je sais qu'il n'utilisera jamais mon nom pour me faire du tort.

« Je m'appelle Basudha Chatterjee », dis-je, et je lui décoche mon sourire le plus enchanteur.

Anju essaie de me tirer vers la porte. La salle est presque vide, et ses paroles résonnent : « Allons, viens,

Sudha. Seigneur, que je m'en veux d'avoir eu cette idée de cinéma.

— Tout va bien, Anju, ne t'inquiète pas. » Une grande tendresse m'envahit. Parce qu'elle est ma sœur. Parce qu'elle veut me protéger. Parce qu'elle est celle qui nous a mis en présence, Ashok et moi.

« Ne t'inquiète pas », répète-t-elle après moi, et j'entends son désespoir. « Comment ne pas m'inquiéter alors que tu restes là comme si tu avais de la bouse de vache dans la tête à la place du cerveau ? Quelqu'un t'aura sûrement vue parler à un étranger, et alors que ferons-nous ? » Elle me tire de toutes ses forces.

« Attendez. » Ashok tend le bras comme s'il voulait m'arrêter. Je rêve au toucher de ses doigts, électrique et chaud comme une pluie d'été. Mais il n'a pas totalement oublié les convenances. A la dernière seconde, il serre le poing et enfouit sa main dans sa poche. « Ne partez pas si vite. Puis-je vous offrir quelque chose à boire ? Ne pouvons-nous parler ? Même quelques minutes ?

— Non, interrompt Anju, avec colère. Votre tête aussi est-elle pleine de bouse de vache ? Vous n'avez pas entendu ce que je viens de dire, que nous aurons de terribles ennuis à la maison si quelqu'un nous a vues avec vous ? S'il vous plaît, partez.

— Laissez-moi au moins vous appeler un taxi.

— Nous allons prendre le bus. » Anju m'entraîne vers la porte des toilettes. Je vois, par-dessus son épaule, le visage effondré d'Ashok. Je voudrais pouvoir lui dire de ne pas s'inquiéter — que nous nous reverrons sûrement. Mais j'ai juste le temps de lui crier : « Nous habitons Baliganj. »

« Comment peux-tu être si stupide, éclate Anju, alors que la porte se referme brusquement derrière nous. Tu te conduis exactement comme une de ces idiotes de filles dans les films. Le premier étranger que tu rencontres, juste parce que le hasard veut qu'il soit assis à côté de toi.

— Non, pas le hasard, Anju. Rien n'arrive *par hasard*. Je sais... »

A ce moment-là, la porte d'une des cabines s'ouvre.

« Mes enfants, dit une voix familière, c'est vous ? Il me semblait bien avoir reconnu votre voix, mais je m'étais dit : non, ce n'est pas possible. Que faites-vous ici ? Vous devriez être à l'école, non ? Et qu'est-ce que j'entends ? Un homme ? Assis à côté de vous ? » La forme volumineuse et houleuse de tante Sarita émerge de la cabine. Elle réajuste les plis de son sari et darde sur nous ses yeux globuleux. « Mais qu'est-ce que vous avez sur le dos ? Et regardez-moi ce *truc* sur vos lèvres ! Comme des femmes de rue. Seigneur, je vais vous ramener chez vous immédiatement. Quand vos mères sauront ça ! »

En proie au plus profond ravissement, tante Sarita nous agrippe par le bras, comme si elle craignait de nous voir nous dissoudre magiquement dans l'air ammoniaqué des toilettes, et la priver ainsi du meilleur potin de la saison. Ses doigts d'acier s'impriment dans notre chair pendant tout le trajet de retour à la maison.

VI

Anju

On nous a expédiées chacune dans notre chambre, en attendant que les mères décident de la punition qui convient. Allongée sur mon lit, je contemple le plafond. En s'y infiltrant depuis des années, l'eau de pluie y a dessiné des formes fantastiques qui habituellement m'enchantent — forêts, forteresses, et ces animaux ailés qui peuplent les contes de fées que Sudha et moi aimions interpréter. C'est sur ce lit aussi que nous rêvions de notre avenir. Je réussirais une brillante carrière universitaire, qui me permettrait de visiter tous les pays que je veux voir. Et Sudha ferait un magnifique mariage et porterait des saris de soie tous les jours, si elle le souhaitait. Ses enfants seraient aussi beaux que des rayons de lune. Mais aujourd'hui, je ne peux penser qu'à la terrible situation dans laquelle je nous ai plongées.

Il semble s'écouler un temps infini avant que Ramur Ma vienne me dire qu'on m'attend dans le bureau. Toute ma bravoure a disparu. Mais, du moins, je suis contente d'avoir réussi à ne pas pleurer. Sinon elle aurait vu les traces de larmes, et l'histoire se serait répandue chez les domestiques des vieilles familles de Calcutta plus vite qu'une épidémie de diarrhée en plein été : *On se demande ce qu'ont pu bien inventer les filles Chatterjee cette fois-ci pour qu'Anju Didi s'effondre comme ça.*

Devant la porte du bureau, je rassemble tout mon courage avant de frapper. Alors j'entends le pas de Sudha derrière moi. Sa main agrippe la mienne, moite mais ferme, signifiant que nous sommes ensemble. Nous entrons, et nos pas résonnent sur le carrelage froid. Des ombres plongent et virevoltent devant les étagères de livres comme des chauves-souris affolées, et le portrait à l'huile de notre arrière-grand-père, dans ces couleurs tristes qu'on aimait à l'époque, nous toise d'un air menaçant.

Assises sous le portrait, sur le vieux divan de velours, les mères se tiennent si immobiles qu'on pourrait les croire peintes elles aussi. Dans le jour douteux, Pishi fixe un point derrière nous, lèvres serrées en une ligne mince et douloureuse. Elle déteste les scènes autant que tante N les aime. Tante s'est échauffée. La mine offensée, l'indignation lui sourd par tous les pores comme un gaz sulfurique prêt à exploser. Et ma mère : ses yeux sont dans l'ombre, je ne déchiffre pas sa bouche. Mais à voir sa silhouette, la tête pendante comme si son cou ne pouvait en supporter le poids, je m'en veux terriblement de ne pas avoir écouté Sudha.

« Les voilà, dit tante N. Regardez-les, qui déambulent main dans la main, les petites dévergondées. Est-ce qu'elles s'inquiètent de ce que tout Calcutta clabaude sur leur escapade ? Bien sûr que non. Est-ce qu'elles se soucient de nous avoir couvertes du kali le plus noir ? Bien sûr que non. Elles se fichent pas mal d'avoir détruit en un après-midi tout ce que nous avons essayé de construire pendant des années. Toutes ces heures et ces heures de dur travail passées dans le magasin, Guri Di » — la main de Sudha se crispe dans la mienne, mais tante ne s'en aperçoit pas et continue —, « la cour que je me suis imposé de faire aux femmes des familles importantes de la ville. Est-ce qu'elles s'en soucient ? Bien sûr que non. »

Pour l'amour de Dieu, ai-je envie de dire. Nous sommes juste allées au cinéma. A vous entendre, on croirait qu'on est enceintes.

Mais le moins que je doive à ma cousine, c'est de ne pas envenimer les choses.

Soudain Pishi prend la parole, ce qui me surprend car d'habitude elle assiste muette aux séances de tante N. « Elles se sont très mal conduites, je l'admets, dit-elle. Mais faut-il vraiment te montrer si dure, Nalini ? Regarde-les, je sais qu'elles regrettent profondément...

— Avec tout le respect qui t'est dû, Didi » — la voix de tante N est aussi froide et noire que l'intérieur d'une cave à charbon —, « tu as fait assez de mal comme ça en leur remplissant la tête de vieilles histoires romantiques. S'il te plaît, ne te mêle pas de cette affaire entre mère et fille. »

Comme tante connaît bien nos faiblesses à chacune ! Et comme elle n'hésite pas à piquer, là où il faut ! Dans les yeux de ma Pishi, femme sans enfant, le chagrin miroite en éclats de verre brisé. Alors Sudha plante son regard dans celui de sa mère, le corps dur et tendu comme un arc. Elle ne flanche pas quand tante la saisit par le coude et la secoue, en hurlant : « Ne t'ai-je pas dit et redit qu'on ne doit pas faire confiance aux hommes ? Et pourtant... Dis-moi, qui est-ce ? Qui est l'homme avec lequel tu es allée au cinéma ? Comment l'as-tu rencontré ? Dis-le-moi. Ne t'imagine pas qu'en te taisant tu vas te sauver. Et n'invente pas un de ces contes à dormir debout que tu aimes tant. »

Tante la secoue si fort que la tête de Sudha valdingue en arrière, et ma mère, furieuse, s'écrie : « Nalini ! Arrête ! Anju nous a déjà dit qu'elles se sont trouvées assises à côté de lui par hasard. » Mais rien ne peut arrêter tante N.

« Ogo », supplie-t-elle, les yeux levés au ciel, à l'adresse de mon défunt oncle, « où es-tu parti, me laissant seule pour élever cette enfant vicieuse ? Si seulement tu étais vivant pour voir ma souffrance et ma honte, si seulement...

— Il serait vivant », interrompt Sudha, qui parle lentement, chaque mot tombant de ses lèvres comme une pierre sculptée, « si tu ne l'avais pas poussé à bout en le harcelant sans arrêt. »

Sous le choc, un silence absolu tombe sur la pièce, ma tante elle-même en demeure bouche ouverte. Ce qui nous sidère, ce n'est pas tant la hardiesse de Sudha. C'est l'autorité avec laquelle elle s'exprime.

Comme si elle savait.

Je ne suis pas très sûre de ce qui se passe ensuite. A un

moment, tante Nalini sanglote : « Ma fille que j'ai mise au monde, qui se dresse contre moi. Alors que tout ce que je fais, c'est pour son bonheur. » Le chagrin rend sa voix rauque, granuleuse, et je me rends compte que, pour une fois, elle croit vraiment ce qu'elle dit.

Mais quand Sudha reprend la parole, il semble qu'elle n'ait pas entendu sa mère.

« Pour ce qui est des contes à dormir debout, ne crois-tu pas que tu en as ta part ? » Elle dit cela avec un tel mépris que j'en ai la chair de poule. Qu'est-ce que cela signifie ?

Surgies d'on ne sait où, les mains de Pishi se plaquent sur la bouche de Sudha. « Chut, ma fille, chut. » Puis ma mère, haletant comme si elle avait grimpé une montagne, lui saisit le bras et dit : « Suffit, nous sommes toutes à bout de forces, arrêtons avant de laisser échapper des paroles que nous regretterons le restant de notre vie. Sudha et Anju, puisqu'il semble qu'on ne puisse vous faire confiance, vous n'aurez plus d'argent de poche jusqu'à votre entrée à l'université. Donnez les vêtements que vous avez achetés à Ramur Ma — elle en disposera. Je vais dire aux sœurs que, désormais, vous devrez passer toutes les récréations dans la salle de classe. »

La punition me paraît juste. La fermeté tranquille de ma mère m'a touchée beaucoup plus qu'un millier de vociférations. Je me dirige vers la porte, derrière Sudha, soulagée que la soirée s'achève.

Tante N alors s'écrie : « Une minute ! C'est tout ce que tu vas leur dire ?

— Ça me paraît suffisant. » Maman a les joues enfiévrées — de colère ou de chagrin, je ne sais — et la respiration difficile.

« Dans ces conditions, je vais ajouter quelque chose, dit ma tante. Ton Anju a une mauvaise influence sur ma fille. Toutes ces idées qu'elle pêche dans les romans anglais que tu l'autorises à lire, elle les transmet à Sudha. Jamais Sudha n'aurait monté toute seule l'escapade d'aujourd'hui. Je ne peux pas me mêler de tes rapports avec Anju — après tout, c'est ta fille, et sa situation est très différente de celle de Sudha. Anju est l'unique héritière des Chatterjee, et Sudha une pauvre cousine venue d'on ne sait où — ne crois pas que j'ignore ce que les gens racontent derrière mon dos. La situation sociale d'Anju fera taire nombre de mauvaises langues. Mais ma pauvre Sudha ? Elle n'a que sa mère pour veiller à la réputation qu'elle s'efforce de ruiner. C'est pourquoi j'ai décidé qu'elle ne quittera pas la maison, même pour aller à l'école, sans que Ramur Ma l'accompagne. »

Quel affront ! Comme si Sudha avait douze ans !

Mais ce qu'ajoute ensuite tante N me donne l'impression d'avoir été jetée dans un puits noir et gelé.

« J'ai aussi décidé de la marier très vite. Dès qu'elle aura fini ses études au couvent, je me mettrai en quête d'un parti convenable.

— Mais elle n'aura même pas dix-huit ans. » La voix de maman, bouleversée, me parvient de quelque part au-dessus de moi. « C'est beaucoup trop jeune...

— Si elle est assez âgée pour folâtrer avec des hommes au cinéma, elle est assez âgée pour s'occuper de la famille de son mari. »

J'ai du mal à parler, étouffée sous des couches et des couches d'eau glacée, mais finalement j'y parviens. « Et l'université ? Sudha n'ira pas à l'université ?

— Quel *bien* en retirerait-elle ? dit tante. Ça ne ferait que lui mettre encore plus d'idées folles dans la tête. A la place, je lui paierai un professeur de cuisine à la maison. Je ne lui laisse finir l'école que par respect pour ta mère, à qui ça a coûté tant d'argent. » Elle salue ma mère d'un signe de tête, comme si elle lui octroyait une faveur.

L'eau sent l'encre et la fange. Sous son poids, ma poitrine va éclater. Je hurle : « Comment pouvez-vous faire ça ? » mais ne produis qu'un chuchotement mouillé. « Comment pouvez-vous détruire l'avenir de Sudha...

— Ça suffit, Anju ! » m'intime ma mère — mais c'est la pitié que je lis dans ses yeux qui me réduit au silence. « Nous discuterons de cela plus tard, quand nous aurons la tête plus claire. Sudha et Anju — dans vos chambres. Immédiatement ! Ramur Ma, accompagne-les. »

Nous montons l'escalier solitaire, vidées de mots. J'ai l'impression que toute lumière s'est retirée de mon cœur. Les yeux de Sudha sont immenses et fiévreux. Un nouveau petit muscle tressaute dans sa mâchoire.

Oh, comment ai-je pu être si irréfléchie ? Si insouciante des conséquences ?

Si je croyais aux vœux, je demanderais à revenir en arrière, à retrouver notre innocente matinée. Et comme dans les contes, je serais prête à payer n'importe quel prix pour cela.

Mais les vœux ne servent à rien, et les regrets non plus. Je dois trouver un autre moyen de réparer le mal que j'ai fait.

Arrivées devant la porte de Sudha, je la serre très fort dans mes bras. Ramur Ma nous surveille, oreilles dressées, aussi ne puis-je même pas dire à quel point je m'en veux. Mais Sudha le sait. Et à sa façon de presser sa joue contre la mienne, je sais qu'elle m'a pardonné.

Je murmure : « Ne t'inquiète pas, tout n'est pas fini. Nous nous battrons par tous les moyens. » J'échafaude déjà des stratégies, les choses que je vais dire à maman qui, je le devine, est de notre côté. « Et quoi qu'il se passe, ce sera la même chose pour nous deux. Je te le promets. »

Je m'attends que Sudha manifeste son assentiment, au lieu de quoi elle recule un peu et me regarde avec un léger sourire ironique. Comme si elle savait déjà ce qui me prendra des années à comprendre : on peut tenir ses promesses, oui, mais pas toujours de la façon qu'on imagine.

VII

Sudha

Couchée et suffoquant de rage, je pense, bizarrement, à Hercule. Peut-être parce que, à l'école, nous avons étudié les légendes grecques et romaines. Les sœurs ont eu beau nous mettre en garde contre ces héros et héroïnes païens, ils me fascinent. Ils me paraissent plus proches de moi que la plupart des gens qui m'entourent. J'ai senti l'air bleu s'engouffrer sous les ailes d'Icare, et la cire couler le long de ses bras. J'ai pleuré avec Perséphone quand les voûtes noires se sont refermées au-dessus de sa tête, et pleuré de nouveau quand Cérès l'a serrée contre elle, comme jamais ma mère ne le fait avec moi.

Ce soir, je comprends ce qu'a dû éprouver Hercule, piégé par la tunique empoisonnée que lui avait envoyée celui qui — croyait-il — n'avait que son bien-être en tête. Des aiguilles de feu transpercent mon corps, fureur contre ma mère, contre mon impuissance entre ses mains. Est-ce que vraiment son devoir de mère lui donne le droit de diriger ma vie, de m'emmurer ? Mauvaise, mauvaise, cette société qui décide que, parce qu'elle m'a mise au monde, ma mère peut s'instituer mon geôlier.

Tout à l'heure, quand elle a décrété que je resterais à la maison pendant qu'Anju ira à l'université, j'ai eu une étrange impression : celle de me trouver dans un tunnel noir et tortueux dont les parois m'enserraient. Il m'a fallu un moment pour le reconnaître : le canal de la naissance, étroit, étouffant. Seulement, je le remontais, je retournais dans l'utérus, où ma mère me garderait, engloutie à jamais.

Anju, sauve-moi.

Mes draps brûlent. Mon oreiller est une pierre qui grésille. Si je bois un peu d'eau et vais ensuite m'allonger auprès d'Anju, en écoutant sa respiration endormie, cette nuit finira peut-être par s'écouler.

Tandis que je m'approche, sur la pointe des pieds, de la cruche posée dans le couloir, je remarque que la porte de la chambre de ma mère est ouverte. Des rais de lumière tombent sur le sol, projetés par la lune à travers les barreaux de la fenêtre. Puis je vois une silhouette.

Anju. Il faut que j'aille trouver Anju.

Mais, contre ma volonté, mes pieds me conduisent vers la porte de ma mère. Je me tiens là, ombre parmi les ombres, et l'observe. Elle agrippe les barreaux, son corps tendu, son front pressé contre le fer rouillé. Elle pleure, mais pas à sa façon habituelle — sanglots théâtraux, supplications bruyantes adressées à toutes les divinités. Elle pleure en silence, ma mère, et seule la ligne tremblante de son dos me l'indique. Puis elle lève son visage vers la lune.

Et soudain une vieille comptine enfantine me revient. *Chander Pane cheue cheue raat keteche kato*. J'avais oublié qu'elle la chantait tout en me berçant dans mon petit lit et en me souriant.

J'ai passé tant de nuits à regarder la lune.
Voilà pourquoi, peut-être, tu es venue, mon bébé
[à face de lune.
Partons dans la forêt toutes les deux, toi et moi,
Afin que, en silence, je jouisse de ta beauté.

Elle a dû trouver que le clair de lune n'était que supercherie. Un jour inondée de promesses d'un âge d'or, le lendemain veuve et sans un sou. Seule, si l'on excepte sa fille, dans un monde de nuages bourgeonnants. Les nuages se rapprochaient d'heure en heure, et une nouvelle ride se creusait sur son visage. Il ne lui restait que les mots pour se sauver, elle et son enfant. Elle choisit les plus ingénieux et les tressa en une guirlande dont elle entoura sa gorge. Par eux, elle réussit à être pendant un temps ce qu'elle avait tant désiré, ce lointain matin au bord de la rivière.

Mais récemment, elle s'était aperçue que leur fragrance s'évanouissait, que leurs pétales tombaient. Un unique gros coup de vent pouvait les balayer, la laissant cruellement exposée. Et voilà que sa fille, la seule personne, à n'en pas douter, sur laquelle une mère devrait pouvoir compter — celle pour qui elle avait fait tout cela —, déployait ses ailes, attirée par d'autres chants.

« Sudha, murmure ma mère contre les barreaux. Sudha, Sudha. » Elle se passe la main sur le front comme si elle avait mal. Quel mot a bien pu y écrire le Bidhata Purush, pour qu'elle se soit laissé séduire si facilement par un rêve d'amour ? Et quel autre mot, qui l'a rendue si déterminée à m'éviter le même destin ? Croit-elle — comme peut-être toutes les mères — qu'à travers moi elle peut racheter sa vie ?

Dehors, les figuiers bruissent, bien qu'il n'y ait pas le moindre souffle d'air. Ils répètent mon nom sur le même ton désespéré, on dirait qu'ils connaissent son chagrin, sa peur d'être de nouveau abandonnée.

Un oiseau peut s'échapper d'une cage où la haine et la soif de pouvoir tiennent lieu de barreaux. Mais une cage faite de désespoir, dans les ténèbres de l'amour ?

Je ne m'approche pas de la cruche d'eau froide posée dans le couloir. Je ne vais pas trouver Anju, la douceur de ses bras, le réconfort de notre rage et de notre rébellion partagées. Je reviens dans ma chambre, vers les draps brûlants qui s'enroulent autour de moi comme un cordon ombilical. Toute la nuit, je demeure éveillée, à réfléchir.

Quand les premières corneilles annoncent le matin, de leurs cris stridents qui semblent marqués d'effroi, je sais que je n'irai pas contre la volonté de ma mère.

Du moins, pas dans ce cas-là.

VIII

Anju

Je suis furieuse contre Sudha.

« Tu ne peux pas laisser ta mère agir comme bon lui semble, pas dans ce *cas-là.* » Je hurle en arpentant sa chambre. « Sans études universitaires, quel genre de vie auras-tu ? Tu ferais aussi bien de t'attacher une pierre autour du cou et de sauter, là, maintenant, dans un puits. Ou de te mettre un cache sur les yeux et de t'atteler avec les bœufs qui font tourner la roue du moulin à moutarde. C'est tout ce que tu seras, une bête de somme pour un homme.

— Anju, s'il te plaît, assieds-toi. Tu me fais tourner la tête », dit Sudha. Je m'assois en maugréant sur son lit, et elle m'adresse un petit sourire contraint. Elle n'a pas dormi de la nuit — je le vois aux poches sous ses yeux. Sudha n'a jamais pu supporter le manque de sommeil. Bientôt, elle va tomber malade.

« Mais nous étions d'accord la nuit dernière. » Je bourre de coups l'affreux couvre-lit marron, choisi — évidemment — par tante N. « Nous allions lutter ensemble. J'ai même dressé une liste des arguments que nous utiliserions pour convaincre maman. Comment peux-tu changer d'avis si vite ? Comment peux-tu être si lâche ? »

Dans ses beaux yeux, je lis une immense détresse. Et, soudain, je sais que ce n'est pas la peur qui lui dicte sa conduite.

« Est-ce que tante t'a dit quelque chose la nuit dernière ? »

Sudha secoue la tête. « Je ne veux pas briser le cœur de ma mère, c'est tout.

— Ta mère n'a *pas* de cœur, encore moins un cœur que tu pourrais briser.

— Anju ! Tout être humain a un cœur, mais parfois le sort ne nous permet pas de nous en apercevoir. Et chaque cœur, même le plus dur, a un point faible. Si tu le frappes à cet endroit, il éclate. Je suis le seul bien que ma mère possède. Je ne veux pas qu'elle pense que moi aussi je me suis dressée contre elle.

— Très bien. Tu vas donc gâcher ta vie pour elle ? Après tous les projets que nous avons faits ensemble : lire Shakespeare et Tagore, étudier la croissance et la chute des civilisations, les grandes inventions de la science moderne...

— Je continuerai d'apprendre des choses utiles et importantes, Anju.

— Sûr, la fabrication des pickles de citron, par exemple.

— Bien plus que ça. Et d'ailleurs, tu adores les pickles de citron !

— Ne plaisante pas. Tu vas gâcher tous tes talents. »

Sudha se penche vers moi, si bien que je sens l'odeur fraîche de margousier qu'embaume son savon. « Anju chérie, ne sois pas si fâchée. Je ne sacrifie pas tant de choses que ça. Vraiment. J'y ai pensé toute la nuit, et je me suis rendu compte que l'université a moins d'importance pour moi que pour toi. Pour moi, il y a d'autres choses plus importantes. »

Comme je n'ai pas l'air convaincue, elle dit : « Je vais te le prouver. Qu'est-ce que tu veux faire, quand tu seras grande ? »

Elle reprend la phrase de notre enfance, bien que, à presque dix-sept ans, nous soyons déjà des adultes. Mais je sais ce qu'elle veut dire. Plus tard, quand nous serons mariées. Mais ni l'une ni l'autre n'osons mentionner cet état, à la fois réjouissant et terrifiant — celui de femme mariée.

« Je veux diriger la librairie », dis-je. Je ferme les yeux et la senteur me monte aux narines, ce mystérieux parfum poussiéreux de carton et de vieux papier, l'odeur chimique de l'encre fraîchement imprimée que charrie mon sang depuis ma naissance. « J'aurai du mal à persuader maman, mais je suis sûre que j'y arriverai. Après tout, je suis son unique enfant, je n'ai pas de frères qui me fassent concurrence. C'est pourquoi je prévois d'étudier la littérature à la fac — pour être capable de suivre les écrivains les plus récents et de commander les meilleurs livres.

— Ce que je désire le plus, dit Sudha, c'est une famille avec des enfants. Tu ne te rappelles pas nos dessins ? »

Et soudain, je me souviens. Quand nous étions petites, chaque semaine nous dessinions des images de notre vie future. Les miennes différaient chaque fois : exploratrice au milieu de la jungle sautant de liane en liane, pilote d'avion au nez chaussé de grosses lunettes, scientifique transvasant des liquides fumants d'un tube dans un autre. Sudha, elle, dessinait toujours la même chose. Un bâtonnet représentant une femme, vêtue d'un sari traditionnel à liséré rouge, avec un énorme trousseau de clefs attaché à son anchal, le bindi rouge du mariage au milieu du front, et qui se tenait à côté d'un homme moustachu portant une serviette. Autour d'eux, plusieurs bâtonnets symbolisant des enfants, habillés de shorts ou de jupes triangulaires, suivant le sexe. Je trouvais cela, pour ma part, horriblement ennuyeux.

« Oui, oui, dis-je avec impatience, moi aussi je veux une famille. Mais tu as certainement envie de faire autre chose — pour toi-même. »

Sudha hésite. Une ombre rêveuse voile ses yeux. Je soupire, car je sais ce qu'elle va dire : qu'elle veut épouser Ashok. L'idée me frappe que c'est peut-être la raison pour laquelle elle a cédé si facilement — pour apaiser tante N et conserver ses forces afin de pouvoir livrer ce qui sera la plus grande bataille de sa vie.

Mais ma cousine me surprend de nouveau.

« Je veux être modéliste, dit-elle. Dessiner des vêtements. Des salwaar kameezes. Des ghagras de mariage, plissés et inscrustés de miroirs. Des kurtas pour les hommes, en soie blanche brodés ton sur ton. Des vêtements de bébé en satin avec des œillets de dentelle. Je veux monter ma société, avec mes tailleurs, si bien que les clients des meilleurs magasins réclameront la marque Basudha. A Bombay, à Delhi, à Madras, on vantera mon travail. »

Son visage s'anime et flamboie, et je ne sais que dire. Je n'imaginais pas cela d'elle. Elle n'en a jamais parlé — non sans raison. J'entends d'ici tante N : « Une couturière ! Tu veux être une vulgaire couturière et couvrir de kali la face de tes ancêtres ! »

Rien que d'y penser me rend ivre de rage. Pourquoi Sudha n'aurait-elle pas le *droit* de faire ce qui la rend heureuse ? Ou du moins d'en rêver ? Alors, j'achève son rêve pour elle : « Et un jour tu travailleras pour le cinéma. Des stars comme Rakhee et Amitabh refuseront d'être habillées par quelqu'un d'autre que toi ! »

Les yeux de Sudha scintillent comme les miroirs qu'elle voudrait coudre dans ses vêtements. « N'oublie pas les diplomates. En Afrique, en Angleterre, au Japon, ils porteront mes kurtas, mes redingotes à la Nehru et mes saris brodés.

— Et en Amérique, n'oublie pas l'Amérique !

— Et en Amérique, bien entendu ! » A présent nous rions comme des folles, oubliant nos misères du moment, naviguant dans ce délicieux espace entre croyance et incrédulité.

Si un rire moqueur nous répond, du haut des corniches chargées de chèvrefeuille où épient les assistants du Bidhata Purush, à moins que ce ne soient les démons, nous ne l'entendons pas.

IX

Sudha

L'année s'écoule ainsi. Certains jours immobiles et opaques, comme si j'étais dans le coma, en attendant que ma véritable vie reprenne. D'autres, parfois, agités de soubresauts, haletants et postillonnants, me rappellent que ma courte vie de liberté est sur le point de s'achever. Bientôt le monde se limitera pour moi à ces murs et à ces figuiers. Tandis qu'Anju — jusqu'où ira-t-elle, en me laissant derrière ? Comme je lui paraîtrai terne quand elle rentrera à la maison, aussi éclatante qu'un tournesol gorgé de lumière. Quand le temps viendra de m'échapper de ma prison, en aurai-je la force ? Ou serai-je comme l'oiseau trop apprivoisé qui préfère sa cage à la vaste étendue bleue du ciel, si effrayante ?

A y penser, une énorme lassitude m'envahit. Ai-je cédé trop vite ? Les flots de gentillesse dont m'inonde ma mère depuis que je me suis inclinée ne m'offrent aucun réconfort. Je suffoque pendant toutes ces soirées où elle m'apprend à nouer mes cheveux à la dernière mode, à brosser mes sourcils en une courbe parfaite, où elle m'emmene à des thés chez des amies afin que je sache me tenir en société. Ecouter leurs conversations, me dit-elle, m'apprendra comment fonctionne le monde. Mais je suis écœurée jusqu'à la nausée par leurs éternelles histoires de maris infidèles et de ruses inventées par les femmes pour les retenir. Dieu merci, Ashok n'est pas comme ça, me dis-je en affectant d'être fascinée par leurs propos.

Nous ne nous sommes pas parlé, lui et moi, depuis notre rencontre au cinéma, mais je l'ai vu. La première fois, c'était en revenant de l'école. Singhji conduisait,

Ramur Ma assise à côté de lui, droite comme un i, imbue de sa nouvelle importance. A l'arrière, nous parlions à bâtons rompus — sachant que le moindre de nos propos serait rapporté à ma mère. C'était une de ces journées torrides où tout se voile et ondule dans l'air immobile — chaussée, autobus, même le visage du policier réglant la circulation qui nous a fait signe de nous arrêter juste avant le croisement avec notre rue. Si bien que lorsque Ashok a surgi tout près de la vitre, vêtu de la même chemise blanche que je lui avais vue, j'ai cru qu'il n'était que le fruit de mon désir. Je me suis quand même figée au milieu de ma phrase, et Anju aussi, quand elle s'est tournée pour voir ce que je fixais. Mais elle a l'esprit vif, ma cousine, et dans l'instant elle s'est remise à parler, inventant à toute allure une histoire de scandale à l'école, de fille surprise à bavarder pendant un examen, et comment les parents convoqués avaient été priés de la retirer immédiatement, et à tout jamais, de l'école. Ramur Ma buvait ses paroles, la bouche ouverte, aussi ai-je pu regarder par la vitre et adresser un sourire à Ashok. Il m'a souri en retour. J'ai remarqué qu'une de ses dents du devant était légèrement de travers, ce qui a déclenché en moi, sans logique aucune, un élan d'amour. A présent, il sortait une enveloppe de sa poche. Une lettre ! Je l'ai désirée plus que tout ce que j'ai jamais pu désirer dans ma vie. Mais j'ai fermé les yeux, pour lui signifier que c'était impossible. Il a dû comprendre ce que j'éprouvais, car, lorsque le policier a sifflé et que notre voiture est repartie, il a porté la lettre à son cœur. J'ai posé la main sur le mien et l'ai senti battre de bonheur, de frustration et de peur, et puis — stupéfaite de mon audace — j'ai porté mes doigts à mes lèvres. La voiture a accéléré — Singhji avait-il remarqué ? Dans le rétroviseur, la chemise d'Ashok a miroité comme une petite flamme blanche jusqu'à ce qu'il disparaisse. J'ai eu mal au fond des yeux — les larmes que je ne devais pas verser. J'ai glissé ma main dans celle d'Anju qui, bien que probablement fâchée de mon comportement, ne l'a plus lâchée jusqu'à la maison.

J'ai revu plusieurs fois Ashok après cela, et chaque fois à un endroit différent sur le chemin de l'école. Buvant du lait de coco à l'étal d'un marchand ambulant, faisant réparer sa chappal chez un muchi, ou attendant l'autobus, sa sacoche en bandoulière. Mais je savais que, en réalité, c'est moi qu'il attendait. Nous n'avons jamais pu nous parler. Nos yeux se croisaient, une sorte de courant électrique parcourait ma colonne vertébrale, sur quoi Singhji, actionnant son klaxon, obligeait un tireur de rickshaw ou un marchand de fruits qui traversait au mauvais moment à s'écarter, et nous filions.

Ce n'était rien. Mais cela comptait tellement pour mon cœur affamé.

Anju et moi n'en avons jamais parlé. Elle aussi devait apercevoir Ashok. Et en tout cas deviner ce qui se passait à mon air distrait, à la façon dont je lui faisais répéter une question — plusieurs fois même — avant de lui répondre. Peut-être voulait-elle, en feignant de les ignorer, éviter de donner plus de consistance à ces rencontres éclair. Ou peut-être espérait-elle que, de cette manière, ces visions se dissiperaient dans l'air pollué de Calcutta et que je finirais par m'en souvenir comme on se souvient d'un beau rêve : avec émerveillement, résignation et un doux regret pour ce qui ne sera jamais.

X

Anju

Le voilà enfin arrivé, dans une rafale de feuilles de manguiers et de chaude poussière d'avril. Le jour de la remise des diplômes. A peine réveillée, je monte à la terrasse. Le ciel est d'un bleu sans nuages, débarrassé par quelque magie de la brume de Calcutta. Je lance mes bras en l'air, je tourbillonne sur moi-même et je chante : « Liberté, liberté, liberté ! » Je ne me conduis généralement pas d'une manière si enfantine, mais aujourd'hui, c'est plus fort que moi. Ainsi, vraiment, dans moins de trois mois — à la fin des vacances d'été —, je vais commencer à suivre le programme de littérature anglaise au Lady Brabourne College. Une de mes cousines, plus âgée que moi, qui y a étudié, m'a dit que nous débuterons par l'ancien récit épique, *Beowulf*. Je l'ai déjà lu, l'ayant emprunté à la bibliothèque. Il m'arrive de me répéter les noms — Grendel, Hrothgar, la belle et courageuse reine Wealtheow dans la prairie, et les petits poils sur mes bras se hérissent de joie.

Quand je m'arrête de tournoyer, à bout de souffle et en nage, j'entends des battements de main. C'est un son désolé, sans rythme. Je me retourne et découvre Sudha, assise à l'ombre de la citerne — elle devait être là avant moi. Elle a un air bizarre. Evidemment. Cette journée, pour elle, signifie exactement l'inverse de ce qu'elle signifie pour moi. Chaque heure qui passe, c'est comme un barreau de plus à sa prison.

Et tandis que le soleil incendie les dalles de la terrasse, je me jure à moi-même d'être, dorénavant, les yeux et les oreilles de Sudha. Je lui enseignerai tout ce que j'aurai appris. Le monde dont tante N veut la priver, je le lui apporterai.

Mais je n'ai pas le temps de lui dire quoi que ce soit. Pishi nous crie de descendre prendre notre bain. Il va y avoir une puja spéciale à notre intention, pour nous concilier les neuf planètes, afin qu'elles nous apportent le succès et d'agréables surprises.

Ramur Ma ne nous accompagne pas à l'école aujourd'hui parce que les mères ont besoin d'elle pour les aider à préparer le dîner qu'elles donnent en notre honneur. Juste quelques proches amis de la famille — mais comme pour tout dans cette maison, il faut que rien ne cloche. Les préparatifs méticuleux de ce type en général m'impatientent, aujourd'hui, toutefois, je dois confesser qu'ils me ravissent. Les cartons d'invitation dorés sur tranche ont été expédiés il y a des semaines, et les cartons réponses à tranche d'or soigneusement comptés. La salle de cérémonie a été époussetée, aérée, on a garni le lustre de bougies neuves. Tante N a fait polir le lourd service en argent de l'arrière-grand-père. Pishi a rempli de bouquets de kena les énormes jarres de cuivre placées à l'entrée. Une heure avant l'arrivée des invités, Ramur Ma répandra de la poudre de santal sur un brasero et parcourra la maison de façon que la senteur imprègne chaque pièce. La tâche la plus dure incombe à ma mère : acheter un cadeau pour chaque invité, quelque chose de petit (notre budget ne permet pas mieux) mais d'élégant — car c'est toujours ainsi que les Chatterjee remercient leurs visiteurs.

L'absence de notre chien de garde, Ramur Ma, dans la voiture me rend follement gaie. « Dressons une liste de tout ce à quoi nous allons échapper en quittant l'école, dis-je à Sudha.

— D'accord. Vas-y, commence.

— Nous n'aurons plus à supporter sœur Baptista, et sa façon de dire : “Mesdemoiselles, M*éé*demoiselles, c'est *tout à fait* inapproprié”, chaque fois qu'on exprime une opinion différente de la sienne. Maintenant, à toi. »

Mais Sudha fixe un point devant nous, ses mains agrippent le dossier de Singhji.

Il est là, dans une de ses infernales chemises blanches, devant un étal de livres, balayant la rue du regard.

Pourquoi faut-il qu'il ait choisi juste aujourd'hui ?

Avant que je puisse l'en empêcher, Sudha se penche vers Singhji et dit : « S'il vous plaît, arrêtez-vous au bord du trottoir. »

Je ne sais pas ce que Singhji va faire : céder à son ton suppliant ou nous ramener immédiatement à la maison, vers les mères. Il ne s'agit plus, comme autrefois, de permettre à Sudha de distribuer son repas aux enfants des rues. Il pourrait perdre sa place, dans le cas présent.

Singhji ne dit ni oui ni non. J'essaie d'imaginer ses pensées, mais ce visage barbu et couturé de cicatrices est une maison aux volets clos. Alors, je détourne les yeux. Une certaine dignité se dégage de lui, il y a de ma part une certaine grossièreté à l'observer ainsi.

Nous avons presque dépassé Ashok — Sudha se mord les lèvres, mais elle aussi a sa dignité qui lui interdit de réitérer sa demande — quand Singhji se range brusquement le long du trottoir. « Faites vite, Missybaba », dit-il. Il ne sourit pas, mais ses yeux croisent les nôtres dans le rétroviseur. Comment, en tant d'années, ai-je pu ne pas remarquer la bonté qu'ils dégagent ?

Sudha se penche déjà par la vitre ouverte, les mains tendues, et Ashok se précipite pour les saisir. Je suis stupéfaite de la vitesse à laquelle ils agissent, sans hésiter une seconde. Comme s'ils se connaissaient depuis des années. Ils me rappellent les amants mythiques dont Pishi nous racontait l'histoire, Shakuntala et Dushmanta, Nala et Damayanti, Radha et Krishna, qui apparaissent dans les rêves l'un de l'autre et partagent leurs plus profonds secrets. Bien entendu, la comparaison ne tient pas. Pourtant, je les trouve changés. Le visage d'Ashok a vieilli et s'est affiné, à croire que son désir en a consumé ce qui restait d'enfantin. Et Sudha — j'ai du mal à reconnaître ma cousine dans cette radieuse jeune femme. Calme — comme si elle s'était préparée à cette rencontre depuis très longtemps. Comme si elle savait qu'elle se produirait.

Ils se parlent tranquillement, sur un ton familier, on dirait qu'ils reprennent unc conversation interrompue récemment.

« Je ne vous reverrai pas avant longtemps, dit Sudha. On ne me laissera pas beaucoup sortir de la maison maintenant que j'ai fini ma scolarité. Ma mère va commencer à me chercher un mari.

— Déjà ? sursaute Ashok. Je ne pensais pas...

— Avant que je m'attire de nouveaux ennuis ! dit-elle. »

Où trouve-t-elle le courage de plaisanter ?

« Mon père est en voyage d'affaires, mais je lui parlerai dès son retour, affirme Ashok. Mes parents n'envisageaient pas de s'occuper de mon mariage avant que j'aie obtenu mes diplômes universitaires, mais quand je leur expliquerai la situation, je suis sûr qu'ils comprendront. »

Est-il sérieux ? Ses parents doivent être des saints. Ils devront l'être, en tout cas, et des magiciens aussi, s'ils veulent convaincre tante N que leur fils — le méchant dont le cœur noir a volé celui de sa petite fille — est un bon parti pour Sudha.

« S'il vous plaît, dépêchez-vous, dit Sudha. Je ne sais pas combien de temps je pourrai retenir ma mère. Mais vous croyez vraiment qu'ils accepteront ? Ils ne me connaissent pas...

— Si, si, ils accepteront, quand je leur aurai raconté...

— Je ne suis pas sûre que vous me connaissiez vous-même. » Mais, pour le coup, elle sourit.

Il porte la main de Sudha à sa joue — ici, en plein milieu de Calcutta, sous les regards du monde entier. Est-il extrêmement courageux ou tout bonnement stupide ? « Il y a façon et façon de connaître », dit-il.

Singhji se racle la gorge.

« Je dois partir, dit Sudha.

— Attendez, j'ignorais que c'était le jour des diplômes. Qu'est-ce que je peux vous offrir ? Ah... » De son doigt, il retire une bague. Elle scintille dans sa main comme un œil de feu.

Des diamants ? A en juger par sa mise et la familiarité

avec laquelle il navigue dans les rues de Calcutta, je l'aurais cru d'une famille de classe moyenne. Il ne se comporte en tout cas pas comme les garçons riches et prétentieux que je rencontre de temps en temps à des anniversaires ou à des mariages. Plus tard, j'apprendrai par Sudha que le père d'Ashok — un homme sorti de rien — possède une des plus grosses compagnies maritimes de Calcutta.

« Non, non, proteste Sudha. Elle a l'air beaucoup trop coûteuse.

— Elle l'est, dit-il, mais sans arrogance. Il ne saurait être question que je vous fasse un cadeau de second choix. » L'évidence tranquille avec laquelle il s'exprime tout en glissant la bague au doigt de ma cousine m'amène à m'interroger sur le niveau de richesse de sa famille.

« Mais comment expliquerez-vous cela ? Comment je...

— Je peux faire ce que je veux de ce qui m'appartient. Quant à vous — ne la montrez pas, jusque-là.

— Jusque-là ! » Sudha répète le mot, comme s'il s'agissait d'une formule magique.

Singhji met le contact. Les amoureux — oui, je suis bien obligée d'admettre que c'est ce qu'ils sont — finissent par se lâcher les mains, leurs doigts se détachent à regret. Après quoi, ils ne font pas un geste, gardent le regard rivé l'un à l'autre jusqu'à ce que la voiture disparaisse dans un tournant. J'observe ma cousine à la dérobée. Je craignais de la voir en pleurs, mais, sereine et tranquille, elle porte la bague à ses lèvres.

Ma pauvre Sudha. Croit-elle réellement que tante N lui permettra d'épouser un garçon de basse caste, d'une famille dont l'argent provient du commerce ? Quelqu'un choisi par elle, au mépris de l'autorité de sa mère ?

Nous arrivons devant l'école. Un rayon de soleil capte la bague, faisant scintiller les pierres. Sudha l'enlève et la glisse dans son corsage. « Ne prends pas cet air inquiet, Anju ! Je te la donnerai à garder quand nous serons à la maison. Ainsi, même si maman fouille dans mes tiroirs comme elle fait de temps en temps, elle ne la trouvera pas. De toute façon, il n'y en aura pas pour longtemps. Seulement jusqu'à mon mariage. »

Peut-être a-t-elle raison d'espérer. Peut-être l'amour et le désir peuvent-ils avoir un effet magique. Par exemple la rencontre de ce matin. Peut-être la détermination d'Ashok — et la richesse de ses parents — vaincra-t-elle tante N.

Sinon — je ne veux pas penser à ce que cela signifierait pour Sudha. Pas encore.

L'orage éclate en fin d'après-midi. Après les cérémonies à l'école, l'ultime rassemblement, où sœur Baptista nous surprend toutes en éclatant en sanglots. A l'issue du dîner qui se déroule merveilleusement, sans aucune de ces anicroches qu'avait prédites tante N. Les invités arrivent tous à l'heure, chargés de présents et de vœux. Le korma de chou-fleur, proclament-ils, est incomparable, et les rasogollahs aussi moelleux que des nuages. Ils nous admirent à profusion quand nous faisons notre entrée vêtues des saris de Bénarès d'un rose assorti que maman nous a achetés pour l'occasion. Même les habituées du thé n'ont que des choses aimables à dire. Les mères exultent, chacune à sa façon. Pishi n'arrête pas de s'essuyer les yeux et de dire à qui veut l'entendre que Dieu est grand — qui aurait pensé, après les tragédies qui se sont abattues sur elle, que la maison Chatterjee pouvait encore connaître tant de bonheur. Tante N, fièrement, cornaque les invités pour leur montrer nos diplômes. J'ai du mal à garder un visage impassible quand je l'entends s'écrier : « Sudha est si appliquée, et Anju si intelligente. Nous ne pouvions souhaiter de meilleures filles. »

Ma mère, bien que la plus calme de tous, est aussi la plus heureuse, parce que c'est elle qui a lutté pour empêcher la famille de sombrer. Se rappelle-t-elle tous ces jours où elle partait travailler à la librairie tôt le matin pour revenir tard le soir, mortellement fatiguée, et devoir écouter la litanie des ennuis qui s'étaient manifestés en son absence ? Notre succès, elle le paye en rides, en cheveux gris, en douleurs cardiaques chroniques et, plus récemment, en difficultés respiratoires qui l'obligent à s'arrêter au beau milieu de l'escalier. Mais ce soir elle est d'une élégance parfaite, en sari de soie crème, une broche de perles à l'épaule. Quand elle me fait signe de venir m'asseoir à côté d'elle et que sa main se pose légèrement sur mes cheveux, un flot d'amour envahit mon cœur. Je comprends le sacrifice de Sudha pour le bonheur de sa mère. Je suis prête à en faire autant, me dis-je, mais heureusement ma mère ne me le demandera pas.

La tempête se déchaîne après le départ des derniers invités, alors que Sudha et moi nous déshabillons dans ma chambre. Nous éteignons la lumière et ouvrons la grande fenêtre car nous adorons toutes les deux les orages — l'atmosphère électrique, l'odeur de poussière, les nuages qui étalent leurs ailes noires, le tambourinement enivrant de la pluie. Nous sommes beaucoup trop excitées pour dormir, aussi prenons-nous tout notre temps pour replier nos saris, nous brosser les cheveux, effacer les bindis de nos fronts et laver le kajol qui entoure nos yeux. Sudha passe la bague d'Ashok à son index et bouge la main de sorte que les diamants miroitent sous la zébrure d'un éclair, disparaissent puis miroitent encore, avant le coup de tonnerre.

« Mais comment peux-tu aimer à ce point quelqu'un à qui tu n'as parlé que deux fois ? dis-je. Comment peux-tu être prête à l'épouser ?

— Ça arrive », dit Sudha d'une voix rêveuse. En jupon, ses cheveux dénoués coulant comme un flot noir sur sa poitrine nue, elle se tient devant la fenêtre. Une branche de figuier se casse d'un bruit sec. Le vent pousse dans la pièce une rafale de pluie, et quand Sudha se retourne, je vois les gouttes scintiller comme des perles dans ses cheveux. « Je sais pourquoi les paons dansent sous la pluie », dit ma cousine, dont la beauté me coupe le souffle. Ashok, me dis-je, si seulement vous pouviez la voir en ce moment ! Sur quoi, la jalousie m'incite à me réjouir qu'il ne le puisse pas.

« Réponds à ma question, Sudha. » J'insiste, je veux comprendre la nature de ce dangereux courant qui l'entraîne loin du rivage protecteur en m'y laissant seule et désolée.

« Je ne peux pas l'expliquer. » Perplexe, elle plisse le front, et je découvre que l'amour est un mystère pour elle autant que pour moi. Puis son visage s'éclaire. « Mais je peux te raconter une histoire, qui t'aidera peut-être à comprendre.

— Quelle histoire ?

— Celle de la princesse dans le palais des serpents. »

C'est un conte de fées que Pishi nous a raconté maintes et maintes fois, mais Sudha a une façon à elle de reformuler les choses, qui les rend magiques et neuves. Sa voix et ses mots, s'entrelaçant dans cette nuit pluvieuse, m'aideront peut-être à me figurer cet amour si différent de celui que nous éprouvons l'une pour l'autre depuis notre naissance.

« Il était une fois une princesse qui vivait dans un palais sous-marin plein de serpents. Personne ne savait qui étaient ses parents, ni comment elle était arrivée dans cet endroit.

— Etait-elle malheureuse ? » Ma tâche, traditionnellement, consiste à questionner le récitant et à interpréter les réponses.

« Plutôt heureuse, dit Sudha. Les serpents étaient beaux — vert, jaune et or — et gentils. Ils lui donnaient à manger, jouaient avec elle, chantaient pour l'endormir. Ils s'entrelaçaient dans ses cheveux comme des guirlandes.

— N'était-elle jamais fatiguée de son palais ? Ne voulait-elle pas connaître le monde extérieur ?

— Non. Car elle ignorait qu'il existât autre chose dans la vie que cette triste lumière verte, ce palais aux murailles froides constituées de corail et de pierres marines.

— Mais alors...

— Le prince est venu. Il portait un joyau qui fit s'ouvrir les eaux du lac de sorte qu'il atteignit le palais. C'était pur hasard, vraiment. Il ne cherchait absolument pas une princesse. Elle dormait quand il entra. Quand il la réveilla, elle ne put en croire ses yeux. Et quand il lui parla, elle sut qu'elle ne se satisferait plus jamais du chant sans paroles de ses compagnons serpents.

— Et elle est tombée amoureuse, juste comme ça ? dis-je d'un ton un peu méprisant.

— Juste comme ça.

— Pourquoi ?

— Parce qu'il était celui qui l'avait réveillée et lui avait parlé de l'univers magique des hommes — une lumière de cristal sur des feuilles luisantes de manguier, les kokils appelant leurs femelles du haut des cocotiers. Il la sauvait de la monotonie, d'une sécurité excessive. Il n'y avait pas de miroirs dans le palais. Quand elle le regarda dans les yeux, dans leur centre sombre, elle se vit pour la première fois, petite, dédoublée et belle. Je crois que c'est pour cela, surtout, qu'elle l'a aimé. Sans lui, elle n'aurait jamais su qui elle était. » Sudha sourit, un sourire tendre qui s'adresse à elle-même, et, pendant un instant, elle semble avoir oublié la tempête, la chambre, moi. Tout le monde sauf Ashok.

Un nouveau coup de tonnerre. On dirait qu'un arbre entier s'est écroulé. L'impact fait trembler la chambre, et, comme la foudre, la peur me transperce. Je veux que Sudha continue l'histoire — comment le méchant roi capture la princesse et veut la forcer à l'épouser. Comment après de multiples épreuves, la princesse retrouve son véritable amour. Mais des martèlements sourds et impatients nous parviennent de l'extérieur, on croirait des poings géants.

Soudain je réalise que ce *sont* des poings. Quelqu'un frappe à notre porte.

« Les filles, qu'est-ce que vous fabriquez ? Ça fait des siècles que je tambourine. » Pishi est irritée. « Habillez-vous et suivez-moi sur-le-champ. » Ses yeux sont bouffis, ses lèvres serrées d'inquiétude. Dans la lumière vacillante, couleur cendre, son sari blanc ondule autour d'elle comme un suaire de fantôme. Et tandis que nous la suivons dans le couloir obscur, elle ajoute, si doucement que nous devons tendre l'oreille pour l'entendre : « Gouri est très malade. »

XI

Sudha

De toutes les pièces de cette demeure qui croule sous l'assaut des ans et des souvenirs, c'est la chambre de Gouri Ma que je connais le moins. Son havre, le seul endroit où elle pouvait se retirer quand elle était fatiguée de nos chamailleries, des disputes des autres mères, de l'afflux incessant des factures. Dans une vie largement consacrée aux autres, c'était le seul endroit qui lui appartenait en propre. Tard la nuit, parfois, des accords de sitar filtraient à travers la porte close, ou une faible senteur d'encens de rose, si purs et si doux que j'aurais voulu m'y lover. Mais bien que Gouri Ma ne l'ait jamais dit, nous savions que sa chambre nous était interdite, à moins qu'elle ne nous y invite. Même ma mère respectait cela. Aussi aujourd'hui, en y entrant, je me fais l'impression d'un envahisseur.

Tout le monde est là : ma mère, Pishi, Ramur Ma, deux vieilles servantes, qui sont dans la famille depuis avant notre naissance. Même Singhji, que je n'avais jamais vu à l'intérieur de la maison, entre, portant deux sacoches de médecin, à la suite d'un homme mince, au regard intense, que nous ne connaissons pas. Le vieux docteur Ganguly, notre médecin habituel, n'a pas dû réussir à sortir sous l'orage. Le nouveau docteur est déjà en train de préparer une injection. Il flotte une odeur d'hôpital, de désinfectant et de peur. « Ecartez-vous, s'il vous plaît, dit-il, la malade a besoin d'air », mais personne ne l'écoute.

Gouri Ma est allongée sur le côté, les jambes repliées. Elle respire sans bruit, le souffle semble provenir du fin fond de sa poitrine. De temps à autre elle empoigne les draps comme pour expulser la douleur de son corps. Ce qu'elle doit trouver le plus difficile à supporter, ma tante, si fière, ce n'est pas de souffrir mais d'exposer son impuissance devant nous tous, elle qui n'a jamais rien dit de ses faiblesses, de ses désespoirs, des nombreuses nuits de douleur qui ont dû précéder celle-ci.

« Il faut que quelqu'un fasse sortir tous ces gens », dit le docteur, irrité, en posant son stéthoscope sur la poitrine de Gouri Ma. Je me tourne vers Pishi en quête d'instructions, mais, elle agrippe, pétrifiée, le montant du lit comme elle le ferait du mât d'un bateau en train de sombrer. C'est Singhji qui nous pousse dehors, renvoie les servantes dans leurs quartiers, et dit à ma mère en pleurs que Memsaab doit se reprendre, ne serait-ce que pour le bien des filles. Dans son visage brûlé, dévasté, ses yeux, profondément enfoncés, expriment une autorité inattendue et telle que les lamentations de ma mère se transforment peu à peu en sanglots espacés. Singhji apporte des chaises pour que nous puissions attendre dans le couloir, ferme la fenêtre par laquelle la pluie s'engouffre, essuie le sol avec un vieux chiffon sorti d'on ne sait où, et s'assoit par terre, à distance respectable, au cas où le docteur aurait besoin de lui.

La nuit se traîne. Le carillon sourd de l'horloge du grand-père, au rez-de-chaussée, se répercute dans mon crâne. On entend des bruits de battements derrière la fenêtre. Un oiseau, en quête d'abri. Ou bien autre chose ? Je connais les vieilles légendes : quand une personne est très malade, les esprits de ceux qui lui étaient très proches descendent sur terre pour l'emmener. Dans le cas de Gouri Ma, ce serait son mari, mon oncle Bijoy, cet homme aimable et confiant, qui a connu une fin prématurée. Son esprit aurait-il la même apparence que son corps mort, boursouflé et traînant les algues de la rivière ? Me transpercerait-il de regards accusateurs ? J'observe Anju à la dérobée, me demandant si elle sait à quoi je pense. Mais dans son visage de bois, ses yeux sont des trous noirs. J'ai peur de la toucher, de la ramener de l'endroit, quel qu'il soit, où elle s'est réfugiée dans ce couloir hanté par la peur.

Les bruits à la fenêtre deviennent assourdissants. Je ne les supporte plus, alors que personne ne semble les remarquer. En frissonnant, je trébuche vers la fenêtre, l'ouvre brutalement. *Je vous en prie*, dis-je tout bas, moi qui de tous ai le moins le droit de quémander. *Je vous en prie, ne l'emmenez pas encore. Nous avons tant besoin d'elle.* Une sorte de cri me répond. Je reçois une gifle de vent mouillé — à moins que ce ne soit le fantôme, mécontent que la fille de l'homme dont le projet fou l'a conduit à la mort ose lui parler ? N'est-ce pas une odeur de marais que je respire, une zébrure phosphorescente que je vois s'échapper de ces ébauches de mains qui tourbillonnent dans le noir ?

Anju ne remarque rien — elle est toujours absente — mais ma mère me réprimande : « Sudha, qu'est-ce qui te prend ? Regarde ce que tu as fait. Maintenant le couloir est de nouveau trempé. Ferme cette fenêtre immédiatement. »

Est-ce alors, ou des heures plus tard, que la porte de Gouri Ma s'ouvre ? J'entends le docteur donner à voix basse des instructions à Pishi. Régime, dit-il. Température. Examens à partir de demain. Donnez-lui ces comprimés, si la douleur augmente. Appelez-moi en cas de modification brutale de son état.

Pishi s'adresse à Anju. « Ta mère te réclame.

— Surtout pas de surexcitation », recommande le docteur, en tendant ses sacoches à Singhji. « Elle ne va pas bien du tout. J'aurais voulu lui interdire toute visite, mais elle a insisté. »

Anju m'implore du regard. Je sens sa peur au goût salé qui emplit ma bouche. Mais quand je me lève pour la suivre, Pishi me retient. « Seule, a dit Gouri. »

C'est ce qui se produit parfois quand nous plongeons dans les profondeurs de notre vie. Personne ne peut nous accompagner, pas même ceux qui donneraient leur cœur pour garantir notre bonheur.

Ma cousine ouvre la porte de la chambre. Une odeur de phénol et d'urine s'en échappe, odeurs déchirantes d'un corps impuissant et honteux, Anju entre.

J'attends Anju dans son haut lit blanc. Après le départ du médecin, maman m'a ordonné de retourner dans ma chambre, mais j'en suis sortie dès qu'elle a été endormie. Je ne pouvais supporter l'idée qu'Anju allait passer seule le reste de la nuit.

J'imagine la chambre de la malade, la faible lumière dispensée par la lampe de chevet sur les colonnes du lit, donnant à l'acajou une teinte rouge-noir, le pouls irrégulier qui bat dans la gorge de Gouri Ma, dont la tête est soutenue par les oreillers. Elle n'a pas cherché à s'asseoir. Elle n'a pas pleuré. En femme intelligente, elle a épargné son énergie pour des choses plus importantes. Sa voix a la douceur de la soie qui se déchire.

Quels mots ma tante a-t-elle employés pour reconnaître son échec et ses peurs, pour défaire les rêves qu'elle a tissés autour d'Anju depuis sa naissance ? Je l'ignore. Quand Anju entre finalement, et que je lui demande si elle va bien, elle éclate de rire, un rire hystérique qui monte, monte, jusqu'à ce que, craignant que quelqu'un ne vienne voir ce qui se passe, je lui ferme la bouche de ma main.

A présent, Anju est silencieuse. Seul un petit frisson la secoue de temps à autre. Je l'oblige à s'allonger. Elle se tourne sur le côté pour me faire de la place, et je m'allonge aussi, comme cela m'est arrivé si souvent. Je tire le couvre-lit sur elle et lui caresse les cheveux jusqu'à ce que ses muscles perdent un peu de leur tension. Juste avant de s'endormir, elle pousse un grand soupir. « Tu te souviens comme je riais de ce que racontait Pishi ? Je viens d'apprendre que j'avais tort.

— Qu'est-ce que tu veux dire ? » La peur me serre la gorge.

« Tu te rappelles ? Elle disait : faites attention à vos paroles, car elles pourraient être vraies. Tu te rappelles que je t'ai promis, le soir où ta mère a décidé de t'enfermer à la maison, de veiller à ce que les mêmes choses nous arrivent à toutes les deux ? Eh bien, ça y est. »

Je répète stupidement : « Que veux-tu dire ? » Ses paroles n'ont aucun sens pour moi.

« Ne m'en demande pas plus ce soir. Je ne peux pas en parler. »

Tandis qu'elle dort, serrée contre moi, je tente en vain de déchiffrer ses propos. Mais je n'arrive pas à imaginer Gouri Ma, même malade, parlant comme ma mère. Finalement, j'abandonne. Il est trop tard, et je suis trop fatiguée. A moins que la peur ne m'ait ramolli le cerveau. La tête d'Anju repose au creux de mon épaule. Ses yeux bougent à toute allure sous les paupières. Je prie pour que les rêves lui soient doux, elle dont la vie s'est effondrée alors qu'elle allait prendre son envol. L'orage s'éloigne, le vent se transforme en brise matinale, les ghu-ghu se mettent à roucouler. Lentement les bruits de la maison nous enveloppent, étrangement apaisants. Un balai mécanique, la pompe qui aspire l'eau du puits, les pots à lait qui s'entrechoquent. Au bout d'un moment, contre toute attente, je glisse dans le sommeil.

Je bénéficie ainsi de quelques heures de grâce avant d'apprendre que c'est une crise cardiaque, relativement bénigne, qui a terrassé Gouri Ma la nuit dernière. Quand le docteur l'a prévenue que la prochaine crise pourrait être beaucoup plus grave, elle a décidé de marier Anju le plus vite possible.

XII

Anju

Les préparatifs de mariage battent leur plein, et comme ma mère est encore trop malade, elle a passé les rênes à tante N.

Tante a mis au point un régime à notre intention. Chaque matin nous commençons par manger des amandes qui ont trempé toute la nuit dans le lait. (Cela, a déclaré ma tante, afin d'apaiser nos différentes humeurs, calmer notre esprit, améliorer autant notre teint que notre caractère.) Ensuite nous devons pratiquer une demi-heure de yoga et d'exercices musculaires (afin d'acquérir de l'endurance, dont nous aurons à coup sûr besoin en tant qu'épouses, et prévenir le ramollissement de diverses parties du corps, qui pourrait indisposer nos futurs maris). Ensuite nous devons enduire notre visage de pâte de curcuma (toujours pour le teint) et garder ce masque astringent pendant une demi-heure, le temps que Ramur Ma imprègne nos cheveux d'huile de coco. (Des cheveux longs, bien huilés et domestiqués sont symbole de vertu chez la femme.)

Dans le bain, nous nous frottons à la pierre ponce. (« Rien ne retient plus l'affection d'un mari qu'une peau douce comme de la soie », dit ma tante. Elle adore nous surprendre avec ces pépites de sagesse genre Kama Sutra. Autrefois, Sudha et moi nous en aurions bien ri. Mais à présent, j'ai trop de chagrin.) Après le déjeuner, nous nous allongeons, des compresses imbibées d'eau de Cologne sur les yeux. Parfois, je n'arrive pas à croire que tout cela m'arrive, à moi. Ça ne peut être qu'un rêve, cette douce pression sur mes paupières, cette odeur douceâtre qui imprègne mes vêtements. Cette lassitude terrible qui m'empêche de me rebeller.

Bientôt il est l'heure de nous lever pour nos leçons. On a installé un réchaud à pétrole sur le balcon, en haut, et une femme d'une quarantaine d'années, brahmane, que tante N a engagée, vient nous montrer comment réussir des desserts compliqués comme le gopal-bhog ou le patishapta, que je suis sûre d'être incapable de jamais refaire. Nous l'aidons pour la préparation, mais nous tenons à distance du réchaud : une des amies de tante lui a raconté l'histoire d'une fiancée brûlée une semaine avant le mariage, qui bien entendu a été immédiatement annulé. La dame brahmane nous apprend aussi les règles très compliquées qui régissent la cuisine hindoue orthodoxe : produits lactés et viandes ne doivent pas se mélanger. Les aliments carnés doivent être cuits dans des plats séparés. Il ne faut jamais servir de la nourriture de la main gauche. Je lui ai demandé une fois quelle était l'utilité de toutes ces règles, mais elle m'a jeté un regard interloqué, incompréhensif.

Pour finir, quand la couturière vient donner à Sudha sa leçon de couture, j'ai une heure de libre. J'aimerais aller sur la terrasse, mais tante a déclaré qu'il n'est absolument pas question que nous nous exposions au soleil. Interdiction également de pleurer : des poches sous nos yeux rougis anéantiraient un mois d'efforts. J'essaie donc de me concentrer sur un livre et de ne pas penser à ma mère.

Selon le docteur il faut l'opérer, elle doit subir un pontage, mais elle refuse. Elle connaît trop de gens, affirme-t-elle, qui sont morts de suites infectieuses. Elle ne peut pas prendre un tel risque, du moins tant que Sudha et moi ne sommes pas mariées. A toutes les autres recommandations du docteur — faire de courtes promenades, ne travailler que quelques heures, supprimer les graisses de son alimentation — elle obéit. Le résultat le plus visible est une perte considérable de poids, si bien que ses pommettes pointent comme des crêtes montagneuses à travers la peau.

Maman se met souvent en colère à présent, surtout parce que sa fatigue l'oblige à rester au lit quand il y a tant à faire. Elle s'est installée au rez-de-chaussée dans une pièce contiguë à la grande salle, parce que monter les escaliers est devenu trop difficile. Je me demande si elle se réveille parfois au milieu de la nuit, désorientée de ne plus se trouver dans le lit qu'elle a occupé pendant trente ans. Sa main cherche-t-elle la colonne familière sculptée de feuilles de vigne, pour se refermer sur du vide ?

Elle a également décidé de vendre la librairie. Sinon, m'a-t-elle expliqué, nous n'aurons pas assez d'argent pour organiser deux mariages. Fournir deux dots. La question des dots, je suis en train de l'apprendre, est un sujet particulièrement délicat. Une famille convenable n'exige jamais une somme précise, ou ne dresse jamais une liste détaillée d'objets. C'est donc aux parents de la fiancée de devancer les souhaits et de les réaliser même au-delà, pour ne pas risquer d'hypothéquer l'avenir de leur fille.

Je n'arrive pas à nous imaginer privées de la librairie. Et peut-être que maman ne le peut pas non plus. Peut-être est-ce une des raisons de sa colère. Elle a passé plus de temps à s'occuper de cette librairie que de moi. Ce doit lui être extrêmement pénible d'imaginer un étranger assis à son petit bureau, au fond, et commandant, pour remplir ses rayons, des romans à l'eau de rose ou toute autre littérature alimentaire.

J'ai d'abord tenté de la faire revenir sur sa décision. « Je peux t'aider à diriger la librairie tout en allant à l'université, ai-je plaidé. Je m'occuperai de tous les détails — j'en connais déjà pas mal, et directeur-babu peut m'apprendre le reste. »

Mais maman a secoué la tête, en signe de non-recevoir, comme si elle avait déjà signé les papiers de la vente. En voyant mon désespoir, elle a saisi mes mains dans les siennes et a dit : « Je suis désolée, Anju, je t'ai laissée tomber, n'est-ce pas ? Tes projets d'études — et maintenant la librairie. Je voulais te la léguer — à ton nom et pas à celui de ton mari. Nombre de nos espoirs, je le soupçonne, ne se réalisent jamais. » Elle s'est arrêtée un instant pour respirer, puis elle a ajouté : « Je te promets en tout cas ceci, Anju Ma. Je te trouverai pour mari un homme qui te laissera poursuivre tes études universitaires — et te laissera travailler, si tu le désires.

— Mais *pourquoi* faut-il que je me marie si vite ? ai-je crié. Pourquoi ne pas plutôt te faire opérer ? De quoi as-tu si peur ? Le docteur a dit que ce n'est plus dangereux maintenant. »

A la voir serrer les lèvres jusqu'à ce qu'elles deviennent blanches, je savais que maman était furieuse. Mais elle a simplement dit : « Je ne peux pas prendre un tel risque. Imagine que je meure. Qui prendrait soin de toi et de Sudha ? Et s'assurerait de vous trouver un bon parti ? » Sur quoi, elle s'est rallongée, les yeux fermés, et Pishi, qui arrivait avec un verre de sorbet au citron, m'a fait signe de partir.

Les fins d'après-midi, quand la terrible chaleur de juin diminue un peu, nous nous rassemblons toutes autour de maman, et nous efforçons à la gaieté. Pishi ouvre la radio de façon que maman puisse écouter les chansons de Tagore, qu'elle aime particulièrement. Ramur Ma apporte le thé, que verse tante N. Nous le buvons dans nos plus belles tasses. Au début, maman a protesté. Mais quand Pishi a dit : « Pour quelle occasion devrions-nous les garder ? En est-il une meilleure que celle-ci, où toute la famille est réunie, et avant que les filles partent s'installer chez leurs maris ? », elle n'a pas répliqué. Peut-être songeait-elle que, elle aussi, risquait de partir bientôt.

Les tasses sont vraiment très belles, l'intérieur décoré de dragons dont, à chaque gorgée, se révèlent un peu plus les écailles vertes et miroitantes.

« C'est un voyageur, un prince chinois, qui les a données à votre grand-père, raconte Pishi. Il disait que les dragons possèdent des pouvoirs particuliers. Si on sait leur plaire, ils exaucent un de vos vœux.

— Et comment peut-on leur plaire ? » demande Sudha. Malgré les années, elle est encore la petite fille qui croyait aux étoiles filantes et aux démons.

« Le prince ne nous l'a pas dit. Chacun, a-t-il prétendu, devait le découvrir par lui-même. Sinon, le vœu ne serait pas exaucé.

— Futé ! » ai-je murmuré. Mais, après avoir vidé ma tasse, j'ai contemplé le dragon. Voilà où me mène mon désespoir. Les ailes du dragon semblent battre, juste un peu. Son œil de rubis scintille. Ne serait-il pas un cousin des serpents magiques de Sudha ? Guéris ma mère, lui dis-je, c'est un ordre. Mais mon ton ne doit pas être le bon. Offensé, le dragon agite sa queue et me tourne le dos.

A la fin de ces soirées, les mères passent en revue les fiancés possibles. Nous n'avons pas le droit d'assister à ces discussions. Les mères ne veulent pas nous remplir la tête d'idées romantiques qui pourraient n'aboutir à rien. Une fois les garçons sélectionnés et les pourparlers entamés, on nous donnera des détails.

Aussi, quand l'heure des chansons s'achève, tante N nous dit d'une voix faussement joviale : « Maintenant, allez, mes enfants. » Pishi ouvre le coffre rangé dans un coin de la pièce et en sort plusieurs enveloppes jaunes épaisses, rédigées de l'écriture en pattes de mouche de la marieuse, et les mères se rapprochent afin d'étudier une fois de plus les propositions.

« Je crois que nous devrions les voir, nous aussi, ai-je dit un jour. Il se pourrait que ceux que vous sélectionnez ne soient pas ceux qui nous plairaient. »

Pishi a paru hésiter, mais tante a rétorqué : « Précisément. Vous choisiriez les moins convenables, et après nous en aurions pour des semaines de disputes.

— Fais-nous confiance, Anju, a dit maman. Nous voulons votre bonheur, encore plus que vous ne le voulez vous-mêmes. »

Que pouvais-je ajouter à cela ?

D'après ce que j'ai pu entendre tante N raconter aux habituées du thé, jusqu'à présent les propositions ont été décevantes. Les mères ont peut-être placé la barre trop haut. A moins que, de nos jours, les hommes intelligents refusent les mariages arrangés par de vieilles bonnes femmes. En ce qui me concerne, ça peut bien prendre des années. Peut-être réussirai-je, en attendant, à convaincre les mères de me laisser poursuivre mes études ? Sur quoi, j'entends maman tousser, une toux faible, déchirante. Je vois les rides autour de sa bouche, comme des fissures dans de la porcelaine, et j'ai honte de mon égoïsme.

Sudha meurt d'angoisse, elle aussi. Elle n'en parle pas, mais elle se demande si la proposition d'Ashok se trouve dans l'almirah, dans l'une de ces enveloppes jaunes. Les mères n'oseraient sûrement pas la repousser sans nous le dire ? A moins que les parents d'Ashok n'aient décidé de ne pas se mettre sur les rangs ?

Au fur et à mesure que les mois passent et que je vois l'opacité recouvrir le regard hanté de Sudha, ma sympathie pour Ashok s'évanouit. En a-t-il même parlé à ses parents ? Et s'il n'avait aimé que l'idée d'aimer ? Se satisfaisant de jouer le malheureux héros qui, sur le bord de la route, laisse passer le carrosse de sa bien-aimée ? Le mariage n'a peut-être jamais fait partie de la pièce.

Assise sur le rebord de ma fenêtre, Sudha contemple la nuit de septembre où les nuages blancs défilent comme autant de cygnes insouciants. Nous avons à plusieurs reprises tenté de parler, mais nous avons renoncé, trop préoccupées.

Ce sera bientôt le mois de Durga Puja, que l'on considère impropre aux unions, et tous les pourparlers cesseront. Maman ne nous a encore montré que deux propositions. L'une provient d'une ancienne famille zamidar comme la nôtre ; l'autre d'une famille dont le titre lui a été conféré par les Britanniques, il y a cinquante ans. Les deux familles sont très conscientes de leur importance et de ce que leurs fils constituent le parti idéal. Bouffies de vanité, en réalité. Maman doit avoir eu la même impression, car elle a cédé sans résistance à nos supplications de laisser tomber. Même tante N a approuvé la décision, tout en ne manquant pas de nous rappeler que Calcutta est pleine de vieilles filles qui pleurent chaque nuit dans leur oreiller, et regrettent d'avoir fait leur mijaurée.

Quand j'observe maman, sa maigreur, sa façon de marcher courbée en s'appuyant sur la canne dont elle se sert à présent, une boule de rage gonfle dans ma gorge jusqu'à m'étouffer. Elle a tenté de garder sa maladie secrète, mais c'est impossible dans cette ville où des millions d'yeux sont à l'affût. Peut-être est-ce la raison pour laquelle nous ne recevons pas d'offres pour la librairie. Ils attendent comme des vautours que nous soyons désespérées. Même chose pour les propositions de mariage. Une épouse doit être une bonne poulinière, et l'on craint comme la peste les maladies héréditaires.

Un bruit de sanglots me ramène brutalement au présent. Je m'approche de Sudha et lui caresse le dos. Mon impuissance me rend folle de rage, seules des banalités me viennent à l'esprit. *Cette espèce d'imbécile. Ce lâche. Qu'est-ce qu'il peut bien fabriquer ?* Et de me rappeler que je suis la cause première de leur rencontre augmente encore ma colère.

« Ecoute, dis-je à Sudha. Je vais tout raconter à maman, lui dire combien tu tiens à Ashok, que tu serais très malheureuse d'épouser quelqu'un d'autre. Si le fait qu'il ne soit pas de la même caste que nous l'ennuie, je lui rappellerai le fils de tante Priya qui est allé à Oxford et en a ramené une épouse anglaise, que maintenant tout le monde adore. »

Sudha s'arrête de pleurer. Elle ouvre de grands yeux, écoute avec attention.

« Je demanderai si la famille d'Ashok a fait une proposition et, sinon, je supplierai maman de les approcher. Et si nous ne les intéressons pas, alors nous pourrons mettre une croix sur tout cela et continuer à vivre sachant que nous avons fait...

— Non ! s'écrie Sudha. Je t'interdis de dire quoi que ce soit à Gouri Ma.

— Mais pourquoi ? Tu aimes Ashok, non ? Toute cette attente te rend folle, non ? Alors pourquoi ne pas prendre les devants ? Pourquoi nous, les femmes, devons-nous toujours attendre que les choses nous arrivent ?

— Non, Anju. Si Ashok m'aime vraiment, s'il veut vraiment m'épouser, c'est à lui de faire les premiers pas. »

Ce que Sudha peut être têtue ! « C'est de l'orgueil mal placé, lui dis-je. D'ailleurs qui te dit qu'il ne l'a pas fait ?

— Eh bien, si elles ont refusé sa proposition, il lui faudra échafauder un autre plan. S'il m'aime, il le fera. »

J'observe Sudha, ses pommettes enfiévrées, son regard lointain et vague. Ça me rappelle quelque chose, mais quoi ?

Soudain, je sais. Quand nous jouions aux contes de fées, dans notre enfance, où Sudha interprétait toujours la princesse que je devais sauver, elle avait ce même air extatique. En allant à son secours, je traversais des tas d'épreuves — cela faisait partie du jeu —, ma monture royale trébuchait sur les crânes humains dont étaient constituées les collines que nous franchissions, un serpent m'étouffait entre ses anneaux — mais Sudha n'essayait jamais de m'aider. Assise sur le lit, les mains croisées, elle me regardait, l'air vaguement intéressé, me tordre sur le sol, me mesurer aux monstres qu'elle avait imaginés. Un jour, exaspérée parce que je ne trouvais pas ça très amusant, je lui ai demandé pourquoi elle se comportait ainsi.

Elle a paru fort surprise. « Mais c'est *ton* travail. Tu dois surmonter les obstacles et faire tes preuves. C'est ce qu'on attend des princes. Si je t'aidais, ça ne serait pas pareil. »

Je ne sais pas quand Sudha a commencé de se laisser prendre à la toile enchantée des histoires qu'elle aimait tant et racontait si bien. Quand, au fin fond d'elle-même, dans un endroit réfractaire à toute logique, elle a fait d'Ashok le prince qui devait la sauver des griffes du méchant roi. Et qu'elle suivrait jusqu'aux confins de la terre, une fois hissée sur son destrier blanc. Mais en attendant, les règles de l'histoire ne lui permettaient pas — et par extension, à moi non plus — de l'aider.

Je reviens à la charge : « Je t'en prie, Sudha. Il s'agit de ta vie, pas d'un stupide conte de fées. Les choses ne se passent jamais comme les livres le racontent. Et à supposer que ce soit le cas, je suis sûre que les princesses ne se contentaient pas de rester assises et de...

— Promets-moi de ne pas t'en mêler, de ne pas parler d'Ashok à Gouri Ma », interrompt Sudha. A-t-elle seulement entendu un mot de ce que je viens de dire ? A la lueur laiteuse de la lune, son visage prend un aspect phosphorescent, fanatique. « Promets-le. » Ses yeux me vrillent jusqu'à ce que, à contrecœur, je marmonne un « d'accord ».

« Merci, Anju ! s'écrie-t-elle en m'enlaçant. Je savais que tu comprendrais. Maintenant nous ferions mieux d'aller au lit. Si maman découvre des cernes sous nos yeux demain, nous n'aurons pas fini d'en entendre parler. »

Mais je demeure à la fenêtre longtemps après le départ de Sudha. Le brouillard est tombé, qui drape autour de moi son linceul mouillé et moisi. Je ne vois rien. Je ne peux pas respirer. J'ai peur que Sudha ne commette une terrible erreur, et moi, dont la tâche consiste à la protéger, je ne sais comment faire.

XIII

Sudha

JE SUIS DÉSESPÉRÉE.

Une proposition est arrivée pour moi, que les mères s'accordent toutes à juger merveilleuse. Elle provient d'une famille de Bardhaman, une ville ni trop petite, ni trop éloignée. Les Sanyal — c'est leur nom — sont des gens distingués et riches, mais pas trop. Le fiancé, Ramesh, a lui aussi perdu son père. A la mort de Mr Sanyal, des parents avides ont tenté d'écarter la mère de Ramesh de l'entreprise familiale. « Mais elle était trop intelligente pour eux, dit Pishi. Elle a déjoué leurs plans, a dirigé l'affaire avec succès — exactement comme ta tante Gouri — et fait en sorte que ses trois fils ne manquent de rien. »

Au téléphone, elle a été charmante. Et franche. « Autant vous le dire tout de suite, a-t-elle avoué en riant à Gouri Ma, mon fils, malgré son nom, n'est pas un dieu de beauté. C'est pourquoi je lui cherche une belle épouse. Mes motifs sont très égoïstes, je l'admets : je veux de beaux petits-enfants ! »

Le fils qui n'est pas un dieu de beauté occupe un poste important à la Société des Chemins de fer indiens, qui l'oblige à beaucoup voyager. Mais que je ne m'inquiète pas, dit ma future belle-mère. Je n'aurai pas à le suivre dans ces endroits perdus où l'on installe des voies de chemin de fer. Je resterai à la maison avec elle, et serai la fille qu'elle n'a jamais eue. Elle attend avec impatience de me confier la direction de la maison et de pouvoir se consacrer à ses chapelets de prière. Ah, et puis la dot n'est pas un problème — avec le salaire de son fils et les bénéfices qu'ils ont retirés de la vente récente de l'affaire, ils ont plus d'argent qu'il n'en faut.

« Vous imaginez, ils n'exigent pas de dot ! dit ma mère, impressionnée. Bien entendu, nous donnerons néanmoins un magnifique trousseau à Sudha. Nous ne voulons pas qu'on puisse dire plus tard que les Chatterjee se sont montrés pingres pour le mariage de leur fille. »

Pishi examine la photo du fiancé, le long corps mince, la peau sombre, le visage banal, le menton légèrement fuyant. « Il n'est pas un peu trop laid pour notre Sudha ?

— Absurde, dit ma mère. J'ai vu bien pire.

— Il a des yeux bons, et intelligents, dit Gouri Ma. Il saura apprécier notre Sudha. Ce qui est le plus important. D'ailleurs, ils aimeront tous sa douceur et son sens du devoir. »

Si seulement elle savait quelle amertume est la mienne, et à quel point je me sens peu soumise. Ma poitrine brûle, comme si j'avais avalé un nid de fourmis rouges. Je crois que je deviens folle.

Ashok, où es-tu ? M'as-tu oubliée ?

Parce que je ne sais que faire d'autre, je pars à la recherche de Singhji. Il m'a aidée une fois. Peut-être le refera-t-il.

Après le déjeuner, quand toute la maison dort, je me débarrasse des compresses à l'eau de Cologne, et je me lève. Les dormeurs ronflent, les ventilateurs ronronnent. Je descends sur la pointe des pieds, me fige un instant dans le vestibule du rez-de-chaussée, alertée par un bruit de toux. Puis je sors et cours sur l'allée de gravier vers la petite maison qu'occupait le gardien, du temps où nous en avions un. C'est là que Singhji se repose les après-midi où l'on n'a pas besoin de lui, ce qui arrive de plus en plus fréquemment puisque Gouri Ma ne va presque plus à la librairie. Gouri Ma a proposé de lui céder la maisonnette à titre définitif, mais Singhji, poli et taciturne comme toujours, a refusé. Peut-être apprécie-t-il la distance qu'il doit parcourir pour rentrer chez lui le soir, et qui lui permet de nous écarter de son esprit, nous et nos problèmes.

Je frappe à la porte. Mon cœur bat très fort, de façon

désordonnée. Il est tout à fait inconvenant que la fille de la maison aille frapper à la porte du chauffeur, même si celui-ci est assez vieux pour être son père.

En témoigne d'ailleurs l'air choqué de Singhji quand il ouvre. « Sudha Missybaba, vous ne devriez pas être ici, surtout maintenant que votre mariage est décidé », dit-il, en essayant, de ses doigts qui tremblent légèrement, de rentrer les bouts de son turban. Je remarque les sillons creusés dans son front marbré, lissé par le feu, la façon dont il se raccroche à la porte, comme en proie à un étourdissement. « Quelqu'un pourrait dire quelque chose de méchant. »

Qu'ai-je imaginé qu'il pouvait faire pour moi, ce pauvre vieil homme dont je viens troubler le repos ?

L'après-midi embaume le miel des fleurs de jasmin qui jonchent le mur de la maisonnette. Quelle injustice que tant de beauté existe alors que j'ai le cœur brisé. Je laisse couler les larmes que je retenais depuis si longtemps.

L'angoisse se peint un instant sur le visage habituellement imperturbable de Singhji, et il tend la main comme s'il voulait me toucher le bras. « Ne pleurez pas, beti, dit-il finalement. Pleurer n'est pas bon. J'ai appris ça quand j'ai perdu les miens. » Son regard dérive loin derrière moi, peut-être se souvient-il de cet enfant qu'il a eu jadis. Peut-être est-ce pour cela qu'il m'a appelée *beti.*

« Non, pleurer n'est pas bon, répète Singhji. Il faut aviser. »

XIV

Anju

Aujourd'hui, les Sanyal viennent faire la connaissance de Sudha.

Je me demandais avec terreur comment elle allait le prendre. Elle se comporte de façon étrange depuis que nous avons reçu la proposition. Parfois elle reste allongée le visage enfoui dans son oreiller, si immobile qu'on pourrait la croire morte. Parfois elle demeure une bonne heure, l'œil fixe, à regarder dans le vide les figuiers. Elle refuse toujours de me laisser parler d'Ashok à maman. Les rares nuits où je réussis à la convaincre de dormir dans ma chambre, je me réveille pour la trouver en train de marcher de long en large, tire-bouchonnant l'extrémité de son sari jusqu'à en faire une corde. Quand je lui dis qu'elle va se rendre folle à continuer ainsi, elle me rétorque, excédée : « Si seulement j'avais cette chance ! »

Son éventuelle belle-mère ne nous a pas averties longtemps à l'avance. Elle a téléphoné la veille au soir, disant qu'ils venaient à Calcutta pour affaire et qu'ils seraient contents de passer nous voir dans l'après-midi. Que surtout nous ne nous donnions pas la peine de préparer un repas ou quoi que ce soit d'autre. Ils voulaient seulement rencontrer la jeune fille.

Bien entendu, tante N ne voulut rien entendre. « C'est un test ! répétait-elle. On m'a raconté des histoires de ce genre ! Et plus tard, ils se plaindront de ne pas avoir été reçus avec respect. Ça leur donnera un prétexte pour mal se conduire avec ma pauvre Sudha — peut-être même rompre le mariage. » J'ai failli lui dire que, dans ce cas, il faudrait peut-être renoncer à l'idée de marier Sudha dans cette famille, mais depuis que maman est malade, je m'efforce de ne pas lui causer d'ennuis.

Tante n'a eu de cesse d'obliger maman à les rappeler, et, après de multiples va-et-vient, il fut décidé qu'ils resteraient pour le thé. Après quoi, pendant toute la soirée, ce fut l'affolement. Tante a obligé les servantes à tout nettoyer, au cas où Mrs Sanyal voudrait visiter la maison. Après s'être mise d'accord avec Pishi sur ce qu'on servirait avec le thé, elle a dépêché Singhji au bazar pour acheter les ingrédients les plus frais.

Ensuite s'est posée la question de la façon dont Sudha allait s'habiller. Tante voulait quelque chose de superchic, plein de broderies de zari, tandis que ma mère prônait la simplicité. A leur demande, Ramur Ma apporta une pleine brassée de saris, que tante drapa les uns après les autres autour de Sudha. Au huitième ou au neuvième, je craignis que Sudha n'explose — ce que j'aurais fait à sa place. Mais elle restait placide et silencieuse, un sourire endormi aux lèvres. « Tu vois, chuchota ma tante à Pishi, elle rêve déjà de son futur époux. » Mais je connaissais ma cousine, et ce sourire m'inquiétait. Et m'inquiéta encore plus le fait que, lorsque, une fois seules, je demandai à Sudha pourquoi elle souriait ainsi, elle refusa de me répondre. Elle se contenta de me serrer contre elle et de dire : « Pas encore, Anju. En parler pourrait porter malheur. Je te raconterai plus tard. »

Les Sanyal arrivent avec une bonne heure de retard.

« Ce n'est rien, dira ensuite tante N. Je connais des cas où la famille du garçon a décidé d'arriver avec une *journée* de retard — toute la nourriture perdue, la famille de la fille qui devient folle, la fiancée qui pleure et se lamente, se demandant si quelqu'un l'a calomniée, et si le mariage va être rompu. En fait, c'est juste pour montrer qui a le pouvoir. »

S'il m'arrivait quelque chose de ce genre, je serais si folle de rage que je romprais moi-même. Pourquoi le pouvoir devrait-il être toujours du côté du garçon ?

En matière de pouvoir, Mrs Sanyal s'y connaît. Je le

vois à la façon dont elle manipule son entourage, qui consiste en Ramesh, ses jeunes frères, et trois ou quatre femmes dont il est difficile de deviner les liens qui les unissent à la famille. Le jeu de Mrs Sanyal est très subtil — un regard ici, une petite toux là. Et voilà que les cousines s'arrêtent au beau milieu d'une plaisanterie de mauvais goût, et que les garçons remettent dans le plat les singaras qu'ils ont commencé d'entasser sur leur assiette. Même Ramesh s'arrête de contempler Sudha pour se lancer dans une conversation, ennuyeuse mais polie, avec ma mère.

Je ne sais pas très bien que penser de Ramesh. Ce doit être un garçon très capable — sinon comment pourrait-il occuper un poste si important dans l'administration ? — mais je ne suis pas folle de son nez pointu, de ses cheveux gominés au Brylcreem et parfaitement aplatis, de sa bouche marquée par des rides d'inquiétude — sauf lorsqu'il regarde Sudha. Car il est subjugué. Ça crève les yeux.

Ce qui ne m'étonne pas. Même quand elle n'était qu'une petite fille aux genoux écorchés, Sudha rayonnait d'un tel éclat que les hommes ne pouvaient pas s'empêcher de la regarder — encore, et encore. Les femmes aussi la fixaient, murmurant derrière leurs mains, et plus d'une fois une tante bien intentionnée a conseillé aux mères « de garder un œil sur celle-là, car tant de beauté risque de causer beaucoup d'ennuis ». Et aujourd'hui, dans son sari bleu foncé, avec une fine chaîne d'or qui brille autour du cou, elle est irrésistible. Elle sert le thé, et des serpentins de cheveux bouclés forment un halo autour de son visage. Ses bracelets de chevilles tintent comme des clochettes au vent. Elle répond aux questions de Mrs Sanyal sans l'ombre de l'irritation que j'éprouve à sa place : quelle était sa matière favorite à l'école (la broderie), quelle est la proportion de sucre et d'eau dans le sirop de rasogollah (un pour deux), quel est à son avis le devoir le plus important d'une femme (prendre soin de ceux qu'elle aime).

Fortement impressionnée, Mrs Sanyal dit qu'elle n'a

plus d'autres questions à poser, que nous pouvons disposer. En partant, nous l'entendons dire à tante N que tout le mal qu'elle s'est donné pour élever sa fille ne l'a pas été en vain. (Je manque d'éclater de rire.) Qu'elle ne voit aucune raison de retarder l'heureux événement. Pourquoi ne pas demander au pandit de chercher le jour le plus bénéfique du mois prochain ?

Sudha a dû l'entendre elle aussi, mais son visage reste imperturbable. Et le demeure quand, arrivées dans ma chambre, je lui dis : « Je hais cette façon de faire parader les femmes devant leurs futurs époux — comme des animaux à la foire. Comment as-tu pu supporter avec tant de calme ces stupides questions ?

— D'abord parce que je voulais que maman soit contente de moi. Ensuite parce que je sais que je n'aurai pas à épouser Ramesh. » Sudha m'entraîne dans un tourbillon autour de la chambre, riant aux éclats de ma mine. « Ne t'inquiète pas, Anju chérie. Je ne suis pas devenue folle. Je viens juste de recevoir une lettre d'Ashok...

— Comment ça ?

— Singhji lui a parlé de la proposition que j'ai reçue. Oui, notre Singhji ! Il a trouvé l'adresse d'Ashok et est allé le voir. Il m'a été d'un tel secours — je ne remercierai jamais assez Dieu pour cela. Quoi qu'il en soit, Ashok m'écrit qu'il m'aime et qu'il attendait avec anxiété de nos nouvelles. Oui, il a réussi à persuader ses parents, qui ont fait une proposition, il y a déjà quelque temps. Mais ma mère » — l'amertume tord la bouche de Sudha — « n'a pas dû les juger dignes de notre illustre famille. Bref, nous nous voyons demain, et il va réfléchir à ce que l'on peut faire. »

Je me laisse tomber sur le lit, terrifiée et en même temps sidérée par l'audace de Sudha. En pleine confusion mentale aussi, ce qui me met en colère.

« Je croyais t'avoir entendue dire qu'il fallait attendre qu'Ashok agisse, que nous ne pouvions pas l'aider !

— Mais nous ne l'avons *pas* aidé. Je lui ai fait simplement savoir que j'avais des ennuis, comme la princesse Rukmini avec le seigneur Krishna, tu te rappelles cette histoire ? Pour le reste, c'est Ashok qui agit. »

Je refrène un accès de jalousie. Jusqu'à maintenant, Sudha s'est toujours reposée sur moi pour dresser des plans la concernant. Et voilà que cet usurpateur en chemise blanche a pris ma place. Mais surtout, je suis triste. Même s'ils se rencontrent (et où cela ?), au prix d'énormes risques, à quelle solution peuvent-ils aboutir ? Dans sa tête, tante N a déjà probablement orchestré tout le mariage, des fleurs aux menus, en passant par l'identité du musicien qui jouera du shehnai et de la personne qui portera le cadeau-du-fiancé chez les Sanyal la veille de la cérémonie.

« Nous nous retrouverons au temple de Kali tôt demain matin. Je vais de ce pas aller dire à maman que j'ai promis à la déesse d'aller la saluer, moi toute seule, avant mon mariage. Maman doit être d'une telle bonne humeur qu'elle acceptera. »

Auréolée de sa foi dans son prince, Sudha m'embrasse sur les deux joues et dévale les escaliers. Il me reste à croiser les doigts et prier Dieu qu'il ne leur vienne pas une idée trop folle et trop dangereuse.

XV

Sudha

Toutes les fois que je suis allée au Kalighat, jusqu'à ce jour, il y régnait une cacophonie de clameurs humaines et animales — prêtres vociférant et bousculant des pèlerins ahuris qui tournent en rond comme des moutons, marchands criant leurs articles, enfants perdus en pleurs, mendiants estropiés quémandant des aumônes, chèvres bêlantes traînées au sacrifice. Aussi le calme de ce matin paraît étrange, que troublent seuls les balayeurs des marches du temple, et les fleuristes qui préparent des guirlandes d'œillets orange vif et de fleurs de jasmin aussi blanches que du riz tout juste cuit. J'achète une guirlande d'hibiscus, du même rouge que le sindur au front des femmes mariées, et pénètre à l'intérieur.

La voûte de pierre qui abrite la déesse et son saint mystère est obscurcie par les fumées de l'encens. Dans quelques heures, la foule s'y pressera jusqu'à l'étouffement, mais pour le moment tout est paisible, si bien que les prêtres m'autorisent à m'arrêter devant l'effigie d'un noir rayonnant. Depuis l'aube je me répète les prières, les choses que je veux lui demander, mais maintenant, sous le regard des yeux énormes, cerclés d'or et de rouge, je ne me souviens plus de rien. La déesse semble légèrement mécontente — elle sait que je me sers d'elle pour un rendez-vous d'une tout autre nature. Mais après tout, elle-même a connu l'amour. Il est dit dans les Puranas qu'elle a quitté la maison contre la volonté de son père afin de suivre le seigneur Shiva, son bien-aimé. Je pense donc qu'elle me pardonne. Je pose le front sur le socle d'argent au pied de l'image ; il est frais et embaume le santal, et je me sens réconfortée.

Je sors et aperçois toute de suite Ashok. Comme convenu, il se tient à côté de l'autel de Shiva à l'autre extrémité du temple. C'est la première fois que nous nous retrouvons seuls, et je suis saisie d'une timidité inattendue quand il me prend par la main et m'entraîne vers une niche. Mais le temps presse — Singhji, qui m'attend à l'extérieur, m'a dit que nous devions être rentrés à la maison dans une heure tout au plus — aussi ma timidité devra-t-elle patienter jusqu'à notre nuit de noces.

« Vous allez bien ? me demande Ashok, qui me dévisage de tout près. Sont-ils déjà venus pour la présentation-de-la-fiancée ? »

Je fais oui de la tête. Lui-même paraît sombre, comme si la décision de se marier l'avait propulsé dans l'âge adulte. Une ride s'est formée entre ses sourcils. Je veux l'effacer. Je veux l'embrasser. Je veux pleurer et rire à la fois. Finalement je dis : « Ils ont fixé la date du mariage à un mois d'ici. »

Ashok réfléchit, en comptant sur ses doigts. « Votre mère, dit-il, m'a déjà repoussé une première fois. Il n'y a aucune raison qu'elle accepte maintenant qu'elle a reçu une proposition plus “convenable”. Nous devons nous enfuir. »

Mon cœur bat à se rompre. *S'enfuir*. Le caractère définitif du mot me donne le vertige, comme si une porte se refermait derrière moi pour toujours. Je serai reniée. Plus jamais je n'entrerai dans la vieille maison de marbre où j'ai toujours vécu, plus jamais je ne verrai les mères, plus jamais je n'enlacerai ma chère Anju, dans le réconfort et la joie. Pourrai-je le supporter, même pour Ashok ?

« Nous le ferons dans quinze jours, dès vos dix-huit ans, dit Ashok. Comme ça, votre mère ne pourra vous obliger à revenir, ni faire annuler notre mariage.

— Comment connaissez-vous ma date de naissance ? » Je suis stupéfaite.

Il joue les mystérieux. « J'ai mes sources ! » Mais il cède vite et en souriant m'avoue : « J'ai demandé à Singhji. »

Je n'avais pas imaginé que Singhji tenait un compte si

précis de mes anniversaires. Ashok, maintenant, me donne des détails : où nous irons, qui célébrera le mariage, combien de temps nous devrons rester cachés ensuite. Singhji a promis de nous aider. Je n'aurai pas besoin d'emporter quoi que ce soit. Ashok est persuadé que ses parents m'accueilleraient — même avant le mariage s'il le leur demandait. Mais, afin de les protéger des accusations de ma mère, il ne leur dira rien avant que notre mariage n'ait eu lieu.

« N'ayez pas l'air si inquiète, Sudha. N'avez-vous pas confiance en moi ? »

Je touche ce pli entre ses sourcils. Sa peau embaume un savon dont j'ignore le nom. « Si », dis-je, en chavirant vers lui. C'est ainsi que nous échangeons notre premier baiser, derrière le grand Lingam noir de Shiva. La chaleur de ses lèvres, comme une brûlure. Ses doigts s'attardent sur ma gorge. Jusqu'à la fin de mes jours, j'associerai la passion à l'odeur d'hibiscus écrasé et d'encens de champak, ce fourmillement dans mes paumes, cette pierre humide et glissante sous mes pieds.

Alors, du coin de l'œil, à la limite d'une vision nette, je remarque une jeune femme, belle, vêtue d'un sari de coton paysan — un dessin démodé, qui ne se fait plus. A côté d'elle se tient un étranger grand et de peau claire, les doigts encore rouges du sindur qu'il vient de lui appliquer sur le front. Audacieusement, il l'attire vers lui, pour un baiser — lui aussi doit être un pourfendeur de règles. Le corps de la jeune femme frissonne, comme un arbre en fleur sous le vent printanier, et sur son visage, qui me paraît curieusement familier, passent, fugitifs, joie, regret, impatience apeurée. Vite je fais volte-face — je dois découvrir qui ils sont — mais ils ont disparu.

Peu importe. Dans ma chair je les connais — ce sont les ombres de mes parents, traces laissées dans l'atmosphère de ce temple depuis le jour de leur mariage, il y a vingt et un ans. Sont-ils apparus pour me rappeler leur histoire ? Ou pour m'avertir de ce que sera la mienne ?

Fille et mère, mère et fille. Malgré ce que nous aimerions croire, nos vies se font écho.

Arrivée à la porte du temple, je me retourne. Ashok se tient toujours à côté de l'autel de Shiva. En silence, il articule quelque chose. Je déchiffre sur ses lèvres le mot *épouse* et mon cœur fond dans le miel. Deux semaines. Comment pourrai-je vivre deux semaines entières sans lui ?

Allongée sur le sol tout juste lavé de la terrasse, goûtant la fraîcheur de la natte contre ma peau, je contemple le ciel nocturne. Emanant de cette ville qui ne dort jamais, les lumières diluent l'obscurité. Je voudrais demander à Anju le nom des constellations qui scintillent faiblement à travers le voile de brume, mais elle s'est endormie, la tête sur mon oreiller, son souffle chaud et humide contre ma joue, embaumant le clou de girofle. Alors je me répète le seul nom de constellation que je connaisse, celui de Kalpurush, le guerrier noir à l'épée courbe et brillante.

J'ai sommeil moi aussi, mais je m'oblige à rester éveillée. Je cherche les étoiles filantes. Il m'en faut deux, à minuit précis, parce que je n'ai que deux vœux à faire. L'un pour moi, l'autre pour Anju — car aujourd'hui une proposition séduisante est arrivée pour elle d'une famille en vue de Calcutta, les Majumdar, dont le fils unique travaille en Amérique.

Non qu'Anju croie aux étoiles filantes. Ce ne sont que des météores en feu, dit-elle, qui n'ont le pouvoir d'aider personne. Ni eux-mêmes.

Je sais. Je sais aussi qu'un fait peut avoir plusieurs aspects, plusieurs réalités à la fois. Une boule de gaz enflammé lancée vers son ultime destin est capable, si on y croit assez, de donner ce qu'un cœur désire. A la mort d'une étoile correspond la naissance d'une joie nouvelle. N'est-ce pas ainsi que les choses s'équilibrent dans l'univers ?

Cela, je ne l'ai pas dit à Anju. Il est si difficile d'expliquer le prodigieux — y compris à elle que j'aime depuis ma naissance. J'espère qu'elle comprend, encore que parfois je me demande si les gens sont jamais capables de se comprendre véritablement.

Quand, après le dîner, nous nous sommes échappées pour monter sur la terrasse et que je lui ai appris ce qu'Ashok et moi avons décidé, j'étais sûre qu'elle serait ravie pour moi. Au lieu de quoi, elle s'est affolée.

« Sudha, c'est un trop gros risque. Et si les choses ne tournaient pas comme il le dit ? Tout ce que tu as, c'est sa parole de t'épouser après que tu te seras enfuie avec lui. Et si — elle a hésité, puis a plongé — si, après avoir obtenu ce qu'il veut de toi, il changeait d'avis ?

— Je *sais* qu'il dit la vérité. Je *sais* que je peux lui faire confiance. » J'ai senti la colère s'infiltrer dans mes veines comme du poison. « Tu ignores ce qu'est l'amour, voilà pourquoi tu peux dire quelque chose d'aussi mesquin... »

Anju m'a laissée exploser. « Sudha, écoute-moi. Même s'il te dit la vérité, ou ce qu'il croit être la vérité, il n'y a aucune garantie que ses parents t'accueilleront chez eux. Si ta mère avait accepté leur proposition, la situation aurait été différente. Mais, maintenant, tu ne seras qu'une fille qui s'est enfuie et a perdu sa réputation. Et qui vient d'une famille qui les a déjà repoussés. Imagine qu'ils ne reconnaissent pas votre mariage ? »

Elle exprimait les craintes, informulées, qui s'étaient bousculées en moi toute la journée. C'est peut-être pour cela que, me bouchant les oreilles de mes mains, j'ai crié : « Assez ! Je ne te permets pas de calomnier Ashok. J'ai pris ma décision, point final. »

Anju s'est tue. Elle s'est mordu les lèvres pour empêcher les mots de colère d'en jaillir, les mots d'avertissement et d'amour. Car, bien sûr, elle savait ce qu'est l'amour, ma sœur qui aurait donné tout son bonheur pour le mien. « Donc, il faudra que je t'aide », a-t-elle dit.

Plus tard, nous avons parlé de son éventuel mariage avec le jeune homme qui allait arriver d'Amérique. Nous ne connaissions de lui que son nom — Sunil — et son travail — informaticien. Anju m'a avoué qu'elle avait peur. Mon cœur a saigné en l'entendant, ma courageuse cousine qui n'avait jamais eu peur de quoi que ce soit.

« Penser que je vais devoir vivre avec un étranger. Que

je suis censée appartenir à un homme que je n'ai jamais vu, à partir du moment où il me passera une guirlande autour du cou. Oh, pourquoi ne puis-je rester célibataire ? Pourquoi dois-je être attelée à un homme comme un buffle à une charrue ? »

J'ai soupiré pour elle. Moi aussi j'aurais eu peur si Ashok ne m'avait pas sauvée. J'ai tenté de montrer à Anju les bons côtés du mariage. Une maison qu'elle finirait par diriger. Un homme qui la réveillerait avec des baisers de clair de lune, qui la regarderait à travers une pièce envahie de monde avec une telle chaleur dans les yeux que son cœur en bondirait de joie. Les bébés, à la douce odeur de lait et de cannelle, qui s'endormiraient à son sein, bercés par son chant.

« Lait et cannelle, ah ouiche ! Une odeur de couches sales, dégoulinantes de pipi et d'autre chose, voilà ce que sentent les bébés », a rétorqué ma peu maternelle cousine. Mais peut-être s'est-elle sentie un peu mieux, car elle a jeté un bras autour de moi et s'est endormie.

Moi pas. Les pensées de la journée continuaient à ricocher dans ma tête, tout ce que j'allais perdre en gagnant l'amour d'Ashok. Le bras d'Anju, assoupli par le sommeil, m'encerclait le cou. Les regrets s'accumulaient dans ma bouche, aussi amers que la quinine que nous faisait avaler Pishi autrefois. Moi, la fille renégate. Aurais-je même le droit de revoir Anju ?

A présent, Anju se renfrogne, combattant les démons de son rêve comme elle a toujours combattu, dans sa vie éveillée, quiconque ne voulait pas la laisser être elle-même. Je souris, mais intérieurement je pleure. O mon Anju, toi qui n'as jamais appris à courber la tête sous le vent, que t'arrivera-t-il si tu épouses l'homme qui ne te convient pas ?

Un bruit de cloches me parvient, porté par la brise. C'est l'horloge de la cathédrale Saint-Paul, qui commence à frapper les douze coups de minuit. Et soudain nous sommes plongés dans le noir absolu, un océan d'encre. L'espace d'un instant, je succombe à la terreur. Mais il ne s'agit que d'une de ces pannes de courant qui nous empoisonnent la vie à longueur d'année.

L'obscurité est une vague qui enfle. Qui me soulève hors de mon corps jusqu'à ce que je flotte parmi les étoiles, ces minuscules pores brillants sur la peau du ciel. Si seulement je pouvais les traverser, je me retrouverais de l'autre côté, le bon côté, sans ombre, illuminé à la perfection, au-delà des soucis de ce monde.

J'entends de nouveau l'horloge. Ses coups implacables m'obligent à réintégrer les parois étriquées de mon corps. Minuit est presque passé. J'inspecte désespérément le ciel. Soudain, au dernier coup, je la vois, un éclair à ma gauche, une petite estafilade de lumière, déjà en train de guérir — mon étoile filante.

Mais une seule.

Une seule étoile pour un seul vœu.

Des désirs opposés se battent dans mon cœur, pour Anju et pour moi, me tirant à hue et à dia. Mais finalement, je demande un merveilleux mariage pour ma cousine, un époux qu'elle aimera de tout son être. Je sais que ce vœu, je devrai le payer, car c'est ainsi que fonctionne le monde de ce mauvais côté du ciel, où il n'y a jamais assez de bonheur pour tous.

Ashok, Ashok, crie une voix dans mon cœur.

Je suis néanmoins heureuse d'avoir consacré mon vœu à Anju.

Alors que je finis de le formuler, et que l'étoile meurt en se consumant, une pensée surprenante me vient. Si seulement Anju et moi, semblables aux femmes des héros dans les contes, pouvions épouser le même homme, notre Arjun, notre Krishna, qui nous chérirait et nous garderait toutes les deux ensemble.

C'est un souhait ridicule, peut-être même immoral. Mais avant que je puisse me rétracter, j'entends Pishi qui gravit à pas lourds l'escalier tout en bougonnant, nous reprochant de nous attarder ici, dans l'humidité poisseuse de la nuit qui à coup sûr va nous rendre malades, alors que toutes les jeunes femmes bien de Calcutta dorment dans leur lit.

XVI

Anju

Nos étoiles sont vraiment bien alignées ce mois-ci, ne cesse de répéter tante N. D'abord Sudha, dont le mariage est entièrement réglé, ensuite moi, qui reçois une proposition, pour en finir avec la librairie, que quelqu'un offre d'acheter.

Son optimisme est plutôt déplacé. Le mariage de Sudha est réglé, certes, mais pas de la façon dont elle l'imagine. Je frissonne à la pensée de ce qui se passera après la fuite de Sudha, tous les cris que je devrai braver — parce que, bien entendu, on m'accusera moi aussi. Mais je suis prête à les endurer, si c'est pour le bonheur de Sudha.

Quant à mon mariage, il en est encore au stade de la proposition. Mes éventuels beaux-parents attendent l'arrivée de Son Altesse d'Amérique. La société d'ordinateurs où il travaille a traversé une sorte de crise, et il doit s'occuper des puces défectueuses et des cartes mères détraquées. Dès qu'il sera là, nous assure sa famille, on organisera la séance de présentation-de-la-fiancée, et ils nous feront connaître l'opinion de leur fils.

Je ne suis pas pressée. En ce qui me concerne, il peut prendre le bateau le plus lent du monde. Et, comme je l'ai dit à Sudha, ils peuvent appeler ça présentation-de-la-fiancée tant qu'ils voudront, ils ont intérêt à se mettre en tête qu'il s'agit aussi de présentation-du-fiancé. Et si ce qu'on me présente ne me plaît pas, je vous fiche mon billet que je ferai également connaître mon opinion.

La librairie va, effectivement, être vendue. Nous avons reçu une offre de l'un des autres libraires de Calcutta. L'offre est faible, et il ne nous paiera d'entrée que la moitié de la somme — mais maman a accepté. Je l'ai suppliée de tenir bon, mais en voyant les cernes noirs sous ses yeux, j'ai compris qu'elle redoutait de ne plus être là lorsque une nouvelle offre nous parviendrait.

L'acheteur demande qu'on procède à un inventaire, et j'ai demandé à maman si je peux aider directeur-babu à le faire. Ça me donnera l'occasion de revoir une dernière fois l'endroit autour duquel j'ai tissé tant de rêves.

Toutefois, quand j'y arrive, je ne suis pas sûre d'avoir eu une bonne idée. Tous les vieux employés viennent me dire adieu. Ils m'appellent Anju Didimoni, petite sœur, petit bijou, et me rappellent que j'étais encore une petite fille à queue de cheval quand j'ai commencé à accompagner maman au magasin. Ils s'essuient les yeux avec leur dhoti et me souhaitent bonne chance pour mon mariage. D'un ton embarrassé, ils demandent des nouvelles de ma mère, qu'ils appellent Rani Ma. Elle a effectivement été une mère pour eux, me disent-ils. Ils me racontent comment elle a donné à Jiten l'argent nécessaire pour que son père se fasse opérer des yeux. Comment, quand Palash s'est cassé la jambe en tombant de l'autobus et qu'il a dû rester immobilisé chez lui pendant deux mois, elle n'a pas amputé son salaire d'une paisa. Et quand directeur-babu lui a suggéré de se débarrasser du vieux Manish, quasi aveugle, elle a dit qu'elle ne pouvait renvoyer quelqu'un qui avait donné cinquante ans de sa vie à la librairie. En les écoutant parler, je commence à comprendre pourquoi elle a passé toutes ces nuits penchée sur ses livres de comptes, essayant d'en extraire un peu plus d'argent, et j'ai honte d'avoir pensé que je pourrais faire mieux qu'elle.

Le nouveau propriétaire veut changer le nom de la librairie, aussi aujourd'hui la grande enseigne rouge et jaune qui annonçait Chatterjee et Fils, Beaux Livres, depuis plus de soixante-quinze ans, va-t-elle être descendue. J'observe les ouvriers se démener avec cordes et échelles. L'un d'entre eux lâche prise, et l'enseigne se fracasse par terre, brisée en deux. J'essaye de garder mon calme, comme maman le ferait. De toute façon, elle était condamnée à finir en petit bois pour le feu. Mais quand on hisse la nouvelle enseigne, je refuse de regarder. Je grimpe sur une chaise et, avec fureur, commence à extraire les livres des rayons science et technologie, la partie du magasin qui m'intéresse le moins.

C'est alors que l'homme entre.

Il est habillé avec élégance, d'un kurta traditionnel à boutons dorés, ce qui est plaisant à notre époque de pantalons ultramoulants et de chemises disco clinquantes. Ses lunettes cerclées d'or sont adorablement démodées et font très intellectuel, et quand il me demande si nous avons des livres de Virginia Woolf, il achève de me conquérir.

Woolf est un de mes écrivains favoris depuis que je suis tombée sur un de ses livres. Un beau volume ancien relié cuir, imprimé en Angleterre, au titre intrigant de : *Une chambre à soi*. J'ai approché mon nez de ces pages épaisses, et j'ai senti une odeur tout à fait différente de celle, douceâtre, de nos livres indiens, reliés à la colle de riz. Elle m'a paru être l'odeur du lointain, de la pensée nouvelle, et m'a poursuivie longtemps. Elle représentait quelque chose que je voulais mais ne savais comment définir.

Quand j'ai tendu le livre à ma mère, elle l'a gardé un long moment sans rien dire. Puis elle m'a appris que mon père l'avait commandé quelques mois avant de mourir. Il m'appartenait, si je le souhaitais.

J'ai passé nombre d'après-midi à lire et relire le livre, long essai bien différent des romans que je préfère habituellement. Je ne l'ai compris qu'en partie. Mais j'ai ressenti la tristesse et le feu qui brûlent son auteur. Je la voyais, debout face à une salle pleine de femmes — car la préface expliquait qu'à l'origine, il s'agissait d'un discours —, leur enjoignant de se débarrasser de leurs œillères et de réclamer leurs droits. Elle n'élevait pas la voix, mais la passion qui s'en dégageait avait dû leur transpercer la poitrine comme une flèche — ce qui était le cas pour moi. Que mon père eût voulu lire un tel livre me surprenait. Je l'imaginais le tenant dans ses mains, le soir au lit, bien après que maman se serait endormie. Je voyais la chaude lumière de la lampe tomber sur ses doigts qui tournaient les pages. Peut-être aurait-il plissé le front, à tenter d'analyser les idées dans sa tête, comme je le faisais. Peut-être aurait-il eu parfois le souffle coupé, de sympathie et d'indignation. Pour la première fois de ma vie, je pouvais penser à mon père sans amertume.

Quelques années plus tard, j'ai persuadé maman de commander tous les romans de Woolf, que je dévorais assise dans un coin du magasin, chaque fois que maman m'autorisait à l'accompagner. J'avais peur qu'un acheteur se présente avant que j'aie fini ma lecture. Mais le public cultivé indien n'a jamais beaucoup apprécié les romans de Woolf, leur préférant de beaucoup ceux de Dickens, de Hardy et de E.M. Forster.

Pour l'heure, je descends tous ceux qui figurent en rayon et entreprends d'en chanter les louanges. Je parle du style de Woolf, fleuve aux méandres inattendus. De sa perceptivité. De ses symboles. De ses héroïnes à la sensibilité artistique prédestinée, dont je n'ai rencontré la pareille nulle part — ni dans la vie, ni dans les livres. A ces romans, j'espère pouvoir trouver un bon foyer d'accueil avant que le nouveau propriétaire ne les condamne à quelque débarras plein de termites. Je suis sûre que ce jeune homme intelligent aux yeux rieurs les apprécierait.

Quand je m'arrête pour reprendre mon souffle, il me dit que mon éloquence l'a convaincu et qu'il va acheter tout l'assortiment !

Je les lui emballe, maladroite, mais fière de moi. J'essaie d'agir avec le calme d'une professionnelle, d'une vraie vendeuse, sans pouvoir toutefois m'empêcher de rire quand il me demande si je fais partie du personnel. Directeur-babu lui jette un regard sévère destiné à remettre les gens à leur place, et l'informe que c'est à Miss Anjali, la fille de la propriétaire, qu'il est en train de parler.

Le jeune homme ne semble pas être remis à sa place. « Ah, Miss Anjali, ça ne m'étonne pas que vous soyez si cultivée, dit-il. Etudiez-vous la littérature ? »

A voir l'expression de directeur-babu, il est évident qu'il trouve cette question terriblement indiscrète. Il voudrait bien envoyer balader le jeune homme, mais à cet instant quelqu'un hurle que la nouvelle enseigne, mal arrimée, tangue dangereusement, et il se rue dehors.

Je dis au garçon que non, je ne vais pas à l'université, bien que ce soit ce que je désire le plus au monde. J'essaie d'écarter toute tristesse de ma voix, mais il me semble qu'il la perçoit.

« Plus même que le mariage ? Je croyais que c'était ce dont rêvent la plupart des jeunes femmes de votre âge.

— Je n'ai pas besoin d'en rêver, dis-je d'un ton aigre. Ça va m'arriver sous peu, probablement dès que Mr Amérique aura débarqué.

— Mr Amérique ? »

Je lui explique Sunil et ses cartes-mères détraquées. Je sais que je ne le devrais pas, mais la sympathie que je lis dans ses yeux m'incite à me confier à lui comme je ne l'ai encore jamais fait à un étranger.

« Oh, seigneur, dit-il. Il semble terriblement ennuyeux. »

L'envie ridicule me saisit de l'attraper par la manche de son kurta et de le supplier : « Ne partez pas. » Ou même, toute honte bue : « Epousez-moi. » Je suis sûre qu'il me permettrait, lui, de continuer mes études. Je pourrais m'inscrire à l'une des facultés exclusivement féminines. Ce qui serait tout à fait convenable, même pour une femme mariée. Et nous pourrions peut-être lire Virginia Woolf ensemble.

C'est ça, Anju. Et la lune se transformera peut-être en singe, tandis qu'un poisson volera dans le ciel.

Je pousse le paquet vers lui, à travers le comptoir, mais au lieu de le prendre, il pose sa main sur la mienne. Je suis bouleversée. A-t-il lu dans mes pensées ? Et si quelqu'un nous voyait ? Toutefois, il me sourit si franchement, si amicalement, que je ne retire pas ma main.

« Je connais votre nom, Miss Anjali, dit-il. Ne voulez-vous pas connaître le mien ? »

Je le fixe. Un soupçon me fait bondir le cœur. Mais

non, ce n'est pas possible. Je ne peux pas avoir une telle chance.

« Je m'appelle Sunil. Oui, Mr Amérique en personne ! Non, ne soyez pas gênée. » Il indique ses vêtements. « Pardonnez-moi la tromperie — il fallait que je vous voie telle que vous êtes vraiment, et non à l'occasion d'une de ces cérémonies artificielles de présentation, emmaillotée de soie et de bijoux, assise en silence et la tête baissée. Quoique, maintenant que je vous connais, je doute que vous soyez jamais restée assise en silence et la tête baissée, je me trompe ? »

Je ris avec lui, mal à l'aise toutefois. Entend-il cela comme un compliment ?

« Permettez-moi de vous dire, fait-il en s'inclinant drôlement, comme j'adore votre vivacité. Vous méritez vos rêves. Si vous me faites l'honneur de m'épouser, j'essaierai de les réaliser. »

Dans ma tête le sang tape avec une joie sauvage. Je ne trouve rien à dire. Moi, à qui les mères ont toujours reproché d'être trop bavarde !

« Alors, d'accord, on se serre la main ? » demande mon futur époux américain. C'est d'ailleurs plus une constatation qu'une question. Sa voix a la douceur de la mélasse fraîche. Et traduit la confiance en soi, comme s'il n'avait jamais été repoussé par une femme.

Ce que je n'ai pas de mal à comprendre.

Je serre sa main aussi fermement que je peux — sinon je m'envolerais sûrement, mon cœur est si léger. Maintenant qu'il a ôté ses lunettes, je vois des paillettes d'or dans ses yeux. J'adore ses sourcils arqués. J'attends avec impatience les soirées où nous lirons ensemble *La Promenade au phare*.

Dès que je serai rentrée à la maison, j'irai m'excuser auprès de Sudha car elle avait absolument, totalement raison. L'amour survient, et les miracles existent.

XVII

Sudha

Les beaux-parents d'Anju sont venus à la maison pour fixer les détails du mariage. Ce n'est pas vraiment une cérémonie de présentation, parce que tout le monde sait que les fiancés se sont déjà rencontrés — le mahal des domestiques, et pas seulement le nôtre, ne bruit que de la nouvelle.

La mère de Sunil est une femme douce, faible, qui gesticule beaucoup en parlant et se confond en excuses. « Notre Sunil, il fallait qu'il prenne lui-même les choses en main ! Il ne nous a pas prévenus — sinon je l'aurais supplié de ne pas le faire. Il s'est renseigné autour de lui et a trouvé l'adresse de la librairie. C'est ce qui se passe quand quelqu'un vit depuis si longtemps en Amérique, je suppose ! Encore devrais-je être reconnaissante qu'il ait accepté d'épouser une fille de Calcutta. » A son ton, on devine qu'elle est immensément fière de son fils, malgré ses frasques, ou peut-être à cause d'elles. « Il savait très bien que s'il avait ramené pour femme une de ces memsaheb américaines, il n'aurait pas remis les pieds chez nous », dit le père de Sunil, qui est à l'évidence la force dirigeante. Il croise ses jambes maigres comme des tenailles, vêtues d'un pantalon foncé de coupe étrangère que Sunil a dû lui rapporter, et jette un regard défavorable aux sandeshes en forme de coquille que Pishi a passé toute la matinée à préparer. Il refuse du geste les kachuris chauds fourrés de pois épicés et d'un hochement de tête le thé au lait fumant. Il accepte un verre d'eau michri, mais seulement après avoir reçu l'assurance qu'elle a été achetée dans un magasin de bonne réputation, et que l'eau a été bouillie. Heureusement qu'Anju n'aura qu'un an à passer auprès de lui — le temps qu'elle obtienne son visa — et non le reste de sa vie.

Sunil, pour sa part, est aimable et prévenant. Il aide Anju à porter à chacun sa tasse de thé. Je suppose qu'en Amérique les hommes doivent faire des choses de ce genre. Puis il entame une conversation à voix basse avec Gouri Ma. Je capte le mot *promesse* et aussi *toute l'éducation qu'elle voudra*. Le visage maigre de Gouri Ma s'illumine. Mon cœur se réchauffe encore plus pour mon futur beau-frère et, quand il lève les yeux, je lui offre mon plus brillant sourire.

Mr Majumdar, le père de Sunil, déteste ne pas être au centre de la conversation. Il s'éclaircit la gorge bruyamment et demande à Gouri Ma comment évolue sa maladie. A l'évidence, Gouri Ma juge cette question incongrue, mais elle dit, en s'efforçant à la politesse, qu'elle a récupéré beaucoup d'énergie.

« Peut-être est-ce simplement le soulagement de savoir que nos deux filles sont bien établies », dit-elle en souriant. Elle fait un geste dans ma direction. « Sunil, laissez-moi vous présenter Sudha. C'est mon autre fille, la plus douce des enfants, et si douée pour les travaux d'aiguille, vous n'imaginez pas. »

Je rougis. Les compliments de Gouri Ma ont toujours eu une extrême importance pour moi. Je joins les mains pour faire un namaskar à Sunil, mais il me tend la sienne et dit : « Oh non, pas tant de cérémonie. Après tout, nous allons être parents. » Je me sens gênée, mais je suppose que ça se passe de cette façon en Amérique, et je pose ma main dans la sienne.

Mr Majumdar s'éclaircit de nouveau la gorge — il aimerait sûrement que son fils adopte un comportement plus digne, plus conforme à celui que doit avoir un fiancé — et dit : « Bon, il reste quelques détails à préciser. Puisque notre fils aime tant votre fille, nous avons décidé de conclure l'alliance ici même. Bien que, pour être franc avec vous, quelques autres familles — par exemple les Bhaduri de Bowbajar — nous aient offert une dot significative.

— Père ! s'exclame Sunil. Nous étions convenus de ne pas discuter de dot !

— Je te prie de ne pas m'interrompre. J'ai dit que je ne demanderais pas de dot, et je ne le ferai pas. Etant donné ses origines familiales, Mrs Chatterjee sait sans aucun doute ce qui convient en la matière. De toute façon, j'ai toujours attribué beaucoup plus d'importance à une bonne réputation qu'à l'argent. C'est pourquoi j'ai rompu les pourparlers avec les Bhaduri. Nous avons découvert un vieux scandale dans la famille, une tante célibataire qui s'était suicidée — on imagine pourquoi ! Il n'était pas question que mon nom soit associé à *ça*. Mieux vaut une fille laide et sans le sou, ai-je dit à ma femme, qu'une fille dont la famille est entachée d'immoralité. Et malheureusement il y en a beaucoup de ce genre. Vous seriez stupéfaite, Mrs Chatterjee, de ce que nous avons découvert — amours secrètes, grossesses, filles enfuies et qu'on ramène de force... »

Je fixe ses lèvres, la façon dont elles se tordent quand il parle. La terreur ouvre en moi un abîme dans lequel, à tout instant, mon âme risque de s'engloutir. Je me tourne vers Anju, mais Sunil est en train de lui chuchoter quelque chose. Elle lui répond sur le même ton, le visage illuminé par un petit sourire béat. Je parie qu'elle n'a pas entendu un seul mot de ce qu'a dit le père de Sunil.

Oh, Anju, si seulement tu ne l'aimais pas tant ! Que va-t-il t'arriver si je m'enfuis avec Ashok ?

« En fait, continue le père de Sunil, nos discussions avec les Bhaduri avaient passablement progressé. Mais comme j'ai dit à ma femme, la meilleure des unions, je n'hésiterais pas à la casser. Même à la dernière minute. C'est une question d'ijjat familial, après tout. Même après le mariage, je suis prêt à renvoyer la fille chez ses parents si je découvre quelque chose de laid, comme...

— S'il vous plaît, Majumdar babu, l'interrompt Gouri Ma, pas devant les enfants ! Anju, Sudha, pourquoi n'allez-vous pas montrer le jardin à Sunil ? Anju ? Tu m'écoutes, Anju ? »

Nous sortons. Je veux me retenir aux murs, mais ils

ondulent comme des vagues. Quand nous atteignons le jardin, le soleil n'est plus qu'un vide brûlant dans le ciel car le père de Sunil ne le laissera jamais épouser une fille dont la cousine s'est enfuie avec un homme qu'elle a rencontré au cinéma.

« Je reviens dans une minute, Sunil, dit Anju. Je veux vous montrer l'exemplaire de Woolf qui appartenait à mon père. » Elle pose la main sur son bras. Un geste déjà intime. « Sudha, je vous retrouve tous les deux sous la tonnelle de jasmin. »

Ses pieds volent sur le gravier. Sa voix est aussi gaie qu'un chant d'oiseau. J'ai eu peur qu'elle s'étonne de mon visage empourpré, mais elle est beaucoup trop amoureuse pour cela.

Sunil, lui, a remarqué. « Vous vous sentez bien ? me demande-t-il pendant que nous nous dirigeons vers la tonnelle. C'est peut-être la chaleur. » Il me guide vers le banc, sous la charmille de jasmin, un endroit que j'ai toujours adoré. Mais aujourd'hui le parfum des fleurs est trop sucré, il me fait tourner la tête. Le sol est jonché de bouches pustuleuses noires, qui s'ouvrent pour m'avaler. Quoi que je fasse, je provoquerai du malheur. Si je m'enfuis, je briserai le cœur d'Anju. Dans le cas contraire, ce sera celui d'Ashok. Je ferme les yeux, je trébuche. « Attention », dit Sunil en m'attrapant le bras.

Quel mauvais karma ai-je accompli pour être condamnée à devoir faire un tel choix ?

Et soudain, je comprends. Ce n'est pas mon karma que j'expie, c'est celui de mon père. Mon père, charmeur et insouciant, qui a une fois déjà apporté la désolation dans la maison Chatterjee.

Il n'est que juste que, maintenant, ce soit au cœur de sa fille de se briser.

Nous sommes assis sur le banc. Je respire à fond, et tente d'ouvrir les yeux. Ma tête est un peu plus claire. Je suis terriblement embarrassée. Je m'aperçois que la main de Sunil repose toujours sur mon bras. Son visage est trop près du mien, et il me fixe d'un regard intense, embrumé.

« Vous êtes si belle, dit-il d'une voix altérée, rêveuse.

Je n'ai jamais vu quelqu'un comme vous, que ce soit en Inde ou en Amérique. Si seulement je vous avais rencontrée avant de rencontrer votre cousine... »

Alors, brusquement, j'ai très peur, une sorte de peur que je n'ai encore jamais éprouvée. « S'il vous plaît, lâchez-moi », dis-je. Les mots sortent, rauques et grinçants, presque inaudibles.

Lentement, comme s'il bougeait sous l'eau, il enlève sa main et recule jusqu'à l'extrémité du banc. La sueur brille sur son front. Sa poitrine se soulève comme celle d'un coureur. « C'est impardonnable, dit-il en pressant ses paupières de ses doigts. Je ne sais pas ce qui m'a pris. »

Je vois bien qu'il est sincère, qu'il est aussi surpris que moi par ce qu'il a fait. Ce qui me rend encore plus mal à l'aise, comme si la faute m'en incombait.

Respirer m'est douloureux, j'ai la gorge trop sèche pour parler. Que pourrais-je dire, d'ailleurs ? Alors j'entends les pas d'Anju, légers et rapides. « Désolée d'avoir été si longue, fait-elle, essoufflée. J'avais mal rangé le livre. Eh, Sudha, ne me dis pas que tu es restée tout ce temps sans ouvrir la bouche ! » Et à Sunil : « Elle peut être timide au début, mais quand elle vous connaîtra mieux, vous ne pourrez plus l'arrêter ! »

A quoi Sunil répond, cérémonieux : « J'attends cela avec impatience. » Suis-je la seule à entendre la cassure dans sa voix ? J'ai peur de croiser son regard, de voir cet air hanté dans ses yeux. Je me sens absurdement coupable quand je dis à Anju que j'ai très mal à la tête et que je veux aller m'allonger.

« Veux-tu que je t'accompagne ? » demande-t-elle. Mais elle s'est déjà assise à côté de Sunil, épaule contre épaule, et a ouvert le livre. Je ne la blâme pas. Je sais ce que c'est que d'avoir son sang qui bat au rythme de celui d'un homme, de ne pouvoir penser à rien d'autre qu'au fait qu'il est là, près de vous. De ne désirer qu'une chose : rester seule avec lui, pour toujours. De ne conserver pour tous souvenirs que la brûlure satinée de ses lèvres, la légèreté de ses mains qui volettent sur votre corps comme des étourneaux, son odeur d'aubépine sauvage, semblable à nulle autre. Aviez-vous une vie avant lui ? Vous n'en savez rien. La seule chose que vous sachiez est que si vous ne le revoyez pas, vous mourrez.

Je suis heureuse pour Anju, vraiment, sincèrement.

« Ça va aller, dis-je. Ne t'inquiète pas pour moi. »

Je retourne dans ma chambre, la poitrine pleine d'éclats de verre. *AshokAshokAshok*, à chaque pas je pénètre au pays de la désolation..

Cette nuit-là, j'écris à Ashok, lui expliquant pourquoi je ne peux pas m'enfuir avec lui, même après le mariage d'Anju. Le lendemain matin je remets la lettre à Singhji, ainsi que la bague d'Ashok, que j'ai retirée en cachette du tiroir d'Anju.

« Etes-vous sûre ? » dit Singhji, l'air malheureux.

Je hoche la tête, les larmes recommencent à couler sur mes joues. Du moins, grâce au ciel, je n'ai pas besoin de les cacher devant Singhji.

« Mais, beti, pourquoi ? Il ne faut pas avoir peur — Ashok babu a tout organisé, jusqu'au plus petit détail. C'est un jeune homme à qui on peut faire confiance — une véritable perle, comme nous disons au Penjab... »

Je lui fais confiance de tout mon être, ai-je envie de crier. Mais mieux vaut que Singhji croie que c'est par peur que j'agis ainsi. Pas la moindre insinuation, le moindre murmure ne doivent revenir aux oreilles d'Anju, par lesquels elle soupçonnerait la véritable cause de mon renoncement.

« S'il vous plaît, allez, dis-je à Singhji. Et ne rapportez pas de réponse. Ma décision est prise. »

Quand j'entre dans sa chambre, cette nuit-là, Anju est assise à la fenêtre, scrutant l'obscurité. Toute la journée j'ai chancelé sur le fil de ce rire qui tient du sanglot et, en la voyant, je manque m'effondrer.

Je dois par deux fois crier son nom. Elle se retourne, et me sourit vaguement. Pas besoin de demander à quoi elle pense. Elle me prend les mains, ses mouvements sont lents, comme dans un rêve.

« C'est fou ce que les étoiles brillent ce soir, Sudha, me dit-elle. J'ai l'impression d'avoir dormi toute ma vie, sous l'eau, comme la princesse du palais des serpents. J'aurais pu rester à jamais dans cet état — aussi vivante qu'un mollusque — si le destin ne m'avait pas envoyé Sunil. Et dire qu'il m'aime ! *Moi !* N'est-ce pas le plus magique de tout ?

— Oui. » Quelle autre réponse lui donner ? Puis j'ajoute : « J'ai décidé de ne pas m'enfuir avec Ashok. Je vais épouser Ramesh.

— Que dis-tu ? » Le corps d'Anju se raidit sous le coup de la consternation. Ses sourcils se raboutent comme les chenilles floconneuses que nous trouvions dans le jardin, quand nous étions petites. « Tu *aimes* Ashok ! Comment peux-tu même penser à vivre sans lui ? »

Ma douce Anju aux sourcils de chenille, qui viens juste d'apprendre ce qu'est la passion, tes mots m'ébouillantent comme de la lave. Maintenant, arrive le moment le plus dur — car tu dois ignorer la vérité. Toi qui vas connaître une vie difficile, je le crains, avec un beau-père dont le nez de limier renifle la moindre indiscrétion, et un mari qui croit que je suis la plus belle femme qu'il ait jamais vue. Tu ne me laisserais jamais abandonner Ashok si tu savais que c'est pour toi que je le fais.

« J'ai pensé à ce que tu m'as dit. Tu as raison. Le risque est trop grand. Et si les choses ne tournaient pas de la façon qu'Ashok l'affirme ? Ma vie serait détruite. Il vaut mieux que j'épouse l'homme que les mères m'ont choisi.

— Epouser quelqu'un d'autre alors que tu aimes Ashok, l'imaginer en train de te toucher — Anju frissonne de la tête aux pieds — moi, je ne le pourrais jamais, jamais ! »

Ses paroles sont des balles qui explosent dans ma poitrine. Je dois faire appel à toute ma volonté pour ébaucher un sourire. « Je suis peut-être en train d'acquérir un peu d'esprit pratique, selon tes conseils ! » Ce que je suis en train d'acquérir, c'est l'art de la tromperie, comment plaisanter pendant que je creuse un trou assez profond pour y ensevelir mon cœur. « Ne m'as-tu pas toujours reproché d'être trop rêveuse ? »

Anju me dévisage, l'air peu convaincu, et je tremble intérieurement. Va-t-elle percer mon mensonge, comme elle l'a fait si souvent par le passé ? Mais lentement les rides sur son front s'effacent. Troublé par cet amour tout neuf, son esprit ne peut s'attacher à rien d'autre qu'à Sunil — la surprenante chaleur qui émane de sa peau quand elle lui touche le bras, les creux sous ses pommettes où se fixe un clair-obscur d'ombre et de lumière. Eperdue, elle se passe la main dans les cheveux. « Je ne sais pas, Sudha. Quand je t'ai dit de ne pas t'enfuir, je n'étais pas amoureuse. A présent, je vois les choses différemment. Ta décision est la plus sage, mais seras-tu heureuse ? »

Je fais signe que oui. *Je serai heureuse de te voir heureuse, Anju chérie.*

« Es-tu sûre d'avoir pris la bonne décision ? » demande-t-elle encore une fois.

« Je le suis. » *Je répare le mal qu'a fait mon père.*

Tout à l'heure, Singhji m'a rapporté un mot d'Ashok.

J'étais en colère, mais Singhji m'a dit, avec une véhémence inhabituelle : « Je ne pouvais pas simplement lui tendre votre lettre et tourner les talons, alors que je savais qu'il avait besoin de parler à quelqu'un. »

C'est plus fort que moi, je lui ai demandé : « Qu'a-t-il dit ?

— Il a dit : "Ça n'est pas possible, elle ne pense pas ce qu'elle m'écrit. Elle ne peut pas jouer comme ça avec ma vie, avec sa propre vie." Puis il m'a jeté la lettre et a hurlé : "Dites-lui que c'est pousser trop loin la générosité envers sa cousine." Il a marché de long en large, puis il a ajouté : "Comment espère-t-elle que je vais pouvoir vivre sans elle ? Est-ce qu'elle croit que l'amour est un robinet qu'on ouvre et qu'on ferme à volonté ?" »

J'imaginais son visage, je le voyais presser ses poings sur ses yeux tout en parlant. Non, Ashok, l'amour n'est pas un robinet. Il coule, coule, comme le sang d'une blessure, et on peut en mourir.

« Finalement il a dit, avec un rire rauque : "Je n'aurais jamais cru que la cousine de Sudha deviendrait ma rivale. Je n'aurais jamais pensé que, cela dût-il arriver, c'est elle qui gagnerait." Ensuite, il vous a écrit ce mot. Beti, si vous aviez vu comme il souffrait, vous auriez changé d'idée. Vous le pouvez encore. Il n'est pas trop tard. Tout ira bien pour Anju Missybaba, j'en suis sûr.

— Non, Singhji, vous n'avez pas entendu ce qu'a dit le père de Sunil. Si un scandale éclatait, il casserait le mariage. Il l'a déjà fait une fois, avec une autre fille. Même après le mariage, il renverrait Anju à sa famille — il en est capable. Et Sunil — qui sait s'il aurait la force de s'opposer à son père ? Non, Anju aime trop Sunil, je n'ai pas le droit de lui faire courir un tel risque. Peut-être que ma décision compensera...

— Compensera *quoi* ?

— Des choses qui lui ont été infligées avant sa naissance. » Soudain j'étais fatiguée. C'était trop difficile à expliquer, même à un auditeur aussi compatissant que Singhji. Alors, bien que voyant à son visage angoissé qu'il voulait continuer à parler, je lui ai dit que je ne me sentais pas bien et que je devais aller m'allonger.

Je reprends la lettre d'Ashok, alors même que je la sais par cœur.

« Sudha...

« As-tu cru que j'allais me montrer magnanime, comme les amants dans les anciens mythes ? As-tu pensé que j'allais te pardonner et te souhaiter d'être heureuse avec ton nouveau mari ? Eh bien, tu te trompais. Voilà ce que je te souhaite : que toi aussi tu sois abandonnée par l'être que tu aimeras le plus. Que toi aussi tu sois rejetée au profit d'une autre. Que ton cœur ait l'impression d'avoir été brisé à coups de talon de botte. »

Ashok, crois-tu que mon cœur ne connaisse pas déjà cette impression ?

Lentement, je déchire la lettre en menus morceaux. Par la fenêtre ouverte, je tends la paume de mes mains au vent pour qu'il les emporte dans l'obscurité, comme des copeaux de peau tombés des pieds de Bidhata Purush.

Je me concentre sur le ciel, de toutes mes forces. Parfois une douleur est si violente que la seule façon d'y survivre est de porter toute son attention sur quelque chose dont l'immensité va bien au-delà de la souffrance humaine.

Si je voyais une étoile filante maintenant, je sais quel vœu je ferais. Je souhaiterais qu'Ashok connaisse un nouvel amour, un amour qui ne contiendrait en lui-même aucun mal. Si une telle chose existe.

XVIII

Anju

L'amour fou a chamboulé ma vie.

Etant donné que, dans une semaine, je serai une femme mariée, les mères font preuve d'indulgence. J'ai l'autorisation d'écrire à Sunil — chaque jour si je le veux. Je me suis acheté du papier parfumé, un stylo violet. Comme je me serais moquée de tout cet attirail, avant ! Pour le moment, j'ai troqué Virginia Woolf contre Elizabeth Barrett Browning. *Sais-tu comme je t'aime ?* Je recopie, péniblement, de ma meilleure écriture, plus hébétée d'amour que ne l'a jamais été Sudha. Ou bien aurais-je, par je ne sais quel procédé, absorbé une partie de sa nature ? Je feuillette les poèmes de Tagore afin de trouver des vers pouvant exprimer le chavirement de mon cœur : *Aaji... mane haitche sukh ati sahaj saral. Aujourd'hui je comprends la chose simple qu'est le bonheur.* Chaque jour, à l'heure du facteur, je cours au portail. Sunil n'est pas très porté sur la correspondance. Mais quand je repère sa grande écriture carrée dans le courrier, des bulles iridescentes éclatent dans ma poitrine. Peut-être parce que je lui ai dit mon désir ardent de voyager, il me parle surtout des endroits qu'il veut me montrer : le lac Tahoe, King's Canyon, Baja. Je me chuchote les noms le soir avant de m'endormir. Ils tombent de ma bouche comme des joyaux mystérieux, étrangers.

Mon état délirant ne m'empêche toutefois pas de me faire du souci pour Sudha. Elle supporte plutôt gaiement le tourbillon des journées dans lequel l'entraînent les mères, choisissant des cadeaux pour sa belle-famille, regardant différents modèles de bijoux, se laissant passer les paumes des mains au mehendi. Mais de temps en temps, elle rit trop fort, d'un rire qui semble se briser. Il y a une sorte de désespoir dans la façon qu'elle a de pirouetter devant une glace quand elle essaye un châle tramé d'or. Alors je me reproche de lui avoir obéi, de ne pas être allée trouver ma mère pour lui raconter Ashok.

J'ai essayé une fois d'aborder le sujet avec Sudha.

« Bon, ai-je dit, je comprends pourquoi tu n'as pas voulu risquer de gâcher toute ta vie en t'enfuyant. Mais Ramesh n'est pas le mari qui te convient. Et même, il te déplaît — je le sens. »

Sudha n'a pas bronché.

« Pourquoi ne pas attendre un peu ? ai-je supplié. Je demanderai à maman de te chercher quelqu'un d'autre. Rien ne *t'oblige* à te marier en même temps que moi... »

Sudha m'a interrompue rageusement. « Peu m'importe qui j'épouse — pour moi ils se ressemblent tous. Tout ce qui m'importe c'est de ne plus vivre dans cette maison, avec tous ses souvenirs, une fois que tu seras partie. » Elle a tourné les talons en murmurant quelque chose que je n'ai pas bien compris : « Comment pourrais-je supporter de rester ici sans toi, Anju, alors que tu es la seule raison qui me fait y rester ? »

Deux jours avant le mariage, maman nous convoque dans sa chambre. Je sais que c'est pour un motif important car Pishi et tante N sont là également, l'air tendu. Tout le monde se tait quand nous entrons, Pishi tire les rideaux et barricade la porte derrière nous. En se mettant en place, la lourde barre de bois émet un craquement menaçant. Péniblement, ma mère s'assoit dans son lit. Il y a un flacon de comprimés de trinitrine sur la table de nuit — elle a dû aller jusqu'au bout de ses forces, car elle souffre à nouveau de douleurs dans la poitrine. J'imagine la brûlure, comme des doigts chauffés au rouge, qui lui tenaille le cœur. Ma mère, généralement si raisonnable — pourquoi refuse-t-elle avec un tel entêtement de se soumettre à l'opération à l'évidence nécessaire ? Je voudrais lui masser le dos avec une de ces huiles de racine et d'herbe qui semblent soulager la douleur, mais je sais qu'elle déteste qu'on soit aux petits soins avec elle.

« Mes enfants, dit-elle, il y a quelque chose que je dois vous montrer. » Elle prend sur la table de nuit un écrin à bijoux en piètre état. Contenant probablement un de ces horribles objets légués par ma grand-mère — un volumineux bracelet ou un gros peigne en forme de lune — que maman aura fait transformer chez le bijoutier en quelque chose de plus conforme à nos goûts. Puis elle ajoute : « Peut-être pourrez-vous nous aider à décider de ce qu'il faut en faire. »

Qu'elle nous pose cette question m'amuse car, généralement, les mères prennent toutes seules ce genre de décision. Nous estiment-elles plus sages simplement parce que nous allons nous marier ? Ne comprennent-elles pas que dans mon état d'hébétude actuel, je suis à peine capable d'une pensée rationnelle ? Je regarde Sudha pour m'assurer que la plaisanterie ne lui a pas échappé non plus, mais elle fixe l'objet, yeux flamboyants et — oui — apeurés.

Quand maman ouvre l'étui, moi aussi j'écarquille les yeux. Car il contient le plus gros rubis que j'aie vu de ma vie. Même dans cette semi-obscurité, le joyau scintille de tous ses éclairs rouges, avec une énergique colère.

Sudha émet une sorte de petit gémissement. Qu'elle étouffe en pressant sa main contre sa bouche.

« Voilà ce que vos pères nous ont laissé en partant », dit maman.

Je me sens prise de vertige, déséquilibrée, comme si l'on me réexpédiait dans le passé. L'angoisse me pique le fond de la gorge, comme du vieux sable. L'angoisse et la rage. Cette rage qui me faisait frapper les murs de ma chambre parce que je n'avais rien à rétorquer à mes camarades de classe qui se moquaient de moi, la fille sans père. J'entends encore ma voix, celle d'un enfant perdu, demander : « Comment a-t-il pu nous laisser comme ça ? » Combien de fois n'ai-je pas répété cette question, pour simplement me faire éconduire par maman, sans réponse. Aujourd'hui, enfin, je sais que je peux l'obliger à m'en donner une, si je veux.

Soudain, l'évidence me saisit : je ne le veux plus.

Même la vérité peut arriver trop tard. Les motivations de mon père ne signifient plus rien pour moi. A présent j'ai Sunil. Mon homme à moi, plus précieux que n'importe quel rubis, qui ne m'abandonnera jamais.

Pishi et tante observent maman, qui paraît à la dérive. On croirait qu'elles attendent, d'abord, de voir ce qu'elle va dire. Ont-elles chacune une version différente de ce qui s'est passé, et laquelle — dans ce cas — est la vraie ? Existe-t-il jamais une seule histoire capable de capter toute la vérité ? Je pense que le jour où je raconterai celle-ci à mes enfants, elle se sera totalement transformée.

Sauf que je ne la raconterai pas. Je n'ai aucun intérêt à perpétuer l'histoire de deux garçons d'âge adulte partis chercher l'aventure sans penser une seconde à ce que deviendraient les femmes qu'ils laissaient derrière eux. Deux garçons qui goûtaient plus les sensations exacerbées que les doux plaisirs du foyer. Si c'est par le récit que l'on garde vivants ceux qui sont morts, alors je condamne avec enthousiasme mon oncle et mon père à l'oubli.

Maman rompt le silence ombreux de la pièce. « Ils sont partis parce que, comme tous les hommes, ils voulaient accomplir un exploit, être des héros que tout le monde admirerait. » Les yeux de Sudha ont l'opacité d'une eau sous la tempête, et sur son visage toute clarté a disparu comme dans une pièce où l'on éteint brutalement la lumière. « Donc, tout est vrai », dit-elle, d'une étrange voix désespérée.

Maman paraît sur le point de lui demander ce qu'elle entend par là, mais elle se contente de soupirer et de se frotter la poitrine. « Ça s'est passé il y a très longtemps. Et si ce n'était la nécessité de décider quoi faire avec le rubis, je ne vous l'aurais même pas montré en cette période d'heureux auspices.

— Cette pierre ne nous a apporté que malchance depuis le jour où elle est apparue dans cette maison, éclate Pishi. Moi je dis qu'il faut s'en débarrasser. Je n'ai cessé de le répéter pendant toutes ces années, mais aucune de vous deux ne voulait m'écouter. Nous devrions la vendre et utiliser l'argent pour les frais des mariages — Dieu sait que nous en avons besoin...

— Voyons Didi, interrompt nerveusement tante N. Tu sais très bien que nous n'en obtiendrons jamais un juste prix. Tous ces bijoutiers, dès qu'ils nous verront, nous des femmes, ils sauront qu'ils peuvent tricher sans vergogne. Moi je dis qu'il faut garder le rubis. Ce n'est qu'une pierre. Comment peut-il porter malchance ? »

Je ne m'attendais pas que tante, avec ses amulettes, ses devins et ses pujas hebdomadaires pour empêcher la planète Shani de jeter son mauvais œil sur nous, devienne brusquement si pragmatique. Elle doit vouloir désespérément ce rubis.

Impartiale comme toujours, maman dit : « Mon idée est de vous attribuer le rubis à toutes les deux, mes enfants, et de le transformer en pendants d'oreilles pour chacune d'entre vous.

— Mais ça gâchera sa beauté — et sa valeur, proteste tante N.

— Quelle est ta solution, alors ? » L'irritation s'entend dans la voix de maman. Elles sont déjà parvenues à cette impasse, j'en suis sûre.

A ma surprise, tante baisse les yeux. Ses joues rougissent comme celles d'une fillette honteuse. Un instant, elle m'apparaît dans toute la beauté qui a dû être la sienne avant que le choc de la mort de son mari ne la transforme en une femme avide, querelleuse, effrayée. Elle respire à fond et lâche : « Etant donné tout ce qui échoit à Anju, je crois que le rubis devrait revenir à Sudha. Sans compter que c'est son père qui nous l'a apporté...

— Ce n'est pas juste, Nalini, dit sèchement Pishi, et tu le sais. S'il devait appartenir à l'une des deux filles, ce devrait être à Anju. Parce que si Bijoy ne s'était pas laissé monter la tête par les idées folles de ton mari, il serait là aujourd'hui. »

L'animosité sans fard de Pishi me stupéfie. Certes, pendant toute notre enfance, les mères ont eu des différends sur ce qu'il convenait de faire ou non, parfois même se sont querellées violemment. Mais le lendemain, elles redevenaient les meilleures alliées — sinon amies, unies contre nous. Sudha et moi en faisions des plaisanteries, les comparant à la sainte trinité, Brahma, Vishnu et Shiva, qui maintenait notre petit univers sur ses rails. S'est-il agi d'une façade, soigneusement édifiée pour nous empêcher de deviner la fragilité réelle de notre maisonnée ? Maintenant que nous sommes presque mariées et n'avons plus besoin d'un abri, les failles s'agrandissent sous les pieds, le sol commence à bouger.

Sudha n'a pas quitté des yeux le joyau comme si des lettres étaient gravées sur la surface rouge feu, qu'elle seule pourrait lire. Et la voilà qui dit, d'un ton définitif : « Pishi a raison. Je veux que le rubis appartienne à Anju.

— Espèce de fille sans cervelle, s'exclame tante N. Tu ne sais pas ce que tu dis ! » Ecumante, elle s'adresse à ma mère. « Ne l'écoute pas, Gouri Di. »

Avant que maman puisse dire quoi que ce soit, j'interviens. Sortie de je ne sais où, une idée me vient, avec la luminosité et la violence d'un éclair, et qui, à l'évidence, est si peu *mienne* que je sais qu'elle apporte la bonne réponse.

« Il faut remettre le rubis au coffre. » Même ma voix a changé, aussi pleine qu'un gong de temple. « Il ne nous appartient pas vraiment. Aucune d'entre nous n'a de droit sur lui. Jusqu'à ce que...

— Jusqu'à ce que *quoi* ? » demande Pishi. Mais je me contente de secouer la tête.

« Elle a raison », dit maman, l'air stupéfait. Les autres mères acquiescent. Toutes paraissent soulagées. Maman me tend l'étui et me demande de le rapporter demain à la banque.

Dans le couloir, seule, je me sens devenue très adulte. C'est un peu effrayant. L'étui est encore plus léger que je ne l'imaginais. Sudha a regagné sa chambre, disant qu'elle a besoin de dormir. Il faudra que j'attende pour lui faire connaître les mots que j'ai conservés pour moi — parmi ceux qui m'ont été « envoyés » : c'est le terme exact. « *Jusqu'à ce que nous ayons souffert encore plus, jusqu'à ce que la maison des Chatterjee ne soit plus qu'un tas de décombres poussiéreux.* »

Comme si ce n'était qu'une question de temps.

XIX

Sudha

Nous voici à la veille de nos mariages, et dans la maison règne une folle activité. Des myriades d'hommes s'affairent à accrocher des ampoules et à dresser une immense tente sur la pelouse. Dans la cour derrière la cuisine, des cuisiniers s'empressent autour d'énormes ununs d'argile, fabriqués pour l'occasion, où bouillonnent curries et dals. Dans l'air flotte l'odeur âcre du poisson à la moutarde et du chutney à la tomate, car nombre de membres de la famille, qui habitent en province, sont déjà arrivés, et il faut les nourrir. Ce matin Pishi nous a donné, très fière d'elle, deux mouchoirs de batiste sur lesquels elle a brodé avec du fil de soie rouge des lotus porte-bonheur enlacés à nos initiales. Maintenant elle a disparu dans sa chambre pour préparer nos guirlandes de cérémonie. Les autres mères s'affairent aux détails de dernière minute.

Il n'y a que nous, les fiancées, qui n'avons rien à faire. Nous avons demandé à Pishi si nous pouvions l'aider, mais elle nous a chassées de sa chambre — ça porte malheur, apparemment, aux fiancées de toucher leurs guirlandes avant le moment adéquat. Alors nous avons erré un certain temps dans le chaos général, très surprises du regard que les gens — même les domestiques que nous avons toujours connus — portaient sur nous : une révérence, une certaine crainte respectueuse, comme si notre statut de futures épouses avait fait de nous des êtres sacrés.

Nous sommes donc retournées dans nos chambres, avec mission de nous reposer — comme si c'était possible au milieu de tout ce hallah. Allongée sur mon lit,

Anju lit un livre. Ou plutôt, devrais-je dire, essaie de lire, car depuis une demi-heure elle n'a pas tourné une seule page. Assise à côté d'elle, j'enroule ses boucles de cheveux autour de mon doigt, comme j'aime le faire depuis ma toute petite enfance. Tant d'idées tristes tourbillonnent dans mon esprit. Des images de la vie qui a été la mienne jusqu'à présent, et que je vais laisser derrière moi, irrévocablement. La prochaine fois que je reviendrai ici ce ne sera pas en tant que fille Chatterjee mais en qualité de belle-fille de ma nouvelle famille.

Ma mémoire traîtresse me présente une autre image : un jeune homme qui attend au bord de la route, sous la chaleur brûlante, ses lèvres sur les miennes dans la niche sombre d'un temple où d'absurdes espérances se mêlent aux fumées d'encens, ce moment fulgurant où j'ai cru que je lui appartiendrais. Image insupportable maintenant, et que je veux chasser. Je m'adresse à ma cousine : « Tu te rappelles le jour où, en jouant à cache-cache, tu t'es enfermée dans l'almirah où Pishi range ses vêtements ?

— Oui, dit Anju en riant. J'étais terrifiée à l'idée de mourir étouffée là-dedans, mais naturellement tu es venue me sauver !

— Et tu te rappelles ces panipuris que nous avons mangés, achetés à un marchand ambulant devant l'école, et qui nous ont rendues malades ?

— Tu parles que je m'en souviens ! Sans compter la délicieuse eau jeera que l'homme nous a donné à boire après. Ça valait la peine d'avoir eu mal au ventre ! » Anju se redresse, excitée. « Et ces après-midi où nous jouions à faire semblant, et où tu insistais toujours pour être la princesse ?

— Seulement parce que tu préférais être le prince !

— Et la vieille maison près du Gange qu'habitait cet homme — une sorte de grand-oncle ? Nous y sommes allées une fois, pour un mariage. »

Je ferme les yeux et revois le bâtiment, dont le plâtre jaune s'écaille par grosses plaques, avec son toit recouvert d'une croûte de mousse. « Nous sommes montées sur la terrasse par un de ces vieux escaliers en colimaçon collés à l'extérieur des maisons — j'étais sûre que j'allais tomber, mais tu m'as interdit de m'arrêter.

— Idiote ! dit Anju, riant toujours. Tu sais bien que je ne t'aurais pas laissée tomber ! » Puis elle semble fixer quelque chose dans le lointain. « N'y avait-il pas une pièce sur la terrasse, une pièce fermée à clef ? Et un garçon ? »

D'abord, ça ne me rappelle rien, mais soudain je le revois, un garçon à peine plus âgé que nous, qui nous fait signe derrière les barreaux d'une fenêtre, ses yeux bizarrement fendus, ses doigts aussi gras et pâles que des vers de terre. Il émettait des grognements que nous ne comprenions pas, et, quand nous nous sommes enfuies, terrorisées, il a tapé sur les barreaux en pleurant.

« Tu te souviens comme nous nous sommes fait attraper quand nous sommes redescendues et avons raconté ce que nous avions découvert ? Et que Pishi nous a expliqué ensuite que le pauvre garçon était né avec un défaut dans la tête ? »

J'acquiesce. Le souvenir me fait frissonner. Que dirait le beau-père d'Anju s'il apprenait l'existence de ce garçon ? La classerait-il au nombre des scandales qu'il a répertoriés ?

« Tu vois, Sudha », dit Anju, en jouant avec les bracelets de verre qui ornent mes bras pour la cérémonie. « Plus jamais je n'aurai quelqu'un à qui parler ainsi, qui saura ce que je veux dire sans que j'aie besoin d'expliquer. » Ses yeux sont pleins de larmes. Soudain, le fait que nous allons nous séparer me frappe comme un coup de fouet — à la façon dont, tôt ou tard, s'imposent à vous les vérités que vous avez délibérément évité d'affronter. Mais je ne dois pas pleurer. Si je commence je ne pourrai plus m'arrêter. J'ai tant de choses sur quoi pleurer. Alors je dis, en feignant la gaieté : « Tu auras Sunil ! Il comptera bientôt pour toi plus que n'importe quelle cousine !

— Ne plaisante pas ! » La dureté de sa voix indique qu'elle se sent profondément blessée. « Mon amour pour toi est totalement différent. » Elle lâche ma main. « Je vais voir si maman est rentrée. Je veux m'assurer qu'elle n'est pas complètement épuisée. »

Je devrais suivre Anju et l'apaiser, lui affirmer que je ne pensais pas ce que je disais, mais un poids m'accable qui m'empêche de bouger. Est-il vrai que rien ne peut remplacer un véritable amour, pas même un autre amour ? Une partie de moi-même aspire à le croire. Mais, dans ce cas, comment pourrais-je vivre jusqu'à la fin de mes jours avec ce trou béant dans ma poitrine ? Et pourtant, je me refuserais à changer de décision. Oh, si seulement les cérémonies du mariage étaient terminées, et que toutes les possibilités de choix soient définitivement révolues !

On frappe à ma porte. C'est Singhji avec une pile de lettres et de paquets. Je suis un peu médusée. A l'exception de la nuit où Gouri Ma a eu sa crise cardiaque, il n'a jamais pénétré dans la maison. Par ailleurs, c'est la tâche de Ramur Ma, de monter le courrier. Mais peut-être qu'en ce jour de folie, elle est introuvable. Quand je lui dis d'entrer, Singhji secoue la tête, mais regarde autour de lui avec une curiosité timide. Je me demande ce que lui inspirent le lourd mobilier et les vieux tableaux sombres qui datent d'avant ma naissance. Plus jeune, je les ai détestés. Mais maman estimait que ce serait manquer de respect à nos ancêtres Chatterjee que de changer quoi que ce soit. Peut-être cela lui évitait-il ainsi de devoir avouer qu'elle n'avait pas l'argent pour le faire. Je me suis consolée en pensant que, une fois mariée, j'aurais la chambre qui me plairait, claire et aérée, avec un couvre-lit couleur laurier-rose et des fleurs dans un long vase d'argent, mais maintenant que la chose va se réaliser, je l'envisage sans joie.

Je fourrage sans enthousiasme dans la pile de lettres et de paquets. Depuis des semaines les personnes qui ne pourront pas assister au mariage nous envoient de menus cadeaux porte-bonheur. Je m'apprête à dire à Singhji de descendre le tout à Gouri Ma quand je remarque un petit paquet rebondi, sans nom d'expéditeur.

Plus tard Pishi et moi examinerons l'enveloppe —

banale, en papier kraft, avec un cachet postal de Calcutta et mon nom en lettres d'imprimerie — sous toutes les coutures, mais sur le moment je n'y prête pas d'attention particulière. Je l'ouvre. Un flot d'argent se déverse sur mes genoux — des billets de cent roupies, des dizaines et des dizaines de billets. De surprise, je suffoque. Même Singhji, habituellement si calme, porte une main à sa bouche pour s'empêcher de crier. *Qui* m'envoie ça ? Je tâte l'enveloppe à la recherche d'une lettre, mais il n'y en a pas. Et puis, au milieu des billets que j'éparpille, je le découvre, un petit bout de papier sur lequel il est écrit, en gracieux caractères bengalis, *Pour Sudha : Puisse ta vie être aussi pleine de joie que la mienne l'a été de chagrin. Ton père.*

Mon cerveau disjoncte, mon cœur se tord comme si la dernière goutte de sang venait de s'en échapper. Sans l'argent, j'aurais cru à une cruelle plaisanterie, mais l'argent est bien là, en quantité pour moi inimaginable.

Mon père, vivant ?

« Oh, beti, chuchote Singhji, avec un respect craintif, il y en a assez pour vous faire vivre, Ashok babu et vous, pendant des années. »

La tentation me parcourt à la façon d'une décharge électrique. Mais finalement je secoue la tête. Tout l'argent du monde ne me sera d'aucun secours si le mariage d'Anju est rompu.

Je tends les autres paquets à Singhji et lui fais signe de partir. Je sais qu'il voit mes doigts trembler. Je sais qu'il ne révélera rien de ce qui vient de se passer. L'espace d'un instant, je me sens soulagée — puis cette pierre ébréchée qu'est mon cœur me déchire. *Vivant, pendant toutes ces années, et il ne s'est jamais manifesté. N'est jamais venu nous aider, alors que nous en avions tant besoin, n'est jamais venu me voir, moi sa fille, pour me prendre dans ses bras...*

Dans le regard de Singhji, je lis tristesse et stupeur. Même après qu'il m'a quittée, je ressens encore sa compassion, elle vibre autour de moi, apaisante comme un vent porteur de pluie. Il voudrait pouvoir m'aider.

Mais il ne le peut pas. Et mon père non plus. C'est trop tard. Dix-huit ans trop tard.

Dans la chambre de Pishi, je referme la porte et m'y adosse. L'odeur des fleurs m'assaille, humide, fraîche, comparable à celle qui règne dans un temple. Rajani gandha, bel, jui. Blanches comme des dents qui grimacent. Blanches comme l'éclair des nuits d'orage. Blanches comme la robe de veuve que ma mère porte, inutilement, depuis tant d'années. Contre mon dos, la fraîcheur de la porte me fait frissonner. Je ferme très fort les yeux et prie, comme dans mon enfance, que le temps s'efface et que me soit rendue ma vie telle qu'elle était il y a une demi-heure. La sérénité de l'ignorance. L'innocence. Mais le paquet de billets dans le pan replié de mon sari ne me permet aucune échappatoire.

« Que se passe-t-il ? » s'inquiète Pishi, qui se lève, dans ses mains une somptueuse création de jasmins et de roses blanches réunis par du fil d'argent. C'est ma guirlande de mariée — dont elle a dessiné le modèle voilà plusieurs semaines. « Tu es malade ? »

J'imagine très bien de quoi j'ai l'air, le visage exsangue contrastant avec l'acajou sombre de la porte, la poitrine qui se soulève.

« Veux-tu que j'appelle le docteur ? » Elle me tâte le front. Je veux me blottir contre elle comme quand j'étais petite, qu'elle me conduise au lit, et que le sommeil efface ce qui vient de se passer, ce rêve dû à un accès de fièvre. Mais je suis une femme à présent. Alors je lui tends la lettre.

Quand Pishi a fini de la lire, elle est aussi pâle que moi. Elle ne dit pas ce que je souhaite désespérément entendre : que c'est l'œuvre d'un sinistre plaisantin. Et quand je laisse retomber le pan de mon sari et que les billets dégringolent sur le sol, elle retient son souffle — mais ce n'est pas tant sous l'effet du choc que, semble-t-il, d'une peur enfin justifiée par la réalité. Nous contemplons le tas d'argent, qu'un rayon de soleil, qui a réussi à traverser les volets fermés pour conserver la fraîcheur des fleurs, fait soudain briller. L'idée me frappe que mon père — *mais il est mort* — doit être riche. Et je suis folle de rage en me rappelant toutes ces années de lésinerie et de petites économies, les plaintes éternelles de ma mère, et Gouri Ma, silencieuse, s'épuisant au travail jusqu'à ce que le souci finisse par étendre ses tentacules dans ses artères.

Oubliant la guirlande qu'elle écrase dans ses mains, Pishi se penche pour toucher les billets. Ils produisent le bruit sec de feuilles mortes sur lesquelles on marche. Quand elle se redresse, lentement, douloureusement, elle donne l'impression d'être devenue, en quelques secondes, terriblement vieille. La guirlande n'est plus qu'une corde de fleurs meurtries, blanches et rouges.

Rouges ?

Je la force à desserrer ses doigts et vois l'aiguille fichée dans sa paume. Je crie : « Pishi ! » Elle regarde, mais semble ne rien voir, ne pas sentir la douleur. Je retiens ma respiration et retire l'aiguille, appuie sur la blessure pour arrêter l'écoulement de sang. Par terre, il y a ma guirlande, souillée, fripée. Je me demande si ça présage un mauvais sort, puis ai envie d'éclater de rire. Mon sort peut-il devenir encore pire qu'il n'est ?

J'essaie de me rappeler où Pishi range la teinture d'iode dont elle badigeonnait nos genoux écorchés. Je fourrage dans ses tiroirs et finis par trouver le flacon. Mais pas de coton. Aussi je trempe l'extrémité de mon sari dans le liquide brun et l'applique sur sa main.

« Nous ne sommes jamais allées identifier les corps. » Ce que dit Pishi me parvient indistinct, semble traverser un mur de verre. « Vos mères n'étaient pas en état de voyager — je devais prendre soin d'elles, d'Anju et de toi également. De plus, d'après les policiers, ça ne servait à rien. Les corps étaient demeurés longtemps dans l'eau, et les poissons avaient rendu les visages méconnaissables. La police avait récupéré les sachets pleins d'argent que l'un des hommes avait dans sa poche — cela suffisait comme source d'identification. Ils nous ont donc renvoyé les corps dans des cercueils scellés et nous les avons incinérés. Mais maintenant, j'y pense — quelqu'un aurait pu facilement...

— Que dis-tu ? » La teinture d'iode a taché mon sari, lui donnant une couleur brune de papier brûlé, qui ne s'en ira jamais. Le goût nauséabond de la bile me monte à la bouche. Si souvent dans ma vie j'ai cru avoir peur. Maintenant je réalise que jusqu'à cet instant je n'ai pas su ce qu'est la peur.

Pishi évite mon regard. « Il y avait trois hommes, tu t'en souviens ? L'un d'entre eux aurait pu glisser son sac d'argent dans la poche d'un autre après l'avoir... »

Je me bouche les oreilles de mes mains, mais la phrase tambourine déjà dans mon crâne.

Tué. Tué. Tué.

« Mon père ! » — le mot colle à ma gorge, le mot le plus détestable du monde. « Non ! »

Mais déjà les images défilent, se frayant un chemin à travers le grondement qui s'amplifie dans mon cerveau, le mélange de senteurs d'iode, de fleurs et de sang.

Je vois un bateau tanguant sur une rivière qui sinue le long des marécages du Sundarban. Au-dessus de lui, dans les arbres qu'étouffent les lianes, des singes poussent des cris hideux et, du lointain, parvient le ricanement des hyènes. Les moustiques vrombissent, l'énervement règne. Il fait trop chaud, il n'y a pas assez de vent pour gonfler la voile, et les trois hommes en ont assez de ramer et de cuisiner leurs repas, étant donné qu'ils ont renvoyé les porteurs pour des raisons de sécurité. A la formidable joie qu'ils ont éprouvée en trouvant la caverne — car effectivement ils l'ont trouvée, ainsi que les rubis, qu'ils ont placés en sécurité dans la ceinture de leur pantalon — a succédé une étrange dépression. Parce qu'ils ont tenté l'aventure et gagné — et qu'ils ne sont pas différents de ce qu'ils étaient quand ils ont quitté la vie facile qu'ils menaient à Calcutta. Et c'est dans cet état d'esprit qu'éclate une dispute entre mon oncle Bijoy et mon père, pendant que leur compagnon, à l'autre bout du bateau, prépare le repas du soir. Mon oncle dit à mon père ce qu'il sait, l'accuse d'être un imposteur, un menteur, un tricheur qui a profité de la bonté des Chatterjee.

Et mon père ? Est-ce qu'il nie ? Est-ce qu'il supplie qu'on lui pardonne ? Je ne le pense pas. Une rage folle lui déforme le visage parce que Bijoy a trouvé le moyen de tout gâcher alors que la chance venait enfin de lui sourire. Une rage mélangée de honte, ce qui est la pire. Avant qu'il ait le temps de réaliser, il s'est emparé d'une rame et l'a abattue sur la tête de mon oncle. Le bruit sec du bois frappant la chair ricoche à travers la forêt. Le corps s'affale, comme un sac de toile, dans un coin du bateau. Et quand le compagnon accourt, en criant : *Mais tu es fou ?* il n'y a rien d'autre à faire que d'abattre de nouveau la rame.

Est-ce que mon père pleure ensuite, agenouillé à côté de l'homme qui l'a aimé comme le frère qu'il n'a jamais été ? Non. Je ne lui octroierai pas des larmes. Yeux secs, dents serrées, il soulève un corps, puis l'autre — comme ils ressemblent à des enfants endormis, mous et confiants dans ses bras — pour les jeter par-dessus bord. Mais d'abord il fouille sous leur chemise pour prendre leur sachet. Doit-il se faire violence pour toucher leur peau encore chaude ? Pour glisser son sac d'argent dans celui de Bijoy, alors que sous ses doigts le cœur bat toujours ? Frissonne-t-il quand lui parvient le premier floc, puis, comme en écho, le second ? Sursaute-t-il, effrayé, en entendant des chacals, sur le rivage, japper de mécontentement ?

Et cette nuit-là, quand la lune blanche monte dans le ciel d'encre et que des oiseaux encerclent le mât en pleurant comme les âmes des morts, a-t-il peur, mon père ? Prie-t-il pour que l'acte n'ait pas eu lieu, l'acte qui l'a coupé à jamais de sa femme et du bébé à naître ? L'acte qui va l'obliger à changer de nom et, avec le sinistre éclat rouge des rubis pour seul compagnon, à s'installer dans une lointaine cité ? Mais non, le cachet de la poste sur l'enveloppe indiquait Calcutta. Je me rends compte soudain, avec terreur, qu'il habite à la circonférence de nos vies depuis des années, et qu'il nous observe. Peut-être était-il dans un taxi, de l'autre côté de la rue, quand Anju et moi sortions de l'école. Peut-être m'a-t-il heurtée dans les travées surpeuplées de New Market, où nous allions faire des courses ? Peut-être, planté derrière nos grilles, a-t-il regardé, dans la nuit noire, les lumières s'éteindre une à une, nous imaginant ma mère et moi dans nos lits. Quelles pensées peuvent traverser la tête d'un tel homme ? Des pensées qui tournent, tournent, tournent, jusqu'à ce qu'un jour, dix-huit ans plus tard, il vende une pierre, empile les billets, prenne un stylo et écrive : *Pour Sudha*.

Ah, Mr Majumdar, que diriez-vous de celui-ci, le scandale de tous les scandales ?

« Sudha, exhorte Pishi, reprends-toi. Personne ne doit savoir que ton père a émergé de la nuit des morts et s'est manifesté. »

Une spirale de rire me vrille la gorge. S'imagine-t-elle que je vais aller le crier sur les toits ?

« Il faut que tu décides ce que tu vas faire de l'argent. »

J'ai du mal à me concentrer sur les détails. « Porte-le à Kalighat pour moi. Donne-le aux mendiants. Et fais faire une puja pour l'âme de mon oncle.

— Je suis si contente que tu dises ça. » Pishi souffle de soulagement. « C'est de l'argent sanglant, lié au malheur.

— Je dois m'en aller », dis-je. Je veux me retrouver seule, comprendre celle que je suis devenue aujourd'hui.

« Sudha, dit Pishi en me retenant par la main. Quoi qu'ait commis ton père, ce n'est pas ta faute. »

Mais je la repousse. Les mots n'ont pas le pouvoir de me réconforter. Qui me touche est contaminé. Parce que, un jour, un homme a soulevé une rame et l'a assenée sur la tête d'un autre. Sa rage est une rivière qui coule à travers mon corps, dont l'eau est mon sang. Tel est le cadeau porte-bonheur que m'a envoyé mon père.

XX

Anju

Il fait horriblement chaud dans la tente où se déroule la cérémonie. Je suffoque sous l'épaisse senteur de l'encens, les lamentations des conques et le jacassement des invités. Sans compter le lourd sari de Bénarès, rouge et or, que je porte. Je me tiens juste en face de Sunil, mais je ne peux pas voir son visage parce que les femmes tendent un drap de soie entre nous. Elles ne l'abaisseront que lorsque le prêtre aura fini de réciter le mantra destiné à nous porter chance. C'est un mantra tiré des Vedas, vieux de milliers d'années, qui définit la chance en termes de bétail, de chevaux et de vassaux — et de la centaine de fils que je suis censée donner à Sunil. En l'écoutant, je sens un méchant rire me monter aux lèvres. Je dois me retenir jusqu'à ce que Sunil et moi soyons seuls. Malheureusement, il faudra attendre pour cela que la cérémonie du feu, la cérémonie du riz soufflé, la cérémonie de la corbeille de la mariée et une centaine d'autres cérémonies de ce genre soient terminées. Mais quand cela arrivera, enfin, nous rirons ensemble, ce qui procurera un meilleur début à notre vie conjugale qu'une centaine de mantras.

Le mantra est très long, et le prêtre psalmodie d'une voix monotone qui me donne envie de bâiller. Mais il ne convient pas qu'une mariée bâille, aussi, pour me distraire, j'observe les pieds de mon époux, la seule partie de lui visible au bas du drap de soie. J'admire leur cambrure, les ongles proprement taillés. Grâce à Dieu, des touffes de poils noirs ne lui sortent pas des orteils comme c'est le cas chez beaucoup d'hommes. (Je suis une autorité en matière de pieds masculins — ces derniers jours j'en ai touché au moins une centaine appartenant à des parents âgés envers qui je suis supposée montrer du respect.) A la fin de la cérémonie, je dois également toucher ceux de Sunil, signe que je reconnais en lui le chef de la famille. Si les gens ne regardent pas trop attentivement — et même s'ils le font — il se peut que je les lui chatouille.

Quelque part sur le côté, Sudha et son époux accomplissent le même cérémonial. Je sais que je devrais me concentrer sur le drap de soie — dès qu'on l'aura ôté, mes yeux sont censés croiser ceux de Sunil, car c'est l'instant propice — mais je me tords le cou pour essayer de voir Sudha. Pas de chance. Je ne réussis à voir que des éclairs et des miroitements de bracelets et de boucles d'oreilles, un pointillé de couleurs vives produit par les saris de soie. On dirait que tout Calcutta s'est rassemblé dans l'espace qui nous sépare.

Si seulement je pouvais apercevoir le visage de Sudha, je me sentirais mieux. Quelque chose s'est passé hier, après que je l'ai quittée brusquement sur mon coup de colère. Quand je suis revenue, elle était allongée sur le lit, enfouie des pieds à la tête sous un épais dessus-de-lit, malgré la chaleur. Je sentais qu'elle ne dormait pas, aussi ai-je retiré la couverture. Elle n'a pas bougé. Son visage ruisselait de sueur, elle gardait les yeux fermés, et quand je l'ai secouée en l'appelant par son nom, elle m'a regardée comme si elle ne me reconnaissait pas. Ça m'a rappelé la fois où une servante s'était renversé sur elle un plat de dal bouillant. D'énormes pustules avaient gonflé sur son bras, et Pishi l'avait obligée à le tremper dans un baquet d'eau glacée en attendant l'arrivée du docteur. « Est-ce que tu te sens un peu mieux ? » lui avait demandé Pishi. La fille n'avait pas répondu. Elle avait continué à la fixer d'un regard d'animal terrorisé et confondu.

Naguère, j'aurais su, sans même que Sudha ne raconte, ce qui n'allait pas. Mais ces derniers temps, on croirait qu'un brouillard est tombé entre nos cœurs. Au début, j'en ai rendu Sudha responsable. Je me suis dit qu'elle prenait volontairement de la distance afin de ne pas trop souffrir lorsque le moment viendrait de nous séparer. Mais, maintenant, tandis que je contemple les pieds de mon époux, je me demande si je ne suis pas aussi coupable qu'elle, trop ivre de mon désir si soudainement découvert pour prêter attention à sa détresse silencieuse.

« Anju ! Anju ! » Les femmes ont laissé tomber le drap et m'appellent.

« Elle a son mari juste devant elle, et elle rêve d'un autre ! » plaisante l'une des femmes.

Je rougis et lève les yeux sur Sunil. Il sourit, l'air étonné. Il me taquinera probablement plus tard. *A quoi pensais-tu si intensément pour avoir presque failli laisser passer l'instant propice du regard ?* Mais quand je lui expliquerai mes soucis à propos de Sudha, il comprendra. Je n'en attends pas moins d'un homme qui aime Virginia Woolf.

A présent nous échangeons les guirlandes que Pishi a fabriquées. Jasmin, roses et gardénias à la floraison nocturne. Plus jamais je ne humerai leur odeur sans sentir les doigts de Sunil voleter sur ma gorge comme une flamme. Les extrémités de nos vêtements liées ensemble, nous tournons sept fois autour du feu sacré. Dans la poigne ferme et chaude de Sunil, ma main se sent merveilleusement bien, oiseau qui a trouvé où faire son nid. « Mon cœur est à toi, comme le tien est à moi. » Je répète la formule à la suite du prêtre, prononçant chaque mot aussi clairement que possible. « Pendant sept vies je te suivrai jusqu'au bout de la terre. » Sunil resserre son étreinte, je sais qu'il a perçu ma conviction.

La cérémonie va se poursuivre encore longtemps — application du sindur sur le front de la femme, récitation d'autres mantras, remise officielle de l'épouse à son mari, nouvelle récitation de mantras. Mais en ce qui me concerne, c'est terminé, parce que je sais que je suis liée à Sunil, pour toujours et à jamais.

Nous sommes censés nous diriger vers un autre endroit de la tente pour le rituel suivant, mais je demande à Sunil d'attendre un instant. Je veux regarder Sudha accomplir ses sept cercles autour du feu. Dieu qu'elle est belle. *Plus belle qu'elle ne l'a jamais été*, chuchotent les invités en admirant les marques de chandan sur son front, la roseur translucide de ses joues, la frange épaisse des longs cils qu'elle abaisse modestement en marchant derrière Ramesh. Et encore n'ont-ils jamais vu sa poitrine nue par une nuit d'orage, l'éclat de son âme dans ses yeux.

En avançant, Sudha trébuche sur son sari. Ramesh se retourne immédiatement pour l'empêcher de tomber. Mais elle s'est rattrapée et recule juste assez pour que le bras de Ramesh ne la touche pas. Son visage est une coquille, vidée de tout ce qui l'a jamais animée. Cela m'effraie. J'ai l'impression de voir rejouer la vieille légende — la princesse des serpents qui a perdu son bien-aimé et qu'a capturée un roi étranger. Elle n'a plus d'autre choix que de le suivre dans son royaume aride.

Un grand soupir m'échappe, qui me secoue jusqu'au plus profond du cœur. Oh, Sudha, pourquoi t'es-tu infligé cela ? Et moi, trop occupée par mon impardonnable plaisir, pourquoi ne t'en ai-je pas empêchée ?

Sunil se méprend sur la cause de mon soupir.

« Oui, elle est ravissante, vraiment ravissante », dit-il.

Ses paroles n'ont rien d'inhabituel. Toute ma vie j'ai entendu les hommes — et les femmes — admirer Sudha, souvent en termes beaucoup plus extravagants. Mais quelque chose dans la voix de Sunil m'incite à lui jeter un bref coup d'œil. « La plus ravissante des femmes », murmure-t-il, très doucement. Il continue de fixer Sudha, comme s'il était incapable de bouger les yeux. Son visage est nu et ouvert, une maison sans rideaux. Et parce que je suis moi-même si profondément amoureuse, je sais exactement ce qu'il exprime.

Il y a très longtemps, à l'école, j'ai vu un film sur un séquoia californien frappé par la foudre. Il n'avait pas brûlé, comme on pouvait s'y attendre, ni ne s'était carbonisé. De l'extérieur, il ressemblait presque exactement aux autres arbres. Mais un jour, un homme s'est appuyé contre lui — et l'arbre s'est effondré. Quand on a regardé à l'intérieur, on a constaté qu'il était entièrement creux, et rempli de cendres.

Je suis cet arbre.

Je franchis les étapes suivantes de la cérémonie. Sunil applique le sindur sur mon front. Je glisse un anneau à son doigt. Nous psalmodions d'autres prières de félicité conjugale. Quand Sudha passe à côté de nous, suivant son mari d'un pas épuisé, la voix de Sunil se casse en prononçant : « Et je te protégerai, te chérirai et t'aimerai comme ma Lakshmi, ma déesse de la prospérité. »

Est-il possible que personne ne s'en aperçoive ?

Mais bien sûr, je suis excédée de fatigue. Etourdie par le jeûne qu'impose la journée, je mets trop de choses dans un regard, dans un silence. Et même si ce n'est pas le cas, quelle importance ? Sudha continuera à vivre ici tandis que Sunil et moi irons en Amérique. Passé cette nuit, il n'aura probablement plus jamais l'occasion de la revoir. D'ailleurs, Sudha ne me trahirait jamais, dussions-nous vivre un million d'existences. Pourtant, malgré tous mes raisonnements, j'ai la bouche sèche, mes doigts tremblent et laissent tomber les objets, et quand nous nous levons, je trébuche à mon tour, et Sunil doit me retenir par le coude.

Dans la salle du banquet, les gens tourbillonnent autour de nous pour nous offrir leurs félicitations. Les mères pleurent un peu en bénissant les maris, et nous embrassent, Sudha et moi. Ensuite nous nous asseyons à la table d'apparat, à l'extrémité de la salle, face aux invités, Ramesh et Sudha, Sunil et moi. Quelle comédie des erreurs, quel faux carré de l'amour ! Ramesh — le seul de joyeuse humeur — pose un million de questions à Sunil sur l'Amérique. Sudha contemple la traditionnelle feuille de bananier qui constitue son assiette comme si c'était la première fois qu'elle en voyait une. Une légère pellicule de sueur rehausse son visage d'un éclat humide. J'observe mon mari qui s'efforce de répondre à Ramesh sans regarder la femme de Ramesh. Je l'observe qui s'efforce de se montrer attentif envers moi, qui m'incite, l'air un peu égaré, à manger, du poisson frit par exemple. Qui me demande si je me sens bien. Je le devine angoissé par le flot d'émotions qui l'ont balayé comme une flamme ravageuse. Je sais qu'il veut se comporter honorablement. Et moi — secouée par la rage, le désespoir d'amour et la jalousie, j'ose à peine ouvrir la bouche de peur que ma voix ne me trahisse. Oui, pour la première fois de ma vie, je me consume de jalousie envers Sudha, ma sœur.

Le repas terminé, nous nous levons pour quitter la table, Ramesh, Sudha, Sunil et moi, dans l'ordre. Sudha tire son mouchoir de sa ceinture pour s'essuyer le visage et, en voulant le remettre en place, le laisse tomber derrière la table. C'est le mouchoir que Pishi a brodé avec les lotus porte-bonheur — j'ai le même enfoui dans mon corsage. Au moment où je veux le signaler à Sudha, Sunil se penche pour le ramasser. Et, sans que personne le voie sauf moi, le glisse négligemment dans la poche de son kurta.

Cela ne signifie rien, me dis-je. Il attend seulement le bon moment pour le lui rendre. Mais le restant de la soirée, un froid glacial fait trembler mes jambes, et le sang qui bat dans mes oreilles semble me hurler dans un éclat de rire moqueur : *Idiote, idiote, idiote.*

Dire que, si on laisse faire, un seul instant suffit à détruire une vie entière, a anéantir toute la joie que contenait un cœur. Mais je ne laisserai pas faire ! Je ne le peux pas ! Je ne m'en remettrais pas — j'ai trop investi de moi-même en Sunil.

Quand Sudha et moi nous retrouvons seules dans la pièce où les femmes vont venir nous revêtir des vêtements Bashar pour la longue nuit de chants et de réjouissances qui suit le mariage, je lui demande : « Ça fait quel effet ?

— Quoi ? » Elle enlève péniblement la lourde guirlande qui entoure son cou et la laisse tomber par terre. « D'être mariée ?

— Non. D'être aimée à la folie par mon mari », dis-je avec aigreur. Mais je le regrette aussitôt. En quoi mon innocente cousine est-elle responsable ?

« Qu'est-ce que tu racontes, Anju ? » dit Sudha d'une voix angoissée. Je fais un pas vers elle, je veux la serrer contre moi et m'excuser. Mais elle se dérobe et lève les mains, comme pour m'empêcher de la toucher. Ce que trahit son regard, c'est une émotion que l'on ne peut confondre avec aucune autre quand on l'a soi-même ressentie.

Ce que je vois sur le visage enchanteur de ma cousine, c'est la conscience de sa culpabilité.

Les mots m'écorchent la bouche comme des cailloux. Je dois les cracher. « Sudha, comment as-tu pu me faire ça ?

— Anju, non, attends », crie-t-elle. Mais je quitte la pièce, courbée sous le poids de la leçon que j'ai apprise une heure à peine après être entrée dans la vie conjugale : avec quelle rapidité le plus tendre des amours se transforme en haine quand il n'est pas réciproque. Quand l'être aimé aime quelqu'un d'autre.

LIVRE II

La Reine des Epées

XXI

Sudha

En bas, au rez-de-chaussée de la maison Bardhaman, règne le bruit des festivités, mais ici, en haut, où j'attends seule, le calme est suffisant pour que j'entende le battement lourd et irrégulier de mon cœur. Je suis assise dans la chambre qui va être la mienne à partir de cette nuit, sur le lit haut et entouré de guirlandes, qui a appartenu aux parents de mon mari, et, avant eux, à ses grands-parents. Toujours vêtue de la lourde soie pourpre que j'ai portée pour la fête de l'épousée, je transpire un peu, mais surtout je suis glacée de peur. Les avertissements des tantes du thé résonnent dans mes oreilles. Quelqu'un a étalé mon sari de nuit — une chose en dentelle diaphane — sur le lit, mais je ne supporte pas l'idée de me dévêtir, l'idée de ce qui va suivre, les mains d'un étranger tâtonnant sur moi, pleines de désir, avec le bon droit du propriétaire.

J'ai vécu la cérémonie du mariage dans le brouillard et l'hébétude. Ils m'ont dissimulée, comme un châle magique capable de me préserver de la vie. Je me suis levée, assise, relevée, répétant les mantras, souriant quand j'étais censée le faire. Si je pouvais demeurer étrangère à ce que j'accomplissais, me disais-je, alors cela n'aurait aucune réalité. A un moment quelconque, je me réveillerais pour découvrir que j'avais rêvé. Mais le châle d'hébétude s'est déchiré quand Anju m'a regardée avec dégoût et m'a accusée de lui voler son mari. Plus rien à présent ne peut m'empêcher de succomber sous le poids glacé du désespoir.

Ma nuit de noces. Combien de fois, au cours de l'année qui vient de s'écouler, en ai-je rêvé, tout éveillée. La tendresse avec laquelle mon mari soulèverait mon voile, ses lèvres sur mes paupières timides, comme une invitation. Les mots d'amour avec lesquels il percerait les secrets de mon corps. Tous ces actes que je redoute tant maintenant.

Ashok, quels poisons enfièvrent-ils ton âme cette nuit ?

Quand je pense à ta lettre : *que toi aussi tu sois trahie par ceux que tu aimes*, un rire noir veut jaillir de mon cœur. Ta malédiction s'est déjà réalisée, car la haine que j'ai lue dans les yeux de ma cousine pour l'amour de qui je t'ai abandonné n'est-elle pas la pire des trahisons ?

J'entends des pas dans l'escalier, le rire rauque des jeunes gens qui escortent Ramesh jusqu'à la chambre. Il leur dit au revoir et ferme la porte. Le bruit du verrou évoque celui d'une balle. En le voyant se diriger vers moi, je ne peux m'empêcher de trembler. Je serre les poings, très fort — je ne lui donnerai pas le plaisir de prendre la mesure de ma peur. Il s'assoit sur le lit — mais délicatement, et pas trop près. Nous gardons le silence — je suis incapable de tenir une conversation légère, et lui, ça ne semble pas l'intéresser. Quand il se penche pour prendre ma main, je tressaille. Il est sur le point de dire quelque chose, mais se ravise. Il force ses doigts à travers les miens, raidis, et les observe, clairs et foncés entrelacés. « Me trouvez-vous si laid ? » demande-t-il finalement.

Stupéfaite, je le regarde droit dans les yeux. Ce n'est pas la question à laquelle je m'attendais de la part de mon mari si sûr de lui — du moins est-ce ainsi qu'il m'est apparu tout au long des cérémonies. Dans sa voix je perçois déception et blessure. Ce qui diminue ma peur.

Ramesh a peut-être toujours eu conscience de son physique ingrat, mais ces derniers jours, qui ont vu une kyrielle de parents s'exclamer sur ma beauté, ont dû lui paraître particulièrement durs à vivre. Nombre de fiancés auraient fini par s'irriter de toute cette attention portée à leur future femme, mais lui a fait preuve d'une grande patience. Même quand un vieux monsieur m'a appelée « la déesse Lakshmi descendue sur terre », Ramesh a conservé son visage souriant.

Maintenant, la tristesse que dégagent ses paroles touche en moi une corde sensible. Parce que je suis la fille de ma mère, je sais ce qu'on éprouve en ayant le sentiment de ne pas être à la hauteur.

Si Ramesh avait été une femme, je l'aurais serré contre moi et l'aurais assuré que le problème ne venait pas de lui mais de la situation insupportable dans laquelle je me retrouve piégée — et par la faute de qui sinon de moi ? Mais je ne veux pas prendre le risque qu'il se méprenne sur mon geste. Aussi, les yeux fixés sur le chatoiement des anneaux d'argent qui ornent mes doigts de pied, je m'oblige à parler. « Tout cela est si nouveau — je ne peux pas — je suis désolée... » Les mots sortent en un murmure, guère convaincants.

Mais Ramesh éclate d'un rire soulagé. « Je comprends tout à fait. Je ne crois pas qu'il faille forcer les choses dans ce domaine. Je serais heureux de vous donner — de nous donner — le temps de nous connaître l'un l'autre. »

Allongés côte à côte après qu'il a éteint la lampe, nous prenons garde à ne pas nous toucher. Je ne suis que tension, me demandant si je peux vraiment lui faire confiance. J'ai entendu les tantes raconter tant d'histoires à ce sujet. Mais Ramesh parle d'une voix douce et lente, s'arrêtant courtoisement de temps en temps pour entendre ma réponse. Il me raconte son métier d'ingénieur, et à quel point il l'aime. Comme il trouve fascinant de se trouver devant un problème à résoudre. La façon dont il visualise les choses longtemps avant qu'elles ne se réalisent, les longs rails brillants d'une voie qui traverse un terrain jugé par tout le monde trop difficile. L'arc pur d'un pont jeté au-dessus d'une gorge plongée dans le brouillard.

« Rien n'est aussi beau que le bruit d'un train roulant sur un tel pont — ce bruit énorme, caverneux, qui se répercute. Je t'emmènerai peut-être un jour l'entendre. »

J'acquiesce en silence. A la lumière chiche qui monte de la cour en contrebas, je vois les yeux de Ramesh, calmes et brillants, fixés sur moi.

« Au fait, ajoute-t-il, d'un air détaché, ne parle à personne de la décision que nous avons prise cette nuit, d'accord ? »

J'ai envie de rire. Où est-il, mon cercle de confidentes ? Mais je sais ce qu'il veut dire en réalité : si ma belle-mère apprenait notre arrangement platonique, nous aurions tous les deux des tas d'ennuis. Je l'ai déjà entendue plusieurs fois évoquer avec des parents admiratifs, pendant le mariage, ses espoirs de naissance imminente des enfants les plus beaux qu'ait jamais connus la famille Sanyal.

« D'accord », dis-je. Je n'aimerai jamais Ramesh d'amour — un seul homme peut me faire éprouver ce tourbillon d'émotions déchirantes, m'élever au paradis tout en me plongeant en enfer. Mais notre petite conspiration me laisse espérer que nous pourrons être amis.

XXII

Anju

J'adore être une femme mariée, à condition de ne pas trop y réfléchir. On a l'impression de flotter sur un gigantesque lit de barbe-à-papa, incroyablement légère, rose et sucrée, mais avec des creux inattendus, dans lesquels on risque de dégringoler d'une minute à l'autre. Alors on se retrouve englué, sans pouvoir en sortir.

Etre marié équivaut à ce que, j'imagine, l'on doit ressentir en buvant du vin, la tête basculée en arrière, le liquide frais coulant dans la bouche, quelques gouttes ruisselant sur le menton. Et tant qu'on continue à boire, on n'a pas de gueule de bois.

Mais pourquoi vouloir projeter des ombres sur un paysage ensoleillé ? Sunil est le plus attentif des époux. Presque chaque jour il m'emmène dans un endroit où nous pouvons être seuls — de façon que nous apprenions à nous connaître, dit-il, avant qu'il ne reparte pour l'Amérique, me laissant ici attendre mon visa. Nous déambulons autour du Victoria Memorial. Nous nous asseyons au bord de Rabindra Sarobar, et jetons des pétales dans l'eau. L'Amérique qu'il me décrit me paraît presque aussi stupéfiante que les royaumes féeriques des contes de Pishi. « On peut faire n'importe quoi en Amérique, Ange — c'est ainsi qu'il m'appelle —, dit-il tout excité. On peut être ce qu'on veut. » Assise ainsi, ma tête reposant sur son épaule, sous les buissons odorants de Hasnahana, et le soleil plissant d'or les eaux du lac, je le crois.

Le mariage m'a changée d'une manière absolument inattendue. Quand je suis avec Sunil, je me fais l'effet d'une chienne avec ses chiots. Je ne supporte pas les intrus — et tout un chacun est un intrus. Quand nous sommes allés rendre visite à ma mère, deux semaines après le mariage, comme le veut la tradition, j'ai honte de dire que j'ai eu du mal à dissimuler mon impatience. La maison que j'avais toujours jugée imposante me paraissait soudain décrépie — il me semblait entendre le marbre et le mortier s'effriter autour de moi. Et les mères m'ont paru plus petites, rétrécies, comme s'effondrant de l'intérieur, dans le vide que Sudha et moi avons laissé. Quand Pishi a emmené Sunil sous le prétexte de lui montrer la maison, de sorte que maman pût m'interroger sur la façon dont il me traitait, cela m'a contrarié et je n'ai répondu que par monosyllabes boudeuses. Qu'il m'avait fallu peu de temps pour faire allégeance à un autre. Même si j'avais eu un problème avec Sunil, je ne l'aurais pas dit à maman. C'est pourquoi j'ai répondu « oui » si vite lorsqu'elle m'a demandé si mes beaux-parents me plaisaient.

J'aime bien la mère de Sunil. Elle a vraiment bon cœur et adore son fils. Je sais qu'elle souhaiterait pouvoir passer plus de temps avec lui pendant ce court séjour, mais elle ne se plaint jamais de ce que Sunil et moi partions pour toute la journée, et ne revenions que juste avant le retour de son mari du travail. Tout heureuse elle nous sert une tasse de thé et me raconte en riant des histoires de l'enfance de Sunil — comment il a failli mettre le feu à la cuisine en faisant une expérience scientifique, ou sa peur des araignées. Quand elle s'anime ainsi, elle paraît belle.

Mais en présence du père de Sunil, c'est une autre femme. Elle baisse la tête, s'exprime en chuchotements larmoyants, ou se précipite, dos courbé pour s'excuser, chercher ce que son mari réclame à cor et à cri. Il crie beaucoup, le père de Sunil. Je crois qu'il aime ça. Comme il aime citer des passages des textes sacrés hindous méprisants à l'égard des femmes. Je suis encore trop nouvelle dans la famille pour constituer une de ses cibles, mais je l'ai vu à une ou deux reprises, alors qu'il proférait une maxime du genre : « Les femmes et l'or sont la racine du mal », regarder dans ma direction.

Je suis assise à ma coiffeuse, vêtue d'un sari du Bengale ouvragé de fils d'or et très empesé, essayant d'en draper l'extrémité en voile sur ma tête. Le voile ne cesse de glisser, aussi dois-je le retenir avec des pinces à cheveux. Un soir, je suis descendue dîner en kurta fleuri, cadeau de Sunil, mais sa mère s'est précipitée vers moi et m'a suppliée d'aller me changer avant que son mari ne me voie. Elle avait l'air si apeurée que je n'ai pas eu le cœur de discuter. *Tyran*, me dis-je, en refermant d'un coup sec une grosse chaîne d'or autour de mon cou. Mais comme dit Sunil : qu'il aille au diable. Je n'en ai que pour une année au maximum à le supporter, le temps que mon visa me parvienne, et pour l'amour de Sunil, je le ferai. Je souris à mon reflet, pensant à la façon dont Sunil me déshabillera plus tard, cette nuit, et transformera l'ancienne Anju en une femme sauvage et magique.

C'est cela qu'opère le mariage : nous transformer en des créatures merveilleuses et terrifiantes que nous n'aurions jamais pu imaginer.

Dans la salle à manger, le père de Sunil a déjà pris sa place à la tête de la table d'acajou. J'aide la mère de Sunil à apporter les plats. Nous servons d'abord son mari, puis Sunil, assis à l'autre bout. Ensuite, nous mangeons — sauf qu'elle n'arrête pas de bondir pour voir si les hommes veulent qu'on les resserve, ou autre chose.

La mère de Sunil est une fervente cuisinière. Comme pour tant de femmes, faire la cuisine est sa façon d'exprimer son amour. Sa tâche serait plus facile si son mari n'était pas si tatillon. Elle réussit néanmoins à réaliser des dîners qui sont de véritables œuvres d'art. Ce soir elle a fait un dal de musoor avec des mangues vertes, aliments excellents d'après le père de Sunil pour adoucir le caractère — mais qui ne semble pas agir dans son cas. Il y a du riz basmati vieilli (facile à digérer), de la purée de pomme de terre accompagnée de potiron amer (pour nettoyer le sang), et un curry de gombos au gingembre (pour stimuler les organes digestifs). J'ai aussi apporté un raita de concombre au yaourt (un régénérateur) et une grande assiette de poissons tangras, bien croustillants, de sorte qu'on puisse les manger en entier (ce qui dégage davantage de calcium, dit le père de Sunil). Pendant que je remplis de tous ces aliments l'assiette de mon beau-père, ma belle-mère accourt avec un petit bol couvert, qu'elle place à côté de Sunil. Puis, l'air absurdement coupable, elle s'emploie à servir son fils.

Rien de tout cela, bien entendu, n'a échappé à l'œil d'aigle de mon beau-père.

« Qu'est-ce que c'est que ça ? demande-t-il.

— Rien du tout, bégaie ma belle-mère. Une petite chose que j'ai faite pour Sunil, rien qui vous plaise, c'est pourquoi je l'ai posée à côté de lui...

— Apporte-moi ça, Anjali », dit le père de Sunil. Je serais prête à lui désobéir — mais il obligerait sa femme à le faire. Je jette un coup d'œil vers Sunil, quêtant un conseil. Mais il regarde droit devant lui, mâchoires serrées, aussi je m'exécute. Le père de Sunil soulève le couvercle. Nous découvrons tous les deux la pâte brun foncé — un chutney au tamarin, riche et onctueux, dont la préparation a dû prendre de nombreuses heures.

Brusquement, le père de Sunil saisit le bol et le balance à travers la table en direction de sa femme. On entend un floc mou suivi d'un bruit métallique quand le bol atterrit sur le sol.

Incrédule et prise de vertige, je contemple la sauce répandue sur la table, les taches sombres qui parsèment le sari de ma belle-mère. Rien dans mon existence précédente ne m'a préparée à cela. Ce qui me bouleverse le plus, c'est l'humilité de ma belle-mère, qui baisse les yeux et ne songe même pas à essuyer ses bras maculés.

« Combien de fois t'ai-je dit de ne pas faire ce truc détestable pour la santé ? gronde le père de Sunil. Combien de fois t'ai-je dit que je ne supporte pas cette odeur ? Qui paye la nourriture que l'on mange dans cette maison ? Réponds-moi. »

La lèvre inférieure de ma belle-mère tremble. Quelle humiliation ce doit être pour elle d'être traitée ainsi devant sa belle-fille. Je veux l'emmener, aller lui essuyer ses joues humides et ses bras souillés, lui insuffler de la colère afin qu'elle ne permette plus jamais à cet homme de se comporter de cette manière. Mais au premier pas que je fais dans sa direction, la voix coupante de mon beau-père m'arrête net.

« Assieds-toi, Anjali. Où veux-tu aller comme ça ? »

Je m'apprête à le lui dire quand Sunil, repoussant sa chaise, se lève. Le bruit de son poing qui s'abat sur la table couvre la voix de son père. « Ça suffit ! J'en ai assez de vous voir brutaliser ma mère. Assez de devoir me plier à vos ordres. En l'occurrence, c'est moi qui lui ai demandé de me préparer un chutney au tamarin... »

Mon beau-père en reste la bouche ouverte. Il n'a pas l'habitude des rébellions. Puis lui aussi se lève. Les deux hommes s'affrontent, chacun à un bout de la table, le visage tordu par une rage identique.

« Voilà donc ce que tu as appris en Amérique, à défier ton père ? Qui t'a envoyé là-bas, veux-tu me le dire ? Qui a payé ton voyage ? Subvenu à toutes tes dépenses de sorte que tu... »

Mon époux bien-aimé, mon bel époux au grand rire, contemple son père, de la haine plein les yeux, l'air meurtrier. Si je ne le connaissais pas et que je le croise dans la rue, je m'enfuirais.

« Ne vous inquiétez pas, je ne serai que trop heureux de vous rembourser jusqu'à la dernière paisa et même plus, dit-il. Je ne veux pas vous devoir quoi que ce soit, et me l'entendre rappeler tous les jours de ma vie. Comme ma pauvre mère. Et je vous avertis : si je vous vois la maltraiter encore une fois...

— Monsieur joue les héros, crache son père. Veut impressionner sa femme, hein ? Je me demande quelle impression ça lui ferait d'apprendre tes exploits américains, l'alcool et les putains — oui, oui, ne t'imagine pas que ces histoires ne me sont pas venues aux oreilles... »

Mais, là, ma belle-mère, qui était restée figée sous le choc, m'entraîne dans la cuisine et ferme la porte, de sorte que je n'entends plus que des mugissements étouffés qui m'évoquent un combat de taureaux.

Plus tard cette nuit-là, je suis seule dans mon lit, l'estomac tiraillé par la faim et le désespoir. L'idée de devoir me retrouver face au père de Sunil m'est insupportable. Comment pourrais-je rester encore un an avec lui et cette pauvre femme brisée, comme je suis censée le faire après le départ de Sunil ? Comment réconcilier le tendre et attentif Sunil que je connais avec cet étranger fou de rage, prêt à frapper son père ?

Mais surtout les accusations grossières de mon beau-père me déchirent. *L'alcool et les putains*. Je voudrais que ma belle-mère ne m'ait pas entraînée avant que j'aie pu entendre la réponse de Sunil. Je voudrais ne pas sentir le doute hideux s'insinuer en moi comme un serpent qui se réveille. Je voudrais avoir quelqu'un près de moi qui saurait me dire, avec son calme et sa lucidité, comment réagir à cette soirée folle. Je voudrais avoir Sudha.

Et sur cette constatation, je me mets à pleurer, mes larmes salées et piquantes trempant mon oreiller nuptial. Cela fait plus d'un mois que je refuse de penser à Sudha, depuis l'instant où je m'en suis prise à elle d'une façon si impardonnable après le mariage. Je ne l'ai pas appelée, n'ai pas demandé aux mères de ses nouvelles. Chaque fois qu'on a abordé le sujet durant mes brèves visites à la maison, j'ai coupé court brutalement. Tout au fond de mon cœur jaloux, je sais qu'elle n'est pas responsable de l'envoûtement qui s'est affiché sur le visage de Sunil — mais rien que d'y penser m'est insupportable. C'est pourquoi je me suis laissé droguer par la romance de ses paroles, par la passion de ses gestes.

Voilà comment l'amour nous transforme en lâches.

La porte s'ouvre brusquement. Sunil allume. La soudaine lumière me fait cligner les yeux, et je m'empresse de les essuyer pour qu'il ne voie pas que j'ai pleuré. Mais bien entendu il le remarque.

« Ange, dit-il, en déposant le paquet qu'il tient pour me prendre dans ses bras. Je suis désolé de ce qui s'est passé ce soir. » Il me serre étroitement. Ses mains me caressent les cheveux. J'enfouis ma figure dans sa poitrine et respire son odeur, mélange d'eau de Cologne américaine et de sueur, la meilleure de toutes les odeurs. Je presse mes lèvres contre ses paumes, et murmure les mots qu'on dirait à un enfant blessé. Il y a plusieurs pièces verrouillées dans la demeure du mariage. Ce soir nous en avons ouvert une et y avons pénétré.

Il embrasse mes paupières maintenant, son souffle chaud sur mon visage. Je lui ouvre ma bouche, me débarrasse de mes vêtements et lui retire les siens. Mes os se refaçonnent pour épouser les siens, nos peaux se mêlent, sans couture, pour former une carte du désir. Pressés, nous bougeons en harmonie, nous crions à l'unisson, retombons trempés et triomphants dans les bras l'un de l'autre. Il paraît si vulnérable après l'amour, quand il fourre son nez, comme un enfant, dans mon épaule. Comment ai-je pu être assez stupide pour douter de lui ?

Un peu plus tard, nous mangeons, assis jambes croisées sur le lit. Sunil m'a apporté des luchis et de l'alu dum — qu'il est allé chercher à la gare parce que les boutiques du voisinage étaient fermées quand son père et lui en ont eu fini. J'avale à grandes bouchées affamées le pain frit et croustillant et les pommes de terre épicées. Je lui dis que c'est le meilleur repas que j'aie jamais mangé. Il saisit mes mains et lèche mes doigts l'un après l'autre, et je frissonne.

« Tu as meilleur goût », dit-il en riant, et en m'attirant vers lui.

Je ne m'y refuse pas, mais, avant, je veux lui demander quelque chose. « S'il te plaît, ne le prends pas mal, dis-je en hésitant, mais après ton départ, pourrai-je retourner chez ma mère ? »

Sunil reste un long moment à fixer le vide, les lèvres serrées. L'ai-je fâché ? Quand il finit par me regarder, pourtant, il n'y a que de la tristesse dans ses yeux. « C'est peut-être ce qui serait le mieux, dit-il. J'espérais... mais viendras-tu voir ma mère de temps en temps ? Elle t'aime beaucoup et, comme tu as pu t'en rendre compte, elle n'a pas beaucoup de joies dans sa vie.

— Bien entendu », dis-je soulagée. Le souci qu'il a de

sa mère m'émeut. Nous décidons que j'irai la voir les après-midi, pendant que son père sera au travail.

« Et maintenant que nous avons résolu nos affaires, dit Sunil avec un sourire fripon, il est temps de passer au plaisir ! »

Quelle humeur changeante ! Mais la mienne n'est pas en reste.

Je lui rends son sourire tandis qu'il me renverse sur l'oreiller et commence à m'embrasser, de petits baisers le long de la colonne vertébrale, puis plus bas, jusqu'à ce que je suffoque de ravissement. L'extase s'empare de tout mon corps. Je suis du sucre filé, je fonds sous sa bouche. Je suis du vin doux, qui nous intoxique tous les deux. Je suis la femme la plus heureuse du monde.

XXIII

Sudha

Dans la maison de mon mari, je suis toujours la première réveillée.

Personne ne m'y oblige. Ramesh, qui n'est pas le genre de personne à obliger quiconque à faire quoi que ce soit, préférerait que je reste au chaud sous notre couverture jusqu'à ce que sonne le réveil. Quant à ma belle-mère, du moment que je la retrouve pour le thé de façon que nous puissions dresser les plans de la journée, elle est satisfaite.

Mais cette heure du petit matin où, assise devant la fenêtre de notre chambre, frissonnant un peu dans l'air frais, je regarde le soleil se lever sur la pièce d'eau et les brumes s'étioler au-dessus du bosquet de bambous — cette heure m'est précieuse au-delà de ce que je peux exprimer. C'est le seul moment dont je dispose pour réfléchir. Pour prendre la mesure de la nouvelle femme que je suis en train de devenir. Qui est cette Basudha qui, tous les jours après le bain, s'enduit la raie des cheveux d'un trait bien droit de sindur pour préserver la prospérité de son mari ? Son regard grave d'adulte que me renvoie le miroir me surprend. Un trousseau de clefs alourdit son sari, mais elle supporte aisément le poids.

Il y a une histoire derrière ces clefs. Quelques jours après le mariage, ma belle-mère me convoqua dans sa chambre. Je m'y rendis un peu craintive car, bien qu'elle eût fait preuve de gentillesse envers moi jusque-là, j'avais déjà compris que c'était une forte femme, qui avait l'habitude d'obtenir ce qu'elle voulait. J'avais vu les servantes éclater en sanglots sur un seul de ses regards. Mais elle s'est contentée d'ôter le trousseau de clefs de son sari et de me le remettre. « Natun Bau, m'a-t-elle dit — c'est ainsi que tout le monde m'appelle ici, Nouvelle Epouse —, cette maison est à toi maintenant. Tu dois apprendre à t'en occuper. » Stupéfaite, j'ai senti le froid des clefs de laiton dans mes mains, et découvert ce qu'exprimaient ses yeux — un mélange de répugnance et de décision. Abandonner ses responsabilités était une chose inédite pour elle, et difficile. Mais elle était déterminée à le faire. C'est cette même détermination qui avait dû lui permettre de guider sa famille à travers les jours chaotiques qui avaient suivi la mort de son mari.

Pour moi, qui toute ma jeunesse ai entendu les bavardages cyniques des amies de maman, belle-mère signifiait tyrannie, quelqu'un qui se battrait bec et ongles pour continuer à gouverner sa maison et son fils. Mais ma belle-mère est une personne plus compliquée. Déjà m'apparaissait, solide comme une muraille de feu, son allégeance à la famille Sanyal. Voilà pourquoi elle me remettait les clefs — non tant en raison de son affection pour moi — après tout, elle ne me connaissait guère — que parce que désormais j'appartenais à la famille. Mais que Dieu me protège si je devais trahir un jour les Sanyal. Elle ne me le pardonnerait jamais.

Malgré moi, j'ai senti naître en moi une sorte de respect craintif. Au moment de mon mariage, je m'étais promis de ne jamais me rapprocher d'un membre de la famille Sanyal. J'accomplirais mon devoir, rien de plus. Mais cette femme méritait l'admiration.

« J'essaierai de faire du bon travail en votre nom, mère », ai-je dit, et je lui ai touché les pieds selon la tradition.

« Puisses-tu engendrer une centaine de fils », m'a-t-elle répondu, employant elle aussi la formule traditionnelle. Mais sa main s'est appesantie tendrement un instant sur ma tête.

Pour la première fois depuis mon mariage, l'étau de ma douleur et de mon désespoir s'est desserré. Comme un radeau qui surgit au milieu d'un océan de détresse. Plus jamais je ne connaîtrais la passion amoureuse, certes, mais peut-être y avait-il place dans ma vie pour des affections tranquilles. Peut-être pouvais-je apprendre à considérer cette femme comme une mère, et cet endroit comme ma maison.

Me voici donc maintenant gardienne du foyer, de ses nombreux placards et armoires, coffres et resserres. A l'exception du coffre d'acier double sécurité qui contient l'argent et les bijoux du mariage. Ces clefs-là, ma belle-mère les garde. Et ça m'est égal. J'ai suffisamment de responsabilités. C'est si différent de vivre dans une maisonnée d'hommes, pas seulement Ramesh mais ses deux jeunes frères qui piaffent d'énergie, et dont les exigences m'épuisent. Ils débarquent dans ma chambre à n'importe quelle heure avec de menus problèmes : un bouton à coudre, un livre de classe égaré et qu'il faut retrouver. L'après-midi, quand ils rentrent de l'école, ils réclament à manger. Ils me régalent de détails sanguinolents sur le cadavre de chat dans le labo de biologie, ou me décrivent le dernier combat sur le terrain de football. J'ai accepté avec joie la tâche de veiller à ce qu'ils partent à l'heure pour l'école. Je n'ai que quelques années de plus qu'eux, mais un sentiment doux et maternel m'habite quand je redresse les revers de leur uniforme et m'assure qu'ils n'ont pas oublié leurs paniers-repas.

Au petit matin, cependant, avant que je ne me plonge dans mes responsabilités, je me remémore la Sudha ancienne. Il me paraît impossible d'avoir été cette adolescente qui montait hors d'haleine sur la terrasse pour voir une étoile filante et faire un vœu, qui suppliait Pishi de lui raconter des histoires de princesses et de démons et s'introduisait dans ces histoires. Qui a aimé un homme, si violemment que, lorsqu'elle l'a arraché de son cœur, comme une épine d'or... mais non, je me suis promis de ne plus jamais y penser.

Quand je me remémore mon passé, c'est surtout Anju que je revois. Tant d'images s'entrelacent dans les fragiles filaments de mon cerveau. Anju jouant à la marelle avec moi sur notre terrasse, acharnée à gagner, mais me donnant un chaud baiser mouillé, si je remportais la victoire. Anju, ses yeux assombris de malice, me persuadant de manger des piajis à l'oignon vendus à l'étal. Et, plus tard, ses yeux assombris de remords, me tenant la tête pendant que je vomissais dans la salle de bains. Anju, rouge de colère, prenant ma défense quand je subissais les reproches de ma mère. Anju, ses rêves d'université envolés, pleurant dans mon lit. Anju, son visage semblable à une nuit étoilée, me parlant de Sunil. Mais, à la fin, c'est toujours l'image d'Anju à notre fête de mariage qui me revient. Derrière son voile fin et scintillant d'or, ses yeux, ciselés dans du marbre noir, vont de Sunil à moi en un va-et-vient continuel.

Le voile semble s'être figé en une paroi de glace entre elle et moi. Depuis que Sunil est reparti pour l'Amérique et qu'elle est revenue s'installer chez les mères — elle ne m'a jamais dit pourquoi —, j'ai appelé plusieurs fois pour prendre de ses nouvelles. Je sens à ses silences et à ses reparties brèves que Sunil lui manque, qu'elle meurt du besoin de parler de lui. Pourtant, si je demande comment il s'en sort, tout seul en Amérique, elle répond sèchement, comme si elle n'avait pas assez confiance en moi pour me communiquer les détails de la vie de son mari. Nous finissons par dire des inepties — parlant du temps, de nourriture, de films —, ce que nous nous étions pourtant juré de ne jamais faire. Après avoir raccroché, j'ai envie de pleurer. Je voudrais haïr Sunil et son charme américain. Sunil qui a fait irruption dans nos vies, avec aussi peu d'égards qu'un ouragan. Mais comment pourrais-je le haïr quand le bonheur de ma cousine dépend si étroitement du sien ? Je voudrais demander à Dieu si c'est là ma récompense pour avoir sacrifié mon bonheur à celui d'Anju. Mais c'est une question stupide. J'ai fait ce que je devais faire. La récompense n'a rien à voir dans l'histoire.

Aujourd'hui, cependant, appuyée aux barreaux de la fenêtre, je chasse ces vieux chagrins. Je suis si excitée que je ne peux me tenir tranquille. Une chanson me monte aux lèvres, et je la fredonne doucement, afin de ne pas réveiller Ramesh. Hier, après un long silence, Anju m'a appelée pour me dire que son visa était arrivé, qu'elle partirait pour l'Amérique dans trois semaines. Sa joie faisait vibrer le câble du téléphone. Un couteau de givre me tenaillait le ventre. Ma cousine chérie, qui allait partir si loin de tout ce qui lui était familier. Si loin de moi. J'ai prié pour que ce qu'elle trouverait de l'autre côté du monde lui donne toute satisfaction.

« S'il te plaît, viens à Bardhaman, l'ai-je suppliée, pour que nous soyons une dernière fois ensemble. »

Anju a hésité. Je l'entendais se chercher une excuse, comme chaque fois que je l'avais invitée. Mais finalement, à contrecœur, elle a accepté. Elle vient aujourd'hui. J'en tremble de joie. Et de peur aussi. Que verra-t-elle quand son regard critique et intelligent se posera sur mon nouveau foyer ?

Sur la nouvelle personne que je suis ?

XXIV

Anju

Pendant toute la durée du voyage en train jusqu'à Bardhaman je transpire, je suis mal à l'aise et furieuse contre moi-même. Pourquoi n'ai-je pas dit à Sudha que j'étais trop occupée ? Cette situation va être terriblement gênante, elle et moi essayant de trouver des sujets de conversation indolores, tournant autour du nom de Sunil comme s'il s'agissait d'un de ces marais de sables mouvants prêts à nous aspirer qui figuraient dans les contes de Pishi.

Dans le compartiment de première classe, les gens s'entassent jusqu'à l'éclatement : passagers, mendiants, vendeurs de n'importe quoi, du sucre candi aux médicaments magiques. La plupart d'entre eux voyagent sans billet. Ce qui heurte mon sens de la justice et me donne l'impression d'être exploitée. Je fusille du regard la vieille femme accroupie à mes pieds à côté d'un panier de poulets piaillants et puants. Elle se gratte l'aisselle et m'octroie un sourire au jus de bétel.

Les mères voulaient m'empêcher de prendre le train. Elles s'étaient arrangées pour que Singhji me conduise, mais j'ai refusé. J'étais assez grande pour voyager toute seule, ai-je dit. Après tout, il n'y en avait que pour quelques heures de train. Singhji me déposerait à la gare et Sudha m'attendrait à l'arrivée. Où était le danger ? Et n'avaient-elles pas affirmé elles-mêmes, pendant tant d'années, que, une fois mariée, ma réputation ne serait plus de leur ressort ?

« Je m'inquiète parce que tu n'es jamais allée nulle part toute seule », a dit maman. « Et les trains sont effroyablement bondés », a ajouté Pishi. Devant leur affolement, j'étais sur le point de céder, quand tante N est intervenue : « Comme toujours, il faut que tu fasses la difficile, que tu insistes pour te singulariser. Que va dire ton beau-père s'il apprend que nous t'avons acheté un billet et fourrée dans un transport en commun, comme une simple servante ? »

Entendre mentionner mon beau-père m'a mise en rage, et je me suis si bien battue (n'allais-je pas partir pour l'Amérique dans moins d'un mois ? Et comment apprendre à voyager seule sans voyager seule ?) que, finalement, maman a capitulé. Et voilà pourquoi je suis là, avec l'impression de répandre une odeur de crotte de chien, et sans personne à blâmer que moi.

Enfin le train ralentit et s'arrête à Bardhaman. Mes vêtements me collent au dos, mes yeux sont rougis par la fumée de la locomotive. Je descends, prête à me montrer parfaitement désagréable. Mais quand je vois Sudha, le visage rayonnant d'une joie simple et généreuse, les fortifications que j'avais élevées à grand soin autour de moi s'effondrent à la façon d'un château de cartes. Dans mon cœur, il fait chaud et humide comme après une pluie de mousson. Je laisse tomber mes sacs et me jette dans ses bras. Malgré mon sentiment d'insécurité, malgré les océans qui nous sépareront bientôt et les hommes qui nous séparent déjà, je ne cesserai jamais d'aimer Sudha. Par constitution, et parce que c'est mon destin.

Je déteste la maison au premier regard. Il y a quelque chose de menaçant dans cette massive structure en brique, et je frissonne plantée devant une porte assez lourde pour barrer l'accès à des armées d'envahisseurs — à moins que ce ne soit pour empêcher les habitants de sortir ? J'entends crisser un verrou, la porte s'ouvre à la volée, Mrs Sanyal me fait face.

Dans des années, quand je repenserai à cette rencontre, notre première véritable rencontre, j'essaierai de reconstituer ce qui m'est apparu. Il sera difficile d'empêcher ce qui s'est passé ensuite de déteindre sur ce qui s'est passé alors, mais je suis sûre d'une chose : malgré l'accueil très aimable de Mrs Sanyal, je sens son regard posé sur moi avec l'intensité d'un rayon de soleil à travers une loupe, je l'entends se demander si j'aurai une bonne ou une mauvaise influence sur sa belle-fille.

« Entrez, chère Anju », dit-elle. Derrière elle, sur un immense panneau mural, des personnages sont sculptés, l'air féroce, griffus et armés. Elle constate ma stupeur et sourit. « Ce sont des yakshas. Ils gardent notre demeure. Entrez, entrez. Je suis heureuse que vous soyez enfin là ! » Je m'apprête à la remercier mais elle ajoute : « Depuis qu'elle sait que vous allez venir, Natun Bau est dans un tel état qu'elle ne parvient plus à se concentrer sur quoi que ce soit ! »

La réprimande sous la phrase qui se veut drôle est évidente. Je jette un rapide coup d'œil à Sudha pour voir comment elle prend cela et suis médusée de la voir sourire. Et quand elle répond, je n'entends que de l'affection respectueuse dans sa voix. « Je sais, mère. Je ne vous ai été d'aucune aide. Mais maintenant qu'Anju est bien là, je suis sûre de faire mieux. »

Et tandis que Sudha m'emmène au premier, vers un immense et oppressant salon de réception aux meubles immenses et oppressants, je me demande : n'a-t-elle pas entendu ce que je viens d'entendre ? Ou bien suis-je devenue exagérément sensible à cause de mon beau-père ?

Du rez-de-chaussée, Mrs Sanyal crie d'une voix sucrée : « Natun Bau, ma chérie, quand tu auras installé ta cousine, n'oublie pas qu'il est presque temps de préparer les rutis pour le dîner. »

Pendant toute la visite, de petites choses m'irritent comme autant de morsures de fourmis. La façon dont Sudha sert la famille au dîner, même les jeunes frères de Ramesh, essuyant leurs crachotis, ôtant leurs assiettes sales. Son sourire qui ne faiblit pas, même quand l'un des garçons repousse son assiette et lui dit — le sale gosse — que son curry de poisson est loupé. L'habitude qu'elle a, chaque fois que Mrs Sanyal l'appelle, de laisser tomber ce qu'elle est en train de faire — y compris moi en plein milieu d'une conversation, en s'excusant d'un « Pourquoi ne pas te reposer un peu, Anju ? » — et d'accourir.

Mais ce qui m'inquiète le plus, c'est la gaieté permanente qu'affiche Sudha. Non que je la veuille malheureuse. Mais cette jeune femme débordante d'activité qui fait tout si bien — surveiller la servante qui trait les vaches, exposer les couvre-lits au soleil, ou faire frire des singaras pour les frères de Ramesh, quand ils reviendront de l'école — n'est pas la douce rêveuse que j'ai admirée, qui m'a exaspérée, que j'ai aimée et que j'ai voulu protéger. A-t-elle vraiment pu éradiquer Ashok de son cœur, comme s'il était une tumeur cancéreuse ? Ou me cache-t-elle quelque chose ?

Un après-midi, alors que nous sommes assises sous le manguier et que Sudha raccommode les chaussettes de Ramesh, je lui demande si elle n'est pas fatiguée de tout ce travail. « Pourquoi est-ce à *toi* de compter le linge sale pour le dhobi et ensuite de compter le linge propre qu'il rapporte ? Pourquoi est-ce à *toi* de dresser la liste quotidienne des achats, de présenter les épices qu'il faut moudre, de couper les légumes pour le déjeuner et le dîner ? Pourquoi est-ce toujours *toi* qui grimpes sur la terrasse pour vérifier le...

— Mais, Anju — Sudha me regarde amusée —, personne ne m'oblige à faire quoi que ce soit. J'aime aider ma belle-mère. Elle vieillit, elle est fragile, et elle a travaillé si dur toute sa vie... »

En ce qui me concerne, Mrs Sanyal m'a paru aussi solide qu'une peau d'alligator et capable de nous survivre pendant des décennies. Mais Sudha a toujours eu tendance à ne voir que ce qu'elle voulait.

« Les domestiques font tous les travaux durs, mais tu sais ce que c'est... » Elle hoche la tête d'un air sagace comme Mrs Sanyal. « Ils te volent derrière ton dos si tu ne les surveilles pas constamment. »

Oh, ma princesse du palais des serpents, est-ce à cela que tu es réduite ?

J'essaie encore une fois. « Ça ne t'ennuie pas que

Ramesh soit toujours par monts et par vaux et te laisse seule avec sa famille ? »

Sudha hausse les épaules. « C'est son travail, il n'y peut rien, et puis c'est aussi ma famille. Par ailleurs, il est si gentil quand il est là que je ne peux vraiment pas me plaindre. »

Je voudrais gommer ces platitudes de ses lèvres. Qu'est-ce que tu es, un chien errant, pour te satisfaire de gentillesse ? ai-je envie de lui dire. Passons pour Ashok, mais tes autres passions, que sont-elles devenues ? Ton désir de dessiner des vêtements ? Ton envie de taffetas, de soies, de satins et de dentelles ?

Est-ce cela le mariage, une installation dans la médiocrité ? Cette pensée me terrifie.

Des taches de soleil picorent Sudha, qui attrape un pantalon déchiré appartenant à l'un des garçons et continue son raccommodage. Ses points sont nets et précis. Est-ce un effet trompeur de la lumière poussiéreuse de l'après-midi qui rend son visage soudain lointain, comme une anémone au fond de la mer qui risquerait de disparaître dans un tourbillon de sable au moindre changement de courant ?

Son bonheur a cette fragilité-là, me dis-je brutalement.

Quel droit ai-je de juger les moyens qu'a choisis ma cousine pour tenter de survivre ? Quel droit ai-je de me montrer déçue parce qu'elle ne se voit plus en héroïne de conte romantique ? Qui suis-je pour prétendre que les petites joies valent moins qu'une passion qui ravage votre vie ?

Aussi, pendant le reste de ma visite, je me concentre sur ce qui existe. Nous parlons des mères et de la vieille maison, des grands moments que nous y avons passés. Je complimente Sudha des nouveaux plats qu'elle a appris à faire, et j'en redemande. Quand Ramesh s'en va, je dors avec elle dans son grand lit, et après qu'elle s'est endormie j'enfouis mon visage dans le nuage de ses cheveux étalés sur l'oreiller et j'en respire le parfum, que j'emporterai avec moi en Amérique. Et quand vient le moment de nous séparer, nous nous étreignons longuement. Le mariage a compliqué nos vies, fragmenté nos fidélités, nous a installées sur des orbites différentes. Nous a révélé des choses que nous devons garder chacune pour soi. Plus jamais nous ne partagerons l'existence de notre jeunesse, ces années d'extases simples et absolues. Ce serait trop dangereux.

Mais, si éloignées que nous soyons l'une de l'autre, nos cœurs demeureront inséparables.

Singhji m'attend à la gare Howrah et, dans la voiture, je me renverse contre les coussins familiers, les yeux fermés. Les voyages que j'ai faits dans cette voiture étaient tellement plus simples, même si à l'époque je n'en avais pas conscience. Les larmes filtrent sous mes paupières. Ce n'est pas uniquement le chagrin de la séparation — à elle seule, elle ne devrait pas me laisser ce terrible sentiment d'effroi. De petites images explosent sous mes yeux, toutes mélangées. Nos promenades à tous les trois, au cours desquelles Ramesh passait son bras autour de Sudha. Alors que, en présence de Mrs Sanyal, c'est tout juste s'il la regardait. L'arc qu'a décrit le bol de chutney que le père de Sunil a lancé sur sa femme, et les déjections brunes qui se sont répandues dans l'air. Le sourire dur avec lequel Mrs Sanyal a dit, le jour qu'une dame du voisinage est venue nous voir avec son petit-fils, « *bientôt, j'en aurai moi aussi un à vous montrer* ». Les yeux de Sunil qui brillaient comme une lame de couteau dans la lumière quand il se battait avec son père. *Alcool et putains, ne t'imagine pas que je n'ai pas eu vent de ces histoires*. Et après, au lit, il n'avait même pas pris la peine de nier ces accusations.

« Quelque chose ne va pas avec Sudha Didi ? » La voix de Singhji me fait sursauter. Pendant toutes ces années, je ne me rappelle pas qu'il ait jamais pris l'initiative de commencer une conversation. Sous le noir de sa barbe, son visage couturé semble plus pâle que d'habitude. Bien sûr qu'il se fait du souci ! Sudha et lui ont toujours eu des rapports particuliers, une amitié de conspirateurs, depuis l'époque où il arrêtait la voiture afin qu'elle puisse distribuer son déjeuner. Et il a pris de grands risques pour l'aider dans son histoire avec Ashok. J'aurais dû me montrer plus prévenante et accepter qu'il me conduise jusqu'à Bardhaman. Il est probable qu'il ne la reverra plus d'ici longtemps, parce que Mrs Sanyal n'apprécie pas l'idée que Natun Bau fasse des voyages.

« Elle va bien, lui dis-je. Tout le monde l'aime là-bas.

— Ils ont de la chance de l'avoir. » Il hoche la tête pour appuyer son affirmation, puis ajoute, gentiment : « Votre nouvelle famille a également de la chance. »

Sans réfléchir, je demande : « Singhji, croyez-vous que nous serons heureuses chez nos maris ? » Aussitôt, je m'en veux. Que puis-je espérer de ce vieil homme sinon la réponse traditionnelle et qui ne veut rien dire : *Bien entendu*, ou *Je prierai pour qu'il en soit ainsi*.

Mais je me trompe. « C'est à vous de faire votre bonheur, Anju Didi. » La passion dans la voix de Singhji me sidère. « Vous devrez avoir la sagesse de le reconnaître quand il se présentera. Et s'il ne se présente pas, malgré tous vos efforts, ce sera à vous également de trouver un remède. »

Je voudrais lui demander ce qu'on peut faire pour capturer un bonheur vagabond, mais nous sommes arrivés à la grille et, là-bas, au bout de l'allée délabrée, sous le marbre craquelé de la voûte d'entrée, je vois les mères qui m'attendent, le visage tendu et ardent comme une lampe qui clignote dans la tempête.

XXV

Sudha

Quand il m'arrive de penser que plus de trois ans se sont écoulés depuis que j'ai passé la guirlande nuptiale autour du cou de Ramesh, j'ai du mal à y croire. Mes jours, tous semblables, se succèdent dans un calme hypnotique, on dirait un étang dans lequel rien ne tombe jamais, ni feuille, ni pierre, ni vie humaine. Je flotte sur cet étang. Je sais qu'on a besoin de moi. Je sais qu'on m'aime bien. Ainsi, je ne suis pas malheureuse.

Même faire l'amour avec Ramesh — car au bout de quelques mois, une nuit, il a posé la main sur ma poitrine et je l'ai laissé faire, c'était son droit après tout, et il s'était montré très patient — n'est qu'un inconvénient mineur. J'ai découvert que, si je m'y efforce suffisamment, je peux verrouiller mon esprit pendant qu'on agit sur mon corps.

Je suis contente de savoir, par ses lettres, qu'Anju mène une vie très différente de la mienne. Le rythme monotone de mon existence l'aurait poussée au désespoir — je m'en suis rendu compte à l'occasion de sa courte visite ici. Sa nervosité, bien qu'elle s'efforçât de la dissimuler, me rendait nerveuse moi aussi. Et agissait sur les autres. Les garçons se montraient plus exigeants que d'habitude, et Ramesh plus calme. Ma belle-mère qui, en général, s'affaire à ses propres tâches, ne cessait de venir me trouver, sous le moindre prétexte, comme si elle voulait nous surveiller, Anju et moi. Aussi quand ce fut l'heure du départ d'Anju, j'ai été triste, mais pas malheureuse. Malgré tout l'amour que je lui porte, elle me rappelait tout ce que j'avais décidé d'abandonner.

Par conséquent, il est peut-être préférable que nos

lettres constituent l'unique lien entre nous. C'est tellement plus commode, les lettres, tellement moins compliqué que les gens. On peut y ramener le monde à la dimension d'une lucarne, on peut l'idéaliser comme une photographie retouchée. Encore que ce soit plus vrai de mes lettres que de celles d'Anju, qui vibrent de ses sentiments et de ses opinions. Mais comme ceux-ci ne s'expriment que sur une page blanche, rectangulaire et silencieuse, je peux m'en délecter sans avoir à me soucier des blessures que, par sa franchise, Anju pourrait infliger.

Et pourtant, tout danger n'est pas écarté. Chez les Sanyal, on distribue le courrier au dîner. Mon cœur se met à battre plus vite dès que j'aperçois, parmi les factures, les magazines des garçons et les tracts publicitaires vantant les remèdes ayurvédiques, l'aérogramme bleu d'Amérique. On me le tend et je le parcours très vite, en sautant les lignes, parce que dans une minute ma belle-mère va me demander des nouvelles d'Anju. Son ton froid et ses paroles brèves indiquent qu'elle s'attend que je lui montre la lettre. Mais quel que soit le prix que j'attache à son approbation, je ne peux pas faire cela. Je l'ai promis à Anju.

La nuit venue, quand chacun est allé se coucher, je me réfugie dans la salle de bains. A la lumière chiche de l'ampoule, appuyée contre le ballon d'eau, je relis la lettre une dernière fois, lentement, intensément, essayant d'imprimer chaque mot dans ma mémoire. A travers le froissement du papier, j'entends la voix passionnée d'Anju qui s'efforce de me décrire son monde. Je vois la chambre à coucher avec le dessus-de-lit de soie que nous avons acheté ensemble à la foire de Maidan, le vase rempli de joncs que Sunil et elle ont cueillis pendant une promenade, le dîner chinois qu'ils ont fait pendant le week-end. Je prononce les délicieuses syllabes exotiques, *chow fun, mu shu, tofu braisé,* ravie qu'elle se lance courageusement dans tant de nouveautés. Je lui réponds en l'appelant *Anju, maîtresse des baguettes*. Le jour où j'apprends qu'elle a commencé de suivre des cours à la faculté, dont elle me décrit les locaux avec leurs étranges chaises à pupitre incorporé, je pleure de joie.

Le lendemain, seule dans la cuisine, je sors la lettre de mon corsage, où je l'ai gardée toute la nuit, et la laisse tomber dans l'unun. Tandis qu'elle se calcine, je me demande de quelle façon Anju se débarrasse de mes lettres. Non qu'elle ait beaucoup de raisons de le faire. Mes lettres sont aussi salubres et neutres que le lait de riz écrasé dont on nourrit les bébés. Car moi, Sudha, qui fus si longtemps détentrice de secrets, je n'en ai plus qui vaillent la peine d'être partagés. Cette vie que j'ai bâtie sur les cendres de ma passion et de ma douleur, cette vie où j'ai décidé qu'être heureux c'est être utile — il n'y a rien à en dire, rien à lui reprocher. Jusqu'à aujourd'hui.

Aujourd'hui, la maisonnée est en effervescence parce que Tarini, la tante de Ramesh, la sœur de son défunt père, vient de Bahrampur nous rendre visite. Elle amène une suite constituée de son fils aîné et de la femme de celui-ci, épousée il y a six mois, de son ayah, de son chauffeur, de son médecin, et d'un certain nombre de parentes pauvres, qui lui servent de confidentes et d'espionnes. Ma belle-mère est déterminée à tous les impressionner, même si ça doit la tuer.

La rivalité entre les deux femmes remonte à des décennies, m'a raconté Ramesh, à l'époque où sa mère, jeune mariée, venait d'arriver dans la maison et où Tarini (elle-même toute jeune) avait plissé le nez en déclarant : « Seigneur, c'est ça les bijoux que votre père vous a donnés en cadeau de mariage ? Même nos servantes en portent de plus beaux ! » La famille de ma belle-mère n'était pas riche — son père avait dû hypothéquer la maison pour réunir la dot — et l'insulte de tante Tarini s'était logée au fond de son crâne, où elle couvait. Des années plus tard, quand le mari de tante Tarini avait pris une maîtresse et avait quitté le domicile familial, on avait entendu ma belle-mère remarquer qu'elle comprenait parfaitement le comportement du pauvre homme. A quoi tante Tarini avait rétorqué qu'*elle*, au moins, n'avait pas conduit son époux au bûcher de la crémation.

Pour mon mariage, tante Tarini m'a offert un sari de

soie exactement semblable à celui que ma belle-mère m'a acheté pour les cérémonies de Bardhaman, mais encore plus brodé d'or. Histoire de ne pas être en reste, ma belle-mère a offert à la belle-fille de tante Tarini un collier de sept rangées d'or monstrueusement lourd. De son ton calme habituel, Ramesh a protesté. Nous n'avons pas les moyens, a-t-il dit, et de plus, à quoi ça sert ? Mais sa mère a chassé ses paroles comme des mouches, ainsi qu'elle le fait toujours quand il n'est pas d'accord avec elle. Et il a cédé, comme il l'a toujours fait dans des conditions identiques. Ce matin, tante Tarini est arrivée avec six valises débordantes de cadeaux pour la famille, domestiques et voisins compris. Je frissonne à la pensée de ce qu'inventera ma belle-mère à l'occasion de notre future visite annuelle à Bahrampur.

Assise par terre dans la cuisine, j'indique à la bonne quelles épices moudre — nous préparons un festin terrifiant, de quoi infliger à tante Tarini une semaine de brûlures d'estomac — quand ma belle-mère entre en courant. D'abord, je m'imagine qu'elle vient vérifier les langoustes que nous a livrées notre poissonnier ce matin, les plus énormes que j'aie jamais vues, qui entrechoquent avec fureur leurs pinces au fond d'un seau. On ne trouve pas de fruits de mer dignes de ce nom à Bahrampur, et ma belle-mère m'a confié en jubilant qu'elle meurt de voir le visage que fera tante Tarini quand on servira le curry de langouste.

Mais en la regardant de plus près, je m'aperçois qu'elle est furieuse. Elle serre les mâchoires, ses yeux lancent des éclairs. Une attitude qui me déroute, car je me suis habituée à la considérer comme un grand banyan solidement enraciné, qui étend son ombre protectrice sur la famille.

« Qu'y a-t-il ? » dis-je, souhaitant que tante Tarini n'ait jamais quitté Bahrampur. « Qu'a-t-elle encore fait ? »

Ma belle-mère fusille du regard la servante, qui s'esbigne. « C'est Deepa », dit-elle d'une voix volcanique.

Deepa est la belle-fille de tante Tarini, une jeune

femme potelée au doux visage, qui n'émet jamais une opinion. A son mariage, ma belle-mère avait semblé la trouver à son goût. *N'est-elle pas adorable ?* disait-elle à la cantonade. *Elle est presque aussi jolie que Sudha.* Ajoutant : *Heureusement qu'elle est de nature placide — ça lui sera utile avec cette Tarini.*

Qu'est-ce que la placide Deepa a pu faire pour mettre ma belle-mère dans cet état ?

« Elle est enceinte », crache-t-elle en me regardant d'un air accusateur.

Soudain le sol de ciment me paraît glacé. Mes genoux aussi sont de la glace. Mes cuisses. Des blocs de glace s'entrechoquent dans ma poitrine. Depuis deux ans, Ramesh et moi essayons assidûment d'avoir un enfant, en vain.

Pourtant, avec quelle force je désire un bébé pour remplir les vides qu'il y a en moi ! Au cours d'une de ces nuits interminables que je passe, allongée à côté de Ramesh, à m'efforcer de ne pas penser à Ashok, le désir d'enfant m'a submergée au point de devenir plus important que l'amour que j'avais laissé derrière moi. Je ne sais pas exactement comment c'est arrivé. Peut-être parce que j'ai compris que la maternité était mon ultime chance de connaître le bonheur. Qu'elle pourrait me rendre ce que le mariage m'avait pris. Ou peut-être simplement parce que ce désir est au cœur de l'existence humaine. Quand nous renonçons à un désir, nous devons en trouver un autre à quoi nous raccrocher de toutes nos forces — sous peine de mourir.

Le désir d'avoir un petit-fils gouverne certainement la vie de ma belle-mère, bien qu'elle essaye de se dominer. Cependant, elle ne peut s'empêcher de me demander chaque mois avec anxiété si j'ai eu mes règles. Et, en réponse à mon acquiescement muet, la déception que je lis dans ses yeux est pire que tout ce qu'elle pourrait dire.

Mais aujourd'hui, elle ne se tait pas. « Après que cette femme m'a dit qu'elle allait être grand-mère, siffle-t-elle, elle a secoué la tête avec commisération. *Ça fait combien de temps que Ramesh est marié ?* a-t-elle demandé d'un ton innocent, comme si elle ne le savait pas au jour près. *Seigneur, déjà plus de trois ans ? A votre place, je ferais examiner Sudha par un docteur*. Sur quoi, elle a tapoté le bras de sa belle-fille. *Va te reposer, Deepa Ma*, a-t-elle dit, sucrée comme de l'eau de mélisse. *Nous ne voulons pas qu'il arrive quelque chose à mon petit-fils, n'est-ce pas ?* Je lui ai demandé comment elle pouvait être sûre que ce serait un garçon, et elle m'a dit qu'ils sont allés dans un cabinet médical très chic de Calcutta où il y a des machines qui regardent dans le ventre d'une femme et vous disent tout. »

Ma belle-mère donne un coup de pied dans le seau, déclenchant un entrechoquement frénétique de pattes. Tous ses plans de victoire sur tante Tarini sont réduits à néant. Même la plus grosse langouste du monde ne peut rivaliser avec un petit-fils.

Puis elle me regarde, yeux rétrécis, l'air spéculateur, et je comprends qu'elle ne va pas abandonner si facilement. Elle dresse des plans et, ce faisant, m'observe avec une froideur toute nouvelle, comme si j'étais une chose inanimée, une pierre peut-être sur le chemin de ses ambitions, qu'il lui faut franchir. Ou jeter.

XXVI

Anju

J'équilibre le sac de produits d'épicerie sur ma hanche, repousse mes cheveux courts de mon visage, et essaie d'ouvrir la porte de notre appartement. La serrure fonctionne mal, comme d'habitude, et je dois forcer sur la clef — ce qui n'est pas une mince affaire, étant donné que je tiens aussi à la main le veston de Sunil tout juste sorti du nettoyage. Je sens que le sac commence à glisser. Je le rattrape, affolée — il contient des œufs — et lâche le veston. Le courrier que je viens de prendre dans la boîte aux lettres se répand sur le paillasson. Factures, coupons d'achat, une note adressée à l'Occupant Célibataire. Sous les prospectus de Sears annonçant des promotions pour le Memorial Day, je repère une enveloppe crème caractéristique. Mon cœur se met à battre irrégulièrement avant même que je voie l'écriture nette de ma mère, car ces derniers temps les nouvelles de la maison ne sont pas bonnes.

« Merde ! » dis-je, en me penchant maladroitement pour tout ramasser. « Merde ! » De tous les mots américains que j'ai emmagasinés avec avidité depuis trois ans, « shit » est mon favori. Sa concision, sa brutalité expriment exactement ce que je ressens la plupart du temps. Mais je veille à ne pas l'employer quand Sunil est là, parce qu'il trouve que ce n'est pas convenable pour une femme. Je lui fais remarquer qu'il en sort de bien pires quand il conduit, à quoi il rétorque que ce n'est pas la même chose.

La porte finit par s'ouvrir sur un grincement de protestation, mais j'attends un instant avant d'entrer. Encore maintenant, je n'aime pas pénétrer dans un appartement sans personne. Quelque chose dans l'atmosphère — vide et stagnante, elle rappelle le fond d'un puits asséché depuis longtemps — me rend mal à l'aise. C'est dans ces moments-là que le désir de retrouver ma maison d'enfance se manifeste le plus vivement. Dieu sait pourtant si l'agitation permanente — porteurs de lait, vendeurs de légumes, Ramur Ma s'égosillant contre le chat des voisins qui s'était faufilé dans notre cuisine, Pishi me criant de venir prendre mon bain — m'énervait. Aujourd'hui, même les éternelles tantes de l'heure du thé, je serais contente de les voir !

J'entre enfin, abandonne tout sur la table de la cuisine, et m'écroule sur le canapé. Je n'ai pas arrêté depuis ce matin — d'abord conduire Sunil à la gare, puis mes cours à l'université, puis devoir à avancer à la bibliothèque, puis les courses, puis la teinturerie. Je suis d'une humeur massacrante — la faim a toujours cet effet sur moi. Sans compter qu'il n'y a rien à manger si je ne me mets pas aux fourneaux. Des nombreuses constatations que j'ai faites depuis que je vis en Amérique, la principale est que je déteste cuisiner.

Je n'en ai d'ailleurs pas le temps. Je dois aller chercher Sunil à la gare dans une demi-heure, et il me faut un bon quart d'heure pour y arriver. Je vais donc avaler des burritos surgelés, comme d'habitude. Je sais ce que Sunil va dire. Qu'il ne dira pas d'ailleurs, se contentant de me jeter ce regard signifiant que sa vie n'est qu'un lourd fardeau, et devinez à qui la faute. Un regard qui me met hors de moi, mais ce soir je ne veux pas me battre, je veux conserver toute mon énergie pour la lettre arrivée d'Inde. Alors je m'extrais du canapé, jette des oignons, des tomates et des épices dans une casserole de riz, pour accompagner les burritos. Je laisse mijoter très bas, malgré les avertissements de Sunil sur le danger que ça représente, m'essuie les mains sur mon jean, descends les escaliers quatre à quatre. Bien entendu, j'ai droit à tous les feux rouges, et le conducteur derrière moi klaxonne comme un fou et me gueule un « Putain d'Ayeranienne », parce que je tourne à gauche avant que le feu passe au vert.

Ce n'est pas ainsi que j'imaginais ma vie en Amérique.

Après le dîner — qui s'est déroulé étonnamment bien, mon plat de riz ayant été une réussite malgré ma façon cavalière de m'en occuper — nous nous installons, Sunil à l'ordinateur, moi sur le canapé avec mes livres et la lettre, que je ne suis pas encore prête à affronter. Sunil a mis une cassette de jazz dans notre vieil appareil. Les notes remplissent la pièce, s'étirent comme des fils d'or impalpables, à la fois mélancoliques et joyeuses. Et tandis qu'elles pénètrent en moi, je dois admettre que j'ai beaucoup dramatisé les choses tout à l'heure. Ce qui est un de mes penchants, m'a fait remarquer Sunil.

Courbé sur son ordinateur, Sunil travaille avec fièvre à élaborer un programme. Parfois je suis furieuse qu'il prête plus d'attention à une machine qu'à moi, d'autres fois je l'observe fascinée. C'est une attention quasi respectueuse qu'il porte aux chiffres qui clignotent sur l'écran. A voir ses doigts pianoter sans effort sur le clavier, j'ai le sentiment de mieux pénétrer en lui que par une simple conversation.

J'ai besoin de tout ce qui me permet de le saisir, parce que Sunil est l'homme aux cent visages. Même après toutes ces années, je suis incapable de dire lesquels sont vraiment les siens, lesquels sont des masques. En fils dévoué il écrit chaque semaine à sa mère. Jamais il ne mentionne son père, bien que chaque mois il lui expédie un mandat important, dont le montant dépasse nos moyens. Un jour où je lui en demandais la raison, il m'a répondu, sèchement, qu'il rachetait sa liberté. Quand j'ai été malade l'hiver dernier, il est resté debout toute la nuit à me masser les pieds avec du Vicks et à me tendre une cuvette où vomir. Mais un jour que, à court de papier à lettres, j'en cherchais dans le tiroir de son bureau, il a hurlé, m'accusant de ne pas respecter sa vie privée.

Contrairement aux autres époux indiens que je connais, Sunil m'a toujours encouragée à bien m'intégrer à la vie américaine. Il m'a appris à conduire et m'a présentée à ses collègues de travail. Il m'a acheté des jeans et des baskets et, quand j'ai manifesté l'envie de voir à quoi je ressemblerais avec des cheveux courts, il m'a dit : « Vas-y, fais-le ! » Il m'a emmenée dans des centres commerciaux, au théâtre, danser, voir la mer. Et enfin, bien que nous n'ayons pas beaucoup d'argent, il a accueilli avec enthousiasme mon désir de m'inscrire à l'université pour passer un diplôme de littérature.

Pourtant, le soir où j'ai suggéré que nous lisions du Virginia Woolf ensemble, il a secoué violemment la tête : « Tout ce blabla prétentieux, ce n'est pas mon genre.

— Mais tu avais acheté toute la série du magasin, dis-je, perplexe et déçue. Je croyais que tu aimais son œuvre.

— Bof ! Dans la lettre de présentation que ta mère nous avait envoyée, elle mentionnait que c'était un de tes écrivains favoris, aussi je me suis dit que ce serait un bon moyen d'entamer une conversation. »

Le feu m'est monté aux joues. Je me suis sentie trompée. Manipulée.

« Et quand j'ai constaté à quel point elle t'emballait, j'ai pensé que ce serait gentil de t'acheter toute la série. En dollars, ça ne coûtait pas trop cher », a ajouté Sunil. Là-dessus il s'est mis à feuilleter un de ses manuels d'ordinateur, inconscient — ou peu soucieux — de ma détresse. A l'évidence, il ne trouvait pas qu'il y eût la moindre tromperie dans ce qu'il avait fait.

J'ai repensé au jeune homme dont j'étais tombée amoureuse ce jour-là. Avec son kurta de soie crème qui chatoyait dans la lumière. A présent la lampe projetait les ombres distordues de nos silhouettes sur les murs étriqués de l'appartement. Etait-ce toujours ainsi que se terminaient les rêves romantiques ? Et Sunil se disait-il la même chose quand il voyait, l'attendant sur le parking de la gare, la femme irritable, fatiguée, au cheveux pendants et au jean plein de taches ?

Certains jours, Sunil se rend au travail en voiture et ne rentre pas avant minuit. Ces jours-là je suis folle d'angoisse et de colère. Je sais qu'il n'est pas au bureau — ou du moins ne répond-il pas au téléphone — et quand, à son retour, j'éclate en reproches, il se contente de hausser les épaules et de dire que je dois le laisser, lui aussi, vivre sa vie.

Je hurle et le secoue par ses revers : « Qu'est-ce que ça signifie ? Bon Dieu, qu'est-ce que ça signifie ? » Tout en m'efforçant de ne pas guetter les détails — mots bredouillés, odeur d'alcool, ou pire, parfum étranger. Je me déteste de m'être laissé réduire à cela : une femme qui le renifle comme une mégère soupçonneuse. Calmement, il repousse mes mains, et va se laver les dents dans la salle de bains.

Il m'arrive de penser à quitter Sunil et retourner à Calcutta, mais je sais que je ne le ferai jamais. Non par peur des ragots que je devrais affronter, ni à cause de la tristesse et de l'angoisse que cela causerait à maman. Pas même parce qu'une vie qu'on a quittée, qui s'est cautérisée comme une blessure, ne se rouvre pas pour vous accueillir du simple fait de la volonté.

Mais parce que, d'une façon insondable, où se mêlent désirs sombres et nécessité, j'aime Sunil plus que je ne l'ai jamais aimé.

Ce que j'ai le plus de mal à comprendre, c'est ce que Sunil ressent à l'égard de Sudha. Pendant très longtemps, nous n'avons jamais prononcé son nom. Il me demandait des nouvelles des mères — il est courtois sur ce plan-là — mais ne disait pas un mot de Sudha, pas même quand il apportait le courrier et qu'une lettre d'elle se trouvait dans le tas.

Cette situation m'a contentée au début. Le jour du mariage était encore trop vivace dans ma mémoire. Toutes les fois que nous faisions l'amour, et malgré les tendres paroles que Sunil murmurait, après, dans mes cheveux, il me suffisait de fermer les yeux pour voir ce qui s'était peint sur son visage quand il avait contemplé Sudha, quand il avait ramassé le mouchoir tombé de sa ceinture. Jamais depuis je ne lui avais revu cet air, ce regard aux pupilles dilatées et comme fou, pas même au plus fort de nos étreintes.

Mais le silence a un pouvoir insidieux. Parce que nous ne parlions pas d'elle, Sudha s'installait entre nous sur le canapé, à l'heure de la télévision. Sa main effleurait les nôtres à table quand nous les tendions pour saisir une carafe de jus de fruits ou un pichet de vin. Dans la voiture, pendant une promenade, nous captions ses yeux dans le rétroviseur, et la nuit, au lit, nous devions franchir son fantôme pour nous toucher. J'avais peur de cette Sudha que nous avions créée. Ce n'était pas la cousine que j'avais aimée, avec ses craintes et ses rêves fantasques, l'adolescente qui avait tant désiré et s'était contentée de si peu. Cette Sudha, figée dans sa tenue de mariée, lointaine et mythique comme la princesse du palais des serpents — comment aurais-je pu espérer l'égaler ? Comment pouvais-je prétendre lui arracher mon mari ?

Aussi ai-je commencé à parler, un peu à la fois, à raconter notre enfance. Les escapades, les punitions. Sunil ne disait rien, mais tout son corps s'immobilisait, comme s'il m'écoutait par tous ses pores. Et je continuais, lui parlant de l'amour que Sudha éprouvait malgré elle pour sa mère, de ses rêves de devenir créatrice de mode, de sa croyance aux étoiles filantes. Je prenais particulièrement soin de lui dépeindre Sudha en maîtresse de maison, tenant si bien ce rôle, chérie de tous dans son nouveau foyer, et si heureuse. J'exagérais peut-être un peu, mais c'est humain, n'est-ce pas, de vouloir protéger ce qui vous appartient ?

En parlant d'elle, je me rendais compte à quel point Sudha me manquait, combien je souhaitais lui confier mes problèmes. Dans mes lettres, je ne lui présentais que les facettes les plus brillantes de la vie américaine. Etait-ce par désir de ne pas lui causer d'inquiétude, ou parce que je tenais absolument à ce qu'elle sache quel merveilleux couple nous formions, Sunil et moi ?

Les lettres de Sudha n'étaient pas plus honnêtes que les miennes. Parfois j'en recevais une décrivant les fêtes somptueuses de Durga Puja dans sa belle-famille, ou le plaisir qu'ils prenaient tous à assister à l'inauguration d'un pont que Ramesh avait conçu. Mais ce n'étaient que des choses superficielles, et les lire me donnait envie de la secouer parce qu'elle ne me permettait pas de replacer tous ces faits dans sa véritable vie.

Les lettres de maman valaient un peu mieux, même si elle minimisait tout pour éviter de m'inquiéter, ne comprenant pas qu'elle ne faisait qu'accroître mon anxiété. Elle m'écrivait qu'elle ne s'était pas sentie bien, et immédiatement je l'imaginais pliée en deux de douleur. Elle m'écrivait que l'argent posait quelques problèmes, et je les imaginais vivant de riz et d'eau. Je lui ai conseillé des centaines de fois de vendre ce mastodonte de maison qui nécessite constamment des réparations — le terrain sur lequel elle est construite vaut très cher — mais elle me répond toujours que c'est impensable. C'est le seul foyer que Pishi ait jamais connu, ainsi que tante Nalini. Elle-même y a passé toute sa vie d'adulte, et elle veut y mourir.

Récemment, les lettres de maman ont surtout été consacrées à Sudha, et ce sont elles qui m'inquiètent le plus. Voilà pourquoi je garde l'enveloppe crème entre les mains, sans oser l'ouvrir.

Le premier indice que la situation de Sudha n'était peut-être pas parfaite fut fourni par l'une des habituées du thé dont la sœur vit à Bahrampur et connaît Tarini, la tante de Ramesh. Il semblait que tante Tarini se répandait en propos du genre : il doit y avoir quelque chose qui cloche chez Sudha, quatre ans qu'elle est mariée et pas un seul bébé. Tante N prit l'affront pour elle et voulut expédier une lettre bien sentie disant que rien ne clochait chez *sa* fille, et qu'ils feraient bien de regarder du côté de *leur* fils, mais maman l'en dissuada. Les ragots, lui dit-elle, mieux vaut ne pas en tenir compte. S'il y avait un problème médical quelconque, ou si sa belle-famille la traitait mal, Sudha le leur aurait certainement raconté.

En lisant cela, j'ai soupiré. Ma mère vit dans un monde si confiné, avec pour seules frontières les règles simples de l'honnêteté, qu'elle a oublié que l'on peut être déchiré entre deux fidélités contradictoires.

Quelques mois plus tard, cependant, Mrs Sanyal a

appelé maman pour lui dire qu'ils étaient légèrement préoccupés, pas vraiment de quoi s'angoisser, mais que, néanmoins, ils envisageaient d'emmener Sudha consulter une des médecins femmes de Bardhaman. Maman demanda à parler à Sudha, qui ne lui répondit que par monosyllabes, répétant encore et encore, ne vous inquiétez pas, tout va bien. Mais qu'aurait-elle pu dire d'autre avec Mrs Sanyal à ses côtés ?

Ce qui m'inquiétait le plus, c'est que, pendant ce temps, Sudha m'écrivait les mêmes lettres que d'habitude. Joyeuses, et sans la moindre allusion à tout cela. Je comprenais qu'elle ne veuille pas mal parler de sa belle-mère, mais pourquoi ne jamais évoquer ce problème de grossesse, ne pas me dire comment elle le ressentait ? J'aurais partagé son chagrin, sa colère, et ensemble nous aurions réfléchi à la façon de s'en sortir, comme lorsque nous étions gamines. Le fait que Sudha ne se tournait plus vers moi quand elle avait des ennuis, qu'elle préférait plutôt — il n'y avait pas d'autre mot — mentir, s'imposa de plus en plus à moi, à la façon dont le bout d'une aiguille cassée, à en croire ce que racontait Pishi, se fiche dans votre chair et peut poursuivre son chemin jusqu'à ce qu'elle trouve votre cœur.

La doctoresse de Bardhaman, m'écrit maman aujourd'hui, ayant déclaré que Sudha était parfaitement normale, les choses se sont tassées pendant quelques semaines. Mais voilà que Mrs Sanyal exige un deuxième avis. Elle va donc conduire Sudha à Calcutta, chez un gynécologue renommé.

La nouvelle me rend furieuse. J'imagine Sudha allongée sur la table d'examen, impuissante, jambes écartées dans une posture gauche, les grosses mains du docteur fouillant en elle. Le sentiment qu'elle doit éprouver d'être violée. J'en frissonne de répulsion. Pour une fois, je suis de l'avis de tante N — c'est le mari de Sudha qui devrait aller consulter un médecin. Je me lève brutalement, faisant tomber mes livres par terre, et me mets à marcher de long en large.

« Que se passe-t-il ? » demande Sunil.

Je le lui dis, parlant de plus en plus fort au fur et à mesure que les mots s'échappent de ma bouche. « C'est si injuste. Pourquoi les gens pensent-ils toujours que le problème vient de la femme ? Pourquoi la femme est-elle toujours coupable, tant qu'elle n'a pas prouvé son innocence ? Et même après, comme dans le cas de Sudha, elle continue à souffrir. Pourquoi ?

— Il n'y a pas de réponse à tous les *pourquoi* du monde, Anju. Simplement, c'est ainsi que vont les choses. La belle-mère de Sudha est loin d'être la pire. Tu as dû entendre toutes ces histoires dans ta jeunesse — ce qui arrive aux femmes sans enfant... »

Je le cloue du regard. Ce n'est pas tant ce qu'il dit — et l'insinuation qu'il y a derrière ces mots : *femmes sans enfant* — qui me rendent folle de rage. C'est le ton — outrageusement calme, comme si nous discutions du martyre des premiers chrétiens et non pas de la vie de ma cousine.

Peut-être parce que je suis si remontée, je crois entendre quelque chose de plus dans sa voix. *Pense à la chance que tu as de vivre dans cette Amérique de culture libre et simple, d'avoir un époux aussi magnanime que moi.*

« Le sort de Sudha ne t'intéresse pas le moins du monde, n'est-ce pas ?

— Tu n'as pas idée de ce qui m'intéresse », dit-il, très posément, la voix aussi coupante qu'un poignard qu'on sort de son étui. Mais je suis trop bouleversée pour m'arrêter.

« Tu ne vois probablement même pas ce qu'il y a de mal à traiter une femme de cette façon, dis-je. Tu es probablement du même avis que tous ces mâles indiens pour qui une femme n'est qu'une machine à fabriquer des enfants.

— S'il te plaît, Anjali, ne crie pas. » Le fait qu'il m'appelle par mon nom entier marque sa colère. « Tu pourrais peut-être, pour une fois, écouter ce que disent les gens avant de les attaquer. Si tu considérais objectivement ta vie, tout ce que tu as le droit de faire, peut-être te montrerais-tu un peu plus... »

Il s'interrompt, mais bien sûr je connais le mot qu'il allait lâcher. *Reconnaissante, reconnaissante, reconnaissante*.

Sunil attrape ses clefs, saisit sa veste, la balance sur l'épaule, ouvre la porte. Il est dehors avant même que je m'en rende compte. Sorti sans m'embrasser, alors qu'il le fait toujours avant de partir, sorti sans dire quand il revient.

Debout au milieu de la pièce, la poitrine gonflée de ce que je n'ai pas eu le temps de dire, je sens le picotement des larmes. Il nous est déjà arrivé de nous quereller violemment, mais il ne m'a jamais quittée ainsi. J'ai une sorte de prémonition, l'impression que ma vie bascule, comme un bateau dans la tempête. Et s'il ne revenait pas ? me chuchote une petite voix effrayée.

« Bien sûr que si, dis-je à haute voix pour me rassurer. Regarde, l'ordinateur est resté allumé. » Sur quoi la voix demande : maintenant qu'il a découvert comme il est facile de s'en aller au milieu d'une querelle, que feras-tu s'il recommence ? Et recommence encore ? Je n'ai pas de réponse.

J'arpente la pièce, donne des coups de pied dans les meubles. Finis dans la cuisine où j'engloutis d'énormes bouchées de glace à même le carton. Je marmonne : ce n'est pas ma faute s'il ne peut pas se dominer. Il aurait dû comprendre à quel point l'histoire de Sudha me bouleversait. Je continue à verser des larmes sur moi-même. Ce monde est injuste, où les femmes sont non seulement censées se marier mais se montrer reconnaissantes envers leur mari.

Puis la honte me prend de pleurer ainsi sur mon sort. Reprends-toi, Anju, me dis-je. Il ne s'agit pas de toi. Sers-toi du peu de cervelle qui te reste encore pour réfléchir à la façon d'aider Sudha. Car tu dois l'aider, qu'elle le demande ou pas. Peu importe qu'elle ne t'ait pas tenue au courant. Elle est toujours ta sœur bien-aimée, celle que tu as appelée à la vie, celle dont tu es responsable.

Je saisis un carnet et commence à noter mes idées. M'assurer que maman insiste pour que Sudha passe quelques jours avec elle à Calcutta après l'examen médical. Téléphoner alors à Sudha et l'obliger à me dire toute la vérité. La situation avec sa belle-mère. Quel rôle joue son mari dans cette histoire. Ce qu'elle-même désire. Et quand j'aurai découvert tout cela, je saurai ce qu'il faut faire.

XXVII

Sudha

Quand j'étais enfant, je ne doutais pas que les gens se comportent toujours de la même manière. Mes proches — Anju, Pishi, Gouri Ma, et même ma mère —, je savais ce qui les mettait en colère et ce qui les rendait heureux. Leurs actes me surprenaient parfois, mais leurs motivations jamais. Ils pouvaient paraître complexes extérieurement, intérieurement ils étaient plutôt simples. Je croyais qu'il en allait ainsi pour tout le monde.

A présent, quand je considère ma belle-mère, je n'en suis plus sûre.

Ma belle-mère ressemble à un champ de fleurs au soleil. Vous vous y enfoncez, plein d'admiration, et, soudain, vous vous retrouvez prisonnier de l'entrelacs piquant d'un bichuti rampant. Chez ma belle-mère, les racines du poison sont très profondes, je ne peux les atteindre en creusant. Quel esprit de vengeance a mûri en elle depuis l'époque où, jeune mariée, elle s'est vu mépriser à cause de la pauvreté de ses parents ? Quelle est la dureté de la croûte qui s'est formée autour de son cœur dès les premiers moments de son veuvage, quand la famille de son mari s'est liguée contre elle ? Quels terribles vœux a-t-elle faits durant ces nuits sans sommeil et ces jours désespérés où elle a compris qu'elle ne pouvait compter sur personne ? Comme j'ai été naïve de croire qu'une telle femme pouvait me proposer une chose aussi simple que l'amour.

Pendant le trajet vers Calcutta, où nous allons consulter le spécialiste, ma belle-mère demeure silencieuse. Stoïque, elle regarde droit devant elle, au-delà du siège avant où Ramesh est assis à côté du chauffeur, la lumière crue, chaude et poussiéreuse de la mi-journée. Au léger mouvement de ses lèvres, je crois deviner qu'elle répète les noms de Dieu. Mais avec elle, on ne sait jamais. Tout à l'heure, pendant que nous étions bloqués devant un passage à niveau fermé, elle m'a dit, sans méchanceté d'ailleurs, que je devais me préparer au verdict du médecin, quel qu'il puisse être. La belle-fille d'une de ses amies a dû se faire opérer aussitôt après un examen de ce type — on avait trouvé quelque chose de grave dans ses trompes — mais ensuite elle a donné naissance à deux paires de jumeaux.

Exprime-t-elle là un avertissement ou un espoir ?

Je suis sûre en tout cas de ceci : elle est fâchée que Ramesh nous accompagne, et que, ensuite, lui et moi restions quelques jours à Calcutta sans elle. Elle aurait voulu, après l'examen, s'acquitter le plus vite possible de la visite obligatoire aux mères et me ramener le jour même à Bardhaman — son territoire. Mais quand Gouri Ma a téléphoné la semaine dernière, c'est Ramesh qui a répondu. Et en l'entendant lui dire comme je leur manque à toutes les trois, et qu'elles souhaiteraient tant nous garder lui et moi quelques jours à la maison, il a promis, innocemment, de la satisfaire.

Oh, de quelle scène nous a gratifiés ma belle-mère quand elle a été mise au courant !

« Suis-je morte ? » lui a-t-elle dit — sans crier, non, ce n'est pas son style, mais d'une voix aussi froide et crissante qu'une peau de serpent. « Suis-je morte que tu croies pouvoir prendre les décisions qui t'arrangent, faire ce que les gens te demandent sans même me demander la permission ? »

Ramesh a répliqué qu'il ne s'agissait pas de « gens ». Mais de la tante de sa femme, qu'il était censé respecter comme sa propre mère, n'est-ce pas ?

Ma belle-mère l'a regardé fixement, le visage impassible. Et Ramesh, qui commande à des centaines d'hommes chaque jour, a paru se rétrécir. Qui connaît l'histoire entre la mère et le fils, à quand remonte cette façon de le tenir sous sa coupe ? Mais quoi qu'ait contenu ce regard, il a fait l'effet sur mon mari d'un clou dans un pneu. Il a bien réussi à dire qu'il ne voyait pas ce qu'il y avait de mal à passer quelques jours avec les mères, mais d'une voix hésitante, tellement peu convaincue. Puis il a ajouté que si, vraiment, elle s'y opposait, il appellerait Gouri Ma pour se décommander. J'observais sa pomme d'Adam qui bondissait chaque fois qu'il avalait, et la pitié et le désespoir m'ont pressé la poitrine comme une paire de mains brûlantes.

Mon mari est un homme bon — je le sais depuis un certain temps maintenant —, mais devant sa mère il n'est qu'une feuille dans la tempête. Si un jour elle se retourne contre moi — et depuis la visite de tante Tarini, cela n'a rien d'impossible —, quel soutien puis-je attendre de Ramesh ?

Assise dans la voiture, je bouge mes jambes avec précaution. Je tiens une grande boîte de sandesh sur les genoux. Ces boîtes sont une spécialité de Bardhaman, coquilles minces et polies, pleines d'eau de rose. Un cadeau de ma belle-mère aux mères, chez qui Ramesh et moi passerons la nuit et une partie de la journée de demain. Car après la capitulation de Ramesh, ma belle-mère a fait volte-face et déclaré que nous pouvions y aller. Sinon on raconterait dans la famille que les Sanyal ne tiennent par leur parole. Ce qu'elle voulait c'était diriger, que les gens pendillent dans ses mains comme des marionnettes, et ni Ramesh ni moi ne pouvions l'en empêcher.

Cette constatation m'avait vitrifié la bouche de peur.

Ramesh nous dépose chez le spécialiste. Il va aller faire quelques courses pour sa mère puis reviendra nous chercher. J'ai l'impression de me noyer en voyant mon unique allié s'éloigner. Il est peut-être faible, mais il m'a tenue dans ses bras la nuit qui a suivi le premier examen, en essuyant mes larmes. Non qu'il ait pu mesurer le vide incommensurable et douloureux qu'il y a en moi. Non qu'il ait pu désirer un enfant avec la force qui est la mienne, toutes les cellules de mon corps appelant la maternité, même si me répugne le fait que là repose toute ma valeur pour les autres. A présent, je frissonne à la pensée de ce que le médecin risque de trouver. Devrai-je subir une opération, comme l'a insinué ma belle-mère ? Ou suis-je stérile, comme le murmurent les domestiques, et donc sans plus d'espoir de sursis ?

Le spécialiste est un vieil homme grisonnant aux sourcils blancs broussailleux et à la voix tonitruante qui fait détaler les infirmières. Mais il me parle gentiment, tout en lisant les résultats des analyses de sang pratiquées à Bardhaman, et ses mains qui m'examinent sont douces. Quand il a fini il dit à ma belle-mère que mon système génital est en parfait état.

« Mais vous le saviez déjà, ajoute-t-il, impatienté. L'autre médecin a dû vous dire la même chose. Plutôt que de traîner cette pauvre enfant inutilement dans tout le pays, vous pourriez peut-être envisager le fait que la faute incombe à vos propres gènes ? » Il griffonne un nom sur une feuille de carnet. « Voilà le nom d'un de mes collègues que votre fils devrait consulter, si vraiment vous tenez à avoir un petit-fils. »

Le visage de ma belle-mère ne laisse rien paraître de sa fureur — seul quelqu'un l'ayant observée attentivement, comme je l'ai fait ces derniers mois, remarquerait le façon dont sa poitrine se soulève et retombe sous les plis nets de son sari.

Le docteur lui tend la feuille de papier, mais se ravise et me la donne. « Mieux vaut peut-être que ce soit vous qui la remettiez à votre mari. Les hommes font parfois preuve d'un orgueil stupide à propos de ces choses, et vous serez peut-être mieux capable que sa mère de le persuader. »

C'est tout juste si je n'éclate pas de rire. Oh, docteur babu, vous avez beau savoir beaucoup de choses sur le corps des femmes, vous avez besoin d'en apprendre encore plus sur leur condition.

Et s'il en avait appris ? Car il me regarde droit dans les yeux en refermant mes doigts sur la feuille de papier et me presse la main. « Et ne laissez personne dire que c'est votre faute si vous n'avez pas d'enfant. »

Dans mon dos je sens, lourde comme du plomb, la désapprobation de ma belle-mère peser sur moi. Je n'ose manifester mon accord, mais j'espère que le docteur lit ma gratitude dans mes yeux.

En sortant, je prétends avoir besoin d'aller aux toilettes, et là, je mémorise le nom et le numéro de téléphone inscrits sur la feuille de papier. Et je m'en félicite car, dès que nous sommes dans le hall d'entrée, ma belle-mère m'arrache la feuille en disant qu'elle va la ranger précieusement dans son sac. Que surtout je ne parle pas à Ramesh des idées stupides et outrageusement modernes du docteur, elle connaît son fils, il n'aimerait pas cela. Si quelqu'un *doit* lui en parler, c'est elle. Mais pas avant d'avoir essayé un certain nombre d'autres choses.

Je hoche la tête, l'air soumis. J'ai appris de ma belle-mère à dissimuler ce qui bourgeonne dans ma tête derrière un visage aussi vide et douceâtre qu'un masque en sucre.

Le soir même, Ramesh et moi dînons avec les mères, gais et étourdis comme des enfants échappés de l'école. Suivant mon plan, que personne ne connaît, j'ai revêtu un sari de mousseline de soie écarlate et diaphane, et un corsage échancré, que je n'avais encore jamais mis, les jugeant trop osés. Pour fêter le diagnostic du docteur, les mères ont préparé un festin avec tous mes plats favoris — brinjals frits, feuilletés de luchis dorés, sauté d'épinards rouges, curries de crevette, de poulets et de poisson à la moutarde, pudding de riz aux raisins et aux pistaches. Les voir étalés sur la table dans la vaisselle en cristal taillé réservée aux grandes occasions me donne envie de pleurer de tendresse. Elles ont dû y passer toute la journée car, à l'exception de Ramur Ma, il ne reste plus une seule servante à la maison. Je me ressers de tout, parle et gesticule en mangeant, pour empêcher les larmes de couler. Car les larmes ne font pas partie de mon plan. Non plus que la tristesse. Aussi je m'efforce de détourner mon attention des mères qui tournent autour de nous comme des phalènes. De leurs rides — tellement plus nombreuses — qui ressemblent aux nouvelles fissures apparues dans les murs, comme si une méchante fée avait répandu de la vieille poussière sur toute la maison. Je raconte une histoire drôle, vraiment drôle, et ris en renversant ma tête en arrière. Mes pendants d'oreilles en or se balancent contre ma gorge, longs, frais, étincelants comme moi. Je laisse le pan de mon sari glisser légèrement de mon épaule. Dans les yeux des mères je lis, outre le plaisir, la surprise — ce n'est pas la Sudha qu'elles connaissent. Et Ramesh — je sens ses yeux posés sur moi, eux aussi. Il fixe le bord de mon sari, sur lequel se détache la chaude luminosité de ma chair. Un désir confus voile son regard. S'étonne-t-il de me voir si différente de celle que je suis à la table de sa mère ? Se demande-t-il qui je suis réellement ?

Ramesh, moi aussi je m'étonne de ce moi rieur et roublard qui m'empêche d'écouter ce qui bouillonne à l'intérieur, colère, chagrin, angoisse. Sudha la scintillante, Sudha la rusée, conduite par la puissance de mon désir désespéré. Pour le bébé que je *dois* avoir, le bébé qui attend en moi — rêve de feuille d'arbre repliée sur elle-même —, je ferai tout ce qu'il faut cette nuit pour te charmer, Ramesh, et te convaincre d'aller trouver le docteur dont le nom et le numéro de téléphone sont imprimés dans mon cerveau.

Cette nuit, c'est moi qui prends l'initiative des gestes de l'amour. Et pour la première fois, je laisse la lumière allumée, comme Ramesh l'a souvent demandé. Aussitôt je le regrette, car il me regarde avec tant de stupeur et de plaisir, révélant un tel espoir, que cela me déchire. Et laisse surgir un souvenir que j'avais scellé, celui d'un autre homme qui m'a déjà regardée ainsi. Mais je maîtrise de mieux en mieux l'art de me détourner des choses dont la pensée m'est insupportable.

Nous faisons l'amour longuement, avec acharnement, puis, quand Ramesh me tient serrée contre lui, la respiration encore saccadée, je lui demande d'aller voir un médecin. Il accepte immédiatement.

« J'avais l'intention de le suggérer moi-même, dit-il en

écartant son bras. Mais tu ne m'en as pas laissé la chance. » La lumière a déserté ses yeux, et sur les plis de ses lèvres je lis un léger reproche. *Tu n'avais pas à faire semblant, tu n'avais pas à te servir de ton corps de cette manière.*

Pendant un instant j'ai honte, je me sens souillée. Je pose une main contrite sur son épaule. Mais ce soir, la culpabilité n'a pas de prise sur moi. De soulagement je flotte dans un sommeil éthéré. Je rêve que je suis un cerf-volant pourpre avec une longue queue pailletée. Le vent me pousse, haut, toujours plus haut. Les nuages m'embrassent et je leur rends leurs baisers. *Bébé*, dis-je dans le ciel bleu qu'aucun souffle n'agite, *Bébé, j'ai tout préparé pour toi. Viens maintenant.*

XXVIII

Anju

Mon coup de téléphone à la maison est une terrible déception.

J'aurais dû le savoir. C'est toujours la même chose. Je combine tout à l'avance, allant même jusqu'à dresser une liste des choses à dire. Cette fois-ci, j'en suis sûre, nous aurons un véritable échange. Elles comprendront ce que je raconte, en quoi c'est si important. Mais, à l'appareil, quand j'entends la voix à l'autre bout de la ligne, celle de maman ou de Pishi, si petite et si frêle, j'ai l'impression que nous sommes sur des planètes différentes. Nous parlons trop vite, conscientes chacune du montant de la facture qui est en train d'augmenter, nous interrompant l'une l'autre, déversant soucis et conseils. *Fais ce que t'ordonne le docteur*, dis-je à maman. Et à Pishi : *Partez en vacances, toutes les trois. Sortez un peu de cette maison sinistre. Pourquoi ne la vendez-vous pas, pour aller vivre dans un bel appartement ? Fais attention en conduisant,* me rétorquent-elles. *Dis à notre gendre de ne pas rentrer trop tard. Les rues sont si dangereuses en Amérique*. Tante N intervient brièvement pour me conseiller de ne pas trop étudier. *Ça va te donner des cernes noirs sous les yeux, qui ne partiront pas.* Après quoi viennent les *je vous aime-je vous aime*, les *nos mille bénédictions à vous deux*, et je raccroche, en me demandant, frustrée, si nous parlons la même langue.

« Ce n'est pas de leur faute, dit Sunil. Tu attends trop des gens. Tu voudrais qu'ils comprennent instantanément, qu'ils acquiescent à tout ce que tu dis. Mais tu as changé depuis ton arrivée ici. Tu vois le monde différemment. Et tu ne peux pas faire passer ça par une ligne de téléphone, sauf à payer une fortune. »

C'est cela, l'autre problème de mes communications avec l'Inde. L'argent. Nous sommes toujours à court depuis que Sunil a commencé à rembourser, chaque mois, ces sommes astronomiques à son père. Maintenant, quand je téléphone à la maison — et je n'appelle qu'en présence de Sunil, car je ne veux pas faire ce genre de choses en tapinois —, je l'entends qui compte mentalement les minutes. Il n'évoque jamais la question ouvertement — il est trop fier pour cela. Et moi je suis trop têtue. Pourquoi devrais-je cesser de parler à ma mère sous prétexte qu'il a besoin de prouver quelque chose à son père ? Mais le silence n'a jamais été une solution entre nous, si bien que, en général, un jour ou deux après que j'ai téléphoné en Inde, nous trouvons un prétexte pour nous quereller.

Aujourd'hui je suis plus nerveuse que de coutume parce que je vais parler à Sudha, ce que je ne fais qu'une fois par an depuis que j'ai quitté l'Inde, le jour de son anniversaire, et encore ne nous disons-nous rien d'important car sa belle-mère tourne en cercle autour d'elle comme un faucon. Donc cette chance unique que j'ai de lui parler seule à seule, je ne dois pas la laisser échapper, Dieu seul sait quand la harpie la laissera retourner à Calcutta.

Ça prend un temps fou pour que la communication s'établisse, bien que nous soyons dimanche matin, et ensuite pour avoir Sudha au bout du fil. En arrière-fond, j'entends ma mère demander aux autres de la suivre au salon, elle veut leur faire écouter une nouvelle cassette de Tagore. Dieu la bénisse de comprendre mon besoin d'intimité. Une porte se ferme, nous sommes enfin seules.

« Sudha, dis-moi ce qui se passe. »

A son silence, je comprends que la tension dans ma voix la surprend. Mais elle sait que je n'ai jamais été bonne en préambules.

« Tout va bien, dit-elle. Le docteur a dit que rien ne cloche, que je peux avoir des enfants...

— Je sais ça. Ma me l'a déjà appris. Mais comment te traite ta belle-mère ? Et ton mari ?

— Ramesh est merveilleux. La nuit dernière il m'a promis d'aller consulter un médecin et de faire ce qu'il faudra, et ce matin il a déjà pris un rendez-vous. Mais nous n'en dirons rien à ma belle-mère. »

Voilà, je suppose, qui répond à mes deux questions.

« Est-ce qu'elle te harcèle beaucoup ? Est-ce que tu veux vraiment un enfant maintenant ? Moi, je ne veux pas — et heureusement Sunil n'y tient pas non plus.

— Oh, Anju ! » Cette exclamation, comme un long soupir, je ne l'ai pas entendue depuis l'époque — des siècles, semble-t-il — où Sudha me parlait d'Ashok. « Je veux un bébé plus que toute autre chose au monde. Ta vie est différente. Tu as l'université, et tu as Sunil. Mais moi, qui ai-je à aimer, qui puis-je appeler “mien” ? »

La porte de ma chambre s'ouvre. Sunil entre. Du geste je lui signifie de sortir, mais il n'en tient pas compte et fourrage dans le tiroir de la commode.

« C'est vrai, je préférerais que ma belle-mère ne soit pas aussi acharnée sur cette question. Je comprends l'importance que ça a pour elle, mais ça me met dans un tel état de tension que... »

J'attends la suite, mais Sudha n'en dira pas plus. Comment démolir cette barricade de stupide loyauté qu'elle a érigée autour d'elle ?

« Peut-être Ramesh et toi pourriez-vous aller quelque part seuls tous les deux, des sortes de vacances ?

— Anju ! » Sudha éclate de rire, mais ce n'est pas un rire heureux. « Tu as oublié ce qu'est une famille multiple, n'est-ce pas ? J'imagine très bien ma belle-mère nous souriant gentiment et nous faisant au revoir de la main pendant que Ramesh et moi, dans la voiture, nous nous éloignons au soleil couchant, comme dans tes films américains ! »

Au temps pour moi ! Elle a raison. Mais je n'abandonne pas si facilement.

« Et si je parlais à Ramesh, un instant ? Je pourrais peut-être le persuader... »

Sudha se tait. L'ai-je fâchée en suggérant que je pourrais m'en sortir mieux qu'elle avec son mari ? Mais quand elle se remet à parler, c'est d'un sujet si différent que j'en reste pantoise.

« Anju, tu te rappelles l'arrêt d'autobus au coin de Rani Rashmoni Road, on passait tout le temps devant en revenant de l'école ? Eh bien, ce matin Singhji nous a emmenés, Ramesh et moi, de ce côté, et j'ai cru voir — il portait une chemise blanche — juste comme... »

On entend un grand bruit, Sunil vient de laisser tomber quelque chose. Sudha s'interrompt. La main sur le microphone, je chuchote, furieuse, à Sunil : « Pourrais-je, *s'il te plaît*, avoir un peu d'intimité ? » Il regarde ostensiblement sa montre et s'en va en claquant la porte. Il fera amende honorable dès que j'aurai fini de téléphoner.

« Sudha » — je m'aventure sur un terrain glissant, peut-être vaudrait-il mieux rester dans le non-dit. « Es-tu sûre que c'était lui ? Comment as-tu réagi ? Veux-tu que nous en parlions ? » Trop tard, le moment est passé.

« Je sais comment faire avec Ramesh », dit-elle, d'une voix froide où perce un léger mécontentement. Elle reprend le fil de notre précédente conversation avec un tel naturel que je me demande si je n'ai pas imaginé ce qu'elle m'a dit ensuite. Puis sa voix se charge d'inquiétude. « C'est à Gouri Ma que tu devrais parler sérieusement. Ce matin je suis tombée nez à nez avec elle sur le palier du premier. Elle venait de monter l'escalier, elle était blême et elle respirait très mal. J'ai eu peur. Tu sais, cette opération que son médecin lui recommandait avant même notre mariage — eh bien, je crois qu'elle ne devrait pas la repousser plus longtemps. N'écoute pas ses prétextes, bien que, la connaissant, je sache qu'elle en trouvera de bons.

— Sudha. Dis-moi d'abord... »

Mais elle s'est éclipsée sans me donner les réponses que je voudrais tellement connaître. Sudha, qui a appris l'art de la dérobade. La communication se termine donc par une dispute avec ma mère, qui est encore plus entêtée que moi.

Entre Sunil et moi les querelles ne prennent jamais cette forme.

Ma mère déclare qu'elle ne veut pas se faire charcuter. Elle veut mourir en paix, chez elle, quand son heure viendra.

« Et quand elle viendra, de toute façon aucun docteur ne pourra me sauver. Je commence à croire ce qu'on raconte dans nos livres saints, que l'heure de notre mort est inscrite sur notre front par le Bidhata Purush dès notre naissance. Pourquoi dépenser le peu d'argent qui nous reste, et qui permet à Pishi et tante Nalini de subsister, à essayer d'étirer ma vie ? J'ai vécu assez longtemps, et j'ai fait ce que je devais faire. Maintenant que tu es heureusement établie, je suis prête à partir. »

C'est dit sur un ton définitif qui m'effraye. Trop serein, trop fataliste. Qui ne semble pas appartenir à la mère que j'ai connue. Comme si, pendant que je me laissais happer par ma vie américaine, elle avait distendu les liens qui la rattachent à ce monde. A n'importe quel moment, désormais, elle peut trancher le dernier d'entre eux et aller tournoyer dans l'espace.

Après que j'ai raccroché, j'enfouis mon visage dans l'oreiller et me mets à pleurer. Je pense à ma mère malade, à ma cousine prisonnière, à mon mari probablement courbé devant son ordinateur, perdu dans le cyberespace. A moins qu'il n'ait pris la voiture et soit parti calmer sa colère, je ne sais où. Moi qui ne me tenais plus d'impatience à l'idée de le rejoindre si loin de ma famille, sans savoir l'importance de ce que je laissais derrière moi et l'insignifiance de ce que j'allais acquérir. Je ressemble à l'un de ces fantômes dans les contes de Pishi, qui voit le désastre fondre sur ceux qu'il aime, mais est incapable d'intervenir. Il crie pour les avertir, mais eux n'entendent que le gémissement du vent dans les bambous. Il tend son bras immatériel pour les retenir au bord du malheur, mais eux passent à travers lui, parce que, même dans leurs souvenirs, il n'est pas plus substantiel que le brouillard.

A l'heure du déjeuner, Sunil vient me chercher. En voyant mon visage gonflé et mes yeux rouges, il ravale ce qu'il avait peut-être l'intention de dire. Il m'apporte une serviette mouillée et deux cachets d'aspirine — pleurer me donne toujours de terribles maux de tête. Il me serre contre lui comme on serre un enfant qui a eu des cauchemars, me frotte le dos, me répète qu'il est là pour m'écouter, si je veux parler. Et ne se formalise pas quand je fais signe que non. Quelques minutes plus tard, je l'entends qui téléphone et passe une commande au Golden Dragon, mon restaurant chinois favori. Et quand les plats nous sont livrés, il les dispose sur des plateaux qu'il apporte au lit, une vapeur savoureuse s'élevant des petits récipients rouges et blancs pleins de riz sauté, de chow mein et de poulet Kung Pao. Il me sert et me tend mon assiette, et entreprend de me raconter un incident comique survenu au bureau. Comme un enfant je me laisse consoler par la nourriture et la tendresse, la voix et le toucher de l'être aimé. Adossés à nos oreillers, nous mangeons, et je me blottis contre son épaule. Les monstres ne sont pas partis. Je sais qu'ils attendent, sous le lit, dans le placard. Mais je n'ai pas à les affronter avant qu'il fasse sombre, avant que la solitude ne revienne me submerger comme une rivière boueuse.

XXIX

Sudha

Mon bref répit dure le temps d'un souffle, voici déjà venu le moment de regagner Bardhaman. Je sors faire un dernier tour du jardin et constate avec tristesse la croissance débridée de la végétation : les graines répandues sur le gravier de l'allée, le cactus qui pousse ses feuilles hérissées de piquants à travers les dernières roses. L'acheteur de la librairie n'a jamais versé l'intégralité de la somme qu'il devait, malgré un procès, et l'argent a manqué pour payer les services d'un mali. Dans ses lettres, Pishi me dit que Singhji s'occupe du jardin autant qu'il le peut, mais à l'évidence l'ampleur de la tâche le dépasse.

J'arrache les fleurs fanées et les feuilles jaunissantes d'un jasmin, tout en pensant à Singhji. Lui aussi a vieilli plus que la normale en quatre ans. Quand il s'extirpe de son siège de chauffeur, il lui faut un moment pour se redresser. L'argent se faisant vraiment rare, Gouri Ma a décidé de vendre la voiture, et en a informé Singhji avec le maximum de ménagement. Malgré toute la peine qu'elles en auraient, lui a-t-elle dit, elles allaient devoir se séparer de lui. Mais Singhji n'a rien voulu entendre.

« Vous pouvez essayer de vendre ce vieux tas de tôle — je doute que vous en tiriez beaucoup —, a-t-il dit l'air buté, mais vous ne vous débarrasserez pas de moi si facilement ! Depuis vingt ans vous êtes ma seule famille. Comment pourrais-je vous laisser, maintenant que vous n'avez plus personne ? Et d'ailleurs où irais-je ? Je suis trop vieux pour tout recommencer chez de jeunes nouveaux riches, m'adapter à leurs manières, leur façon de râler et de jurer.

— Mais je n'ai pas les moyens de vous payer, Singhji, a répondu Gouri Ma.

— Je n'ai pas besoin de salaire. J'ai épargné pas mal de l'argent que vous m'avez versé pendant toutes ces années — un célibataire, ça n'a pas beaucoup de frais. Ça me permettra de vivre jusqu'à ce que Dieu m'appelle à Lui. »

Maman a accepté avec joie, mais pour Gouri Ma il n'en était pas question. Après force discussions, Pishi a trouvé la solution : Singhji abandonnerait la chambre qu'il louait en ville et viendrait s'installer à plein temps dans la petite maison de gardien. En plus du logement, on le nourrirait. Ainsi fut fait, et, chaque jour, matin et soir, grommelant tout le long du chemin, Ramur Ma lui apporte un plateau. Mais, tout au fond, elle en est heureuse, comme le sont les mères. Ça a été un grand soulagement, m'a confié Pishi, d'avoir de nouveau un homme dans la maison — et quelqu'un de si capable, sachant toujours réparer une fuite ou un gond de fenêtre.

Je décide soudain d'aller voir Singhji. Mais peut-être cette décision n'est-elle pas si soudaine. Peut-être grossit-elle en moi depuis ce matin, depuis la promenade que Singhji nous a fait faire le long des rues que nous empruntions jadis, Anju et moi, pendant laquelle une vision fugitive m'est apparue, une silhouette en chemise blanche, et que, dans le rétroviseur, j'ai croisé le regard acéré et entendu de Singhji.

« Sudha beti », dit Singhji. La porte s'ouvre si vite que je me demande s'il ne m'attendait pas. Il a déjà revêtu un kurta pyjama fraîchement repassé et un turban blanc immaculé — il doit nous ramener à Bardhaman — et, derrière son épaule, ce que je vois de sa chambre me paraît aussi net et propre que lui. Dans son visage ravagé, ses yeux brillent d'un plaisir si sincère que j'ai honte de ne pas être venue plus tôt. Sans compter que je ne suis ici que pour satisfaire un besoin égoïste.

Singhji approche un tabouret. Qu'il prend soin d'essuyer méticuleusement avec une petite serviette avant de m'inviter à m'y asseoir. En sera-t-il toujours ainsi dans ma vie — ne recevrai-je amour et attention que de ceux auprès de qui je ne les cherche pas ?

Je voudrais lui exprimer ma reconnaissance, mais le temps manque. « Etait-ce lui ? » dis-je sans préambule.

« Oui. » Le mot le plus bref, mais qui suffit à projeter mon cœur hors des rails entre lesquels je le maintenais.

« Mais comment est-ce possible ?

— Il savait que vous alliez passer. Il est resté en contact avec moi. Nous nous voyons chaque mois. Il me demande de vos nouvelles. »

Mes mains transpirent. Une joie sauvage m'envahit, suivie de consternation. « Que lui avez-vous raconté ?

— Tout. »

Sous la brutalité de la réponse, les joues me brûlent. Mais peut-être est-il juste qu'Ashok connaisse mes humiliations. Qu'il puisse se réconforter en disant : *Voici ce qui lui est arrivé parce que...* Néanmoins je me sens trahie. « Vous n'auriez pas dû lui parler ainsi, dis-je. Pourquoi l'avez-vous fait ?

— Parce qu'il vous attend.

— Que voulez-vous dire ? » Mes mains tremblent. Mon estomac se tord comme si j'étais dans un train fou.

« Il ne s'est pas marié. Il vous aime toujours. Il veut que vous sachiez qu'il ne pensait pas ce qu'il vous a écrit dans sa lettre. Il souhaite que tout se passe bien pour vous. Mais, si vous avez jamais besoin de lui, il sera là. Oh, beti » — Singhji pousse un profond soupir. « Si seulement vous m'aviez écouté et étiez partie avec lui. »

Je veux lui demander à quoi ressemble Ashok, s'il va bien. Ses yeux sont-ils toujours les mêmes ? Et ses mains aux ongles courts et nerveux ? Et ses cheveux, qui sentent le soleil et la fumée ?

Mais cela serait ouvrir la voie à une douleur encore plus grande. Et au danger.

J'entends Pishi qui m'appelle, au loin : « Sudha ! Sudha ! Où cette fille a-t-elle encore disparu ? »

« Tenez, dit Singhji, en me tendant une enveloppe. Il vous envoie ceci. Si vous voulez lui faire parvenir une réponse, je m'en chargerai. »

Je n'ai pas le temps de lire, alors je plie l'enveloppe et la cache dans mon corsage. Tant de mots se bousculent, tournoient dans mon cœur avide. Je souffle : « Dites-lui de se marier. Dites-lui de m'oublier.

— Autant dire aux vagues de l'océan de ne pas balayer les rochers. »

A mi-parcours pendant le voyage de retour vers Bardhaman, je n'y tiens plus. Je prétends avoir besoin d'aller aux toilettes. Dans le réduit mal éclairé et nauséabond d'un dhaba du bord de route, je déchire fébrilement l'enveloppe. Une seule phrase est écrite sur la feuille de papier à l'intérieur : *Viens avec moi*. Les martèlements de mon cœur m'obligent à me retenir au mur. J'enfouis le papier dans mon corsage, m'asperge d'eau la figure. Mes joues n'en demeurent pas moins brûlantes, si bien que Ramesh se demande, inquiet, si je ne suis pas en train de couver quelque chose. Je garde les yeux fermés jusqu'à l'arrivée, prétextant un mal de tête. La voiture cahote sur les nids-de-poule. Le poids du bras de Ramesh sur mes épaules devient insupportable. Les mots d'Ashok se marquent au fer rouge sur mes paupières. Je m'autorise un frisson d'espoir. Je pourrais m'enfuir. Ma belle-mère en serait heureuse, Ramesh m'oublierait vite, et Anju est maintenant si loin que l'onde de choc de mon acte ne pourrait pas l'atteindre, surtout que — m'a rapporté ma mère avec joie — Sunil et son père sont fâchés. Cet acte serait-il bon ou mauvais ? Je ne sais pas trop, et je ne suis pas sûre que cela m'importe. *Vis ta vie cette fois-ci*, chantonne mon cœur. Et cet enfant que je désire tant avoir, pourquoi ne l'aurais-je pas avec Ashok ? Ce serait alors un enfant doublement aimé, doublement précieux, parce que appartenant à nous deux.

La voiture s'arrête devant la maison de ma belle-famille. En ouvrant les yeux, je suis surprise de découvrir qu'il fait très sombre. Des nuages couleur rouille traînent au-dessus du bâtiment de brique. La lourdeur menaçante de cette lumière — qui semble présager une tempête — souligne les arêtes dures de la maison. Je rechigne à entrer.

Il faut que je dise quelque chose à Singhji — bien que je n'aie pas décidé quoi. Peut-être en aurai-je l'occasion pendant que Ramesh surveillera le déchargement de nos bagages. Mais ma belle-mère survient, l'air affairé. A son sari fraîchement amidonné, je devine qu'elle s'apprête à sortir. Intérieurement, je pousse un soupir de soulagement. Ça me permettra de me réfugier dans mon lit et de réfléchir.

« Ah, vous voilà enfin ! dit-elle. Comment se fait-il que vous soyez si en retard ? » Elle jette un regard accusateur à Singhji. « J'ai attendu, attendu. Je craignais que nous ne laissions passer l'heure bénéfique, mais heureusement vous êtes arrivés juste à temps. »

Mon cerveau se raidit et s'engourdit, comme mes jambes. De quoi parle-t-elle ?

« Viens, Natun Bau. » Décidément, me dis-je, pendant qu'elle m'attrape par la main, elle tient à m'appeler Nouvelle Epouse, même au bout de cinq ans. Peut-être pense-t-elle que je ne m'intégrerai jamais complètement à la maisonnée. Elle m'entraîne vers l'autre côté de la cour, où attendent la voiture de la famille et le chauffeur. « Pas le temps de lambiner. Nous devons partir immédiatement.

— Mais, mère, proteste Ramesh, où emmènes-tu Sudha ? Elle ne se sent pas bien. Il faut qu'elle se repose... »

L'inquiétude qui perce dans sa voix me fait rougir. S'il savait à quoi je pensais dans la voiture pendant qu'il me tenait si tendrement.

« Ça va passer ! décrète ma belle-mère. Arrête de la couver comme ça et va boire du thé. Je l'emmène au sanctuaire de la déesse Shashti à Belapur.

— Qu'est-ce que c'est que ce sanctuaire ? Je n'en ai jamais entendu parler ! » L'espace d'un instant, je crois que Ramesh va m'arracher à la poigne de sa mère. « J'estime que Sudha ne devrait aller nulle part pour le moment...

— Il y a des tas de choses dont tu n'as pas entendu parler, mon garçon. Pendant que tu perdais ton temps à

Calcutta, j'ai fait ma petite enquête. La déesse a un grand pouvoir. Toutes sortes de femmes ont eu des enfants après être allées la voir. J'ai déjà contacté le prêtre, mais pour que cela agisse, nous devons nous présenter pendant l'heure bénéfique, avant le coucher du soleil. »

Et sans que je puisse dire un mot à Ramesh ou à Singhji, elle me pousse dans la voiture et fait signe au chauffeur de démarrer. Le moteur cliquette, la voiture crachote, soulevant des nuages de poussière, nous voilà partis.

Bientôt nous empruntons une route boueuse qui serpente au milieu des cocotiers et entre des mares où pullulent les moustiques. C'est une route que je ne connais pas, qui nous enfonce dans le paysage rural, forêts de bambous et champs de fleurs de moutarde, puits abandonnés à côté de cahutes délabrées, qui nous conduit vers l'ouest où, dans la déchirure d'un nuage noir, le soleil nous contemple, éblouissant.

« Prie, Natun Bau, dit ma belle-mère. Prie la déesse pour avoir un fils. » Elle n'a pas lâché mon poignet. Ses ongles lacèrent ma chair, et ses lèvres s'agitent fébrilement tout le temps du trajet vers le sanctuaire de la déesse de l'enfantement.

Je m'avance seule dans le corridor sombre et sinueux qui mène à la cour intérieure du sanctuaire. Seules les suppliantes — les femmes sans enfant — y sont admises, ce qui me remplit de gratitude, car cela signifie que ma belle-mère va devoir rester, de mauvais gré, sur le banc de pierre à côté de la porte principale.

J'ai un peu peur de ce qui m'attend. D'une part, je veux que cet endroit ne soit que du toc — produit de prêtres cupides accaparant les esprits superstitieux — et prouver ainsi à ma belle-mère son ignorance. Mais l'autre partie de moi qui aimait les légendes souhaite croire que ce site détient un vrai pouvoir en comparaison duquel le médicament le plus moderne n'est que de la poussière.

Le vieux prêtre à l'entrée m'a fourré entre les mains

une poignée de fleurs et un bout de ficelle, sans autres instructions.

« Va, va, a-t-il dit sans vouloir écouter mes questions. Quand tu y seras, tu sauras quoi faire. »

Soudain je débouche sur la cour dans un tel flamboiement de chaleur et de lamentations que mes yeux se ferment, ne pouvant tout absorber. Mes pieds nus se brûlent sur les briques d'un rectangle sans ombre et sans air, et quand je louche vers le ciel, les nuages semblent avoir tous disparu. Sur chaque mur est peinte une forme — un œil, un énorme œil blanc par lequel vous fixe le regard imperturbable et omniscient de la déesse. J'ai du mal à en détourner le mien. Est-ce une pièce d'eau que je vois au centre de la cour, avec son rebord en ciment ? En son milieu s'élève non une déité, comme je m'y attendais, mais un petit carré de terre planté d'un arbre que je ne reconnais pas. Tout blesse mes yeux — le blanc dur de la peinture, le miroitement de l'eau, le tremblement des feuilles de l'arbre. Mais ce ne sont pas des feuilles : une femme — je me rends compte soudain que la cour est pleine de femmes, de jeunes femmes en pleurs — patauge dans la pièce d'eau et va suspendre quelque chose à l'une des branches de l'arbre. Je me rapproche et constate qu'il s'agit de boucles d'oreilles en or. L'arbre croule sous ce genre d'offrandes — chaînes de cou, bracelets, anneaux d'orteils, cercles de bras, une véritable fortune. Je suis stupéfaite qu'ils n'aient pas été volés. Il faut que la déesse soit vraiment puissante pour inspirer une telle crainte révérencielle.

Les femmes jonchent la cour comme des fleurs cueillies. A voir leurs saris froissés et poussiéreux, leurs visages flétris, on a le sentiment qu'elles sont là depuis plusieurs jours. Certaines, allongées face contre les briques brûlantes, pleurent sans bruit. D'autres, penchées dans la piscine, prient à voix haute, leurs larmes tombant dans l'eau. D'autres encore écrivent sur des bouts de papier qu'elles accrochent, avec leurs bijoux, à l'arbre. Certaines enfin assises, comme en transe, le regard tourné vers l'intérieur, écoutent des choses que je n'entends pas. Près de moi, il y en a une qui se frappe la tête rythmiquement contre le rebord en ciment de la pièce d'eau, en suppliant : « Mère, Déesse, parle-moi, sauve-moi la vie. » La douleur inonde la cour, donne à l'air l'âcreté de la fumée, les yeux me piquent. J'ai envie de pleurer moi aussi, non pour moi mais pour nous toutes — car riches ou pauvres, cultivées ou illettrées, nous sommes toutes semblables, sœurs en désolation.

Je me dis que je devrais prier, alors je m'agenouille et pose la tête sur les briques. Mais je suis trop bouleversée. Quand je ferme les yeux, des images disparates les traversent. Ramesh buvant du thé tout en feuilletant des papiers, un chat errant que je nourrissais dans mon enfance, le temple de Shiva où Ashok presse ses lèvres à la senteur d'œillet contre les miennes, l'arrière de la tête enturbannée de Singhji, qui nous conduit, Anju et moi, à l'école, le visage voilé d'Anju et la douleur fugitive qui le parcourt quand elle voit le regard de Sunil posé sur moi pendant le mariage. Il y a tant de désirs inaccomplis dans ce monde, tant de gens qui ont besoin d'aide. Quelle prière dois-je formuler, et à qui l'adresser ?

La femme qui se frappait la tête contre le ciment se redresse et jette un regard égaré autour d'elle. Elle est toute jeune, seize ans ou dix-sept ans peut-être, et jolie, dans sa catégorie de paysanne à la peau foncée, bien que pour l'heure son front meurtri saigne. Je suis déchirée entre pitié et répulsion. J'ai envie de la consoler, de lui baigner le front et de la prendre par la main. Mais je veux aussi m'enfuir de cet horrible endroit, si semblable — l'image me revient, apprise à un cours durant ma dernière année scolaire — à l'un des cercles de l'Enfer de Dante. J'essaie désespérément de me souvenir qu'il existe un monde sensé où les femmes étudient et travaillent, courent les magasins et vont au cinéma avec leurs amies, où elles ont le droit de mener une vie normale même si elles ne peuvent donner la vie. Je me répète les noms de camarades de classe devenues médecins, professeurs, danseuses renommées, mais elles appartiennent à une sphère trop éloignée. La réalité, c'est cette jeune femme sanguinolente, qui pleure à côté de moi. Une peur fangeuse m'obstrue la gorge. Combien de temps me faudra-t-il pour atteindre ce degré de désespoir ?

La fille produit une sorte de sifflement asthmatique. Contre ma volonté je me penche pour mieux entendre, et, entre mes seins, la lettre d'Ashok crisse comme une feuille de laurier jetée dans de l'huile bouillante.

« J'ai entendu la déesse. Elle a parlé. Mais je n'ai pas compris. Elle disait... » La voix de la fille devient plus grave et gutturale, on croirait celle de quelqu'un d'autre. « *Tu dois choisir entre tes deux amours, car une femme n'a droit qu'à un seul amour.* »

Ces mots me font frissonner malgré la chaleur. Autour de moi, l'air se fige de stupeur. L'œil blanc me vrille.

La fille agrippe le bord de mon sari de ses ongles ébréchés, elle parle d'un ton saccadé. « Mais je n'ai pas deux amours, j'en ai pas même un. Sinon pourquoi je serais ici, à attendre et à jeûner depuis deux jours ? Expliquez-moi, Didi. Vous avez l'air d'une femme éduquée. Je vais vous raconter mon histoire. Vous me direz ce que veut la déesse. Ça fera trois ans cette mousson que je suis mariée. Et pas de bébés. La famille de mon mari est fâchée contre moi depuis le jour même du mariage. Ils disent que mes parents ne leur ont pas donné assez, même si mon pauvre père leur a donné tout ce qu'il avait. Que je suis un poids trop lourd sur leurs épaules. Ça, je l'ai compris. J'ai accepté leurs coups et leurs injures. Mais, maintenant, ils préparent autre chose, je le sais. J'ai entendu les femmes chuchoter au bord du lac. Elles veulent que mon mari prenne une autre femme. Il en serait très content. Il ne m'a jamais aimée, il trouve ma peau trop foncée.

— Vont-ils vous renvoyer chez vos parents ? »

La fille secoue la tête. Ses narines palpitent comme celles d'un animal encerclé par le feu. « Selon les règles de notre communauté, il faudrait alors qu'ils rendent ma dot. Mais si je meurs, s'il y a un accident, comme ce qui est arrivé à la femme du blanchisseur pendant qu'elle faisait la cuisine... »

Ses mots me lacèrent, clous de rouille et de glace. J'ai entendu parler de tels « accidents ».

« Mais si j'étais enceinte, ils ne le feraient pas. Ils me pardonneront toutes mes fautes si je leur donne un fils. C'est pour ça que je suis ici. J'ai décidé de rester jusqu'à ce que la déesse m'accorde une réponse. Maintenant elle l'a fait, et je ne comprends pas. »

Moi si, me dis-je, en regardant la fille qui s'abîme en sanglots. Si vraiment ce sont les paroles de la déesse — et ce doit l'être, la pauvre enfant est incapable de les inventer — alors c'est à moi, Sudha, qu'elles sont destinées. Je suis celle qui veut tout : la passion d'un amant et l'adoration d'un enfant. Celle qui s'est montrée assez stupide pour croire qu'une femme a droit à tant de bonheur.

Je fais glisser de mes bras une parure d'épais bracelets d'or que m'a offerts Gouri Ma et les tends à la fille. Comme elle me dévisage, stupéfaite et la bouche ouverte, je lui dis, avec toute la conviction dont je suis capable, que c'est la volonté de la déesse. Afin qu'elle et son mari aient les moyens de payer une consultation à l'hôpital de Bardhaman — ils doivent y aller ensemble — et que les docteurs cherchent s'il y a une raison qui l'empêche d'être enceinte. « Dites à vos beaux-parents que si vous ne faites pas ça dans le mois qui vient, un grand désastre s'abattra sur la famille. »

Elle accepte d'un hochement de tête. Crainte et espoir se succèdent sur son visage comme un vol de papillons. L'instant d'après, elle est partie.

Quant à moi, je traverse l'eau jusqu'à l'arbre. De mon corsage je sors la lettre d'Ashok. Je résiste à l'envie désespérée de la lire une dernière fois. Je l'accroche à une branche. Je ne pleure pas, bien que l'arc-en-ciel aux vives couleurs qui s'était levé en moi se désagrège en noir. *AshokAshokAshok, je te perds à nouveau.*

Anju dirait que je suis folle de prêter attention aux paroles de cette fille à demi hystérique. Mais la pauvre petite ne fait que répéter une vérité que mon cœur pessimiste avait admise il y a bien longtemps, une vérité que j'avais oubliée sous l'effet de la passion : une mort pour une vie, un amour sacrifié au profit d'un autre. Telle est la nature de ce monde. Et mon choix, ne l'avais-je pas déjà fait, fait et scellé de mon sang virginal, sans quoi je n'aurais pas pu survivre à ces nuits interminables dans le lit de Ramesh ? Car jamais même le plus empressé des amants ne vous appartiendra comme un enfant. Forgé avec vos os, mis au monde par votre souffle, flamme que l'on enferme soigneusement dans ses mains à l'abri de l'obscurité programmée.

Je laisse tomber dans l'eau les pétales de fleurs écrasés. Je quitte la cour, le mur à côté de moi ondoie sous la chaleur. Mais l'œil qu'il supporte m'observe, immobile et satisfait.

Ma belle-mère me jette un regard suspicieux. « Ça y est déjà, Bau ? Le prêtre me disait que certaines femmes restent là trois ou quatre jours. »

Je ne réponds pas, mais le prêtre scrute mon visage et déclare : « C'est fait. Tout repose désormais dans les mains de la déesse. » Je m'incline pour lui toucher les pieds avant de partir, et il psalmodie la vieille bénédiction. « Puisses-tu procréer une centaine de fils. »

Juste un, me dis-je. *Un seul me suffirait*. Et comme s'il avait entendu, un sourire fendille son vieux visage. « Très bien », dit-il, et il m'asperge légèrement d'eau sacrée.

« Qu'est-ce qu'il a voulu dire par *très bien* ? » demande ma belle-mère, dans la voiture. Mais elle ne s'attend pas que je connaisse la réponse, et passe à un autre sujet. « Je vois que tu as laissé tes balas d'or au sanctuaire. Espérons que la déesse sera contente.

— Je sais qu'elle l'est », dis-je, et effectivement je le sais. Dans ce monde d'incertitudes, c'est une des choses dont je suis sûre. Je ferme les yeux pour échapper à d'autres questions. Le voyage de retour n'est que secousses, de nid-de-poule en nid-de-poule, mais, pour me réconforter, le visage de la jeune femme illuminé d'espoir m'apparaît dissimulé derrière le rouge cru de mes paupières.

XXX

Anju

Depuis quelques semaines je suis mal à l'aise, en permanence fatiguée. Je voudrais m'écrouler sur mon lit au milieu de l'après-midi et ne plus en bouger pendant au moins un an. Aux moments les plus étranges de la journée, je suis prise d'une folle envie de manger, mais pas n'importe quoi — un achar de mangue piqueté de piments, ou une pizza pour le petit déjeuner. Mais je n'ai pas fini de manger que je me précipite pour vomir, dans l'évier de la cuisine. Par chance, ces accès de vomissement surviennent le plus souvent après le départ de Sunil au travail, ce qui m'évite de répondre à ses questions. Mes seins me font mal, et si je me cogne dans quelque chose, la douleur fuse en eux comme des pétards qui font long feu. La seule idée de préparer le dîner me met de mauvaise humeur. « Fais-le toi-même », dis-je à Sunil, effondrée sur le canapé où je passe une grande partie de la journée. Et de la nuit également.

« Quel est le problème ?

— Tu n'arrêtes pas de bouger, dis-je en maugréant. Je n'arrive pas à dormir.

— Ça doit être ta période du mois », remarque-t-il de ce ton supérieur masculin qui me donne envie de hurler. « Tu râles à propos de n'importe quoi. »

Le voilà, le problème. C'est *effectivement* ma période du mois, et rien n'est arrivé. Mais ça n'est pas possible ! Nous prenons des précautions. Je mets ce machin, ce diaphragme visqueux, et Dieu sait si je le déteste, chaque fois que nous faisons l'amour, parce que je sais à quel point il importe que nous n'ayons pas d'enfant maintenant. Nous ne pouvons pas nous le permettre. Et surtout, je veux terminer l'université, qui est ce que j'aime le plus en Amérique.

Mais les nausées persistent, et je finis par acheter un test de grossesse, et, comme il fallait s'y attendre, la lamelle change de couleur. Je suis si bouleversée que je fonds en larmes — exactement comme ces filles dans les mélos que je regarde de temps en temps à la télé pour voir le degré de débilité que peut atteindre la télévision américaine. Tout en sachant qu'il serait plus sage d'attendre le retour de Sunil, je ne peux pas m'empêcher de lui téléphoner.

Quand j'ai fini de parler, un long silence s'installe à l'autre bout du fil. Puis il dit : « En es-tu sûre ?

— Non. Je l'ai inventé. C'est ma forme d'humour matinal. » Mais je regrette aussitôt mes paroles. Sunil réagit mal aux sarcasmes, surtout aux miens, et j'ai besoin de son soutien.

« Ce n'est pas la peine de m'engueuler, rétorque-t-il. C'est toi qui étais censée faire attention, non ? C'est ce dont nous étions convenus.

— C'est vrai. » La gorge me brûle de culpabilité, comme si j'avais avalé un cactus. « J'ai fait tout ce que disait le mode d'emploi... » Je suis minable. Une idiote, même pas capable de suivre des instructions imprimées en caractères gras.

Nouveau silence. Et s'il me dit de pratiquer un... ? La terreur bat la chamade dans ma poitrine. *A-vor-tement. A-vor-tement.* Un mot impossible, monstrueux. D'un autre côté, comment pourrais-je m'occuper d'un bébé ? Qu'adviendrait-il de tous mes projets d'avenir ?

Soudain je pense à Sudha qui donnerait n'importe quoi pour avoir cet enfant que je porte de si mauvais gré, et du coup, assommée de honte, je me remets à pleurer.

« Allons, Anju », dit Sunil, changeant brutalement d'humeur, comme il en a l'habitude. « Ce n'est pas un désastre. Nous aurions eu un enfant de toute façon, tôt ou tard. Nous allons donc devoir calculer notre budget plus rigoureusement que nous ne le pensions. Nous y arriverons.

— Vraiment ? » Je respire, étourdie de soulagement. « Tu crois vraiment que ça ira ?

— Mais bien sûr. Et maintenant va te laver la figure, t'allonger et te reposer. Je rentrerai le plus tôt possible. »

Je me lave la figure et, pour fêter cela, me confectionne deux gros sandwiches d'achar de mangue. Que je rejette aussitôt après, sans d'ailleurs que cela m'affecte. Je m'allonge, mais la surexcitation m'empêche de dormir. Pour la première fois depuis que je sais, je me laisse aller à imaginer mon bébé — lui ou elle, pas plus gros qu'un pamplemousse — qui s'accroche en moi avec ténacité, avec intelligence. Je pose une main sur le bas de mon ventre et crois sentir irradier une chaleur particulière, une couleur acide, le vert pâle d'un pamplemousse de Californie. Un large sourire, stupide et sentimental, s'inscrit sur tout mon visage.

Puis je me rappelle qu'il va falloir que je le dise à Sudha.

Maintenant qu'il s'est habitué à l'idée de ma grossesse, Sunil n'arrête plus de parler du bébé. Sa joie gamine, qu'il ne cherche absolument pas à dissimuler, me surprend. Dans mon idée, seules les femmes se comportaient ainsi.

A présent, il rentre plus tôt du travail. Il a emprunté à la bibliothèque une pile de livres sur l'alimentation saine, et nous fait souvent la cuisine, veillant à bien équilibrer les protéines et les hydrates de carbone, et n'utilisant que de l'huile d'olive extra-vierge. Il m'oblige à boire chaque jour du lait chaud aromatisé aux amandes pilées, qui est censé augmenter la puissance d'esprit du bébé. Il s'efforce d'éviter toute dispute avec moi, parce qu'il a entendu dire que cela peut avoir une influence sur la personnalité du bébé. Un centimètre de poussière recouvre son ordinateur qu'il néglige, trop occupé à dresser des listes de prénoms en bengali et en anglais. De temps en temps, il en essaye un sur moi. La signification te plaît ? me demande-t-il. Est-ce que tu crois que ce n'est pas trop compliqué à prononcer pour des bouches américaines ?

Il aime particulièrement parler des choses qu'il fera avec l'enfant. Elles n'ont rien de particulièrement original — visites au zoo, parties de ballon dans le parc si c'est un garçon, cours de danse si c'est une fille — mais l'insistance avec laquelle il en parle m'incite à me demander quels manques dans sa propre enfance il cherche ainsi à combler.

Depuis que le médecin a confirmé la grossesse et dit que le bébé se développe bien, Sunil meurt d'envie d'appeler l'Inde et d'apprendre la nouvelle à nos mères. C'est moi qui le retiens.

« Mais pourquoi ? s'interroge-t-il le front plissé. Ne veux-tu pas qu'elles sachent ? Elles seront si heureuses.

— Accorde-moi encore une semaine. Gardons le secret encore pour nous seuls. »

La vérité, que je ne peux pas dire à Sunil, c'est que j'ai peur. Peur du silence qui m'accueillera à l'autre bout de la ligne quand Sudha saura, car elle est la première à qui je dois l'apprendre. Je ne peux pas le lui écrire — quelque chose de si vital, il faut en parler, de personne à personne, et non le transmettre lâchement par des gribouillis noirs sur une page. Je crois déjà entendre Sudha suffoquer, frappée par l'ironie de la situation — que moi, qui ne voulais pas d'enfant, je puisse en fabriquer un avec tant d'insouciance, de facilité, alors qu'elle... Ensuite elle se dépêchera de parler, très vite, afin de me montrer que ça ne lui fait rien, qu'elle est heureuse pour moi, et elle le sera *vraiment*. Car nous sommes ainsi, nous les êtres humains, quand nous aimons quelqu'un : capables d'être heureux alors même que notre cœur se déchire.

Je passe plein de temps à préparer mon discours, à choisir les mots qui lui feront le moins de mal. Finalement, armée de courage, j'appelle — un samedi soir, pour bénéficier du tarif le plus avantageux — et c'est un des frères de Ramesh qui répond. Sudha est encore au lit, dit-il. Il va aller la chercher. Ce qui m'étonne. Il est plus de neuf heures du matin en Inde — Sudha ne dort jamais si tard.

Il semble s'écouler une éternité avant que Sudha ne

prenne l'appareil. Dans la cuisine où il nous prépare du chocolat chaud, Sunil arrête de remuer sa cuiller, mais ne dit rien. Je suis sur le point de raccrocher quand me parvient la voix de Sudha, un peu entrecoupée, comme si elle avait couru : « Anju, tu es toujours là ? Excuse-moi, je dormais. Que se passe-t-il ? Je suis inquiète — tu n'appelles quasiment jamais d'Amérique. »

Tous les mots que j'ai soigneusement répétés s'envolent comme des pigeons surpris par un coup de fusil.

Je lâche brutalement : « Sudha, je vais avoir un bébé. Il fallait que je te le dise. » Le silence est terrible — un grand vide qui m'aspire dans les petits trous noirs du combiné. Et je crie : « Sudha, je suis désolée.

— Anju chérie, ne sois pas bête », dit Sudha. Il me faut quelques instants pour comprendre que le chevrotement que j'entends dans sa voix ne vient pas de ses larmes. « Pourquoi devrais-tu être désolée ? » Son rire éclate dans le téléphone, aussi vif que du jus de grenade. « Je suis si heureuse que je pourrais danser — comme, souviens-toi, là-haut sur la terrasse, quand nous battions des mains et tournions, tournions jusqu'à ce que tout se brouille. Je suis folle de joie — pour nous deux. Je voulais attendre encore une semaine pour te le dire, afin d'en être tout à fait sûre, mais ce n'est pas la peine parce que, en moi, j'en suis déjà certaine. Moi aussi je vais avoir un bébé ! Oh, Anju, si seulement nous pouvions être ensemble ! »

Le même violent désir me torture à l'intérieur, aussi physique que l'une de ces fringales qui me terrassent. « Je t'écrirai chaque semaine, je te le promets », dis-je, tout étourdie de ce cadeau qui offre la plénitude à ma grossesse. Des centaines de questions me passent par la tête. Comment se comporte la belle-mère de Sudha ? Est-ce que Ramesh est finalement allé consulter le médecin ? Ont-ils réussi à prendre quelques jours de vacances seuls, comme je l'avais suggéré ? Je l'espère. Comme ça je pourrai dire à mon neveu ou à ma nièce : « *Tu sais quoi ? Si je n'avais pas eu une merveilleuse idée, tu ne serais pas là !* » Mais nous devons raccrocher. Vite, je crie :

« Je te tiendrai au courant de tout ce qui se passera, et je t'enverrai des photos pour que tu voies comme je suis horrible. Tu dois faire pareil.

— Promis. »

Debout à la fenêtre, je sirote le cacao sucré et nourrissant que Sunil m'a préparé, les yeux plongés dans la nuit chocolatée. Là-haut, très loin, des halos entourent les étoiles, on croirait un tableau de Van Gogh. Chacune un enfant, en même temps ! Ce monde est merveilleux, plus merveilleux que je ne le mérite, et je promets d'être une fille bien tout le restant de ma vie — plus douce, plus calme et moins égoïste, comme ma cousine — de façon à m'en montrer digne.

XXXI

Sudha

Quand j'émerge de ma sieste, le soleil a peint les murs de ma chambre en or tendre. Je me frotte les yeux, essayant de me rappeler mon rêve, qui était aussi doux et chaud que le couvre-lit sous lequel je me blottis, mais il joue à cache-cache dans les replis de mon cerveau et ne se laisse pas capturer. Je m'étire comme une chatte — non, plutôt comme une tigresse. J'ai le pouvoir, la puissance et le bien-être, un corps beau, lisse et plein.

Je descends prendre le thé avec ma belle-mère. « Bien dormi ? » demande-t-elle aimablement. Puis elle crie : « Oh, Dinabandhu, apporte du cha à Bau Ma. » Maintenant que je suis enceinte, elle a adopté un ton plus affectueux. Elle pose même le journal qu'elle est en train de lire pour bavarder avec moi jusqu'à ce qu'arrive la tasse fumante de thé au gingembre, particulièrement recommandé pour le système digestif des femmes enceintes.

Ces derniers temps, ma belle-mère assume une grande partie de mes tâches. Elle ne veut pas que je me penche, que je soulève des sacs de riz et de lentilles dans la réserve, ou que je grimpe en courant sur la terrasse pour surveiller l'état des pickles étalés au soleil.

« Vous devriez me laisser en faire un peu, Ma, dis-je parfois. Je me sens inutile — et je m'ennuie.

— Chère enfant ! » Ses yeux s'embuent, comme souvent ces jours-ci. « De quoi parles-tu ! Tu accomplis la tâche la plus utile du monde. Et si tu t'ennuies, pourquoi ne demandes-tu pas aux frères de Ramesh d'aller chez Biren et de t'en rapporter une nouvelle cassette vidéo ? »

Oui, maintenant, tout m'est permis — du moment que cela n'outrepasse pas les notions de bienséance de ma belle-mère. Je peux demander à mes beaux-frères d'aller me faire des courses. Je peux dormir tard le matin et m'allonger l'après-midi, sans que personne vienne me déranger. Si je souhaite être seule, je peux m'installer sur le balcon à l'ombre du manguier, aussi longtemps que je le veux. La grossesse rend les femmes mélancoliques, chuchote ma belle-mère aux domestiques. Il faut se plier à leurs caprices. Aux repas, je suis servie la première, même avant Ramesh. Après tout, lui a fait sèchement remarquer ma belle-mère, il a terminé son boulot. J'ai droit aux meilleures parts — les têtes de poisson si convoitées, mijotées avec des lentilles et arrosées de citron, les brinjals frits et croustillants, la couche crémeuse au-dessus du pudding au riz, que j'adore. Quand ma belle-mère a appelé Calcutta pour leur annoncer la nouvelle, elle a demandé à Pishi quels étaient mes plats favoris. A présent elle veille à ce que Dinabandhu en prépare au moins un chaque jour.

Parfois, gênée, je tente de protester.

« Mange, mange, Bau Ma », sourit ma belle-mère, tout en comptant pour les déposer à côté de mon assiette les comprimés vitaminés terriblement coûteux qu'elle a fait venir des Etablissements Dey de Calcutta. « Rappelle-toi, tu manges aussi pour mon petit-fils. » Elle n'en veut même pas à Ramesh de m'avoir rapporté d'un voyage à Murshidabad une pleine boîte de saris de soie, spécialité de la région. Peut-être pense-t-elle qu'ils gardent son petit-fils au chaud.

Le soir après dîner, nous regardons tous des films vidéo. Ma belle-mère souhaite que je regarde des comédies ou des histoires saintes, tirées du Ramayana. Elles auront un effet favorable sur la personnalité de son petit-fils, dit-elle. Elle n'a pas aimé la cassette rapportée par les frères de Ramesh l'autre jour, sur la Rani de Jhansi, la reine veuve qui a mené la rébellion des années 1850 contre les Britanniques et est morte vaillamment sur le champ de bataille. Trop de sang, a-t-elle dit. Moi, j'étais fascinée. La Rani était si merveilleusement courageuse. Quand les prêtres ont déclaré que, veuve sans enfant, elle devait consacrer sa vie à la prière, elle a osé leur rétorquer que ses sujets étaient ses enfants et qu'elle devait prendre soin d'eux. Elle a revêtu un costume d'homme et, une épée dans chaque main, a mené ses soldats au combat. Et même quand les fusils anglais ont eu raison de ses troupes, elle n'a pas cédé. Blessée mortellement, elle étincelait d'une joie désespérée, ultime. J'ai regardé le film deux fois.

« C'est bon pour les reines de se conduire ainsi, a dit ma belle-mère. Mais je préfère de beaucoup une femme gentille et féminine comme notre Bau Ma ! » Douceur, autour de moi tout n'est que douceur, alors d'où me vient ce sentiment d'insatisfaction ? Pourquoi cette crispation à l'intérieur de ma bouche, comme si j'avais mordu dans une prune acide ? D'après ma mère, je devrais me prosterner, front contre sol, pour remercier d'être l'objet d'une telle attention. Mais, le soir, pendant que j'accomplis autour de la terrasse le kilomètre de marche qui m'est prescrit, je revois cette façon qu'avait ma belle-mère de me jauger tout le temps que je n'arrivais pas à être enceinte. Je me méfie même de Ramesh. La plus innocente de ses questions — est-ce que j'ai encore des nausées, est-ce que j'aimerais qu'il me frotte le dos — me hérisse le poil. Au lit, si, doucement, il place une main sur mon ventre, je l'écarte avec impatience, tout en sachant que je lui fais de la peine. Tout cet amour, tous ces soins, ai-je envie de crier, c'est pour Sudha ou pour la porteuse de l'héritier des Sanyal ?

Idiote, dirait ma mère. Où est la différence ?

Mais il y *a* une différence, je le sens. Et tandis que j'arpente la terrasse à cette heure soudain triste où les étoiles semblent si lointaines et si faibles, je voudrais tant qu'Anju soit là. Avec son esprit perçant et logique, elle trouverait les mots capables d'exprimer exactement mes craintes. Et elle me dirait que j'ai raison.

De tous les actes impénétrables de mon impénétrable belle-mère, le principal est celui-ci : elle a gardé ma grossesse secrète. A l'exception des mères et d'Anju, personne n'est au courant. Pas même tante Tarini.

« J'étais sûre qu'elle allait lui expédier un télégramme, de toute urgence, accompagné peut-être d'une boîte de sucreries encore plus grosse que celle que la tante nous a donnée », dis-je un soir à Ramesh, qui est venu me rejoindre pour ma promenade quotidienne sur la terrasse. Et lui non plus ne comprend pas.

« Peut-être a-t-elle peur que des gens envieux te jettent le mauvail œil, dit-il. A moins qu'elle n'ait décidé de ne plus s'abaisser à ce jeu de la concurrence avec tante Tarini. Ou peut-être l'a-t-elle promis à la déesse Shashti si celle-ci lui donnait un petit-fils.

— Et voilà l'autre chose qui m'embête, dis-je, d'un ton rogue. Sa certitude que ce sera un garçon. Et si ça n'en est pas un ?

— Espérons que oui, sinon elle va sûrement péter un joint », réplique mon ingénieur de mari. L'image, appliquée à ma digne belle-mère, est si ridicule que nous éclatons tous les deux d'un rire coupable.

Aujourd'hui, alors que je finis mon thé, ma belle-mère fait glisser vers moi, à travers la table, un aérogramme.

« Ça vient d'Anju », dit-elle, comme si je n'avais pas reconnu ce bleu pâle que j'ai appris à aimer. « J'espère que ta cousine va bien. Ce doit être dur pour elle, seule dans ce pays si lointain, sans une mère ou une belle-mère pour l'aider pendant cette période », ajoute-t-elle gentiment.

Car elle est devenue très gentille, ma belle-mère.

Peut-être ma dureté à son égard est-elle injustifiée. Peut-être est-ce *cela* sa véritable nature, et la cruauté dont elle a fait montre pendant les visites chez le médecin et cet après-midi au sanctuaire de la déesse ne serait que la manifestation du désespoir.

« Si vous n'y voyez pas d'inconvénient, dis-je en me levant, je vais le lire pendant ma promenade.

— Pas du tout, Bau Ma, fais comme tu veux. » Et alors que je commence à monter, elle me crie : « Attention de ne pas trébucher en lisant. »

Comme toujours, j'entends la voix d'Anju dans sa

lettre. Amusée, délirante, abrupte — et, maintenant, très, très heureuse. Elle me raconte l'étrange impression qu'elle ressent à être enceinte — à la fois elle aime et elle déteste. Que, parfois, quand elle est seule, elle se déshabille et se plante devant la glace pour examiner les changements — la ligne de poils noirs qui descend du nombril, les tétons sombres et luisants comme les prunes qu'elle fait tremper pendant la nuit, remède à la constipation, le renflement délicieux et obscène de son abdomen. *Suis-je d'une beauté stupéfiante, Sudha, ou d'une laideur abominable ? Je n'arrive pas à trancher.* Je souris. *Tu es belle, Anju*, dis-je, en approchant mes lèvres de la lettre. Elle m'attrape parce que je ne lui ai pas envoyé une photo de moi en échange de celle qu'elle m'a expédiée le mois dernier. Je soupire. Je vais devoir lui expliquer que, selon ma belle-mère, prendre des photos en ce moment porte malheur.

Anju me parle de Sunil, raconte comme il a changé, ce qui me ravit pour elle. Peut-être vais-je pouvoir enfin me débarrasser de ce malaise qui me poursuit depuis le mariage, la crainte qu'Anju ait plus besoin de lui que lui d'elle. Sa prochaine paternité semble l'avoir incroyablement transformé. Il n'hésite pas un instant à prendre sa voiture et à traverser la ville pour aller chez Mumtaz Cuisine acheter des rasogollahs frais, dernière passion en date d'Anju. Le soir, il lui masse les pieds, enflés, avec de l'huile de pin. Il a déjà ouvert un compte à sa banque — non qu'ils soient en mesure d'y verser quoi que ce soit — pour le bébé. « *Il ressemble à l'un de ces séquoias vieux de centaines d'années*, écrit Anju, *à l'écorce ligneuse et odorante contre lesquels on ne peut s'empêcher de s'appuyer.* »

Ce que je préfère dans ses lettres, ce sont les passages concernant le bébé. A présent, il/elle a la grosseur d'un citron — d'après le manuel qu'elle a acheté. A sa dernière visite chez le médecin, elle a écouté battre le cœur du bébé. On aurait dit un moteur emballé, débordant d'une furieuse énergie. C'est là qu'elle s'est rendu compte de l'amour qu'elle éprouve pour cette petite créature qui pousse en elle, désormais partie intégrante de sa vie à un titre que personne d'autre ne pourra égaler. « *Je peux mourir pour lui — ou elle —, Sudha. Je peux tuer.* » En lisant cela, je dois m'arrêter de marcher, parce que quelque chose d'épais et de chaud gonfle en moi comme de la lave en fusion. *Moi aussi, Anju, moi aussi.*

La dernière partie de la lettre d'aujourd'hui est difficile à lire. Ecrite et réécrite, barbouillée avec un correcteur crayeux si bien que le papier est tout grumeleux. Pour finir, Anju a tout barré et réécrit en dessous. « *Une chose que Ma me raconte dans sa dernière lettre m'inquiète beaucoup. Te souviens-tu de cette visite chez un de nos grands-oncles qui habitait une vieille maison délabrée près du fleuve ? Te rappelles-tu le garçon, arriéré mental, enfermé dans la chambre de la terrasse, qui nous avait tant effrayées, et dont l'état avait été qualifié par Pishi de défaut de naissance ? Personne n'y avait prêté beaucoup d'attention — on disait que c'était un accident. Mais l'une de nos cousines vient d'accoucher d'un bébé qui a le même problème. Ma ne pense pas que ce soit héréditaire, mais elle me conseille d'en parler au médecin et de faire tous les examens qu'il proposera. J'ai montré la lettre à Sunil, qui a déjà pris un rendez-vous pour la semaine prochaine. Je suppose que Ma t'a déjà mise au courant, et que tu vas pouvoir toi aussi faire des examens.*

Je broie la lettre dans ma main. J'étouffe, comme si quelqu'un avait expulsé tout l'air de mes poumons. Je sens le picotement froid de la sueur entre mes seins. Gouri Ma ne m'a pas touché un mot de cette histoire. Gouri Ma, qui m'aime comme sa fille, qui ne voudrait pas que m'arrive le moindre mal. Il n'y a qu'une seule explication à son silence : elle sait — ce que Pishi soupçonnait — que mon père était un imposteur, sans aucun lien familial avec son mari. Elle sait que mon bébé ne court pas de risque, parce que ni lui ni moi n'avons de sang Chatterjee.

Je serre les paupières autant que je peux pour empêcher les larmes de couler. Toutes ces années, au fond de moi, là où se cachent les espoirs déraisonnables, j'ai nourri l'idée que Pishi s'était trompée. Elle était vieille, et tout cela s'était passé très longtemps auparavant. Elle avait pu mélanger les faits, broder sur ceux qu'elle avait en partie oubliés. A présent, je n'ai même plus ce réconfort. Et pour ce qui est de l'absence de risque, qui sait quelles maladies couraient dans les veines de mon vaurien de père ?

Je déchire la lettre d'Anju en menus morceaux et vais à la cuisine. Nervurés de ses coups de plume, les petits bouts de papier jettent une dernière lueur bleue avant d'être réduits en cendre par les charbons. Inutile de regretter ce à quoi on ne peut rien changer, me dis-je, en entourant mon ventre de mes bras. Mais en réalité je pense : *Si seulement je pouvais brûler mon passé de la même façon.*

Ce soir-là pendant le dîner, ma mère me téléphone. L'histoire du bébé de notre cousine — l'idiot, comme elle l'appelle — la met dans tous ses états. « Je suis allée le voir aujourd'hui, et il était évident, à l'observer étalé comme ça, qu'il n'y avait pas un grain de cerveau derrière les parois de son crâne. Et sa mère, la pauvre fille, je crois qu'elle n'a pas arrêté de pleurer depuis le diagnostic du médecin. » Sur quoi sa voix tremble de vertu. « Je me suis dit : Nalini, oublie l'orgueil familial. Non que Sudha, Dieu la bénisse, doive avoir le moindre problème. Après tout, de *mon* côté, pas un seul accident de ce genre ne s'est produit en quatorze générations. Néanmoins tu dois en parler à la belle-mère de Sudha, afin que Sudha puisse subir cet examen, amnio-quelque chose, tu sais, avec l'aiguille à injections. Non, non, ma fille, pas question que tu le lui dises plus tard. Je veux lui parler moi-même. »

De guerre lasse, je demande à ma belle-mère de venir au téléphone et retourne m'asseoir à table. Je contemple mon assiette sans appétit, bien que Dinabandhu m'ait préparé un curry de jaque. Stupide femme, me dis-je. A présent ma belle-mère va s'agiter et vibrer comme des frelons dans un nid. Il y aura de nouvelles consultations de médecins, des mains vont encore me tâter, me palper. Tout cela sans raison.

Mais quelque chose d'autre m'inquiète, une appréhension innommable.

La voix de ma belle-mère me parvient du vestibule. « Oui, effectivement », dit-elle, d'un ton tranquille qui m'étonne. Ne devrait-elle pas être plus bouleversée ? « Je suis d'accord avec vous. Vous avez agi en femme responsable. Non, je ne perdrai pas de temps. En fait, vous serez contente d'apprendre que j'y pensais de mon côté — on ne peut pas prendre le moindre risque lorsqu'il s'agit de l'héritier d'une ancienne famille comme la nôtre. J'ai déjà prévu les examens pour Sudha. Elle les subira la semaine prochaine. Oui, bien entendu, je vous appellerai dès que nous aurons les résultats. »

XXXII

Anju

La salle d'attente du médecin est peinte dans des tonalités de bleu pâle et de rose, couleurs destinées à apaiser l'angoisse des futurs parents. Mais Sunil et moi, qui n'arrêtons pas de bouger sur nos chaises de luxe, n'en ressentons guère les effets. Je me demande comment va Sudha — elle a dû recevoir hier les résultats de son amniocentèse. J'ai changé mes dates afin que nous sachions à peu près en même temps, elle et moi, si nos bébés sont en bonne condition. J'espère que Ramesh l'a accompagnée chez le médecin, plutôt que son vieux dragon de belle-mère. J'espère qu'il lui a tenu la main, comme Sunil tient la mienne en ce moment. Mais j'en doute. En Inde, les hommes ne font pas ce genre de choses — du moins les hommes que j'ai connus. Sudha me dira tout cela au téléphone ce soir.

Le docteur a trois quarts d'heure de retard. Retenu par un accouchement, nous indique l'infirmière en souriant. Tu parles ! Il est plutôt en train d'arpenter son bureau de long en large, en se demandant avec angoisse comment nous apprendre la nouvelle. Je regarde Sunil, espérant qu'il va me décocher un de ses sourires retors. Je veux qu'il hausse ses sourcils de cette façon qui semble dire : *Te voilà repartie, Anju, toi et ton imagination délirante. Le docteur ne t'a-t-il pas affirmé que chez les femmes de ton âge les problèmes de ce genre sont très rares ? Il ne t'a fait subir l'examen que parce que tu as insisté.* Mais Sunil se tapote la lèvre supérieure en évitant mon regard, et sa main que je saisis est aussi moite que la mienne.

Que ferai-je — que ferons-nous — si... ? Mon esprit se fige. Je fixe la couverture du magazine sur la table devant moi jusqu'à ce que je sente le visage de la princesse Diana s'imprimer dans mon cerveau.

Mais, Sunil a raison, je me suis une fois de plus torturée inutilement. Le docteur débarque en coup de vent, sourire carré, agitant un rapport. Tout va bien, le bébé est en parfaite santé — et c'est un garçon ! Nous le suivons, sourires penauds et soulagés, dans son cabinet de consultation, où il commente les résultats d'autres examens. J'ai une tension trop élevée, ainsi que le taux de sucre. Il veut que je me repose le plus possible, que je supprime le sel et les sucreries. Je hoche la tête, obéissante, mais je l'écoute à moitié. Je me répète tout ce que je vais dire à Sudha ce soir. Je meurs d'impatience.

Pour fêter l'événement, nous allons déjeuner au Dragon d'Or. Soupe chaude et aigre, rouleaux de printemps, aubergine à la sauce de haricots noirs, crevette sauce aigre-douce, et chow mein de porc. Insouciante, je mange une pleine assiettée du poulet Kung Pao ultra épicé (et ultra salé). Sunil tente de m'arrêter — sans beaucoup de conviction. Il voit mon bonheur.

« Détends-toi, lui dis-je. Je connais mon corps mieux que le docteur. Je n'aurai même pas de brûlures d'estomac. Le bonheur est le meilleur digestif au monde ! » Pour preuve, je lui montre l'horoscope inscrit sur mon biscuit. « *Un merveilleux événement est sur le point de se produire dans votre vie* », est-il écrit.

« C'est exact, dit Sunil. Parce que je vais te ramener à la maison et te faire l'amour. »

Et il tient parole. La tendresse avec laquelle il embrasse les courbes de mes seins et de mes hanches me fait pleurer. Je ne me rappelle même plus ce que le mot *tourment* signifie. Après, je pose ma tête sur sa poitrine moite, qui embaume l'herbe fraîchement coupée. Sa respiration douce, au rythme des vagues en haute mer, finit, malgré moi, par m'endormir.

Je me réveille brutalement, le cœur battant, avec le sentiment que j'ai oublié quelque chose de crucial. Il est plus de minuit, bien après l'heure à laquelle j'avais promis d'appeler Sudha. Merde ! J'aurais dû mettre le réveil. Je jette un coup d'œil à Sunil endormi — le séducteur coupable ! — et me traîne jusqu'au téléphone. Mes doigts engourdis n'arrivent pas à former le numéro, je dois m'y reprendre à deux fois.

C'est l'un des beaux-frères qui répond. Quand je demande à parler à Sudha, il hésite. Elle se repose, finit-il par dire d'une voix mal assurée. J'insiste, alors il me dit de ne pas quitter. L'attente est longue. Je me mords l'intérieur des joues, le regard fixé sur les aiguilles phosphorescentes de la pendule.

La voix de Sudha qui me parvient, atone, morte, est méconnaissable.

Affolée, je m'écrie : « Es-tu malade ? Veux-tu que je rappelle à un autre moment ?

— Non », dit-elle, puis elle ajoute avec un effort évident : « Comment va ton bébé ? » Les mots sortent brouillés de sa bouche, on la croirait droguée.

« Il va bien. » Un énorme silence embarrassé plane entre nous, plein de la question que je n'ose pas poser.

« Mon bébé — elle va bien aussi », dit Sudha, qui pousse ensuite un petit cri étouffé. « Je ne peux pas parler davantage. »

La ligne est coupée.

Je reste assise, hébétée, tenant toujours le combiné. Dans mon oreille, la tonalité grésille. Après une série de blip-blip métalliques, une voix de femme américaine me demande poliment de raccrocher le combiné. J'obéis. Mes bras sont de bois, mes articulations raides et non huilées. Que s'est-il passé ? Si Sudha va bien et son bébé aussi — alors, qui : Ramesh ? sa belle-mère ? Non — dans ce cas, le frère de Ramesh aurait été plus bouleversé. Lui mènent-ils la vie dure parce qu'elle attend une fille ? Non, ça l'attristerait, mais pas au point de l'abattre complètement.

C'est donc autre chose, si terrifiant qu'elle ne pouvait pas en parler devant son beau-frère. Inutile, par conséquent, de la rappeler. Je dois attendre que ce soit elle qui le fasse. Mais où — et quand — dans cette maison où tout le monde la surveille, trouvera-t-elle l'intimité nécessaire ?

Les bras serrés autour de moi, je me balance d'avant en arrière, essayant de chasser la terreur glacée qui m'étreint. Quelque chose d'abominable menace Sudha, étend sur elle ses ailes noires et squameuses.

« Absurde », déclare Sunil, après que je l'ai réveillé pour lui faire part en sanglotant de mes peurs incohérentes. « S'il y avait un problème, ta mère l'aurait su. Elle m'aurait en tout cas prévenu, si elle ne voulait pas te perturber. Viens te coucher. Tu vas te rendre malade si tu continues comme ça. »

Je pleure encore un peu, mais la voix de Sunil est rassurante et pressante, et je lui cède. Je me faufile dans le lit, cale mon dos douloureux contre le sien. Sa main trouve ma hanche et caresse les marques d'élastique qui la strient comme des points argentés. Son souffle ébouriffe les petits cheveux sur ma nuque et m'endort. Mais lui est bien éveillé. Je le sens à la raideur de ses épaules, à son maintien trop silencieux, comme un animal sauvage en présence d'un danger. Juste avant de dériver dans le sommeil, la pensée me vient que peut-être lui aussi se fait du souci. Que peut-être — et je me demande si je dois m'en réjouir ou m'en inquiéter — malgré sa nonchalance affectée, il s'intéresse plus à Sudha qu'il ne veut l'admettre.

Le lendemain je reste à la maison, tout en sachant que je vais manquer mon examen de psychologie avec le professeur Warner, qui n'admet aucun aménagement. J'ai peur de m'éloigner du téléphone même pour aller aux toilettes, bien qu'il soit maintenant plus de minuit en Inde. Mais j'imagine Sudha descendant sur la pointe des pieds l'escalier sombre, dans la maison endormie, et soulevant le combiné de ses mains tremblantes. Je dois être là.

Vers midi, je n'y tiens plus. J'appelle ma mère. Mais, ainsi que je le pensais, elle ne sait rien. Elle estime que j'exagère. Néanmoins, elle promet de téléphoner immédiatement à Sudha, et de me rappeler si quelque chose ne va pas. Je suis prête à parier que le dragon de belle-mère l'empêchera de joindre Sudha.

Quand le soir arrive, je suis épuisée par cette attente. Les épaules me font mal comme si j'avais hissé un énorme rocher le long d'une pente. Je n'ai pu manger que des biscottes trempées dans du lait.

Sunil rentre du travail et se fâche tout rouge en me trouvant allongée sur le divan à côté du téléphone, toujours en chemise de nuit, un monceau de Kleenex autour de moi. « Anjali, jappe-t-il, tout cela est ridicule. Ce comportement obsessionnel n'aidera pas ta cousine. Et ne pourra que faire du mal à mon fils. »

Son fils. Malgré mon inquiétude, ces mots me font réfléchir. Cette petite vie qui pousse en moi, que je considérais totalement mienne, appartient déjà à beaucoup d'autres. Petit-fils, cousin, fils de son père. Comme le bébé de Sudha.

Sans me laisser le temps de méditer sur la complexité de ces choses, Sunil me pousse dans la salle de bains. « Prends une longue douche chaude, m'ordonne-t-il. Je t'appellerai si le téléphone sonne. » Il me tend un morceau du savon de santal de Mysore que nous réservons aux grandes occasions. Quand je sors de la douche, il a préparé une soupe à la tomate et un sandwich au fromage grillé.

Soudain je meurs de faim. « C'est le meilleur fromage grillé que j'aie jamais mangé », lui dis-je en avalant une énorme bouchée. Un délicieux et vieux souvenir vient planer entre nous et, par-dessus nos bols de soupe fumante, nous nous sourions.

Je fais un cauchemar, l'un de ceux que l'on sait n'être qu'un rêve, mais qui n'en sont pas moins terrorisants. Mon bébé est pris au piège, quelque part sous l'eau, loin de moi. Il soulève un minuscule combiné noir pour m'appeler à l'aide. J'entends la sonnerie étouffée du téléphone et veux courir jusqu'à l'appareil, mais mes membres sont des pierres. Un vent sous-marin se met à souffler. L'eau, calme jusqu'alors, se précipite en tourbillonnant autour de mon petit garçon, lui arrache le téléphone des mains. Des visages apparaissent dans ce torrent — Ramesh, la belle-mère de Sudha, tante N, Sunil. Mais, sous mes yeux, leurs traits se dissolvent, leur peau devient noire et écailleuse, leur langue fourchue. A présent ce sont des serpents, ils enroulent leurs anneaux autour de mon bébé, dont le visage se ratatine au fur et à mesure qu'il disparaît dans la masse des corps qui se tordent et se nouent. *Anju*, pleure-t-il, *Anju-Anju-Anju*. Il a disparu.

« Anju, réveille-toi », dit Sunil. Penché sur moi, il me secoue doucement le bras. Que je lui arrache en poussant un cri étouffé — le rêve est encore trop présent. « Allons, dit-il avec impatience. On t'appelle en préavis d'Inde. C'est peut-être Sudha. » Il place l'appareil entre mes mains engourdies et s'installe au bout du lit. J'articule : *S'il te plaît, va-t'en*, mais il est trop occupé à se couper les ongles.

Il y a beaucoup de perturbations sur la ligne, j'entends à peine la voix de Sudha.

« Parle plus fort, dis-je. La liaison est mauvaise. » Je me rends compte brusquement que ce n'est pas cela. Sudha se trouve dans un lieu public — on entend des cloches sonner, des gens hurler des questions, des machines cliqueter, un autobus dans le lointain. Mon cœur se met à battre comme un fou. Sa belle-mère ne laisserait jamais Sudha aller dans un endroit pareil — et en tout cas pas seule.

« Je suis à la poste centrale », dit Sudha. Elle parle en phrases courtes, hachées. « Pouvais pas appeler de la maison. Ai pris un vélo-rickshaw jusqu'ici pendant qu'elle faisait sa sieste.

— Sudha, qu'y a-t-il ? Je suis malade d'inquiétude. Quelque chose est arrivé à Ramesh, ou à ta belle-mère ?

— Non. Ils vont bien », ajoute-t-elle d'un ton venimeux.

Puis elle dit : « Ils veulent tuer mon bébé.

— *Quoi ?* » Je suis sûre d'avoir mal entendu.

« Ma belle-mère veut que j'avorte. »

Le lit tangue, menace de me faire tomber. Les extrémités de la chambre roussissent, comme les bords d'un papier en train de brûler. Je saisis, dans le brouillard, la main de Sunil. Elle est sèche et froide.

« Sudha, comment est-ce possible ? réussis-je à dire. Après toutes les pressions qu'elle a exercées sur toi pour que tu tombes enceinte ? » Mais quelque chose en moi sait déjà.

« Quand l'examen a révélé que c'était une fille, elle a dit que chez les Sanyal l'aîné doit être un garçon — c'est ce qui se passe depuis cinq générations. Que sinon, ça fait honte à la famille, et ça porte malheur. La vraie raison, je crois, c'est le petit-fils de tante Tarini... »

De quoi parle-t-elle ? Il faudra qu'elle m'explique une autre fois.

« Elle n'a pas peur que tu ne puisses plus jamais avoir d'enfant ?

— Non. Quand la déesse Shashti a souri à une femme, dit-elle, il n'y a rien à craindre.

— Mais Ramesh ? » Dans ma rage, je hurle. « C'est un homme bon, un homme moderne. Il ne pense sûrement pas comme... »

Sudha rit. Un rire terrible, plein d'amertume, d'espoir abandonné. « Il *est* bon. Mais il ne fait pas le poids par rapport à sa mère. Quand il lui a dit que ce n'était pas nécessaire, qu'il serait heureux d'avoir une fille, elle l'a simplement regardé, de ses yeux de rapace encapuchonné, et il a détourné les siens. Elle a ajouté que je n'aurais pas conçu de bébé du tout si elle ne m'avait pas conduite au sanctuaire de Shashti. J'ai attendu qu'il lui parle du docteur qu'il avait consulté, des piqûres qu'on lui avait faites, mais je suppose qu'il n'a pas osé. Elle l'a accusé d'avoir oublié toutes les épreuves qu'elle a subies après la mort de son père — la faim supportée pour que les enfants puissent manger, les nuits passées sans dormir à se faire du souci, les insultes endurées. Elle lui a demandé si un joli visage pesait plus que tout cela. Oh, qu'elle a été cruelle ! Elle choisissait les mots qui perçaient, comme des crochets d'acier au bout empoisonné, si bien qu'à la fin, il a déclaré forfait.

— Comment ça ?

— Il s'est bouché les oreilles de ses mains, et il est sorti de la pièce. Je lui ai couru après — j'avais perdu toute réserve. Tu ne peux pas la laisser me faire ça, ai-je dit. Il y avait un drôle de regard dans ses yeux, comme s'il ne savait pas très bien où il se trouvait. Tu te rappelles la fois où notre cousin Poltu a mis un doigt dans une prise électrique et a failli mourir ? Tu te rappelles son regard, après ? Eh bien, c'était celui de Ramesh. Il m'a dit : s'il te plaît, Sudha, laisse-moi un peu tranquille. Je l'ai pris par le bras, je l'ai secoué. Non, ai-je hurlé. J'ai besoin que tu m'aides, que tu protèges notre fille. Mais il s'est arraché à mon étreinte comme si je parlais une langue étrange qu'il n'avait jamais entendue auparavant et a quitté la maison. Il est rentré tard cette nuit-là et s'est enfermé dans la bibliothèque. Nous ne nous sommes pas parlé depuis. Je ne peux pas compter sur lui, Anju. Je sais que ma belle-mère a déjà pris rendez-vous pour l'avortement. Elle ne me dit pas pour quand. Si je n'y vais pas de mon plein gré, elle trouvera un moyen de m'y traîner — peut-être en me droguant, qui sait. Elle est capable de n'importe quoi, quand elle a pris une décision. »

Assommée, je garde le silence. Ces histoires d'avortement, l'*India West* en publie régulièrement. Et le mois dernier, dans l'émission « 60 minutes », il y a eu un reportage sur ces cliniques spécialisées qui fleurissent sur tout le territoire indien, maintenant que l'amniocentèse se pratique si facilement. Folle de rage, j'ai vu les rangées de couchettes alignées contre un mur sale, et les femmes allongées, qui détournaient le visage. Mais c'était une colère abstraite, la scène, qui se déroulait dans une lumière faible et verdâtre comme filmée sous l'eau, ne me concernait pas, ne pouvait concerner aucun être proche. C'est ce que je croyais.

« Votre temps est terminé, madame », intervient l'opératrice, avec un lourd accent indien.

« Anju, crie Sudha affolée, qu'est-ce que je vais faire ? »

Mon esprit pèse une tonne, ma langue aussi.

« J'ai mis des pièces pour trois minutes supplémentaires, c'est tout ce que j'ai, dit Sudha. Dépêche-toi, Anju. Anju ! Tu es là ? »

J'essaie désespérément de réfléchir. « As-tu de l'argent sur toi, en dehors de ça ? » Je redoute sa réponse. Je sais d'après ses lettres que sa belle-mère garde les clefs du coffre.

Mais Sudha me surprend.

« J'ai cinq cents roupies. Je les ai prises dans le tiroir du bureau de Ramesh. Et tous mes bijoux qui n'étaient pas dans le coffre. Pour le cas où.

— Pour le cas où ? » Je veux l'entendre me le dire. J'ai besoin qu'elle le dise.

« Pour le cas où je déciderais de ne pas rentrer. » La voix de Sudha s'est raffermie. Je crois qu'elle avait besoin elle aussi de se l'entendre dire.

« Bon, ça résout le problème immédiat. Prends un train pour Calcutta, puis un taxi jusqu'à la maison. Les mères s'occuperont de toi.

— Ce n'est pas si simple, Anju. » Sa voix se casse. « Juste avant de t'appeler, j'ai téléphoné à la maison. C'est maman qui a répondu. Quand je lui ai raconté, elle m'a dit que je ne devais pas partir, absolument pas. Ma place est auprès de ma belle-famille, pour le meilleur ou pour le pire. Il est possible qu'ils ne veuillent pas me reprendre, et après qu'est-ce que je deviendrai ? Les gens croiront qu'on m'a jetée dehors parce que j'ai fait quelque chose de mal. Ils croiront que mon bébé est un bâtard... »

L'incrédulité me coupe le souffle. « Tu aurais dû lui dire qu'on t'oblige à avorter. » Même tante N aurait admis que Sudha n'avait pas d'autre solution que de s'enfuir.

« Je l'ai fait. Elle estime qu'entre deux maux, c'est le moindre. » Sudha éclate en sanglots. « Ma propre mère. »

« Le temps est terminé », intervient de nouveau la voix indifférente de l'opératrice. Un instant je me demande si elle a écouté, et ce qu'elle pense de notre situation. Mais peut-être des conversations de ce genre, en entend-elle à longueur de temps, des histoires de vies brisées, de certitudes abolies, de désenchantement polluant l'air comme l'incendie d'une maison qui paraissait ne jamais devoir brûler.

« Une chose à la fois, dis-je à Sudha d'un ton le plus rassurant possible. Les choses vont s'arranger, tu verras. Je t'appellerai à Calcutta. »

Sur quoi la ligne est coupée.

« Tu n'aurais pas dû lui dire de retourner chez vous », me reproche Sunil avant même que j'aie reposé le combiné. « Si elle était restée, elle aurait peut-être fini par régler les choses avec son mari. Maintenant, sa belle-mère dispose d'une excuse toute trouvée pour convaincre Ramesh de demander le divorce... »

Je suis si folle de rage que tout mon corps tremble. Je démarre, prête à traiter Sunil d'imbécile, au raisonnement typiquement masculin. Comment un homme pourrait-il comprendre la souffrance de Sudha ? Comment un homme pourrait-il savoir ce que ressent une femme forcée de renoncer à la vie qui pousse en elle ?

C'est alors que je le sens, un mouvement très léger mais précis, au fond de mon ventre, poisson vif argent qui bondit. Mon bébé ! Il me rappelle ce qui est le plus important.

Je serre les lèvres. Si je commence à me bagarrer avec Sunil, je ne serai plus capable de m'arrêter, et j'ai besoin de mobiliser toute mon énergie pour Sudha. Sudha qui prend un rickshaw jusqu'à la gare. Sudha qui abandonne son statut confortable d'épouse, avec un sac à main pour toute richesse.

Je ramasse un oreiller, vais dans la salle de séjour, m'allonge sur le canapé et ferme les yeux. La main à plat sur mon ventre, je capte la chaleur que me transmet mon bébé, je capte sa force. Contre la paroi sombre de mes paupières, Sudha se dresse, debout sur un quai étouffant et poussiéreux, tandis qu'arrive le train pour Calcutta, sifflement aigu, odeur de Diesel chaud. Elle pose son petit pied — si élégant, si fragile — sur les marches du compartiment, et entame son dur voyage.

XXXIII

Sudha

Me voici gare Howrah, dont le plafond sépulcral, maculé de suie, amplifie chaque son en un écho mystérieux, et je me rends compte que de toute ma vie je n'ai jamais voyagé seule. Le vacarme qui règne ici me stupéfie : les bonds par lesquels se propulse, de mauvais gré, l'aiguille des minutes de l'immense horloge murale, les cris des vendeurs poussant des voiturettes chargées de mausambi jaunes que survolent des essaims de mouches excitées, les coolies à l'uniforme rouge qui courent sur le quai, non sans vous bousculer, portant sur la tête d'énormes baluchons. Tout l'endroit sent la sueur et l'urine — et le désespoir. L'odeur s'intensifie quand je passe à côté des familles de sans-abris recroquevillés sur leurs nattes de jute, tendant leur bol à aumône. Pitié et nausée m'envahissent, tandis que je fourrage dans mon sac à la recherche d'une pièce, et je ne peux réprimer un frisson. Sans la fragile protection des mères, ne serais-je pas moi aussi sur un trottoir ?

Et les hommes — la gare est pleine d'hommes. Ils me heurtent volontairement, ils crachent à mes pieds des bourres de feuille de bétel et découvrent leurs dents en un sourire grimaçant quand je saute pour m'écarter, leurs yeux effrontés et concupiscents parcourent mon corps — une femme seule après tout, le jeu est honnête — tandis qu'ils se demandent pourquoi je n'ai pas de bagages. Pourquoi personne n'est venu m'attendre. Je ressens un grand creux à l'intérieur. A cela aussi, faudra-t-il que je m'habitue ? Un instant, la tentation me saisit de remonter dans le train et de retourner vers la pseudo-sécurité de la maison de brique rouge à Bardhaman.

Je réussis à me frayer un chemin vers la station de taxis. Les gens ne forment pas une file d'attente — personne ne le fait jamais à Calcutta — et la seule façon d'avoir une voiture est d'écarter les autres et de sauter dans le véhicule. Désespérée, je contemple le spectacle pendant un bon quart d'heure, puis je plonge dans la masse, pousse les gens à coups d'épaule, sans me soucier des pieds que j'écrase. Mes cheveux se dénouent, le bouton d'un kurta m'égratigne la joue, quelqu'un dont je ne vois pas le visage profite de la mêlée pour tâter mes seins. Je lui flanque une tape vigoureuse sur la main, balance un coup de pied dans les chevilles d'un gros homme qui me barre la route. Il se retourne pour m'injurier, mais demeure bouche ouverte devant mon air menaçant. Un bon coup de coude dans sa panse, et me voilà dans un taxi, épongeant la sueur sur mon cou, tremblante. C'est peut-être ce qu'a ressenti la Rani de Jhansi la première fois qu'elle est allée à la bataille. Je donne l'adresse au chauffeur de ma voix la plus sévère de façon qu'il ne soit pas tenté de prendre le plus long chemin, et me renverse contre le dossier.

Se retrouver seule dans un taxi est un peu effrayant. Je me remémore les histoires que chuchotaient les amies de ma mère à propos de filles kidnappées et expédiées au Moyen-Orient. Mais je ne peux me permettre d'avoir peur. Qui sait tous les endroits où je devrai me rendre sans personne pour m'accompagner, maintenant que je ne suis plus la belle-fille des Sanyal ? Alors je me souviens que je ne suis pas seule. Ma fille est avec moi, ma douce petite fille, flamme qui vacille au centre de mon corps. Et, en me rappelant que pour elle, la maison de ma belle-famille, gardée par sa multitude de yakshas armés, est l'endroit le plus dangereux au monde, je ne doute plus d'avoir pris la bonne décision.

C'est Ramur Ma qui m'ouvre la porte. Elle pousse un petit cri de surprise et se frappe la poitrine, d'où j'en déduis que ma mère n'a parlé à personne de mon coup de téléphone. « Sudha Didi, mon Dieu, c'est vraiment toi ! Où est Ramesh Dada Babu ? Ne me dis pas qu'il t'a laissée voyager seule dans ton état ! O Nalini Ma, ô Gouri Ma, Pishi Ma, venez vite voir qui est là ! »

Je m'assois gauchement sur le bord du canapé dans le salon, des deux mains serrant mon sac, me sentant étrangère dans la maison où je suis née. Et, comme une étrangère, je ne suis pas sûre d'être la bienvenue.

« Oh, seigneur », dit ma mère, qui arrive la première. Elle porte la main à sa bouche. « Ainsi, tu l'as fait, impétueuse et têtue comme toujours. Oh, seigneur, qu'allons-nous devenir maintenant ? »

Je m'y attendais, mais ça fait mal néanmoins. Je cligne les yeux pour refouler les larmes, comme si j'avais douze ans. Ne comprend-elle pas, ne comprendra-t-elle jamais que j'ai besoin d'être enlacée, réconfortée ?

« Qu'est-ce que cela signifie ? » demande Pishi, qui l'a suivie de près. « Est-ce une façon d'accueillir sa fille qui vous rend visite après une si longue absence ? Viens, Sudha Ma, que je voie comme tu es belle maintenant que tu vas devenir mère. Oh, je suis si contente que tu sois là ! Mais Ramur Ma a raison, notre gendre n'aurait pas dû te laisser voyager seule. Tu as l'air terriblement fatiguée. » Elle me frotte le dos, et, reconnaissante, je laisse tomber ma tête sur son épaule.

A présent c'est Gouri Ma qui accourt, une certaine perplexité dans son sourire. Ses yeux font le tour de la pièce, cherchant mes bagages. Elle doit se demander pourquoi le chauffeur de Ramesh ne les a pas encore déposés.

Le moment le plus pénible est venu, qui m'oblige à raconter, à revenir sur les détails les plus sordides, tandis que l'horreur se peint sur le visage de Gouri Ma, que Pishi froisse dans ses mains un bout de son sari.

« Je lui ai dit de ne pas le faire, siffle ma mère. Je lui ai dit de serrer les dents et d'oublier, puis de tenter une nouvelle grossesse. Une femme peut avoir plusieurs enfants, après tout, mais un mari, on n'en a qu'un. Mais non, Madame a voulu faire à sa tête. Et *maintenant*, qu'allons-nous dire à la famille ? Fi, elle a couvert de kali à tout jamais les Chatterjee, pour ne pas parler de mes ancêtres. »

Je voudrais lui lancer quelque chose de bien senti sur ses ancêtres, mais cela demande trop d'efforts. Une douleur sourde me taraude le dos, et tout ce que je désire c'est de m'allonger dans la chambre de mon enfance et de m'enfouir sous le couvre-lit.

« Ça suffit, Nalini », dit Gouri Ma. Elle respire mal, par à-coups, et je m'en veux terriblement d'ajouter à ses soucis. « Sudha est en âge de prendre ses décisions, et je comprends pourquoi elle a pris celle-ci. A nous maintenant de la soutenir...

— Te voilà repartie, Didi, intervient ma mère, à l'encourager à faire la forte tête. Pas étonnant qu'elle ait eu des problèmes avec sa belle-mère... »

C'est mon enfance qui recommence. J'en rirais si ce n'était pas si douloureux.

« Bas, bas, Nalini, dit Pishi. La pauvre enfant est sur le point de s'évanouir de fatigue, ne le vois-tu pas ? Donnons-lui à manger, et qu'elle aille se coucher, ensuite tu pourras te lamenter et invoquer tous les dieux que tu voudras. » Elle me prend par la main et m'entraîne dans un couloir. « Tiens, Sudha, lave-toi dans cette salle de bains. Il y a eu des changements dans la maison. Nous avons fermé le premier étage — ça fuyait de partout après les moussons. Je t'en dirai plus demain. »

Le dîner se passe dans un brouillard, un repas frugal de riz, de dal et d'épinards sautés, triste révélateur de la situation financière des mères. Pishi invente des excuses — elles ont arrêté l'unun pour la nuit, sinon elles auraient envoyé Singhji au marché acheter du poisson qu'on m'aurait fait frire.

« C'est délicieux comme ça », dis-je, et ça l'est effectivement. J'ignorais comme j'avais faim d'une nourriture servie avec amour, d'une nourriture que je puisse manger sans m'étouffer avec je ne sais quels ingrédients. D'une nourriture pour Sudha, non pour le réceptacle de l'héritier des Sanyal.

Après le dîner je m'allonge sur le lit improvisé que les mères ont dressé dans l'office. Demain, elles feront descendre un vrai lit, dit Gouri Ma. Elle se penche pour ébouriffer mes cheveux. « Nous sommes toutes contentes que tu sois là, Sudha, sourit-elle. Même ta mère. Tu la connais — il faut qu'elle se plaigne.

— Je suis désolée de vous causer tant d'ennuis.

— Absurde. N'es-tu pas notre fille, liée à nous non seulement par le sang mais par ta vie entière depuis ta naissance ? » Gouri Ma soutient mon regard. Je sais ce qu'elle me dit en réalité. *Peu importe qui était ton père, tu es toi, cette maison est la tienne. Et il en sera de même pour ta fille. Parce que au bout du compte le sang est moins important que l'amour.*

J'exhale un soupir profond, satisfait, et enfonce la tête dans l'oreiller. Longtemps après que Gouri Ma a quitté la pièce, je sens la caresse de sa main sur mes cheveux, comme une bénédiction. Derrière la porte, j'entends les mères qui discutent, leurs voix qui s'échauffent puis retombent, essayant d'imaginer ce qu'il convient de faire. Ces bruits me détendent. Même un soudain accès de colère de Gouri Ma, ou les extravagantes lamentations de ma mère, me sont aussi familiers que les refrains plaintifs de berceuses enfantines. Je connais si bien le rythme sur lequel ils se déroulent, que je pourrais le pianoter sur mes os.

« C'est le rythme d'un cœur aimant », dis-je à ma fille. Alors, elle et moi, apaisées, nous nous endormons.

Le lendemain matin, cédant à l'insistance de ma mère, Gouri Ma téléphone à ma belle-mère. Elle lui dit que je suis là, que je vais bien, et que je veux garder le bébé. Ne pourrait-on pas trouver un compromis, afin que les deux familles sauvent la face et soient heureuses ?

Ma belle-mère fait montre d'affabilité, l'affabilité de celle qui sait qu'on ne réussira pas à la persuader. Si je reviens immédiatement et subis l'avortement programmé, elle voudra bien oublier mon acte de rébellion. Sinon, elle craint de devoir lancer la procédure de divorce.

Mais que pense Ramesh de tout cela ? demande Gouri Ma. Peut-elle lui parler ?

Ma belle-mère l'informe que Ramesh n'est pas là. Mais il est évidemment d'accord avec elle. Elle paraît surprise qu'on puisse même se poser la question.

Après avoir raccroché, Gouri Ma prend mes mains dans les siennes. « Je n'avais pas beaucoup d'espoir en ce qui concerne ta belle-mère, dit-elle, mais Nalini a fait un tel foin que j'ai téléphoné. Nous devrions néanmoins essayer de joindre Ramesh. Je vais dépêcher Singhji à son bureau... »

Un instant je revois Ramesh, ses yeux à la douceur de soie, ses mains hésitantes posées sur mon ventre. L'affaissement de sa bouche quand sa mère a élevé la voix. La façon dont il s'est couvert les oreilles et m'a suppliée : *Sudha, s'il te plaît, laisse-moi tranquille.*

« Il sait où je suis, dis-je finalement. S'il le veut, il peut prendre facilement contact avec nous. Et s'il ne veut pas d'elle — je touche mon ventre — alors il ne m'aura pas non plus. »

Ramesh ne se manifeste pas. La semaine suivante, un domestique vient déposer les papiers du divorce à notre porte. Sous la mention « Motif » est dactylographié « Désertion ».

Plus tard, dans la journée, j'enlève mes bracelets de mariage, et j'efface la marque de sindur malgré les lamentations de ma mère.

« O déesse Durga ! Que diront les gens ? s'écrie-t-elle. Une femme enceinte sans le sindur sur son front ! De quels noms honteux vont-ils affubler ton enfant ? »

Je la gratifie d'un haussement d'épaules nonchalant, mais la culpabilité me taraude. Mon audace expose-t-elle ma fille à une condamnation sans appel ?

Chose surprenante, c'est ma Pishi, habituellement si peu sûre d'elle, qui vient à ma rescousse. « Pourquoi se soucierait-elle du qu'en-dira-t-on ? Quel bien cela lui a-t-il rapporté jusqu'à présent ? Quel bien cela nous a-t-il fait à toutes de craindre l'opinion de la société ? Je crache sur cette société qui trouve convenable de tuer une petite fille dans le ventre de sa mère, mais condamne la mère qui s'enfuit pour sauver son enfant. » Elle a la respiration saccadée, le visage enfiévré. Je ne l'ai jamais vue aussi passionnée et, à en juger par leur expression, ma mère et Gouri Ma non plus.

« Quand, devenue veuve, je suis retournée dans la maison de mes parents, à combien de règles tyranniques n'ai-je pas dû me plier ! Quel âge avais-je, Gouri, à l'époque ? Dix-huit ans. J'ai rangé mes beaux saris, mes bijoux de mariage, je n'ai mangé qu'un repas par jour, ni poisson ni viande, j'ai jeûné et prié — et pour quoi ? Toutes les nuits je trempais mon oreiller de larmes de culpabilité parce qu'on m'avait dit que, à cause de mon mauvais sort, j'étais responsable de la mort de mon mari.

« Les hommes qui perdent leur femme peuvent se remarier au bout d'une année. Ils n'arrêtent pas de travailler ou d'étudier. Personne ne leur parle de mauvais sort. Nous avons même un dicton, n'est-ce pas : "*Abhagar goru moré, Bhagya baner bau*, l'homme malchanceux perd sa vache, l'homme chanceux perd sa femme !" Mais quand, après trois ans de veuvage, j'ai supplié mon père de me payer un précepteur privé afin que je puisse au moins étudier pour m'occuper, il m'a giflée. J'ai pensé à me suicider, oh oui, plusieurs fois au cours de ces années-là, mais j'étais trop jeune et trop effrayée par ce que disaient les prêtres — ceux qui attentent à leur propre vie finissent dans le puits le plus profond de l'enfer. J'ai donc continué à vivre chez mon frère. Qu'aurais-je pu faire d'autre ? Mais malgré sa bonté — et la tienne aussi, Gouri — je savais qu'il me gardait par charité. Je n'avais aucun droit dans cette maison — ni nulle part ailleurs. Ma vie était terminée parce que j'étais une femme sans mari. Je refuse pour notre Sudha une vie semblable. »

Un silence médusé suit cette tirade. Gouri Ma s'essuie les yeux, ma mère elle-même se mord les lèvres et baisse les yeux.

« Tu as raison, Didi, dit finalement Gouri Ma. Que crois-tu que nous devons faire ?

— Vendre la maison, affirme Pishi. Ce que cet homme d'affaires Marwari nous conseille depuis longtemps. »

Gouri Ma et ma mère en ont un haut-le-cœur. Moi aussi, je suis choquée. Et que cela vienne de Pishi, la gardienne de la tradition familiale !

« Qu'est-ce donc sinon un tas de pierres, après tout ? poursuit Pishi. Le véritable esprit Chatterjee, si tant est qu'il existe, c'est en nous qu'il doit vivre. Nous, les femmes — et dans le petit être qui va naître, que nous devons être prêtes à accueillir. Pour l'amour du ciel, Nalini, ne prends pas cet air tragique. Tu ne seras pas livrée à la rue. Rien que l'argent que nous rapportera la vente du terrain suffira à acheter un joli petit appartement dans un quartier commode — Gariahat peut-être — et à payer l'accouchement de Sudha. Nous devons veiller à ce qu'elle soit suivie par un bon médecin. Et, Gouri — je ne veux plus entendre d'excuses de ta part —, je veux que tu ailles subir des examens complets la semaine prochaine, et si le docteur maintient que tu dois te faire opérer du cœur, je veux que tu obéisses tout de suite. Sudha et notre petite-fille auront besoin de nous trois dans les temps difficiles qui s'annoncent — de toi surtout, parce que tu es celle qui en sait le plus sur la façon de survivre dans le monde extérieur.

— Oui, Didi », acquiesce Gouri Ma avec humilité. Un sourire commence à se former sur ses lèvres.

« Et toi, ma fille, me dit Pishi, va prendre un bon bain et nettoyer les dernières traces de rouge sur ton front. Ce sont les Sanyal qui t'ont perdue, et pas l'inverse. Tu as toute ta vie devant toi, et tu en feras un tel succès qu'ils en resteront la bouche ouverte. »

Moi aussi je souris. Devant la fougue de Pishi, je me prends à croire à mon avenir. Je me penche pour lui toucher les pieds, puis ceux de Gouri Ma et de ma mère.

« Mais quelle sorte de bénédiction allons-nous te donner ? dit Pishi. Te souhaiter de mettre au monde une centaine de fils semble inapproprié, n'est-ce pas, en l'absence de mari dans le tableau ? »

Soudain je sais. « Bénissez-moi afin que je puisse devenir la Rani de Jhansi, la reine des épées, dis-je. Bénissez-moi afin que j'aie le courage de me lancer dans la bataille si nécessaire, aussi désespérée que soit la situation. Bénissez-moi afin que je sois capable de me battre pour moi et mon enfant, où que je me trouve.

— Nous te bénissons », disent les mères.

Sous la douche, je me frotte jusqu'à ce que la dernière trace de rouge disparaisse dans la tuyauterie. C'est le malheur que j'élimine ainsi, me dis-je. Le sceau du devoir. La sentence de mort prononcée contre ma fille. Tout ce que le Bidhata Purush a écrit, car j'en ai assez de vivre une existence décrétée par quelqu'un d'autre. Comme cela paraît facile ! De quel pouvoir disposons-nous, nous les femmes, pour peu que nous croyions en nous-mêmes !

Mon optimisme ne durera pas, je le sais. Les mois à venir seront porteurs de nombreux ennuis, de nombreux doutes. Pourtant, j'ai le cœur léger. J'ouvre la bouche et y laisse couler la douce eau claire. Dans mon ventre, ma fille pirouette de joie en m'entendant chanter.

XXXIV

Anju

Toute la semaine je me tourne et me retourne sur le divan bosselé où je me suis bannie moi-même. La première nuit Sunil est venu me demander de regagner notre lit, mais comme je lui ai dit de me laisser tranquille, il n'a plus insisté. Des rêves, semblables à des traînées de nuages déchirés, ponctuent mon méchant sommeil, le visage de Sudha surgit et s'efface, parfois implorant, parfois en larmes, parfois figé de peur. Chaque matin je me réveille avec un mal de dos et un poids sur la poitrine. J'ai parlé à deux reprises avec Sudha depuis son retour à Calcutta, et chaque fois je l'ai trouvée de joyeuse humeur. Pourtant je ne peux m'empêcher de penser à ce qu'a dit Sunil. Lui ai-je fait prendre la mauvaise décision, au nom de ces idées de bien et de mal que m'inculquent les féministes américaines ? L'ai-je condamnée à une vie de solitude ?

Plus le temps passe, plus je m'enfonce dans la dépression, certaine d'avoir gâché l'existence de Sudha. Ce matin, je verse son café à Sunil dans un silence maussade et ne réponds pas à son au revoir. Quand il essaie de m'embrasser, je me détourne. « Oh, Ange ! » dit-il, en laissant retomber ses bras. Pourtant, le soir, il m'apporte un bouquet d'iris de ce bleu foncé que j'adore, et me tient serrée un long moment contre lui.

Avec pour résultat de me rappeler la tendresse, aussi faible soit-elle, dont Sudha est à jamais privée. Néanmoins, je rapporte mon oreiller dans la chambre.

Nous faisons l'amour cette nuit-là, après bien longtemps. C'est merveilleux, mais ensuite je suis la proie d'une étrange agitation. Pour finir, je m'assois dans le lit :

« Je n'arrête pas de penser à Sudha — pourvu qu'elle aille bien. »

Sunil mime l'homme endormi, mais un sillon révélateur se creuse entre ses sourcils. Il en a probablement assez d'entendre parler de Sudha — mais je semble incapable de m'arrêter.

« J'aimerais pouvoir faire plus pour elle que de lui téléphoner de temps en temps.

— Tu en as déjà trop fait. » Sunil s'assoit lui aussi, abandonnant tout faux-semblant de sommeil. « Tu as pris pour elle le genre de décision qu'on ne devrait jamais prendre pour autrui. Et si les choses ne s'arrangent pas et que dans dix ans d'ici elle te rend responsable de tous ses ennuis ?

— Sudha n'est pas comme ça ! » La voix suraiguë, je suis prête à la bagarre. Voilà ce dont j'ai besoin — attaquer quelqu'un, n'importe qui. Peut-être cela apaisera-t-il les doutes qui ne me quittent pas. « Tu ne sais pas ce qui existe entre nous — je ne crois pas que tu aies jamais aimé quelqu'un comme nous nous aimons, elle et moi. Sudha est ma moitié — comment aurais-je pu rester tranquille et laisser sa belle-mère et ce plat de nouilles qu'est son mari la forcer à avorter ?

— Ne t'excite pas comme ça, dit Sunil, benoîtement. C'est mauvais pour toi.

— M'exciter ! *M'exciter !* Tu t'exciterais de la même manière si des gens essayaient de tuer — non, d'assassiner — ta nièce. »

Sunil préfère ne pas commenter. « Mais, dit-il, comment va-t-elle vivre désormais ? Tu m'as dit que les mères ont des gros problèmes d'argent. Elle ne voudra sûrement pas être une charge pour...

— Bien sûr que non ! Elle trouvera du travail.

— Quel genre ? Elle n'a pas d'apprentissage, pas d'expérience.

— Elle pourrait... » Je me presse les tempes avec l'espoir d'en faire surgir une solution. « Elle pourrait vendre des travaux d'aiguille à des boutiques. Elle est terriblement douée... »

Sunil me jette un regard ironique. « Tu penses vraiment que c'est si facile ?

— Peut-être pas facile, mais pas impossible non plus. » J'ai *besoin* de croire que le possible existe. Sinon comment pourrions-nous supporter l'énorme poids de l'existence ?

« Et l'opprobre social, qu'en fais-tu ? Tante Nalini l'a bien dit : les langues vont fonctionner. »

Je soupire : « Elles fonctionnent toujours. Il ne faut pas en tenir compte.

— Parle pour toi, Anju. Tu es à l'abri ici, en Amérique. Mais Sudha, elle, devra les affronter tous les jours. Quelle sera sa vie, seule à jamais avec sa fille — car qui voudra l'épouser après cela ? Une paria... »

Une étrange dureté perce dans la voix de Sunil, une note grinçante et âpre sous la cruauté des mots, comme si les prononcer lui faisait mal. Je me presse les paupières — je dois déchiffrer cette note, comprendre ce qu'elle signifie —, mais tout ce que je vois c'est ma cousine qui longe une rue en tenant sa fille par la main, tandis que les voisines chuchotent du haut de leurs vérandas et que les enfants leur courent après, en les insultant.

« Peut-être sa mère n'avait-elle pas tort, dit Sunil. Peut-être l'avortement aurait-il été le moindre de deux maux. »

Je contemple mon mari. Médusée par la forme sombre, lourde, des mots qu'il vient de lâcher entre nous. Comme je connais peu cet homme. Comme nous connaissons toujours peu les hommes dont nous tombons amoureuses.

« Pourquoi ne vas-tu pas au bout de ta pensée et ne dis-tu pas que Mrs Sanyal avait raison d'exiger l'avortement, finis-je par murmurer. Pourquoi ne dis-tu pas que Ramesh a agi convenablement en prenant le parti de sa mère. Peut-être aurais-tu voulu *toi aussi* que j'avorte si nous avions vécu en Inde et que mon bébé s'était révélé être une fille.

— Anjali... », proteste Sunil avec colère, mais je ne veux pas en entendre davantage. Je quitte la pièce en claquant la porte derrière moi. Je sais que ce que je viens de dire est injuste — mais l'est-ce vraiment ? Les questions me criblent, j'ai l'impression que mon corps est couvert d'épingles et d'aiguilles. Comment la situation de Sudha peut-elle laisser Sunil si insensible ? Cela signifie-t-il qu'il se comporterait de la même façon avec moi si j'avais des ennuis ? D'ailleurs, m'aime-t-il ? Et si quelque chose arrivait à notre bébé — m'aimerait-il encore ? Fantasmes de femme enceinte, peut-être, que nous connaissons toutes quand nous sommes seules, mais que je ne peux pas enrayer.

Et Sudha, dont toutes les nuits seront solitaires — de quels fantasmes est-elle la proie, qui surgissent dans son esprit comme une volée d'oiseaux effrayés ? Etend-elle la main dans son sommeil, cherchant la forme familière de Ramesh ? Lui manque-t-elle, cette sensation que procure un corps qui se moule contre le vôtre dans le lit, poussé par le besoin et l'habitude ? Regrette-t-elle le chemin que je lui ai fait prendre ? Se retournera-t-elle un jour sur son passé et me maudira-t-elle, comme m'en a avertie Sunil ?

J'ai perdu toute capacité de jugement, toute notion de perspective.

Je me recroqueville sur le canapé, frissonnant légèrement parce que j'ai laissé mes couvertures dans la chambre. Je ferme mes yeux douloureux et je prie : *S'il vous plaît. S'il vous plaît, laissez-moi dormir*.

Alors le souvenir me revient, si intense que je ressens sur ma peau le froid et le visqueux du gel que l'infirmière y a appliqué. Elle promène le capteur d'avant en arrière sur le monticule qu'est mon ventre, qui retransmettra les ultrasons émis par mon bébé. Au début, une sorte de pâté apparaît sur l'écran. Puis, tandis que l'image s'agrandit, je vois la courbe délicate de son épine dorsale, la petite bosse du pénis. Il bouge bras et jambes en une gracieuse danse aquatique, même si pour le moment je n'éprouve rien. Le clignement vert du radium sur l'écran, guère différent de celui des étoiles que, il y a si longtemps, Sudha et moi observions durant les nuits d'été, est le battement de son cœur.

Cet ultrason a tout changé, a conféré une tout autre réalité à mon bébé.

Je sais que, pour Sudha, il en a été de même.

Je sors de la penderie des vestes et des manteaux, en place deux sous ma tête, me recouvre du reste. Je ne peux toujours pas affirmer que j'ai donné le bon conseil à Sudha. Ni dire quelles répercussions il aura. Mais ma respiration se calme, ainsi que les battements de mon cœur. Et quand l'idée jaillit en moi, je sais que c'est à mon bébé qu'elle doit d'exister. Et que, comme mon bébé, elle est parfaite.

Je vais faire venir Sudha et sa fille en Amérique. Pourquoi pas ! Elle pourra habiller toutes les femmes indiennes qui vivent ici et peut-être — enfin — ouvrir le magasin dont elle rêvait. Elle habitera son propre studio, un peu plus loin dans la rue — et aura ainsi son indépendance. Chaque après-midi j'emmènerai mon fils jouer avec sa fille, de façon qu'ils puissent grandir aussi proches l'un de l'autre que nous l'avons été, elle et moi. Nous leur donnerons des prénoms qui s'accordent : Prem, dieu de l'amour, Dayita, la bien-aimée.

Prem et Dayita, dis-je tout haut. Prem et Dayita, enfants qui seront aimés plus qu'aucun autre enfant avant eux.

Demain, je me préoccuperai de tous les détails épineux : par quel moyen les faire venir, l'obtention des visas, le coût de l'opération. Je vais trouver un travail afin de pouvoir payer leurs billets. Ainsi, je ne demanderai pas un sou à Sunil. J'irai à la bibliothèque de ma faculté — je sais qu'ils cherchent un assistant. Je n'en dirai pas un mot à Sunil. Ce sera mon secret, le mien et celui de mon bébé.

Demain, me dis-je en souriant.

Il y a quelque chose que j'oublie, un élément crucial de l'équation sans lequel ma solution sera erronée. Quelque chose d'inquiétant qui atténue mon triomphe. Mais je suis trop épuisée pour comprendre de quoi il s'agit.

La seule chose que j'imagine avant de chuter dans un sommeil visqueux, c'est la stupeur de Sunil quand il verra les billets d'avion.

XXXV

Sudha

Je me penche gauchement sur la malle de fer pour y fourrer deux autres serviettes, puis, de tout le poids de ma grossesse, appuie sur le couvercle. Quand celui-ci consent enfin à se fermer, je me redresse avec un soupir de soulagement. J'essuie mon visage en sueur, me frotte les reins, en permanence douloureux depuis une semaine. La douleur est interne aussi, une désolation à voir les déménageurs démonter les ultimes meubles que nous emportons — deux lits à colonnes, la plus petite des tables de salle à manger, un buffet — et les charger sur le camion. C'est aujourd'hui que nous emménageons dans notre appartement. Aujourd'hui que la société immobilière commence à faire démolir la maison — que je ne peux plus appeler notre maison — de façon à pouvoir édifier, à la place, un immeuble de vingt-quatre appartements.

La fin d'une époque, d'un style de vie. Plus jamais je ne monterai sur le toit en terrasse moussu où Pishi me racontera des histoires du temps de son père tout en me huilant les cheveux. Plus jamais nous n'irons cueillir les fleurs de jasmin dans le jardin pour les tresser en guirlandes décorant notre autel de puja. Plus jamais nous n'ouvrirons la porte d'une pièce désaffectée depuis longtemps et ne sentirons, dans la poussière, le souffle de ceux qui y ont vécu des centaines d'années auparavant.

Cette désolation que j'éprouve, je n'ose imaginer l'ampleur qu'elle doit prendre chez les mères. Et c'est moi, Sudha, briseuse de foyer, qui la leur ai apportée.

Mais, dans le couloir, ce n'est pas la tragédie que j'affronte, c'est le mélodrame. Ma mère dévale les escaliers, courant derrière les déménageurs pour s'assurer qu'ils ont convenablement rembourré la caisse qui contient son almirah d'acajou. « Singhji, Singhji, hurle-t-elle. Etes-vous prêt ? Il faut que j'arrive à l'appartement avant les déménageurs, sinon ils déballeront tout n'importe où. » Un camion des Sœurs de la Charité s'arrête devant la porte, dans lequel Pishi et Ramur Ma entassent des fournées d'objets ménagers dont nous avons décidé de nous séparer. Le téléphone sonne pour Gouri Ma. La vente aux enchères de notre mobilier a très bien marché, lui apprend le commissaire-priseur, et il lui enverra bientôt un chèque. Il se peut même que nous touchions un peu d'argent pour la voiture. Un monsieur qui assistait à la vente s'intéresse aux modèles de collection. Oui, oui, dit Gouri Ma, tout en notant des chiffres sur un bout de papier. Les années semblent avoir déserté son visage. C'est dû en partie au succès de l'opération qu'elle a subie il y a deux mois, mais les signes se sont manifestés dès qu'elle a pris la décision de vendre la maison.

« Je crois que nous serons heureuses, là-bas, me dit-elle, en raccrochant. Pas toi ? Veille à bien te reposer cet après-midi. Nous te mettrons à la décoration ce soir. » Elle agite son bout de papier en s'éloignant : « Nous allons pouvoir acheter un beau berceau pour notre bébé, et il faudra que tu décides où le mettre. »

N'est-ce pas drôle, dis-je à ma fille — car elle et moi avons pris l'habitude de tenir de longues conversations — que nous ayons passé tant de temps à nous raccrocher aux anciennes coutumes, alors que le changement est si bénéfique ? Qu'il peut, comme le vent du Gange, balayer toute la poussière que nous avons accumulée dans les recoins de notre esprit ?

Elle hoche sagement la tête — car elle est déjà plus sage que moi, cette enfant dont la vie a failli être déchirée au cours de la guerre entre le changement et les vieilles coutumes. N'est-ce pas drôle, ajoute-t-elle, que parfois ce qui nous effrayait le plus, d'année en année, se révèle être ce qui pouvait nous arriver de mieux ?

Je me remémore la semaine dernière, quand j'ai reçu,

expédiés par le tribunal, les derniers papiers du divorce. En voyant le sceau de cire, ironiquement du même rouge que le sindur, j'ai eu peur de ma réaction. Ces papiers signifiaient l'ultime disgrâce pour une femme, l'ultime échec. C'est ce qu'on m'avait appris à croire. Je me suis attendue que le désespoir me submerge comme une lame de fond — mais il n'en a rien été. J'ai éprouvé une grande fatigue, oui, et un peu de chagrin. Je m'étais tant efforcée d'aimer ma belle-famille, d'être une bonne épouse. J'avais le sentiment d'avoir passé des années à hisser au sommet d'une montagne un rocher qui, dès que je m'étais arrêtée, avait tout redévalé. Mais cela s'accompagnait d'un immense soulagement, et d'un léger espoir. D'un paraphe fleuri, j'ai signé au bas du document, et je me suis surprise à sourire. Nous recommencions à zéro, ma fille et moi, et, la société ne nous ayant pas attribué de rôles en son sein, nous pouvions devenir ce que nous voulions.

Ce sont des instants de cet ordre qui constituent l'histoire, dis-je à ma fille, autant que les guerres, les traités et les morts de rois. Mais la plupart du temps, nous ne nous en rendons pas compte.

Elle entreprend de me répondre, mais, à ce moment, Ramur Ma me crie, d'en bas : « Oh Sudha Didi, Gouri Ma veut que tu descendes au salon. Quelqu'un demande à te voir. »

Quel ennui, dis-je à ma fille, en m'essuyant les mains à mon sari maculé de poussière. Juste quand j'allais prendre un bain. Qui cela peut-il bien être ?

Je n'en ai pas la moindre idée, maugrée-t-elle, apparemment aussi irritée que moi.

Débarrassé de ses meubles, le salon est une caverne dont le vide répercute l'écho de mes pas. Obscure derrière ses volets clos. Quand mes yeux s'habituent, je distingue un homme assis sur l'un des deux moras d'osier que Ramur Ma a dû installer à la hâte. Et avant même de reconnaître son visage, plus maigre qu'avant, et barbu, à sa chemise blanche, je sais que c'est lui.

Le sol se gondole sous mes pieds, je dois me retenir au mur.

« Sudha », dit Ashok, et sa voix n'a pas changé depuis toutes ces années, cette voix de mélisse que je me suis évertuée à chasser de mes rêves pendant la durée de mon mariage et depuis sa rupture.

Comment se fait-il que les mères l'aient laissé entrer ? Est-ce parce que je n'ai plus de réputation à perdre ? Ou quoi d'autre ? Je suis incapable de penser. Mon cœur bat la chamade, comme si j'étais encore cette gamine naïve dans la salle de cinéma, plantée sur le seuil de l'âge adulte, les yeux éblouis par le néon magique. Ce cœur idiot, qui semble ne pas avoir assimilé les leçons d'amertume que lui a données le monde. Je suis furieuse contre moi-même.

Peut-être est-ce pour cela que je parle plus durement que je n'en avais l'intention. « Pourquoi es-tu venu, Ashok ? Pour le plaisir de me voir au milieu de mes ennuis et de pouvoir me dire : *Si seulement tu m'avais écouté* ? Eh bien, laisse-moi te répondre : quoique ma vie ne se soit pas déroulée comme je l'espérais, je ne regrette rien. Et je ne baisse pas les bras non plus. Je vais me battre, pour ma fille et pour moi, et je gagnerai. »

Ma violence stupéfie Ashok — la surprise douloureuse se lit dans ses yeux. « Je ne suis pas ici pour me repaître de ton malheur. Comment as-tu pu croire cela ?

— Je ne veux pas non plus de ta pitié. » Ce serait encore pire, cette pitié, de la part d'un homme qui m'a considérée, jadis, comme une princesse de conte de fées.

« Je ne suis pas là pour t'offrir ma pitié. » A présent, il sourit. La gentillesse avec laquelle il s'exprime me donne envie de pleurer. Et ce serait le bouquet. Je me retourne pour sortir. A défaut d'autre chose, je conserverai ma dignité.

« Arrête-toi, s'il te plaît. » Il s'est levé et se tient devant moi, les mains tendues. Mais nous ne nous touchons pas. Cela, du moins, les années nous l'ont enseigné. « Ne veux-tu pas me permettre de te dire pourquoi je suis venu ? »

Je l'écarte, pour pouvoir passer.

« Sudha ! s'exclame-t-il, mi-rieur, mi-exaspéré. Tu es aussi têtue que d'habitude ! »

J'ai envie de lui dire qu'il se trompe. Qu'il n'a jamais bien su qui j'étais, comme je n'ai pas su qui il était vraiment. Je ne suis pas têtue. Je suis calme, patiente, bêtement crédule et soumise. C'est pourquoi il n'est pas le père du bébé que je porte.

« Je voulais te le dire convenablement, pas en le criant dans ton dos, mais tu ne me laisses pas le choix. Sudha, je veux t'épouser. »

Une joie folle jaillit en moi, mais pas question que je m'y abandonne. Ce doit être une erreur — de la langue d'Ashok, ou des mes oreilles. Et même si c'est bien ce qu'il a dit, il pourrait le regretter demain — dans une semaine ou dans une année. Comment pourrais-je alors le supporter ?

« Pourquoi voudrais-tu m'épouser ? » D'un geste brusque j'indique mon ventre distendu, mon front nu. « Pourquoi quiconque voudrait-il m'épouser ?

— Suis-je vraiment *quiconque* ? » dit Ashok, mais je remarque que son regard évite mon ventre. « Je me suis posé la même question depuis que Singhji m'a appris que tu étais revenue chez toi. Parce que j'ai su, à l'instant même, ce que j'allais faire. Et la réponse est que je n'imagine pas pouvoir être heureux avec quelqu'un d'autre. Après ton mariage, mes parents ont essayé plusieurs fois de me marier moi aussi. Ils ont arrangé des rencontres avec de séduisantes jeunes femmes. Ils m'ont même persuadé d'assister à des séances de présentation. J'étais si furieux contre toi que j'ai failli accepter de me marier, juste par dépit, pour te montrer que je me fichais de ce qui t'arrivait. Grâce à Dieu, j'ai repris mes esprits avant de gâcher une autre vie en plus de la mienne.

« Alors, je me suis lancé à fond dans les affaires familiales. A mes moments perdus j'ai fait du sport, de l'escalade, du parachutisme. Ce que je trouvais de plus dangereux. En espérant qu'ils m'empêcheraient de penser à toi. Rien n'a marché. Tu étais une obsession, comme une drogue dans mon sang.

« Histoire de me torturer encore plus, je voyais Singhji et l'obligeais à me raconter tout ce qu'il savait sur ta vie. J'ai haï ton mari, ce singe avec un collier de perles autour du cou. Je n'arrêtais pas de l'imaginer avec toi — tout en ayant l'impression ce faisant que quelqu'un serrait ma gorge entre ses mains — à des moments intimes. Acceptant la tasse de thé que tu lui tendais, te replaçant derrière l'oreille une mèche de cheveux égarée, comme si c'était un de ses droits. Quand j'ai appris que ta belle-mère te persécutait parce que tu n'avais pas d'enfant, je t'ai souhaité de tomber enceinte. Mais en même temps pas vraiment. Ce que je souhaitais en réalité, c'est que ton mariage échoue. Que tu n'aies personne d'autre à aimer que moi. » Il se prend la tête entre les mains et ferme les yeux. Et quand il les ouvre, je peux y lire honte et incertitude mélangées. Des esquisses de rides encadrent sa bouche, un muscle tressaute nerveusement sur sa joue. Voilà, ce n'est pas un prince, même s'il s'est efforcé de le paraître parce que je le voulais. C'est un être humain, comme moi, tourmenté par les mêmes démons, les mêmes besoins perfides.

Alors je me réfugie dans ses bras, et c'est comme si j'achevais un mouvement commencé il y a longtemps dans le temple de Kali, l'un de ces enchaînements de danse compliqués qui vous font traverser toute la scène avant de vous ramener à votre point de départ. Je touche sa poitrine. Malgré l'émotion qui l'agite, elle paraît solide, un lieu où l'on peut s'aménager un abri jusqu'à la fin de ses jours.

Assis sur les marches du Ghat Outram, nous regardons le long frisson des lumières du ferry-boat sur les eaux sombres du Gange. C'est le soir. Les réverbères projettent autour de nous des flaques jaunes, scintillantes et chaleureuses, les jhi-jhi grésillent paresseusement. Nous parlons peu, à l'aise dans le silence. Il me suffit d'être avec lui. Toucher sa main — ses jointures carrées, son léger duvet — me donne le sentiment qu'un miracle m'habite. La plupart des choses dont nous pourrions parler sont tellement secondaires, extérieures à nous. Les événements nous ont marqués, certes, mais n'ont pas plus changé notre être réel qu'une avalanche ne transforme le noyau rocheux de la montagne sur laquelle elle dévale.

Une horloge lointaine sonne huit heures, et Ashok m'aide prudemment à me relever. Les mères n'aiment pas me savoir dehors trop tard, même si, maintenant que notre mariage n'est plus qu'une question de temps, elles n'ont aucune objection à ce que nous nous voyions, lui et moi.

Ashok manœuvre autour de mon ventre de façon à pouvoir m'enlacer. A l'intérieur, ma fille se tortille. Pleine de suspicion envers les hommes — et elle a toutes les raisons de l'être — les faits récents ne la rendent pas pleinement heureuse. *Tu l'aimeras*, lui dis-je. *Il sera un bon père pour toi*. Elle garde un silence hostile. Aux moments opportuns — comme celui-ci — elle donne de violents coups de pied.

« Ouaf ! dit Ashok. Encore ! Je commence à croire qu'elle ne veut pas que je m'approche de toi ! »

Je ris. Lui aussi, mais d'un rire qui sonne dur. Sur le chemin du retour, il évite de me toucher.

La semaine dernière, Ashok a amené ses parents. Son père, qui me donne l'image de ce qu'Ashok sera dans vingt ans, n'a pas beaucoup parlé, mais il souriait gentiment. Sa mère a pris mes mains dans les siennes et les a serrées très fort. D'une voix aussi tiède que la pluie elle m'a dit comme elle était heureuse de voir son fils se marier enfin.

« Il vous aime depuis si longtemps, ma chère enfant. Parfois, ces jours-ci, je le surprends la nuit qui regarde par la fenêtre du vestibule. Je lui demande ce qu'il a, et il me répond qu'il est trop excité, que quelque chose de chaud rayonne dans sa poitrine, que la nuit est tellement magique avec ses nuages éclairés par la lune, comment pourrait-il rester au lit ?

— Mère ! a protesté Ashok en riant. Tu divulgues tous mes secrets. Sudha va devenir insupportable ! »

J'adore regarder les mains d'Ashok quand il conduit. Les mouvements précis, minimaux de son poignet. Ses deux doigts qui reposent, légèrement, sur le volant, tandis que la voiture avance, glissant avec la douceur d'un cygne. Parfois il ne conduit que d'une main et de l'autre porte la mienne à ses lèvres. Il embrasse chaque doigt, un à un, puis la paume.

Oh, Anju, comme j'aimerais que tu sois là et que je puisse te raconter, face à face, ce que j'éprouve. Qui aurait deviné que, après avoir effacé ce que le Bidhata Purush avait écrit sur mon front, je découvrirais cela ? Un bonheur rose a teinté mon corps de part en part. Un bonheur immérité. Et qui m'effraye.

Je demande à Ashok : « Seras-tu heureux avec moi ? Je ne suis plus la fille aux yeux étoilés dont tu es tombé amoureux. Je pense que je ne pourrai plus jamais faire si totalement confiance à quelqu'un. Je ne pense pas que, à l'exception de ma fille, je pourrai aimer quelqu'un si totalement. » A m'écouter, Ashok se rembrunit, mais je me force à continuer. « Et mon passé — il sera toujours là pour te rappeler que mon corps a appartenu d'abord à un autre. Supporteras-tu cette idée que je n'étais plus vierge quand je suis venue vers toi ?

— L'as-tu aimé ? »

Je réfléchis. J'ai éprouvé de l'affection pour Ramesh, et souvent de la pitié. Parfois, nous avons été des camarades dressés contre une force qui nous subjuguait. Mais de l'amour ? Non.

« Dans ces conditions, je pourrai supporter cette idée », dit Ashok. Je veux croire son assurance. Je *vais* la croire.

Nos baisers sont longs, affamés, assoiffés, ronds et verts comme du fenouil sauvage. Dorés comme du beurre au soleil. Nous nous embrassons avec une fièvre étrange, comme si nous n'avions pas toute une vie devant nous pour le faire. Est-ce parce que, ayant vieilli, nous savons avec quelle réticence le monde dispense ses cadeaux, et comme il a hâte de les reprendre ?

Ce soir, alors qu'Ashok m'a déposée devant chez moi et que je m'apprête à descendre de voiture, il saisit ma main et la porte à ses lèvres. Son souffle adorable couvre mes doigts de petites bouffées de chaleur. « Crois-tu réellement à l'honnêteté entre personnes qui s'aiment ? demande-t-il.

— Bien sûr.

— Alors il faut que je te dise quelque chose qui me tourmente depuis plusieurs jours, et tu dois me promettre de tenir compte de ma prière. »

Je hoche la tête, nerveusement. La voiture est soudain plongée dans l'ombre, comme le fond de la mer par un jour d'orage. De quoi peut-il s'agir ? Est-ce qu'il veut un grand mariage ? Cela a-t-il un rapport avec sa famille ? Quoi qu'il désire, je ne m'imagine pas le lui refuser.

Ses yeux se portent au-delà des ombres océanes, il dissimule ses émotions — comme font les hommes — derrière son regard distant et sombre.

« Souviens-toi, je ne suis pas un saint, juste un homme ordinaire avec mes propres limites. »

Va-t-il me confesser un vice secret ? Une maîtresse ? Un enfant illégitime qu'il veut que je considère comme le mien ? Peu importe. Si je suis capable d'accepter mon passé, je peux accepter le sien.

« Alors que je ne me soucie pas de ton précédent mariage — il parle en détournant la tête —, je ne pense pas pouvoir accueillir ta fille comme elle le mérite. »

Je suis trop bouleversée pour songer même à lui retirer ma main. « Qu'est-ce que tu veux dire ? » Des taches de lumière traversent mon champ de vision.

« S'il te plaît, Sudha — à présent, Ashok parle vite, d'un ton implorant —, ne sois pas furieuse. Mieux vaut que je dise la vérité maintenant plutôt que de la voir surgir plus tard, dissimulée derrière de faux ressentiments. J'en ai déjà discuté avec ta tante Gouri, qui est une femme très intelligente. Elle m'a parfaitement compris et a admis que ce serait la meilleure chose pour nous deux. Toi et moi avons besoin de nous retrouver seuls, du moins au début, pour établir une relation forte. Les mères seront heureuses de garder ta fille, de veiller à ce qu'elle ne manque pas de tendresse. Je promets de lui procurer tout ce que l'argent peut apporter. Tu pourras aller la voir quand tu voudras. Peut-être, après que nous aurons eu nos propres enfants, pourra-t-elle même venir vivre avec nous, comme une nièce chérie. Non, Sudha, ne me repousse pas comme ça. Réfléchis, je t'en prie. Parles-en avec ta mère et tes tantes. Tu m'as promis de tenir compte de...

— Je tiendrai ma promesse », dis-je d'une voix blanche. Une tornade balaie tout en moi, expédie une maisonnette d'allumettes dans un ciel qui explose. Il en tombe des fragments comme des gouttes de pluie, qui percent ma peau, griffent le sol. *Les folies commencent dans les rêves*, dit une voix, poème oublié. J'avance prudemment au milieu des échardes, un pied devant l'autre, sans me retourner. Derrière moi, la portière de la voiture se referme en soupirant.

XXXVI

Anju

J'adore travailler. Non, pour être honnête, le travail en soi, c'est couci-couça. Ce que j'aime vraiment, c'est gagner mon propre argent. J'éprouve un tel sentiment de pouvoir en allant porter mon chèque à la banque et en l'inscrivant sur mon compte ! La première fois, j'ai demandé à la caissière de me verser le montant du chèque en coupures de un dollar. J'ai tenu un moment tous ces billets dans ma main, en humant la senteur verte, senteur de la liberté, puis je les lui ai rendus pour qu'elle les dépose sur mon compte.

« Pourquoi vous faites ça ? a-t-elle demandé, visiblement furieuse.

— Pour qu'ils soient bien réels », ai-je dit. Elle m'a regardée fixement. Je savais ce qu'elle pensait. *Une givrée d'étrangère.*

Je suppose que les étudiantes américaines qui travaillent avec moi à la bibliothèque de la faculté ne comprendraient pas non plus. Elles sont toujours en train de râler, qu'elles sont fatiguées, que le travail ne leur laisse pas assez de temps pour s'amuser. Elles rêvent en plaisantant d'un oncle riche qui paierait leurs factures, leur évitant ainsi d'avoir à pousser des chariots bourrés de livres. Elles se tordraient probablement de rire si je leur disais qu'en Inde j'aurais donné n'importe quoi pour qu'on m'autorise à travailler dans notre librairie. Que ça me mettait parfois très mal à l'aise de disposer de tout ce dont j'avais besoin. Que j'aurais voulu pouvoir donner, moi aussi.

Ce sentiment, je l'ai éprouvé de plus en plus depuis mon mariage. Non que je puisse accuser Sunil de pingrerie. Quand l'argent manque, il préfère se passer de certaines choses plutôt que de me demander de réduire mes dépenses. Mais comme je sais à quel point cela lui pèse, j'ai émis à plusieurs reprises l'idée de me trouver un job. Il l'a très mal pris, disant qu'il était parfaitement capable de nourrir sa femme, merci beaucoup. Typique du mâle indien !

Voilà pourquoi j'ai absolument tenu à garder le secret sur mon boulot, ne travaillant qu'en semaine — alors que les week-ends sont mieux payés — et ouvrant un compte dans une autre banque. J'ai même prié mon supérieur de ne jamais m'appeler à la maison, malgré la gêne affreuse que cette demande me causait. Mais le supérieur en question, en l'occurrence une femme noire d'un certain âge, qui semble avoir connu sa part d'ennuis, a hoché la tête d'un air compréhensif et n'a posé aucune question. Je commence à me dire que je ne parlerai même pas des billets d'avion à Sunil — je les enverrai à Sudha en lui faisant jurer le secret. Je frissonne en pensant à ce qui va se passer au moment de la déclaration d'impôts, quand je devrai donner mon relevé de salaire à Sunil. Mais, comme dit l'héroïne de l'un de mes livres favoris : demain est un autre jour. J'ai bien d'autres soucis pour le moment.

J'en ai un notamment aujourd'hui, à cause du résultat de mon bilan de santé mensuel. Ma tension est toujours trop élevée, dit le médecin, et mon taux de sucre n'est pas bon. Me suis-je nourrie comme il fallait, et à intervalles corrects ?

Je penche ma tête de coupable. En début de journée, je me comporte bien. Quand je dois me rendre directement de mes cours au travail, j'emporte des pommes ou un sandwich aux œufs, que je peux manger pendant le trajet. Mais quand je rentre à la maison, je suis fatiguée et de mauvaise humeur. Alors je mange la moitié d'un pot de chutney sucré, ou un grand bol de glace. C'est le moins que je mérite, me dis-je, refusant d'écouter la voix qui me couvre de reproches. Si bien que, lorsque Sunil revient et nous prépare un repas vertueux et équilibré de riz et de dal très peu salé, je me contente de picorer, en geignant que c'est triste et sans saveur.

Peut-être suis-je soumise à trop de pression, continue le docteur fermement. Peut-être devrais-je envisager de laisser tomber mes cours pendant un trimestre.

« Je ne peux pas faire ça, dis-je horrifiée.

— Pourquoi pas ? »

Je le regarde, muette. Comment pourrais-je lui expliquer l'importance que revêtent ces études pour moi, un second bail que me donne la vie, après que le premier m'a été arraché en Inde ? Comment lui parler de ces économies que nous avons rognées sur notre budget, Sunil et moi, afin que je puisse payer ces cours ? Ou lui raconter — le pire de tout — que si je laisse tomber l'université je n'aurai plus droit à ce boulot à l'université, et que je devrai abandonner mon rêve d'aider Sudha à se faire une nouvelle vie ici ?

« Alors ?

— On ne me remboursera pas les frais d'inscription si je laisse tomber maintenant. » Ce n'était pas du tout ce que je voulais dire.

« Bien entendu, il vous appartient de décider si quelques dollars valent plus que votre bébé », constate-t-il froidement.

Soudain, je déteste mon médecin. Homme stupide, méprisant. Que sait-il de mes conditions d'existence ? De celles de ma cousine ? Des raisons pour lesquelles j'ai tant besoin de cet argent, et qui font que je dois continuer à travailler même si certains jours j'ai des étourdissements après m'être penchée pour soulever un paquet de livres ? Croit-il que je fais cela juste par plaisir ? Brusquement, je me rappelle qu'il ignore que je travaille en plus de mes études. Il bondirait probablement au plafond s'il le savait.

« Si votre état ne s'est pas amélioré lors de votre prochaine visite, je serai peut-être contraint de vous mettre au repos forcé », me dit-il, en guise d'avertissement.

Dans la voiture, au retour, je n'arrête pas de l'injurier,

mais il a réussi à m'effrayer. Les semaines suivantes, je suis mon régime d'une façon digne d'éloges — je souris en avalant mes brocolis à la vapeur, je bois des litres de jus de prune, je n'oublie pas de prendre mes comprimés à base de fer, et je passe très au large du rayon glaces, au supermarché. Durant les pauses, au travail, je m'allonge sur le divan, dans les toilettes des femmes, et pratique ma méthode respiratoire, et à la maison j'étudie au lit, les pieds surélevés, pour faciliter la circulation. A ma visite suivante chez le médecin, je me sens beaucoup mieux, ce que prouvent les résultats de mes analyses.

« Je crois que je nous allons vous laisser encore un peu sur vos deux pieds », dit-il en souriant.

Nous allons ! Pour qui se prend-il, la reine Victoria ?

Mais sur le chemin du retour, avec un bref arrêt à la banque pour déposer mon dernier chèque, je fredonne des chansons d'enfant en bengali, d'une voix aussi gaie que fausse — je dois l'avouer, malheureusement pour Prem. Peu importe. Quand Sudha sera là, elle m'apprendra à chanter juste.

Dans l'appartement, je mâchonne des carottes tout en dissimulant mon livret de banque au fond du tiroir où je range mes sous-vêtements. Et soudain, la tristesse me submerge — comme souvent ces temps-ci. Il est si facile de tromper Sunil, qui, quels que soient ses défauts, n'est pas le genre d'homme à fouiller dans les tiroirs d'autrui. Bien que je ne fasse rien de *mal*, que, encore une fois, je le fasse pour Sudha, je me sens coupable. Et la culpabilité s'accompagne de deux réflexions. Premièrement : c'est fou ce que les époux se connaissent peu. Je suis prête à parier tout ce que j'ai en banque que Sunil ne m'imagine pas capable d'une telle duplicité. Deuxièmement : si je peux tromper si facilement Sunil, qui est beaucoup plus ingénieux et compliqué que moi, de quoi est-il capable, lui, à mon égard ?

XXXVII

Sudha

Chaque après-midi, dans notre nouvel appartement, pendant que les mères se reposent dans leurs chambres et que Ramur Ma ronfle sur sa natte dans la cuisine, je m'assois au petit bureau près de la fenêtre et dessine des vêtements pour les deux bébés. Singhji, qui est officiellement à la retraite, mais passe tous les jours voir s'il y a des courses à faire, sommeille dans un fauteuil. Absorbée par mon dessin, j'entends moins le tintement des tramways et les cris des vendeurs dans la rue poussiéreuse. A travers les feuilles du tamarin le soleil projette des gouttes de lumière sur les formes des petits bonnets, tout de dentelle, soie et rubans. Les chaussons de laine brodés d'oiseaux, de sorte que nos enfants pourront s'envoler au moindre ennui. Les culottes faites du malmal le plus doux. Les robes de mousseline blanche avec des pièces d'applique, en prévision de la chaleur de l'été que va affronter Dayita. Des chemises de laine à carreaux pour Prem, son nom brodé sur la petite poche, en prévision du pluvieux hiver californien. De temps en temps Singhji se réveille et claque la langue d'émerveillement à la vue de mes dessins. Ça porte malheur, bien sûr, de coudre quoi que ce soit avant la naissance des enfants. Mais les mères ont admis que dessiner est inoffensif. Je pense qu'elles comprennent le bonheur que ce travail m'apporte, qui m'empêche de trop m'appesantir, durant les longs après-midi tranquilles, sur l'incertitude de mon avenir.

J'adore les noms qu'Anju a donnés à nos enfants, Prem et Dayita, les enfants de l'amour. Ma fille, tout spécialement, a bien besoin de cette appellation, car, à l'exception des membres de cette maisonnée, personne sur l'ensemble du continent ne se soucie d'elle. Je ne peux pas l'oublier — *je ne dois pas* l'oublier — car les prochaines semaines seront le théâtre de discussions douloureuses sur ce que je dois dire à Ashok.

Pour ma mère, il est hors de question que je refuse Ashok. « Va, accepte tout ce qu'il te demande, dit-elle. On peut toujours changer l'état d'esprit d'un mari, surtout si on lui donne au lit ce qu'il réclame. » Devant mon air choqué, elle ajoute, furieuse : « Allons, Sudha, tu n'es plus une enfant. Montre-toi un peu pratique. Si tu avais réfléchi à cela plus tôt, tu ne te trouverais peut-être pas, aujourd'hui, dans cette situation. »

Si tu avais accepté la première proposition d'Ashok, me dis-je avec amertume, je ne m'y trouverais pas non plus.

« Tais-toi, Nalini, dit Pishi, tu sais très bien que notre Sudha ne sera jamais le genre "moi d'abord", qui pense une chose mais en dit une autre. Mais tu as raison de lui conseiller d'épouser Ashok. C'est vraiment quelqu'un de bien. Peu de filles ont droit à une seconde chance comme celle-ci. Nous serons heureuses de nous occuper de Dayita — et nous ferons du bon travail à nous trois. N'est-ce pas, Gouri ? »

Pishi, je sais que vous le ferez. Mais est-ce que même trois grand-mères peuvent remplacer une mère ?

« Oui, oui », acquiesce Gouri Ma. Elle a les yeux fixés sur les cosses de tamarin, qui pendent des branches comme des doigts noirs et enflés, et je crois sentir une certaine hésitation en elle. Mais elle se contente de dire : « Tout ce que veut Ashok, c'est rester seul avec toi pendant quelques années. Ce n'est pas tant demander, n'est-ce pas ? »

Ne me tente pas, Gouri Ma. Je ne suis déjà que trop faible, je ne désire déjà que trop saisir la main de l'amour que me tend Ashok.

« Certes pas, dit ma mère. J'ai connu des hommes qui insistaient pour que leur femme place dans un orphelinat leur enfant né d'un précédent mariage...

— Nous en avons reparlé hier, Ashok et moi, dit Gouri Ma. Il est d'accord pour que Dayita, quand elle ira à l'école, passe toutes ses vacances avec vous...

— L'été, l'époque de puja, Noël, dit ma mère en comptant sur ses doigts. Que pourrais-tu désirer de plus ? »

Je désire que l'homme qui sera mon mari aime ma fille sans condition. Peut-être est-ce trop demander. Mais m'étant contentée de trop peu une fois, je ne recommencerai pas.

« Ce n'est pas que nous essayions de nous débarrasser de toi, chérie, ajoute Pishi. Tu sais comme nous t'aimons. Mais nous avons appris, toutes les trois, comme il est difficile de passer sa vie sans un homme. Malheureusement, sur ce plan-là, le monde n'a guère changé depuis la disparition de nos maris.

— Du moins les gens se montraient-ils compatissants parce que nous étions veuves, dit ma mère. Que crois-tu qu'ils vont te dire ?

— Dayita est ma fille. Elle a besoin de moi. Quelle tête ferai-je plus tard quand elle me demandera comment j'ai pu l'abandonner au nom de mon propre plaisir ?

— Ecoutez-la, proteste ma mère. Est-ce abandonner un enfant que de le laisser avec trois grands-mères qui l'aiment ?

— En moi-même j'aurais l'impression de l'abandonner », dis-je en regardant Gouri Ma droit dans les yeux. Ils sont embrumés de tristesse, comme si elle savait que la route que j'ai choisie sera particulièrement rocailleuse. Mais elle comprend.

« Cesse de la tourmenter, Nalini, dit-elle. Attendons de voir comment les choses tourneront. Espérons qu'Ashok changera d'avis. »

Mais moi je n'espère rien de tel. Le jour où Ashok a mis le feu à mes rêves, je me suis promis de ne plus jamais miser sur un bonheur dépendant d'un autre. J'essuie mes larmes en secret, qui me brûlent comme de l'acier fondu. Mais quand j'écris à Ashok que je n'abandonnerai pas Dayita, quel que soit l'amour que j'ai pour lui, c'est d'une main qui ne tremble pas.

La nuit dernière j'ai rêvé de Prem. Il était bleu comme Krishna, et flottait comme un flocon de neige dans une lumière laiteuse. Il tendait ses petites mains vers nous, Dayita et moi, et disait : *Venez.* Je me suis réveillée en pleurs, sans savoir pourquoi. Toute la journée je traîne un reste de mélancolie que je tente de dissiper en dessinant des modèles, mais je n'aboutis à rien et ne fais que remplir ma corbeille de feuilles de papier froissées.

Peut-être suis-je bouleversée par la lettre d'Anju que j'ai reçue hier.

Anju m'écrit qu'elle veut nous faire venir en Amérique. L'Amérique a ses propres problèmes, dit-elle, mais du moins me conférerait-elle l'avantage de l'anonymat. Personne ne se soucierait que je sois une fille Chatterjee, ou une femme divorcée. Je pourrais façonner mon existence, gagner ma vie, procurer à Dayita tout ce dont elle aurait besoin. Et surtout, personne ne mépriserait ma fille, car l'Amérique est pleine de mères qui, comme moi, ont décidé qu'il valait mieux vivre seules qu'avec un mauvais mari.

J'ai relu dix fois ce paragraphe. Une issue se présentait, que je n'avais pas envisagée. Cette solution me permettrait de ne plus être à la charge des mères, qui m'avaient déjà sacrifié beaucoup de leurs maigres ressources. Et maintenant qu'Ashok avait de nouveau disparu, laissant derrière lui une trace fuligineuse, marquée au fer rouge, plus rien ne me retenait dans ce pays.

Et pourtant j'hésite. Le petit appartement, déjà familier. La tendresse joyeuse des mères. Et là-bas : les mœurs d'un pays étranger, d'un peuple étranger. La crainte d'être encore une fois un fardeau.

Car, et bien qu'Anju n'y fasse pas allusion, je sens la présence de Sunil entre chaque mot. Quand elle écrit qu'un homme ne pourrait jamais se rendre pleinement compte de ce que j'endure, je comprends ce que cela signifie. Et aussi ce que signifie le fait qu'elle travaille en secret pour gagner l'argent de mon billet. Sunil ne veut pas de moi en Amérique.

Je ne peux pas le lui reprocher. Il est parfaitement naturel qu'un homme veuille garder ce qui lui appartient pour ceux qui lui appartiennent — sa femme et son fils. Et si quelque chose d'autre se cache derrière cette répugnance, le souvenir honteux d'un après-midi torride dans un jardin hypnotisé par le chèvrefeuille où il avait perdu le contrôle de soi, je comprends très bien qu'il ne souhaite pas qu'on le lui rappelle.

Et moi non plus.

J'ai rangé la lettre dans mon coffre. Je n'en ai pas parlé aux mères.

Tout en ébauchant un modèle bleu sur bleu, je me répète que je suis mieux ici à Calcutta. Elles sont nombreuses, les femmes qui parviennent à survivre par leurs propres moyens — je dois pouvoir y arriver. Mes talents en couture doivent valoir quelque chose. Ce dessus-de-lit que je dessine sera un test. Je vais le réaliser, puis je demanderai à Singhji de l'apporter chez Arnakali, le magasin au coin de Rashbehari. Si cela leur plaît, ils m'en commanderont peut-être d'autres.

Venu d'on ne sait où, un coup de vent projette du sable dans mes yeux. Et, au moment où je lève la main pour les essuyer, arrache la feuille de papier sur laquelle je dessinais. Je tente de la rattraper, mais le vent est trop fort. La feuille bascule par-dessus le rebord de la fenêtre et disparaît sous les pieds des passants dans la rue. Involontairement, je frissonne. Et si c'était le souffle glacé et vindicatif du Bidhata Purush m'avertissant de ne pas broder ma vie de modèles qu'il n'a pas prévus ?

Têtue, je prends une autre feuille et recommence à dessiner. Je me mettrai à l'épreuve. Je prendrai mon destin en main. Je me modèlerai une autre vie. Je chasse cette inquiétude superstitieuse, qui me bourdonne à l'oreille comme un moustique.

Le nouveau dessin est encore plus beau que le précédent. Cercles concentriques de bourgeons de lotus, spirale de la mort et de la renaissance, avec, au centre, une seule fleur épanouie symbolisant la liberté conquise sur cette vie terrestre que nous, les humains, avons encombrée de nos détresses multiples.

Presque tous les soirs nous recevons des visites. Parents, amis, anciens et nouveaux voisins. Plus nombreux qu'ils l'ont jamais été du temps de la maison. Ils viennent par curiosité, pour voir comment les femmes Chatterjee s'en sortent sans leur fortune. Ils viennent pour exprimer leur sympathie, mais ils demeurent stupéfaits, et passablement envieux.

Avec la maison, les mères semblent s'être débarrassées, en grande partie, du fardeau de la tradition. Ironiquement, j'y suis peut-être pour quelque chose. Car, maintenant que je suis revenue, ni épouse ni veuve, maintenant que j'ai renoncé à tout ce qui constitue une valeur aux yeux de la société, qu'ont-elles à craindre ? Loin de ces grandes pièces où résonnaient les voix patriarcales disant qu'avant tout elles se devaient d'être des veuves de la famille Chatterjee, elles apprennent pour la première fois à vivre avec légèreté, comme des jeunes filles.

Elles se sont inscrites à des cercles de lecture et à des cours de tricot. Elles vont se promener du côté du Victoria Memorial. Elles font du bénévolat au Shishu Bhavan de Mère Teresa et (chaperonnées par Singhji, sur son insistance) assistent à des concerts de musique classique qui durent toute la nuit, d'où elles reviennent, les joues rougies par la fraîcheur du petit matin, en fredonnant des chants sur le mode du raga bhairav. Elles partent pour la journée à Dakshineswar et se baignent dans le Gange. Après avoir prié au temple, elles mangent des singaras sur les ghats du fleuve en laissant sécher leurs cheveux au soleil de l'après-midi. Elles parlent déjà d'un voyage à Darjeeling, l'été prochain. Ça ne coûterait pas cher — le cousin de Gouri Ma y possède un bungalow qu'il a proposé plusieurs fois de lui prêter, l'air frais des belles montagnes serait bon pour Dayita, nous boirions le meilleur thé, fraîchement cueilli et empaqueté par le cha-bagan local, et nous irions voir le soleil se lever du haut de la montagne du Tigre.

« Ça ne se fait pas », dit tante Sarita, qui nous rend visite aujourd'hui, entre deux bouchées du sandesh que

Singhji est allé acheter chez le traiteur Ganguram, un peu plus bas dans la rue.

Car les mères ont également cessé de cuisiner. A l'exception de quelques plats que Pishi prépare parfois à mon intention, elles laissent la cuisine aux mains de Ramur Ma. Par les soirées pluvieuses, elles commandent chez Ganguram des dalpuris croustillants fourrés aux lentilles. Je les ai même surprises un jour mangeant des panipuris dans des feuilles de shal, là, dans la rue, à l'arrêt du minibus.

« Mais vous ne nous permettiez jamais à Anju et à moi de faire ça ! ai-je protesté. Ce n'est pas juste ! »

Elles m'ont souri benoîtement.

« Vous pouvez manger ce que vous voulez maintenant, a dit ma mère avec entrain. Maintenant que vous êtes grandes toutes les deux.

— Oui, pourquoi pas ? a dit Pishi.

— Après que le bébé sera né, a corrigé Gouri Ma.

— Ça ne se fait pas », répète tante Sarita, en avalant son dernier sandesh et en se léchant les doigts délicatement.

« Qu'est-ce qui ne se fait pas ? demande ma mère, un tantinet vindicative.

— Tu sais bien, d'emmener Sudha et le bébé à Darjeeling et tout ça...

— Tout ça, quoi ? l'interrompt Pishi, d'un ton rogue elle aussi.

— Eh bien, bégaie tante Sarita, qui bat en retraite, l'enfant sera si petite, à peine quelques mois, est-ce que ce n'est pas risqué de l'exposer à toutes sortes de germes ?

— Ne t'inquiète pas, dit Gouri Ma avec un sourire doucereux. Nous veillerons à éloigner notre petite-fille, et sa mère aussi, des porteurs de germes. »

Mais, bien entendu, nous savons toutes ce que tante Sarita veut dire en réalité. *Ça ne se fait pas que vous preniez du bon temps alors que Sudha vous a déshonorées en quittant son mari. Quelle époque vivons-nous ! Au lieu de l'obliger à regretter son acte, vous vous comportez comme si cela vous faisait plaisir. Et le bébé — vous pouvez décider tant que vous voudrez de la choyer comme si c'était une petite princesse, mais tout le monde sait ce qu'elle est. Une enfant sans père. Une enfant dont personne ne voulait, excepté son entêtée de mère.*

Le reste de la soirée, après le départ de tante Sarita, les mères se montrent particulièrement gentilles avec moi, particulièrement gaies. Elles me racontent des histoires de mon enfance, sur la méchante petite fille que j'étais. Elles espèrent que ma fille sera encore plus méchante, afin que je me rende compte de tout ce que je leur ai fait subir. Elles apportent le phonographe et mettent des disques que j'aimais, des airs folkloriques et des chansons enfantines, *Ata gache tota pakhi*, et *Dol, dol, dol.*

Je ris aux plaisanteries. Je chante en même temps que le disque :

Le perroquet se perche sur le corossolier
Les abeilles sont dans le grenadier
Dis-moi, dis-moi, ma petite poupée,
Pourquoi ne parles-tu pas ?

Plus tard, cependant, quand elles sont toutes allées se coucher, je reste à la fenêtre obscure et observe le ballet des lucioles autour des arbustes dans la rue. Le long du mur de la nuit un lézard inaudible saute pour avaler un insecte. Quelque part au loin, une chouette, oiseau de détresse, se manifeste avec une voix d'enfant. Dans mon ventre Dayita bouge, endormie et le cœur endolori, sûre de ma protection.

Combien de temps les mères pourront-elles protéger mon enfant des mots sales, des insultes que lui lanceront des gens bien plus cruels que tante Sarita ? Et moi, combien de temps le pourrai-je ? Je serai en mesure de pourvoir à ses besoins physiques — les propriétaires de la boutique Arnakali m'ont demandé de devenir l'un de leurs fournisseurs réguliers — mais que lui dirai-je le jour où elle me demandera où est son père ? Et quand je le lui aurai dit — car si je ne le fais pas, d'autres ne seront que trop heureux de s'en charger — et qu'elle me demandera pourquoi son père et sa grand-mère ont voulu qu'elle meure, quelle explication lui donnerai-je ? Comment l'empêcherai-je de se croire une moins que rien ?

Je me lève dans le noir et à tâtons ouvre mon coffre. Je farfouille jusqu'à ce que mes doigts effleurent le frais papier américain. La promesse de grâce d'Anju. L'anonymat. Je le porte à ma joue jusqu'à ce qu'il rayonne de chaleur, que j'aie l'impression de tenir la main d'Anju, et je commence à réenvisager sa proposition.

XXXVIII

Anju

Toute la semaine je me suis traînée, plus fatiguée que je l'ai jamais été de toute ma vie, me demandant comment je vais pouvoir mener ma grossesse à terme. Mais enfin, voici vendredi. Quel bonheur ! Vendredi est mon meilleur jour : juste deux heures de cours et pas de travail. Je prévois un bon après-midi d'étude — pas à la bibliothèque principale où mes camarades de travail n'arrêtent pas de m'interrompre pour bavarder, mais à l'étage supérieur, désert, réservé aux étudiants de dernière année. Je suis hors d'haleine en arrivant, mais il y a un vieux divan confortable où je m'installe, pieds surélevés — et, avant que j'aie le temps de dire ouf, je m'endors. Quand je me réveille en sursaut, le cœur battant à se rompre, le soir tombe presque. Merde ! Je comptais passer au supermarché avant d'aller chercher Sunil à la gare. Non seulement je n'ai pas rattrapé mon retard sur le plan des études, mais, pire que tout, la douleur insignifiante qui m'a titillée toute la semaine dans le bas du dos s'est accentuée, due probablement à ma position recroquevillée sur ce divan, moitié moins confortable qu'il n'en a l'air. Quand je me redresse, la douleur s'étend jusqu'au ventre. J'essaie de la faire disparaître par un massage. Juste sous les côtes, je palpe une bosse familière — la tête de mon fils — et bien que cela fasse mal, je souris. Tu n'es pas dans la bonne position, mon garçon, dis-je en le tapotant. Mais je ne m'inquiète pas : il lui reste trois mois pour se retourner.

J'arrive à la gare en un temps record, négociant les tournants comme un vrai James Bond — et, là, pas de Sunil. J'attends les deux trains suivants, de plus en plus angoissée. Mon dos me tue. Dans cinq minutes exactement il faudra que j'aille aux toilettes, ou ailleurs. Finalement j'abandonne et rentre à la maison, et la première chose que je vois en ouvrant la porte est mon cher mari, confortablement installé dans la chaise longue, s'il vous plaît, et qui regarde la télé une chope de bière à la main. Même un saint en ferait une crise d'apoplexie.

« Qu'est-ce que tu as fabriqué ? Tu sais que j'étais morte d'inquiétude ? » Je hurle tout en me précipitant vers la salle de bains. La douleur au ventre, causée peut-être par une vessie très distendue, s'apaise, et je retourne dans la salle de séjour, prête à la bagarre. Mais ce que je lis sur le visage de Sunil me cloue sur place. Ce n'est pas une expression de repentir, comme je m'y attendais, mais de fureur.

Seigneur ! Il a dû lui arriver quelque chose d'abominable, qui explique sa présence à la maison à cette heure-ci. A-t-il été licencié ? J'ai honte des pensées égoïstes qui explosent dans ma tête comme des pétards de feu d'artifice pour la fête de Kali. L'assurance continuera-t-elle à couvrir mon accouchement ? Avec quoi nourrirai-je mon bébé ? Et : je ne pourrai plus jamais faire venir Sudha.

« Qu'est-ce qui ne va pas ? » dis-je tout doucement en tendant la main pour caresser l'épaule de Sunil, mais il la repousse.

« Pour *moi*, rien, rétorque-t-il d'une voix dure.

— Pourquoi es-tu rentré si tôt, alors ?

— J'étais chez un client tout près d'ici, alors j'ai pris un taxi. Je t'ai appelée plusieurs fois, j'ai laissé des messages — du menton il indique le répondeur — mais tu étais introuvable.

— Je me suis endormie à la bibliothèque.

— Pas étonnant ! » Sa voix est lourde de sarcasmes.

Je le regarde, étonnée. « Que veux-tu dire ?

— Et ça, c'est quoi ? » Brutalement, il met en marche le répondeur. « J'ai trouvé ça en essayant d'effacer mes messages. »

« Anju, dit une voix de femme à l'accent américain. J'espère que je suis au bon numéro — il ne figurait pas dans nos dossiers. » Il me faut quelques instants pour réaliser qu'il s'agit de la femme qui remplace parfois mon supérieur. Mon cœur fait une terrible embardée. « Désolée de vous déranger chez vous, mais nous sommes désespérés. Trois de vos coéquipières sont KO — la grippe — et avec la période des examens qui arrive, la bibliothèque est un vrai foutoir. Je sais que vous n'aimez pas travailler le week-end, mais vous serait-il possible néanmoins de venir pour quelques heures demain ? Rappelez-moi dès que possible. »

Si le tonnerre pouvait chuchoter, il aurait la voix de Sunil. « Cette histoire dure depuis combien de temps ? Et pourquoi ? De quoi as-tu si impérativement besoin qu'il t'a fallu travailler en secret pour avoir de l'argent ? » Ses yeux révèlent une blessure autant que de la colère.

« C'est pour Sudha. J'économise pour son billet. J'ai dû faire ça parce que tu ne voulais pas l'aider. » Quelqu'un semble déchirer mes os au bas du dos. Si seulement on pouvait en finir avec cette dispute, que j'aille m'allonger.

Je m'attends à une explosion de Sunil, mais il demeure étrangement silencieux. Dans le soir qui tombe, son visage prend une expression curieuse, qui disparaît avant que je ne la déchiffre.

« Il *fallait* que tu t'en mêles, n'est-ce pas ? dit-il finalement, d'une voix fatiguée. Tu ne pouvais pas laisser aller les choses ?

— Comment, que je m'en mêle ? » Moi aussi je suis épuisée — trop épuisée pour me battre, trop épuisée pour user de diplomatie. « Sudha est ma sœur, la personne que j'aime le plus au monde. Tu as dit toi-même comme la vie serait difficile pour elle désormais en Inde, maintenant qu'elle est divorcée. Comment pourrais-je la laisser souffrir là-bas ? »

Sunil soupire : « Va te coucher, Anju. Tu as une mine épouvantable. Maintenant je sais pourquoi tu étais si fatiguée et si irritable ces derniers mois — tu es en train de te tuer. Je vais t'apporter une soupe chaude, puis je téléphonerai à cette femme pour lui dire que tu démissionnes. »

De tout ce qui me reste de force, je proteste. « Tu ne feras rien de tel. Je ne démissionne pas. Je vais parfaitement bien. Je *continuerai* à travailler. Je *ferai* venir Sudha en Amérique, que tu le veuilles ou non.

— S'il te plaît, Anju, va t'allonger. Tu n'en peux plus.

— Ne me traite pas comme une enfant. » Je hurle à présent, haletante. Quelqu'un est en train d'écraser les os de mon bassin avec un marteau d'acier. « Je ne te laisserai pas me dominer comme ton père domine ta mère. Je ne te laisserai pas... »

La douleur devient si forte que je me plie en deux, mais j'ai le temps de voir la blessure dans les yeux de Sunil. Je sens une humidité poisseuse entre mes jambes, une tache sombre commence à s'étaler sur mon pantalon. L'air sent le métal rouillé. Ai-je perdu le contrôle de ma vessie ?

Sunil marmonne quelque chose en attrapant le téléphone.

« Non ! » J'essaie de le lui arracher des mains.

« Arrête, Anju, dit-il. Calme-toi. Je n'appelle pas ton travail. J'appelle une ambulance. »

Les pétards explosent de nouveau en moi et m'emportent avec eux.

Quand je reviens à moi, la douleur est intense, une lumière brûlante qui m'aveugle et perce la brume hébétée dans laquelle me plongent les médicaments. Mais le pire, c'est cette impression sourde, le sentiment qu'il est trop tard.

Je rassemble mon courage et touche mon ventre. Là, en bas, il y a des bandages, sceaux d'un désastre qu'un endormissement stupide m'a évité de vivre. Et bien que je sois toujours enflée, je sais que mon bébé n'est plus là.

Je ne me souviens plus bien de ce qui se passe ensuite. Les larmes qui dévalent le long de mes joues pour se rassembler dans les oreilles où elles forment une mare de sang. Ou l'infirmière, à la blouse crissante et amidonnée, qui, avec un sourire joyeux et insupportable, constate que je suis réveillée. Ou les hurlements qui s'échappent, sans que je puisse les contrôler, du fond de ma gorge, creuset d'une fontaine insondable, comme dans les contes que me racontait Pishi à l'époque où j'étais trop jeune pour comprendre que la vie peut se révéler plus cruelle que n'importe quelle histoire. Ou les mains qui me retiennent, l'aiguille qui perce ma chair, le liquide chaud dispensateur d'un surcroît d'abrutissement. Mais finalement, Sunil est là, qui me caresse les cheveux et me chuchote que je dois être courageuse.

« Dis-moi. » Ma voix est une chose rauque, grinçante. Elle ne laisse rien deviner de la rage impuissante qui s'accumule en moi et va provoquer une explosion. Comme Sunil hésite, je lui saisis la main de toute la force que je peux rassembler et y enfonce mes ongles. Je veux qu'il souffre, qu'il éprouve, même faiblement, ce que je ressens. « Dis-moi tout. »

On m'a transportée, en pleine hémorragie, à l'hôpital. Montée en salle d'opération aussitôt que possible, où l'on a pratiqué une césarienne. Mais, déjà, le cœur du bébé avait cessé de battre.

« Je veux le voir », dis-je dans un murmure. Sunil secoue la tête. Le corps n'est plus là. De toute façon, le docteur l'avait déconseillé. Le mieux pour moi serait d'enterrer toute l'affaire, le plus rapidement que je le pourrais — de cette façon, le bébé perdrait de sa réalité.

Oh, la stupidité des hommes. Je l'ai porté en moi pendant six mois. Je lui ai parlé presque chaque jour depuis que j'ai su qu'il était là. Il a palpité dans ma chair, pulsation rayonnante d'une minuscule étoile, me donnant conseils et courage. A travers la fine doublure de ma peau, j'ai touché la courbe de sa tête. Rien de ce qu'on m'a fait ne pourra atténuer la torturante réalité de ce qu'il représentait pour moi.

Je tente de discuter avec Sunil, mais le tranquillisant transforme ma langue en plomb, et je lis dans ses yeux qu'il a pris sa décision.

Les mots ont du mal à se former sur des lèvres aussi raides que du cuir. Je dois pourtant savoir encore une chose avant de replonger dans l'inconscience. « A quoi ressemblait-il ? » Je produis un tel bredouillis que j'ai peur que Sunil ne comprenne pas.

« Il était beau, dit-il pourtant, avec de toutes petites mains qui ressemblaient à des étoiles de mer. »

Le regard de Sunil se perd dans le vague. La douceur avec laquelle s'exprime mon mari, si peu poète habituellement, me surprend. « Quelque chose s'était mal passé avec le cordon, il ne lui fournissait plus d'oxygène, alors il était bleu comme — comme — un bébé Krishna. »

De nouveau, son langage me stupéfie. Mais ce sont exactement les mots qui conviennent, c'est évident. Le bleu translucide de la peau de mon bébé rayonne sur le noir de mes paupières étroitement closes.

« Il était si beau », répète Sunil. L'amertume de sa voix me force à ouvrir les yeux. La rage file sur son visage à la manière d'une décharge électrique dans un nuage d'orage.

Je sais maintenant que je me suis trompée tout à l'heure. Les cœurs battent d'une façon différente, mais celui d'un père ne bat pas moins que celui d'une mère.

« Mon bébé, je l'ai tué. »

Les ai-je prononcés, ces mots, ou simplement formulés à l'intérieur de ma gorge que compressent des barres d'acier brûlant ? Mais Sunil se fige brusquement, me prouvant ainsi qu'il les a entendus.

« Ne sois pas stupide, Anju », dit-il, après un silence.

Ce silence — terriblement lourd, accusateur. Qui m'oblige à enfouir mon visage dans l'odeur antiseptique de l'oreiller et à serrer, serrer, serrer mes paupières.

Je ne les desserrerai plus jamais.

XXXIX

Sudha

Elles voulaient me cacher la nouvelle, craignant ma réaction, mais je l'ai sentie. Je l'ai flairée dans l'air de l'appartement, soudain si froid malgré le mordant soleil d'avril. Froid et lourd de l'odeur des chrysanthèmes blancs, bien qu'ils ne soient pas encore fleuris en cette saison. Les chrysanthèmes blancs, dont on recouvre les corps lors des funérailles. Parfois je me réveillais la nuit et croyais entendre sangloter dans la chambre de Gouri Ma. J'allais voir et la trouvais endormie, le visage dissimulé sous le couvre-lit, mais trop profondément, ne répondant pas quand je l'appelais. Et nous n'avions pas reçu de lettre d'Anju depuis un mois.

« Elle doit être occupée, ou elle n'est peut-être pas d'humeur à écrire — tu sais ce que c'est avec les femmes enceintes, parfois », dit Pishi quand je lui avoue mon inquiétude. « Ton rôle à toi c'est de bien manger, de bien te reposer, de prendre de l'exercice, et surtout de ne pas te faire de souci.

— Mais elle devrait au moins téléphoner, tu ne crois pas ?

— Eh bien, Sunil a téléphoné l'autre jour, pendant que tu étais sortie pour ta promenade matinale... »

Fâchée, je m'exclame : « Pourquoi ne me l'as-tu pas dit ? »

Pishi soupire. « Je me fais vieille — j'oublie des choses. » Effectivement, elle paraît vieille soudain, et fatiguée. Sous ses yeux, la peau forme des poches mauves. Son arthrite s'est-elle de nouveau manifestée, l'empêchant de dormir la nuit ? « Quoi qu'il en soit, ils vont bien tous les deux, donc tu n'as aucune raison de t'angoisser. »

Je plonge mes yeux dans les siens — sont-ils plus cerclés de rouge que de coutume ? —, mais elle évite mon regard et va prendre son bain.

Après une nouvelle semaine sans lettre d'Anju, je me décide à téléphoner. J'appelle à notre heure habituelle, le matin en Inde, le soir en Amérique. Anju est toujours rentrée à ce moment-là, ronchonnant parce qu'elle doit préparer le dîner. Mais cette fois-ci, personne ne répond, et malgré mon message, Anju ne rappelle pas.

Deux jours se passent. « C'est étrange, dis-je aux mères. Anju aurait certainement rappelé — je téléphone si rarement moi-même. Elle a dû comprendre que c'était important.

— Ils sont peut-être partis en vacances », suggère ma mère.

Mais cela ne me satisfait pas. Je décide de tenter un nouvel appel, quand les mères seront sorties.

Ces temps derniers, elles hésitent à me laisser seule à la maison, aussi dois-je attendre le jour de notre visite hebdomadaire au temple. Alors que nous sommes en train de nous préparer, je déclare que je me sens trop fatiguée pour y aller.

« Voyons, ce n'est pas si loin, insiste ma mère. Ça porte malheur de dire qu'on va au temple, puis de changer d'avis.

— Nous pouvons prendre un taxi », dit Gouri Ma.

Je bâille à grand bruit. « Je crois vraiment que j'ai besoin de dormir.

— Je devrais peut-être rester avec toi, dit Pishi.

— Non, non, je vous en prie, allez-y toutes, et priez pour Dayita et moi. Je ne bougerai pas de mon lit. »

Quand je les ai enfin convaincues, il est presque midi. Minuit en Californie. Je suis navrée de déranger Anju à cette heure-ci, mais au moins je suis sûre de la trouver.

C'est Sunil qui répond, d'une voix jeune, mais endormie et hébétée. Que je n'aurais pas reconnue — il y a si longtemps que je ne l'ai pas entendue — si je n'avais pas su que ce ne pouvait être que lui. Un instant embarrassée

— la dernière fois que nous nous sommes parlé, c'était durant ce malheureux après-midi dans le jardin —, je me reprends. C'est d'Anju qu'il s'agit, me dis-je. De plus, nous sommes des adultes à présent, lui et moi, et avons traversé suffisamment d'épreuves pour savoir fairc la différence entre les choses importantes et les autres. A l'énoncé de mon nom, Sunil marque un temps de silence — pense-t-il lui aussi au buisson de jasmin ? —, puis me dit d'un ton brusque qu'Anju dort. Il ne veut pas la déranger. « Je lui dirai que vous avez appelé. » Il donne l'impression de vouloir raccrocher.

« Une minute, une minute. » Comme un coup de tonnerre une idée me frappe. Ça vaut la peine d'essayer — je saurai du moins si je me suis vraiment inquiétée pour rien tous ces temps-ci, ainsi que l'affirment les mères. « Est-ce qu'Anju va mieux ? »

Je croise les doigts en posant ma question. Je vous en prie, Seigneur, faites que je l'entende me dire : Mais de quoi parlez-vous donc ?

Or, interloqué, il s'exclame : « Ainsi vous êtes au courant ! Je pensais qu'elles ne vous diraient rien avant votre accouchement. Non, elle ne va pas mieux. En fait, elle va plus mal que juste après la perte du bébé. »

Les mots me frappent en pleine poitrine, chassant l'air qui s'y trouvait. Quand je reprends mon souffle, c'est avec une sorte de sifflement, et je couvre le micro afin que Sunil ne l'entende pas. Oh, Anju, Anju ! Comment cela a-t-il pu arriver ? Et je ne suis pas auprès de toi pour t'aider.

« Je n'ai pas dit toute la vérité à la mère d'Anju — je sais qu'elle a le cœur malade —, mais je deviens fou à garder tout cela pour moi, poursuit Sunil. Elle ne quitte pas son lit. En réalité le canapé. C'est là qu'elle dort maintenant. Elle ne prend pas ses antidépresseurs. Je laisse les comprimés à côté de son assiette quand je pars travailler et je les retrouve, intacts, à mon retour. Elle a beaucoup maigri — sa main ressemble à celle d'une vieille femme, avec la peau qui glisse sur les os. Elle ne mange que si je lui enfourne la nourriture dans la bouche. »

Les mots s'échappent du combiné et forment une mare autour de moi. A présent, ils s'élèvent au-dessus de mes chevilles, de mes mollets. « Et elle ne parle pas. Elle n'a pas prononcé un mot depuis que je l'ai ramenée à la maison. Elle se sent responsable, je crois. J'ai beau lui dire qu'il ne le faut pas, ça ne sert à rien. Une fois, j'ai tenté de lui parler de moi, de ma propre souffrance » — Sunil s'interrompt et s'éclaircit la gorge — « je pensais que ça briserait la barrière entre nous, mais elle a simplement enfoncé la tête dans l'oreiller. Et elle fait la même chose quand je lui demande si elle aimerait aller voir sa mère en Inde. Le docteur veut la mettre dans une maison de repos pendant quelque temps, mais en entendant cela, lors de notre dernière visite chez lui, elle s'est mise à trembler des pieds à la tête, avec le regard sauvage et affolé d'une bête prise au piège. L'idée de l'envoyer au loin m'est insupportable. Mais je ne sais pas quoi faire d'autre. Il ne me reste plus de vacances à prendre, et elle ne va pas mieux. »

Je me rends compte que je me tiens le ventre, comme si Dayita risquait elle aussi de s'en échapper.

Pas maintenant, Sudha. Tu ne dois penser qu'à Anju.

« Peut-être pouvez-vous m'aider, dit Sunil. Est-ce possible ? »

J'essaie désespérément de réfléchir. Dans ma tête résonnent un grondement semblable à celui d'un feu lointain et le sifflement de tourbillons de poussière soulevés sur son passage par le Bidhata Purush en furie. Et soudain je sais.

« Est-elle réveillée maintenant ? dis-je. Si oui, posez le combiné contre son oreille. »

Il obéit, et je commence à parler. Une sorte de poussière envahit ma bouche, tapisse mes poumons, étouffe ma voix. Mais je m'oblige à continuer.

« Il était une fois une princesse dont toute l'enfance s'était écoulée dans un palais de marbre en ruine entouré de gardes. Ils lui disaient ce qui était convenable et ce qui ne l'était pas, et dressaient devant elle leurs lances empoisonnées si elle tentait de franchir les frontières qu'ils lui avaient dessinées. Quand elle eut l'âge requis, elle épousa avec obéissance le roi qu'ils lui avaient choisi. Le bruit des feux d'artifice à son mariage fut tel que personne ne put entendre si son cœur se brisait ou non. Et une fois arrivée dans la maison de son époux, elle n'eut aucun mal à s'y adapter car cette maison ressemblait exactement à celle où elle avait grandi, sauf que les gardes étaient plus féroces, et le poison de leurs lances plus puissant.

« Tout se passa bien jusqu'au moment où la reine attendit un enfant. Un devin, alors, annonça que le bébé était une fille. Sidérés à l'idée que leur futur maître pût être une femme, les gardes dirigèrent leurs lances empoisonnées vers le ventre de la reine dans l'intention de tuer le bébé avant sa naissance. Le roi, pétrifié de peur, était incapable de la protéger. »

Je trébuche sur les mots douloureux. Ce n'était pas cette histoire-là que je voulais raconter à Anju. Mais elle s'est imposée comme sous l'effet de la nécessité, et je dois la poursuivre.

« La reine était terrifiée elle aussi, mais elle posa les mains sur son ventre afin que sa fille lui insuffle du courage. Et elle sentit passer quelque chose à travers la paroi. Baissant les yeux, elle vit qu'il s'agissait d'une épée, une épée enflammée faite de lumière, puis il en vint une autre, une pour chaque main. Faisant tourbillonner les épées autour de sa tête comme la déesse Durga, comme la Rani de Jhansi, la reine quitta le palais, et personne n'osa l'en empêcher.

« Sur son chemin la reine rencontra beaucoup de monde, des gens qui l'aimaient ainsi que sa fille tout juste née, mais qui craignaient que les gardes ne s'en prennent à eux. Elle en croisa d'autres que mettait mal à l'aise le rayonnement extraterrestre qui émanait d'elle et de son bébé, car souffrance et courage produisent ce rayonnement. Aussi personne n'osa-t-il leur donner un abri.

« La reine continua à chercher un nouveau foyer. Parfois elle se désespérait et se demandait si elles étaient condamnées, sa fille et elle, à parcourir la terre éternellement, mais elle n'abandonnait pas. Jusqu'au jour où elle atteignit le bord de l'océan et ne put plus avancer. »

Je m'arrête. Les mots que j'ai suivis à travers le labyrinthe de ma mémoire comme Thésée suivit sa pelote de fil sont épuisés. Que vais-je faire maintenant ?

Alors, très douce, me parvient la voix d'Anju. « Soudain, la reine entendit quelqu'un lui dire : "N'aie pas peur, ma chérie. Prends ma main." Et, levant les yeux, elle vit un arc-en-ciel tendu vers elle de l'autre extrémité de la terre. Car, prise dans cette tourmente, la reine avait oublié qu'elle avait une sœur jumelle qui vivait de l'autre côté de l'océan. La sœur lui envoyait son amour sous la forme de cet arc-en-ciel... »

La voix d'Anju se brise, mais je prends le relais. « Tenant sa fille d'une main, la reine s'accrocha de l'autre à l'arc-en-ciel. Et sa sœur la tira, à travers l'océan, par-dessus les mâchoires grandes ouvertes des monstres marins, vers la sécurité. »

Anju pleure à présent. « Oh, Sudha, dit-elle entre deux sanglots, j'ai besoin de toi. J'ai tant besoin de toi. Je suis affamée de ta présence. J'essayais de gagner l'argent de ton billet, mais j'ai tout gâché. »

Oh Seigneur ! Est-ce pour cela qu'elle a fait une fausse couche ? Elle travaillait pour moi, malheureuse que je suis. Lui ai-je jamais apporté autre chose que de la malchance ?

« S'il te plaît, viens, dit Anju. Promets-moi de venir tout de suite. »

Elle paraît si faible, si pitoyable. C'est ainsi que je devais être, naguère, avant d'apprendre qu'une mère ne peut se permettre d'avoir peur.

Je m'efforce de garder un ton calme. « Je viendrai le plus vite possible, dès que Dayita sera née. Et maintenant écoute-moi — entre-temps tu dois faire tout ce que te dit le docteur, afin de te rétablir. Sinon, comment m'aideras-tu à m'occuper de Dayita ? Après tout, c'est ta fille autant que la mienne. »

Anju a un petit rire, tremblant et rouillé. « Sudha, je meurs d'impatience ! Ce sera si formidable, nous deux.

— Nous trois, dis-je.

— Je ne peux pas croire que tu seras là, Sudha, comme dans l'ancien temps ! » Anju s'exprime d'une voix enfantine, claire et aiguë, comme si elle n'avait pas entendu un mot de ce que je viens de dire à propos de Dayita.

Au retour des mères, je leur raconte tout, et nous pleurons dans les bras les unes des autres. Viennent ensuite les récriminations. Moi : « Comment avez-vous pu me cacher quelque chose de si essentiel ? » Elles : « Tu nous avais dit que tu ne pouvais pas aller au temple parce que tu étais fatiguée ! » Nous sommes d'accord pour regretter qu'Anju refuse de venir en Inde, ce qui aurait été beaucoup plus facile. « Aussi têtue que d'habitude », dit ma mère, mais Pishi remarque : « Anju n'a jamais supporté qu'on la prenne en pitié », et Gouri Ma ajoute : « Elle pense à Sudha, à la nouvelle vie qu'elle veut lui assurer. » Je leur rapporte l'absence de réaction d'Anju quand j'ai prononcé le nom de Dayita. Elles m'exhortent à la patience. En apprenant pourquoi elle travaillait tant avant sa fausse couche, elles se taisent. Puis Gouri Ma prend ma main dans les siennes et me dit que je ne dois pas m'en sentir responsable.

Oh, Gouri Ma — comme si on pouvait chasser la culpabilité aussi facilement qu'une goutte d'eau sur une feuille de lotus.

Les mères s'émerveillent de la générosité de Sunil — il a pris le téléphone après qu'Anju eut fini de parler et m'a dit qu'il allait s'occuper des billets et des visas pour Dayita et moi. Mais quelque chose me trouble. Juste avant de raccrocher, il a poussé un soupir, le soupir de celui qui, suspendu longtemps au rebord d'une falaise, finit par lâcher prise et se sent avec un étrange soulagement aspiré par le vide. « J'ai essayé », a-t-il dit.

Cela, je ne l'ai pas raconté aux mères. Il s'était exprimé très doucement, pour soi, et j'avais peut-être mal entendu.

« Mais qu'as-tu dit à Anju pour la convaincre de

t'écouter ? demandent finalement les mères. De te parler ?

— Oh, juste une petite chose. » Je n'ai pas envie d'en discuter. « Quelque chose qui ne concerne qu'elle et moi.

— Dis-nous rien qu'un peu, supplie ma mère.

— Je lui ai raconté une histoire.

— Ah, une histoire », approuve Pishi. Plus qu'aucune de nous, elle connaît le pouvoir des histoires, qui se cache en leur centre comme les graines au cœur d'une mangue. C'est un pouvoir qui se dissipe si on en parle, aussi se contente-t-elle de demander, avec un étrange regard pensif : « Etait-ce une de mes histoires, Sudha ? »

Je suis navrée de la décevoir. « Non, c'est une nouvelle. Une histoire que j'ai inventée, sur le moment.

— Est-ce qu'elle a un titre ? » demande Gouri Ma.

Je m'apprête à faire signe que non. Mais soudain cela me vient.

« La reine des épées », dis-je.

J'écris tous les jours à Anju, lui racontant les minuscules, les fastidieux détails de ma grossesse. Au début j'ai hésité. Je pensais que ce serait trop douloureux pour elle. Mais parfois la seule façon de guérir est de passer par le corridor de la douleur. Faire comme si je n'allais pas avoir d'enfant ne serait bon ni pour elle ni pour moi. Alors je ne lui cache rien. Ni mes troubles digestifs. Ni mon manque de souffle. Ni les coups de pied de Dayita, qui me tiennent éveillée toute la nuit. Avant d'entrer à l'hôpital, je note à la hâte ce que je ressens, l'impression d'avoir une tenaille à l'intérieur, que mes entrailles veulent se vider d'un coup. Et, à mon retour, j'essaie de trouver les mots pour dire le moment où l'on a posé ma fille sur ma poitrine, gluante et ridée comme une vieille prune, et incroyablement belle.

Mais, cette dernière lettre, je n'ai pas le courage de l'envoyer.

Ces deux derniers mois, Anju s'est préparée à me recevoir. Elle mange convenablement et, bien qu'encore faible, se promène un peu en compagnie de Sunil.

D'après le médecin, elle pourra bientôt se passer de drogues. Elle a parlé à ses professeurs et pense qu'elle pourra reprendre deux de ses cours le semestre prochain. Sunil accepte que, lorsqu'elle sera rétablie, elle recommence à travailler si elle le désire. Et, mieux que tout, elle s'est remise à lire.

Sunil appelle les mères et, ravi, leur raconte les stupéfiants changements qui s'opèrent en elle. S'il vous plaît, dites à Sudha qu'elle est miraculeuse. Je m'efforcerai de la remercier comme elle le mérite quand elle sera là.

Comme toujours, les mères s'émerveillent de sa courtoisie, mais quelque chose dans cette dernière phrase m'inquiète. Je refuse, malgré les incitations de ma mère, de lui répondre sur le même ton. Qu'écrirais-je, d'ailleurs ? *Moi*, je ne suis pas stupéfaite. Anju a toujours eu cette capacité d'aller au bout des choses une fois qu'elle s'était fixé un but. Et le but — ou le miracle —, ce n'est pas moi. Qu'elle s'en rende compte ou pas, ce but c'est Dayita.

« Et tu es un si joli miracle », dis-je à ma fille en souriant à sa tête noire aussi frisottée que le cœur d'une fleur de kadam. J'essaie de ne pas penser à ce que je ferais si Anju continuait à vouloir l'ignorer une fois que nous serons en Amérique. Si elle la prenait en aversion. « C'est impossible », dis-je en serrant Dayita contre moi, en respirant l'odeur rassurante de lait et de poudre pour bébé. Mes mots ont la ferveur d'une prière. « Tout le monde t'aime. »

Ce qui est vrai assurément pour notre petite maisonnée, où les mères se battent à qui la prendra dans ses bras, jouera avec elle ou lui chantera une chanson pour l'endormir.

« C'est *moi* sa vraie grand-mère, dit ma mère. D'ailleurs elle me ressemble. Donne-la-moi.

— Non, ce n'est pas vrai, s'insurge Pishi, mains sur les hanches. C'est l'amour qui fonde une relation, autant que le sang. Et puis, elle est infiniment plus jolie que tu ne l'as jamais été. D'ailleurs, tu n'as jamais su faire roter un bébé. Gouri, *Gouri* ! Tu as encore filé en douce avec notre Daya Moni ! »

Ça m'amuse de les voir tous se comporter en propriétaire. Même Singhji. Il m'enlève Dayita des bras sans plus de façons et m'envoie faire une sieste afin de pouvoir s'asseoir dans son fauteuil et la bercer d'avant en arrière en lui parlant bébé tandis qu'elle lui agrippe la barbe et glousse de rire, et que Ramur Ma, pleine de jalousie, tourne autour d'eux « pour s'assurer que le vieil homme, qui n'a probablement jamais porté un bébé de sa vie, ne laisse pas tomber notre Daya Moni ».

Aussi les moments où je la nourris et je la change — l'une des rares occasions où je dispose de ma fille pour moi seule — me sont-ils précieux. Je peux l'examiner tout à mon aise, m'émerveiller encore de la perfection de ses doigts et de ses orteils, de la transparence de ces pétales courbes que sont ses oreilles. Admirer ses jeunes bouclettes rebelles sur ma poitrine, la petite fossette à son menton. Je lui dis que je veux qu'elle devienne courageuse et forte, plus que je l'ai jamais été. Je lui chante des chansons et lui raconte des histoires. Elle tète bruyamment, avec force éclaboussures, apparemment inconsciente. Mais je sais qu'elle enregistre chaque mot.

Cet après-midi je décide de lui raconter l'histoire de Prem.

« Il était une fois un petit garçon, le plus adorable des petits garçons et le plus heureux. Il n'était pas encore plus gros qu'une graine de moutarde dans le ventre de sa mère qu'il était déjà le plus avisé des enfants et prodiguait des conseils à sa maman. Quand il eut atteint la taille d'un citron, il savait danser et chanter, et faire des sauts périlleux. Et parvenu à celle d'un pamplemousse, il pouvait réciter les vingt-quatre textes des Ecritures du début à la fin. Voyant cela, les dieux, stupéfaits, dirent : il est trop bien pour le monde imparfait des hommes. Ils le sortirent donc du ventre de sa mère et en firent une étoile, de façon qu'il n'eût jamais à affronter les chagrins épineux qui nous lacèrent chaque jour. Je te le montrerai ce soir même, qui te regarde de ses yeux d'étoile, et il t'aimera car tu es sa petite cousine, et tu auras toujours un ami dans les cieux, pour te guider quand tu en auras besoin. »

La porte de ma chambre s'ouvre. Fâchée de l'interruption, je rajuste mon sari.

« Sudha, as-tu fini de la nourrir, es-tu visible ? » demande ma mère d'une voix timide que je supporte mal. « Dans ces conditions, il y a une visite pour toi. »

Derrière elle apparaît Ashok, dans les bras un ours en peluche deux fois plus grand que ma fille, et l'air assez embarrassé. Je ne suis guère plus à mon aise, surtout quand ma mère se retire en laissant volontairement se refermer la porte. Je me précipite pour la rouvrir, mais Ashok me retient par la main, et mon cœur tangue. Je m'écarte, et il me dit : « Je te dois des excuses, Sudha, et à ta fille aussi. » Il regarde Dayita, qui — enfant stupide et sans jugement — lui décoche un énorme sourire.

« Tu ne me dois rien », dis-je. Ne comprend-il pas à quel point il m'est pénible de le revoir ? Chaque fois que je crois avoir tourné la page, il refait irruption dans ma vie, malencontreux comme un post-scriptum.

« Puis-je la prendre ? » demande-t-il. Je la lui tends de mauvais gré, mais ne peux ensuite m'empêcher de sourire, bien que le souvenir de l'époque où nous avons failli appartenir l'un à l'autre soit toujours aussi douloureux. Il paraît si nerveux — comme si Dayita allait le mordre, ou, du moins, tout dégurgiter sur sa chemise à la blancheur immaculée. Méchamment, je souhaite qu'elle le fasse — il n'aurait que ce qu'il mérite pour n'avoir pas voulu d'elle — mais bien entendu, comme c'est un bijou d'enfant, elle roucoule et tend vers son visage ses bras grassouillets et troués de fossettes.

« Je ne suis pas très bon à cet exercice, dit-il. Je n'ai pas d'expérience — sans nièces ni neveux. Mais je pourrais apprendre. Qu'en penses-tu ? »

Comme je lui rétorque que ce genre de devinette ne m'intéresse pas, il me dit : « J'ai beaucoup réfléchi ces derniers mois. J'ai eu tort de vouloir te faire choisir entre ton enfant et moi. Je m'en rends encore mieux compte maintenant que je vous vois ensemble. Aussi... » — il déglutit, sa nervosité n'est pas due qu'à Dayita —, « Sudha, veux-tu m'épouser ? Veux-tu m'apprendre à aimer ta fille ? » Gauchement, il chatouille Dayita sous le menton.

Un instant, mon cœur avide et oublieux bondit. Ashok et moi, le vieux rêve tentateur qui a commencé dans une salle de cinéma — mais non, c'est dans les contes de fées qu'il a véritablement commencé. A présent, le dernier obstacle s'est écroulé, la dernière montagne d'os de crânes a été franchie, le dernier monstre décapité. L'ultime magie a fonctionné : le prince et la princesse transformés en humains ordinaires, mais se découvrant toujours dignes d'amour. Je l'observe qui tient ma fille dans ses bras et je sais qu'il sera un père consciencieux — et même affectueux. Car s'il y a de la tendresse en lui — et je ne doute pas qu'il y en ait — ma fille saura l'attirer.

Puis le souvenir d'Anju me revient. Anju qui m'attend avec une telle anxiété, qui s'efforce de marcher et de manger des épinards, qui réapprend à sourire. Anju, qui a déjà commencé à nettoyer son appartement en prévision de ma venue, en attendant mon visa que je dois recevoir d'un jour à l'autre. Anju qui, sans mon père, n'aurait pas perdu le sien. Qui n'aurait peut-être pas perdu son fils si...

« Ashok », dis-je. Je ferme les yeux, étourdie par la sensation de *déjà vu*. Trop tard, trop tard. Jamais, dans ma vie, les choses ne sont produites à l'heure. « Je suis désolée...

— Ne le sois pas. Ta tante Gouri m'a raconté ce qui est arrivé à Anju. Je comprends que tu dois aller l'aider. Ce n'est pas un problème. Tu pars avec un visa temporaire, tu reviendras dans quelques mois. Je t'attendrai. Je t'ai attendue pendant tant d'années, alors un peu plus ! »

Mon cœur s'apaise. La gratitude m'emplit la bouche, douce comme du miel. Pour une fois, je ne vais pas devoir choisir entre mes deux amours ! Aussi, quand les mots sortent, suis-je aussi stupéfaite qu'Ashok.

« Je ne suis pas sûre de revenir un jour. »

Et brusquement, je sais : je pars pour Anju, certes, et pour Dayita, mais surtout pour moi. Je pars en ayant la certitude que ce ne sera pas un voyage de conte de fées, que mon destrier ailé ne franchira pas avec grâce tous les obstacles, mais je pars néanmoins. Est-ce que je veux revenir ? Et si je reviens, accepterai-je de soumettre à nouveau ma vie aux caprices d'un homme, même bon ? Le désir qui m'assaille depuis la plante des pieds, quand je pense à Ashok, est-ce de l'amour ? Je n'en suis pas sûre. Il est d'une nature si différente de cette ardeur qui m'embrase toute, ventre, entrailles, tendons, lorsqu'il est question de ma sœur et de ma fille.

Dans sa dernière lettre, Anju me faisait part de ses projets de lancer avec moi une boutique de vêtements. Une entreprise modeste au départ, elle s'occupant des questions commerciales et moi de la création. J'ai ri sur le moment, mais maintenant, je me dis : pourquoi pas ? Un avenir bâti par des femmes, avec leur cerveau et de leurs mains. Un avenir pour moi seule.

« Les visas peuvent changer, dis-je à Ashok, comme les désirs. » Je prends sa main dans la mienne, et en souvenir du rêve que nous avons partagé, si jeune, innocent et absolu que je pense ne jamais en vivre un semblable, je l'embrasse sur la joue.

C'est un geste d'adieu.

XL

Anju

Sudha arrive, Sudha arrive ! Elle sera là dans une semaine ! Je suis ballottée entre joie et panique — il y a tant à faire pour préparer l'appartement. Je ne m'attendais pas que le visa lui soit accordé si vite. Je suppose que c'est grâce à la lettre qu'a écrite mon médecin, à la demande de Sunil, où il disait que la présence de Sudha à mes côtés était d'une extrême importance pour mon rétablissement. Ce qui est exact, bien sûr. Et non seulement qu'elle vienne, mais qu'elle reste définitivement. Le visa n'est valable que pour un an, mais j'ai entendu dire que ces choses-là peuvent s'arranger. Sudha pourra peut-être aller à l'université. Nous pourrons peut-être commencer notre affaire ensemble. Il se peut aussi qu'elle rencontre quelqu'un qui saura lui faire oublier ce qu'elle a abandonné là-bas. De cela, cependant, je doute fort. Existe-t-il un homme dans toute l'Amérique qui pourrait l'aimer aussi totalement qu'Ashok ?

Le jour où j'ai reçu la lettre de ma mère me racontant la seconde offre de mariage d'Ashok, je n'ai pas pu dormir. Je me tournais et me retournais dans mon lit, bien que ma mère m'assurât que Sudha avait refusé. « Elle ne voulait pas que je t'en parle, ajoutait-elle, mais je pense que tu dois connaître jusqu'où va son amour pour toi. »

J'ai même réveillé Sunil, n'en pouvant plus d'inquiétude. « Et si Sudha changeait d'avis ?

— Allons, Anju. Elle t'a promis, n'est-ce pas ? Et elle semble être le genre de personne à qui l'on peut se fier. Elle sait avec quelle impatience tu l'attends. Et elle sait que ce sera bon pour elle également.

— Mais ce que lui offre Ashok est si merveilleux,

maintenant qu'il est prêt à accepter — j'ai dégluti pour me forcer à prononcer le nom — Dayita —, c'est l'homme qu'elle a toujours aimé, tu comprends — comment peut-elle renoncer à lui, ça m'échappe. Et même si elle le peut, je ne suis pas sûre qu'elle le doive, quel que soit le besoin que j'ai d'elle. Je devrais peut-être l'appeler demain et...

— Fais ce que tu veux, mais pour l'amour de Dieu, laisse-moi dormir, dit Sunil, furieux. Au cas où tu l'aurais oublié, je travaille demain. » Il s'est retourné, et a remonté la couverture jusqu'aux oreilles. Mais j'avais dû lui transmettre un peu de mon anxiété. A sa respiration je devinais qu'il était éveillé. Et il a dû le rester plus longtemps que moi parce que, émergeant d'un rêve des heures plus tard, je l'ai entendu fourrager dans le placard de la salle de bains où je range mes somnifères.

Je m'assois sur mes talons, en nage. A bout de souffle, et frustrée. Mon cœur pompe trop fort, et une douleur aiguë le long de ma cicatrice me rappelle que je ne peux plus éperonner mon corps comme s'il s'agissait d'un animal dressé ayant pour seule fonction de me transporter où je veux aller.

Cette chambre, notre ancienne pièce-débarras-fourre-tout, je n'en finis pas de la ranger. Bien que plusieurs mois se soient écoulés depuis mon opération, je ne suis pas censée soulever des choses lourdes, et Sunil, très occupé par un projet à son bureau, n'a guère fait plus que de transvaser le contenu de deux tiroirs dans des boîtes. Il m'avait promis de les ranger sous l'escalier le week-end passé, mais elles trônent toujours au milieu de la pièce, attendant que je trébuche sur elles chaque fois que je me retourne.

Je ne dois pas trop me plaindre cependant, car il s'est occupé du petit lit. Il avait remarqué l'annonce dans le bulletin du marché aux puces, et il est allé le chercher. Et l'a remonté, tout seul. Il aurait certes accepté un peu d'aide, mais il n'a pas insisté. J'en aurais d'ailleurs été bien incapable. Je n'arrivais même pas à entrer dans la chambre. Rien qu'à voir Sunil transporter le lit, bout par bout, j'avais les mains qui tremblaient. J'avais l'impression de retomber dans les premiers jours qui avaient suivi mon retour de l'hôpital, où, prise de vertiges, je devais me retenir au lit pour m'empêcher de flotter, de m'envoler, car en moi il n'y avait que du vide.

Quand il a eu fini, Sunil s'est approché de moi, assise à regarder fixement par la fenêtre, et m'a effleuré la nuque. « Je sais que tu as mal, Anju. Moi aussi j'ai mal. Mais il faut te reprendre. Dayita sera là dans quelques jours — à ton invitation, je te le rappelle.

— Je ne l'ai pas invitée, *elle* », ai-je marmonné, les lèvres rigides. C'était plus fort que moi, ça m'avait échappé, même si je me sentais particulièrement minable.

Dans le regard que Sunil m'a lancé, il y avait de la colère et de la pitié. Pour une fois, je pouvais lire ses pensées. *Désolé, mon chou, tu n'as plus le choix. Peut-être que de devoir t'en accommoder te servira de leçon.*

Mais si, j'ai le choix, me suis-je dit. Dayita n'existe pas pour moi. Aucun autre bébé n'existe. Sudha comprendra — elle sait qu'on ne peut jamais me forcer, et en tout cas pas dans ce cas. Car c'est le moins que je doive à mon Prem.

Aujourd'hui, j'ai pris la décision de vider les derniers tiroirs du bureau. Nous n'avons pas d'armoire, mais Sudha pourra ranger ses vêtements dans les tiroirs, et étaler ses babioles sur le dessus. Son matelas, que nous irons chercher ce week-end, tiendra très bien dans le coin, à côté de la fenêtre.

Je fais attention de passer très au large du petit lit. Il s'en dégage une ténébreuse énergie, comme des endroits tabous dont il est question dans les anciennes légendes. Elle m'aspirerait si je m'approchais trop.

Je sors les tiroirs remplis de livres et de papiers de Sunil. De stylos vides et de notes prises à l'université où l'encre s'efface. Une agrafeuse, des enveloppes, des chemises en papier bulle, de vieux manuels de classe qu'il ne consultera plus jamais mais qu'il m'interdirait de jeter. Je vais et viens, les bras chargés de cartons, et veille à garder soigneusement mon visage de profil. Il ne peut rien m'arriver tant que mes yeux n'accrochent pas les lattes blanches du petit lit, ni le Mickey Mouse rouge et noir qui se balance d'un air effronté, selon la description que m'en a faite Sunil.

Très vite, je manque de place. Peut-être que, si je reprenais les boîtes que Sunil a remplies la semaine dernière, je pourrais encore y fourrer des choses. L'une d'elles contient des piles de vieux relevés de banque — quel rat que Sunil — d'où, lorsque je les soulève, s'échappe quelque chose. C'est un coffret de bois ovale, assez petit pour tenir dans ma main, sculpté abondamment de feuilles et de fruits, une fabrication typique du Cachemire. Je ne l'avais jamais vu. Attends ! Mais si, je l'ai vu, il y a des années, à notre mariage, où quelqu'un nous l'a offert. Pour y garder un objet précieux, a-t-il dit. Comme la plupart de nos cadeaux de mariage, c'était joli mais assez inutile, et j'étais sûre de ne pas l'avoir emporté. Par quel miracle se trouve-t-il ici, au fond d'une boîte pleine des relevés annuels, jaunis, de Merrill Lynch ?

J'ouvre le couvercle, par pur automatisme, m'attendant à ne rien trouver. Or un bout de tissu s'en échappe — un mouchoir, mon mouchoir de mariage, en batiste blanche galonnée d'une broderie de lotus porte-bonheur. J'y enfouis mon visage, essayant de faire revivre ce jour si éloigné. J'ai l'impression de sentir l'odeur du feu cérémoniel, du curcuma dont on a enduit ma peau pour attirer la chance, d'entendre la voix incantatoire et nasillarde du prêtre. Le parfum d'un rêve depuis longtemps dissipé. Ai-je enfermé le mouchoir dans ce coffret ? Ces temps derniers ma mémoire est une véritable passoire. Mais non, je me rappelle parfaitement l'avoir rangé dans le tiroir supérieur de la coiffeuse de ma chambre, chez les parents de Sunil. C'est là que Sunil a dû le prendre, avant de partir pour l'Amérique. Qui l'aurait cru si romantique !

J'enfonce le mouchoir dans mon soutien-gorge. Au

dîner je le sortirai d'un geste théâtral, et taquinerai Sunil. Il y a longtemps que nous n'avons pas eu motif à rire.

Soudain un terrible doute s'empare de moi. J'étale le mouchoir et examine l'initiale brodée dans le coin, en fil de soie rouge, le rouge du danger, de la trahison et du sang âcre. Ainsi que je m'y attendais, dans le fond caverneux et désespéré de mon cœur, c'est un B, B pour Basudha.

Comment ai-je pu oublier, même le temps d'un souffle ? Est-ce que l'esprit, afin de survivre, oblitère les événements qui, sans cela, le mèneraient à la folie ?

Dans un brouillard, la scène se matérialise une fois de plus, comme si souvent durant les mois doux-amers qui ont suivi mon mariage, durant ces nuits où je restais éveillée après que nous avions fait l'amour, me demandant à qui Sunil pensait pendant qu'il gémissait de plaisir entre mes seins.

Le dîner de mariage est terminé. Nous nous levons. Ramesh et Sudha marchent en tête, le bras de l'un passé sous le coude réticent de l'autre. Elle sort un mouchoir pour s'essuyer la figure. Elle le remet en place — mais non, il tombe derrière la table. Personne ne voit Sunil se pencher pour le ramasser. Pour le glisser dans sa poche où il l'emprisonne dans sa main. Personne sauf moi.

A présent je porte le mouchoir à mes lèvres tremblantes. Il conserve, faible et sucrée, l'odeur du corps de ma cousine. Je m'attends que ma vieille jalousie ressorte ses crocs, mais ne ressens que du désespoir. Combien de fois Sunil a-t-il tenté de m'arrêter, de m'empêcher de faire venir Sudha ? Combien d'avertissements voilés m'a-t-il donnés ? *Pourquoi ne peux-tu apprendre à vivre seule ?* Je le jugeais égoïste, avare. Il essayait seulement de me sauver.

Un rugissement m'emplit les oreilles, semblable à celui du flot à l'ouverture des vannes. *Tu n'as plus le choix*, répète la voix de mon mari, tandis que le flot m'emporte. Oh, Sudha, maintenant que tu as, en esprit, fait la moitié du chemin vers l'Amérique, qu'allons-nous devenir ?

XLI

Sudha

Un jour de notre enfance, Gouri Ma nous a emmenées, Anju et moi, à la foire de Maidan. Nous avons tout adoré, de l'odeur de mélasse bouillonnante au stand des confiseries, aux couleurs vives des perroquets que l'oiseleur portait dans des cages accrochées à des perches. Et encore plus la nagordola, la grande roue, gigantesque. Elle démarrait en grinçant, avec une lenteur insupportable, si bien que nous tapions des pieds en criant : *Plus vite, plus vite*. Mais en un rien de temps, nous nous trouvions emportées dans le tourbillon de la nacelle, la terre disparaissant quelque part en dessous, le ciel s'ouvrant autour de nous et nous engloutissant, puis la terre, puis le ciel, et ainsi de suite jusqu'à ce que nos hurlements réclament l'arrêt de l'impitoyable roue. Pourtant, dès que cela se produisait, nous courions aussi vite que possible, étourdies et trébuchantes, faire la queue pour un nouveau tour.

Ces dernières semaines j'ai eu l'impression de me trouver dans la nagordola. Après que j'ai refusé l'offre d'Ashok, avec quelle douloureuse lenteur le temps n'a-t-il pas traîné son corps perclus. Le désir de partir a gonflé dans mon cœur comme de la vapeur prête à exploser. *Plus vite, plus vite,* répétais-je, jusqu'au jour où la gigantesque roue du temps s'est enfin emballée pour m'entraîner dans une course échevelée où, en plein brouillard, se succédaient achats-bagages-billets-passeports-vaccins. Ce n'est que ce matin à l'aéroport, où je sens l'amour des mères m'attirer comme l'eau de la rivière attire votre corps juste avant de sauter, que m'apparaît l'épouvantable signification de ce moment. J'ai consommé le temps dont je disposais et, contrairement à ce qui s'est passé jadis à la foire, je ne peux pas donner une autre pièce et recommencer. Ce que je laisse derrière moi — je n'arrive pas à l'exprimer clairement, mais je sais que je ne le retrouverai jamais en Amérique. Les mères m'embrassent, leurs lèvres humides et froides sur mon front, cette odeur de pâte dentifrice de mon enfance, et je voudrais ne pas avoir été si pressée de m'en aller.

A l'entrée de la zone sous douane, Singhji me tend mon bagage à main. Le sac est lourd, plein d'affaires pour Dayita, couches, biberons de jus de fruits et vêtements de rechange — c'est fou le nombre de choses dont a besoin une si petite personne ! — mais j'aperçois, enfoncé dans un coin, un paquet enveloppé dans du papier d'emballage et noué avec de la ficelle.

« Qu'est-ce que c'est ?

— Oh, rien, disent les mères, mais fais attention de ne pas le perdre. » Elles s'essuient les yeux avec le bord de leur sari tout en murmurant des bénédictions. *Que la déesse Durga te garde. Puisses-tu être toujours heureuse. Et aussi courageuse que la Rani de Jhansi.* Comme je vais pour attraper le paquet et voir ce qu'il contient, elles écartent ma main en feignant la contrariété. « Attends d'être dans l'avion », disent-elles.

Toute la semaine j'ai été submergée de cadeaux et de bons vœux. Provenant de personnes que je croyais indifférentes, de gens dont j'avais fait si peu pour mériter l'amour. Mais, du reste, l'amour se mérite-t-il jamais ? Et la haine ? Cela, je l'ai appris de ma belle-mère. Les tantes-de-cinq-heures ont apporté des bocaux d'achars de citron pour moi et d'eau de riz pour Dayita. Des voisins qui habitent un peu plus bas dans la rue m'ont donné des magazines de cinéma à lire dans l'avion et une mixture de churan au cas où j'aurais le mal de l'air. La mère de Sunil, toujours aussi timide et douce, est venue avec une couverture tricotée main pour Dayita et un message. « Dites à Sunil de ne plus envoyer d'argent, m'a-t-elle chuchoté. Ils en ont plus besoin que nous. Son père regrette ce qui s'est passé, mais il est bien trop fier pour l'admettre. Peut-être que si Sunil appelait ? Voudrez-vous essayer de le persuader ? » Ses yeux de biche apeurée ont fixé les miens jusqu'à ce que je signifie, à contrecœur, mon acquiescement.

Ramur Ma et Singhji m'ont offert une parure, assiette et bol en argent, pour Dayita, avec son nom gravé dessus.

« Mais c'est beaucoup trop coûteux », ai-je protesté, effarée à la pensée du montant de leurs économies qu'un tel cadeau avait dû engloutir.

« Oh, tais-toi, a dit Ramur Ma. Pense simplement à nous envoyer des photos de Daya Mani quand elle aura l'âge de manger dedans. »

Ashok a voulu me redonner sa bague en diamant. Comme je refusais, il m'a tendu une petite carte en plastique portant mon nom en relief.

« C'est une carte de crédit », m'a-t-il expliqué.

Je connaissais l'existence de ces cartes — Anju m'en avait parlé dans une de ses lettres — mais j'ignorais qu'on pouvait s'en procurer en Inde.

« On commence tout juste à en disposer, a-t-il dit. Tu pourras l'utiliser en Amérique, et je recevrai la facture ici. Je ne veux pas que tu manques d'argent, ni te sentes dépendante de qui que ce soit. » Il a marqué une pause, et je me suis demandé s'il faisait allusion à Sunil, si, grâce à cette acuité de perception accordée parfois aux amants, il pressentait l'ambivalence de mes sentiments à l'égard du mari d'Anju. Mais non, c'était impossible. Je m'étais toujours gardée d'en parler.

« Je veux que tu puisses procurer à Dayita tout ce dont elle aura besoin — et, encore plus important, que tu puisses acheter ton billet quand tu te sentiras prête à revenir. » Il a mis d'autorité la carte dans ma main. « Vers moi », a-t-il ajouté.

J'ai voulu protester, mais il m'a interrompue : « Je t'en prie — fais-le pour moi, comme une gentillesse, sinon je passerai mon temps à m'inquiéter pour toi. »

J'ai donc pris la carte, tout en me promettant de ne jamais m'en servir. J'ai été dépendante d'un homme, une fois, qui s'est bouché les oreilles et m'a dit : *S'il te plaît,*

Sudha, laisse-moi tranquille. Désormais, je ne compterai que sur moi-même.

La nuit dernière, quand tous mes bagages ont été bouclés, avec l'aide des mères, Gouri Ma m'a tendu une lettre.

A l'enveloppe luxueuse, aux caractères gravés, j'ai deviné qu'il s'agissait d'un carton de mariage. « C'est arrivé il y a quelques jours », m'a-t-elle dit d'une voix réservée. Le scintillement dans ses yeux — je n'ai pu décider s'il était dû à la douleur ou à la colère. « Didi et Nalini voulaient que je la détruise sur-le-champ, mais j'ai pensé que je n'en avais pas le droit. »

Avant même de remarquer le cachet de la poste — Bardhaman — j'ai su de quoi il s'agissait. Je l'ai su par ce même instinct qui vous fait éloigner votre main d'un scorpion bien que personne ne vous ait encore prévenu de ce que vous risquez. L'annonce du mariage de Ramesh. Envoyée par ma belle-mère. Un dernier coup de ses griffes empoisonnées.

C'est fou la rancune que cette femme avait accumulée en elle !

« Ma pauvre Sudha, es-tu vraiment bouleversée ? » a demandé Pishi. Elle a tendu la main pour masser mes épaules raidies.

Je l'étais. Non parce que Ramesh se remariait. Après tout, j'avais envisagé un temps de faire la même chose. Je soupçonnais, d'ailleurs, que l'idée venait surtout de sa mère. Elle avait dû grincer autour de lui comme les meules de pierre avec lesquelles on écrase le blé : *N'oublie pas ton devoir envers la famille Sanyal, envers moi, je suis trop vieille pour diriger cette maison toute seule*, jusqu'au jour où il s'était bouché les oreilles pour ne plus entendre et avait dit : *D'accord, d'accord, fais ce que tu veux*. Mais de là à m'envoyer cette carte — j'entendais sa voix derrière les beaux caractères bouclés et dorés, qui me crachait son mépris. *Vois comme tu es facile à remplacer, vois quelle prise constitue mon fils, vois quelle énorme erreur tu as commise en le quittant*. La peau m'en cuisait, comme si j'avais reçu une claque.

J'ai inspiré à fond, puis expiré. Je ne pouvais me permettre d'ajouter le poids de vieux ressentiments à tout ce que je transportais déjà vers ma nouvelle vie. Ma mère parlait du culot de cette femme — on pouvait croire qu'elle aurait eu au moins la décence de renvoyer les bijoux de mariage de Sudha maintenant qu'elle allait disposer d'une nouvelle dot en même temps que d'une nouvelle bru, ça serait bien fait pour elle si la seconde femme de Ramesh se révélait être une chipie. Je l'ai arrêtée du geste.

« Laisse tomber, ai-je dit. Ça n'a pas d'importance. » Je ne le pensais pas vraiment, pas encore. Mais de le dire m'a procuré une sensation de bien-être, comme si après avoir passé des heures à grimper dans une cage d'escalier sombre et méphitique, je venais de recevoir une bouffée d'air nocturne. Cela m'a donné l'espoir qu'avec le temps, mes paroles se vérifieraient.

L'intérieur de l'avion est très beau, on se croirait dans un film, avec des parois recouvertes de panne marron, des accessoires rutilants et des hôtesses au sourire laqué. Ce moment, j'en rêvais depuis des semaines, mais je suis trop curieuse de voir ce que contient le paquet pour y prêter beaucoup d'attention. J'installe Dayita, lui donne une tétine, et déchire le papier d'emballage.

Je découvre un étui à bijoux en velours et un mot de la main de Gouri Ma. *Pour notre petite-fille*. Je soupire, moitié amusée, moitié fâchée par cette dépense inutile. Il s'agit probablement d'une de ces paires de bracelets de chevilles en argent que les gens offrent toujours aux bébés. Jolis mais si peu pratiques. Dès que je les mettrai à Dayita, elle commencera à les mordiller.

Mais j'ouvre l'étui, et j'en reste bouche bée. Car, sur un coussinet de soie beige pâle, repose une chaîne à laquelle pend un rubis scintillant d'une lumière rouge qui semble provenir du plus profond de la pierre. Il me faut quelques instants pour comprendre que c'est *le* rubis, celui qui a attiré le père d'Anju et le mien loin de leurs familles — l'un vers sa mort, l'autre vers le meurtre. A la vue du joyau, la première fois, j'avais été saisie d'un mauvais pressentiment, mais aujourd'hui, tel qu'il m'apparaît, adouci par sa monture en dentelle d'or, je le trouve simplement beau. Est-ce parce qu'il a prélevé sur nous son comptant de souffrances ? De la maison ancestrale des Chatterjee il ne reste que des décombres, et de ses deux filles, l'une est sans enfant, l'autre sans mari. Seule Dayita émerge des ruines, surgeon intact, fort du pouvoir de l'enfance.

Je lui passe la chaîne autour du cou sans hésitation.

« C'est ton héritage, mon bébé. Peut-être pourras-tu la débarrasser de la pellicule qui l'enveloppe, faite de chagrin, de cruauté et de concupiscence. »

Son regard accroché par le scintillement pourpre de la pierre, elle glousse de rire et tire sur la chaîne. Mais l'instant d'après quelque chose la distrait, plus éloigné et beaucoup plus fascinant — ses socquettes. Qu'elle essaie d'enlever. Il me paraît merveilleux qu'un joyau, qui a poussé des hommes à la folie et au désespoir, repose, oublié, sur la poitrine innocente de ma fille.

Or voilà que je remarque un autre paquet dans le sac de voyage. Une enveloppe, très volumineuse. Mon nom y est inscrit en lettres capitales, et à cette vue un vrombissement se déclenche dans ma tête, jusqu'à l'emplir totalement. L'écriture est la même que celle qui figurait sur l'enveloppe contenant l'argent, et que j'ai reçue la veille de mon mariage. L'écriture de mon père.

Comment a-t-il fait pour placer cette lettre à cet endroit ? A-t-il appris la sorcellerie en même temps que l'art de tuer ? Ou a-t-il corrompu quelqu'un, dans notre maisonnée ?

Mon premier réflexe est de jeter la lettre sans l'ouvrir, mais ma curiosité est trop grande. Je donne son biberon à Dayita et déchire l'enveloppe.

La lettre commence par *Ma chère fille*. A ces mots, un frisson me parcourt tout entière, une vieille colère m'étreint. *Il n'a pas le droit de m'appeler ainsi*. Mais je poursuis ma lecture.

Ma chère fille,

Quand tu liras ceci, tu seras partie, et je ne te reverrai jamais, car je ne vivrai sûrement pas jusqu'à ton retour d'Amérique — si tant est que tu reviennes. De le savoir me donne le courage de te raconter mon histoire et de te prier de me pardonner.

Une partie de ce récit, tu l'as entendue de la bouche de Pishi, encore que je ne sois pas sûr que l'homme dont elle t'a fait le portrait soit bien moi. Qui peut connaître un homme qui, comme moi, vit sous un déguisement ? Lui-même ne sait pas qui il est.

Laisse-moi commencer par la partie ignorée de tous : le jour où nous avons trouvé la grotte aux rubis. Le jour que j'ai cru, un moment, le plus heureux de ma vie, jusqu'à ce que les événements le révèlent le plus désastreux.

Déjà, nous n'étions plus que trois de notre groupe d'origine, ton oncle Bijoy, moi et l'homme dont l'arrière-grand-père avait découvert le premier la grotte. Haldar (c'est le nom qu'il nous avait indiqué), un individu grand, sec, aux yeux perçants, avait renvoyé les porteurs la veille. Nous étions très près de la grotte, et il ne voulait pas qu'ils aillent plus avant. Il n'avait pas confiance en eux, disait-il. Si je l'avais écouté plus attentivement, je me serais peut-être demandé s'il nous faisait confiance, à nous. Mais les rubis me rendaient fou, et rien d'autre ne retenait mon attention.

A l'aube ce jour-là, nous avons accosté le dinghy au bord d'une mangrove, et avons pénétré dans la forêt, enfonçant à chaque pas dans le sol marécageux, taillant à la hache les lianes qui barraient le chemin. De temps en temps Haldar consultait sa boussole et un petit carnet de notes. J'ai réussi à y jeter un coup d'œil, une fois, mais il devait être rédigé dans une sorte de code, car je n'ai rien compris. Au bout d'une heure, nous étions couverts de boue, épuisés, et à bout de nerfs, car nombre de ces lianes s'étaient révélées être des serpents laudoga, ces créatures vertes cinglantes comme un coup de fouet et dont la morsure provoque un empoisonnement si instantané qu'on n'a même pas le temps de la sentir. Il n'était pas question de nous arrêter pour nous reposer — nous devions être revenus au bateau à la tombée de la nuit, quand, disait Haldar, les tigres sortent.

Nous avons fini par marcher sur un sol ferme, et Haldar a sorti les bandeaux dont il a couvert nos yeux. Nous avons protesté, disant que cela allait nous ralentir, que nous étions déjà perdus et que nous serions bien incapables de retourner au bateau, mais il a insisté. Nous avions conclu ce marché et, si nous ne le respections pas, il était prêt à tout arrêter là. Ainsi aveuglés, nous avons avancé en trébuchant derrière lui, tenant l'extrémité d'une corde qu'il avait nouée autour de sa taille, jurant chaque fois que nous butions l'un dans l'autre ou nous prenions les pieds dans des racines. Au bout d'un moment nous avons compris, au changement dans l'air, plus frais mais humide et sentant le moisi, que nous avions pénétré dans une grotte. Le chemin se rétrécit, aboutissant à un tunnel où nous dûmes ramper à quatre pattes — nos beaux vêtements de safari n'étaient plus que loques — et soudain Haldar s'est redressé et nous l'avons entendu hoqueter. Je me suis levé moi aussi, ai arraché mon bandeau et découvert que nous nous trouvions dans une immense caverne calcaire — si grande que le sommet se perdait dans le noir. Haldar braqua sa torche sur la paroi la plus proche de nous, et nous avons vu les rubis, des blocs incrustés dont le rayonnement rouille foncée, semblable à la couleur du sang séché, se détachait sur le blanc crayeux. « Dix minutes, a murmuré Haldar. Un seul rubis chacun. » Nous nous sommes mis à la tâche en silence — nous avions le sentiment qu'il était inconvenant de parler dans un endroit si subjugant et terrorisant. Dès que Bijoy et moi eûmes détaché nos rubis, Haldar nous remit nos bandeaux. Nous revînmes par le même chemin, tombant, nous blessant, encore et encore, mais cette fois je n'ai rien senti. J'étais trop occupé à rêver aux changements que le rubis allait apporter dans ma vie. Comment, grâce à lui, j'allais enfin faire sourire ta mère.

Ce soir-là nous avons bien mangé — Haldar avait installé des nasses à poisson avant notre départ, et, avec sa prise, il nous prépara un bon curry à la moutarde — et nous avons évoqué en riant ce que nous allions faire de notre nouvelle fortune. Mais quand ton oncle et moi nous sommes retrouvés dans la cabine pour dormir — Haldar avait préféré passer la nuit à l'air libre —, Bijoy m'a dit : « Gopal, il faut que nous parlions. »

J'étais si fatigué que je pouvais à peine garder les yeux ouverts. « Ça ne peut pas attendre demain ? lui ai-je demandé. Jamais de ma vie je n'ai eu autant envie de dormir.

— Je suis fatigué moi aussi, a-t-il dit, mais non, ça ne peut pas attendre. Qui sait ce que demain nous réserve, et si nous serons encore là pour le voir. » Une certaine tonalité dans sa voix, à la fois sévère et angoissée, m'a fait frissonner. Je me suis frotté les yeux et j'ai rallumé la lampe à pétrole. Sa lueur tremblotante m'a révélé la tristesse du visage de Bijoy. Et mon sommeil s'est enfui parce que j'ai su ce qu'il avait découvert.

« Tu nous as menti, a-t-il dit. Tu n'es pas mon cousin, n'est-ce pas ? »

Ma bouche m'a semblé constituée d'amadou, sèche et inflammable, auquel un seul mot pouvait mettre le feu.

« J'avais confiance en toi », a dit Bijoy. Et ses paroles m'ont transpercé comme un couteau. Je ne m'étais pas rendu compte, pendant toutes ces années, que je l'aimais plus que je n'avais jamais aimé un autre homme. Quand il m'appelait frère, *une douceur m'envahissait tout entier. Je ne pouvais pas supporter l'idée qu'il ne m'appellerait plus jamais ainsi.*

Alors je lui ai raconté ce que je m'étais juré de ne jamais raconter à quiconque, la vérité sur moi, tout en craignant qu'elle ne l'incite à se détourner de moi avec dégoût. La honte de n'avoir été qu'un bâtard dans la maison de mon père, l'oncle de Bijoy à Khulna. Comment il avait séduit ma mère, une servante, puis l'avait renvoyée dans sa famille quand elle lui avait avoué qu'elle attendait un enfant. Mais sa famille refusa d'encourir la disgrâce que la présence d'une fille-mère chez elle ne manquerait pas de lui apporter. Si pauvres qu'aient été ces gens, ils tenaient à leur rang dans leur communauté. C'est ainsi que ma mère revint à Khulna, à moitié morte de faim et couverte des traces des coups que lui avaient infligés ses frères.

De nombreuses femmes dans son cas auraient succombé au désespoir et se seraient jetées dans un puits, mais ma mère était décidée à vivre et à me permettre de vivre. Elle soudoya le portier de la grande maison avec deux pièces d'or que le maître lui avait données, la seule chose de valeur qui lui restait, et apparut devant le maître et sa femme — elle aussi enceinte — alors qu'ils étaient à table. Elle menaça de se tuer si on ne lui redonnait pas son emploi et si des dispositions n'étaient pas prises pour l'entretien de son bébé. Mais il ne fallait pas s'imaginer qu'elle mourrait en silence et en secret. Elle s'immolerait par le feu sur la place du marché et hurlerait le nom de son séducteur jusqu'à son dernier souffle. Et si le maître réussissait à étouffer le scandale avec de l'argent, elle reviendrait en fantôme hanter sa femme. La hanter jusqu'à ce qu'elle fasse une fausse couche, et cela se répéterait à chacune de ses grossesses. Ma mère le jurait sur la tête de son enfant à naître.

Il n'est pas certain que ces menaces auraient réussi à faire fléchir le maître, qui avait la réputation d'être un homme dur, mais elles effrayèrent suffisamment sa jeune femme pour qu'elle le supplie de donner à la servante ce qu'elle demandait. Elle eut une telle crise d'hystérie que le maître finit par dire que la servante pouvait revenir — à condition de travailler désormais à l'étable, de dormir au-dessus de l'étable, et de ne jamais se montrer — ni elle ni son fils — devant lui.

C'est ainsi que ma mère arracha le droit de remettre les pieds dans une maison qui ne voulait ni d'elle ni de moi. La vie ne fut pas facile pour elle, reléguée dans l'étable. Les autres servantes la couvraient de sarcasmes, et les valets semblaient croire, maintenant que le maître l'avait mise au rebut, que le gibier leur était destiné. Afin de se protéger, elle se forgea une langue venimeuse et une réputation de sorcière — mais je savais que rien de tout cela n'était vrai. Sa férocité n'avait pour but que de me protéger moi, de s'assurer que j'étais convenablement vêtu et nourri, que j'allais à l'école et que personne ne me forçait à faire des travaux domestiques. Les enfants n'osaient jamais me traiter de bâtard quand ils la savaient dans les parages. « Tu es aussi bien que la fille du maître, à propos de qui on fait tant de bruit », me disait-elle toujours. Elle ne pouvait néanmoins me protéger de la terrible honte que je ressentais, ni du désir ravageur de revanche que je nourrissais, surtout après qu'elle mourut de fièvre, parce que aucun médecin ne voulut venir la soigner.

Peu de temps après, je me suis enfui, avant même que le maître n'ait la chance de me jeter dehors. La colère me rongeait, colère contre le monde qui m'avait trahi, privé de ce à quoi j'avais droit. Je passais mes journées à dresser des plans de vengeance — je mettrais le feu à la grande maison, ou bien j'abuserais de ma demi-sœur et la vendrais aux marchands de femmes. Heureusement pour moi (car autrement j'aurais fini ma vie en prison), il y a eu la partition. Le maître a perdu tous ses biens et a fui avec sa famille. Et bien que la fille soit revenue, à ce que j'ai entendu dire, quand les choses se sont calmées, il ne restait plus de la fortune de son père que la carcasse de la maison que j'avais à la fois haïe et convoitée.

La partition a rompu les derniers liens que j'avais à Khulna, et j'ai décidé de partir tenter ma chance. J'allais devenir un aventurier. Pourquoi pas ? La revanche que je n'avais pas réussi à assouvir sur mon père, je la prendrais sur autrui. D'une façon ou d'une autre, le monde payerait pour ce qu'il me devait. Tel était mon état d'esprit quand j'ai séduit ta mère et l'ai convaincue de m'épouser, et que je me suis introduit dans la maison de Bijoy — et dans son cœur. Sauf que je n'avais pas deviné que lui aussi s'introduirait dans le mien.

Quand j'eus fini de raconter mon histoire, Bijoy garda le silence un long moment. Puis il m'entoura de son bras. « Tu es de fait mon cousin, quoi que le monde y trouve à redire », décréta-t-il. Il n'ajouta rien, mais je compris qu'il plaignait mon enfance et me pardonnait de l'avoir trompé. Et qu'il ne serait plus jamais nécessaire de revenir sur le sujet.

Quelque chose a changé en moi quand Bijoy a passé son bras autour de mes épaules. L'énorme fardeau que je m'infligeais en feignant d'être celui que je n'étais pas a disparu, et avec lui une certaine amertume. Si Bijoy pouvait m'accepter malgré mes défauts, s'il pouvait trouver en moi quelque chose digne d'affection, peut-être le pouvais-je aussi. Ce serait cela le trésor — plus précieux qu'une centaine de rubis — avec quoi je commencerais ma nouvelle vie.

A cette pensée, la rancœur qui pendant tant d'années avait empoisonné ma vie déserta mon cœur, et je tombai dans un profond sommeil de drogué.

J'emploie le mot drogué *intentionnellement, ma fille, parce que je suis sûr maintenant que c'est ce que nous étions, grâce à Haldar. Je ne sais pas bien pourquoi il avait attendu jusque-là pour s'attaquer à nous — probablement afin de pouvoir ajouter nos rubis aux trois auxquels il avait été contraint de se limiter. Il avait dû mettre quelque chose dans le poisson à la moutarde, une herbe à effet paralysant peut-être, car tout en m'interrogeant sur les bruits que j'entendais malgré ma stupeur — pétarade du moteur qu'on lance, clapotement des vagues augmentant au fur et à mesure que la vedette avançait vers le milieu de la rivière, bruit mat d'un objet qui tombe suivi d'un jaillissement d'eau — j'étais incapable d'ouvrir les yeux. Même quand j'ai senti ses mains sur moi, qui cherchaient la pochette accrochée à ma ceinture et renfermant le rubis, je n'ai pas pu bouger. Ce n'est que lorsqu'il m'a balancé par-dessus bord que la panique a gagné mes muscles figés. Le courant qui m'entraînait était fort, et déjà disparaissait de ma vue la silhouette dansante de l'embarcation. Dans la rivière couleur d'encre j'ai tenté frénétiquement de trouver Bijoy. J'espérais que l'eau l'avait ranimé lui aussi — j'ignorais qu'il ne savait pas nager.*

Finalement je me suis rendu compte que si je

voulais retourner à l'embarcation, il fallait que j'arrête de chercher et me remette à nager. Déjà des crampes saisissaient mes muscles fatigués. J'ai mis longtemps à atteindre le bateau. Heureusement, Haldar était si convaincu de l'efficacité de sa drogue qu'il ne s'était pas donné la peine de reprendre la navigation — s'il l'avait fait, je ne m'en serais sûrement pas sorti. Mais heureusement *n'est peut-être pas le mot qui convient. Peut-être aurait-il mieux valu que je me noie cette nuit-là, comme mon frère.*

J'ai grimpé dans l'embarcation aussi silencieusement que possible. Haldar était accroupi à côté d'une lanterne — se repaissant du spectacle des rubis, sans aucun doute. Je lui suis tombé dessus avant qu'il n'ait eu le temps de lever les yeux. Je l'ai serré à la gorge, mais il était fort et m'a aplati sur le pont. Puis il m'a lancé la lanterne en pleine figure. J'ai entendu le grésillement de ma chair quand le verre s'est cassé. La douleur a explosé dans mon front, pire que ce que j'avais jamais ressenti. C'est alors que ma main a trouvé le grappin. Je l'ai projeté en direction de Haldar avec toute la rage accumulée pendant ma misérable vie, et je l'ai entendu hurler quand le crochet l'a frappé et entraîné par-dessus bord.

Je m'arrête de lire. Mes poumons sont devenus de pierre — je ne peux pas respirer. Le feu, le visage brûlé. Non, c'est impossible. Mais je dois poursuivre ma lecture.

Je n'avais pas le temps de penser à ce que je venais de faire — non que je l'aie regretté si cela avait été le cas. En se brisant, la lanterne avait mis le feu au pont. J'ai essayé de l'éteindre, mais il avait déjà trop gagné. Le dinghy était ma seule chance. Tandis que je m'éloignais, j'ai entendu la vedette exploser. J'ai manœuvré le dinghy vers l'endroit où je pensais que Bijoy était tombé. J'avançais à une lenteur exaspérante — je n'avais pas l'habitude de ramer, et le courant était puissant. J'ai cherché et cherché, tournant et retournant sur l'eau noire, agitant la lanterne, criant son nom, luttant contre la douleur qui me taraudait le visage. Mais je n'ai aperçu aucune trace de corps, vivant ou mort. Finalement, quand le soleil s'est levé et que j'ai vu à quelle vitesse le courant tourbillonnait autour de la proue du dinghy, j'ai abandonné. J'ai ramé jusqu'au rivage, où je suis tombé évanoui. Je n'avais ni argent ni papiers — Haldar me les avait pris, comme il avait dû prendre ceux de Bijoy. Quant aux rubis, ils ont dû disparaître, quand le bateau a explosé, au fond de la rivière.

J'ai repris conscience dans un village — où m'avaient transporté les adibasis qui m'avaient trouvé. Leur ojha a fait ce qu'il a pu pour moi avec des racines et des herbes. Cela soulageait la douleur, mais quand je me suis regardé dans un miroir et que j'ai vu les ravines et les croûtes, la roseur croustillante et répugnante, cette monstruosité qu'était devenu mon visage, j'ai tremblé et jeté le miroir, de toutes mes forces.

*J'aurais dû m'adresser à la police, mais j'étais dans une trop grande détresse pour être capable de penser correctement. J'avais tué un homme, et si la police m'accusait du meurtre de Bijoy également, comment pourrais-je prouver mon innocence ? En un sens, j'*étais *coupable de sa mort — n'était-ce pas moi qui lui avais montré le rubis et l'avais entraîné dans cette maudite aventure ? Je ne pouvais supporter l'idée de retourner dans la maison de Bijoy, les mains vides, d'une laideur dépassant l'imagination, porteur des pires nouvelles, et d'affronter ma condamnation dans le regard des trois veuves.*

Je me suis donc fait passer pour un réfugié —

ce qui n'était pas très éloigné de la réalité — et ai rejoint Calcutta en mendiant dans les trains. J'ai dormi sur le quai, à la gare de Sialdah, me demandant avec angoisse comment approcher les veuves, et pour leur dire quoi. C'est alors que j'ai vu la notice nécrologique dans les journaux — pour Bijoy et pour moi.

L'annonce m'a donné l'étrange sensation — presque effrayante — d'avoir cessé d'exister. Mais elle m'a aussi procuré un certain soulagement. N'étant plus ni père, ni mari, ni cousin, je pouvais de nouveau inventer celui que je voulais être.

Et dans ma couardise, je me suis dit que quelqu'un avait pris la décision pour moi. Ce serait moins douloureux pour les femmes de croire que nous étions morts tous les deux. Ma vue n'aurait pu que leur rappeler Bijoy et leur faire regretter que je n'aie pas disparu à sa place. J'ai donc trouvé du travail dans un garage de réparations mécaniques, me suis laissé pousser la barbe, ai porté un turban, pris un faux nom et appris à conduire. C'était bien payé, et le travail suffisamment fatigant pour que je n'aie pas de mal à dormir. J'eus bientôt épargné assez d'argent pour être à même d'ouvrir une affaire dans une autre ville, où j'oublierais mon passé une fois pour toutes. Je l'ai fait — plusieurs fois — mais chaque fois une nervosité incompréhensible m'obligeait à retourner à Calcutta.

Puis, un jour, j'ai entendu dire que les dames Chatterjee avaient besoin d'un chauffeur, et je me suis retrouvé devant le vieux portail qui s'était refermé derrière moi cinq ans auparavant, proposant de travailler pour le salaire qu'on serait en mesure de me donner. C'est ainsi que je suis devenu Singhji.

Singhji, dis-je tout bas. *Singhji*. Le mot, dont je ne

peux déchiffrer le sens, semble provenir d'une langue oubliée. Mais la lettre continue.

Au début je me suis tenu à distance des mères, parlant le moins possible, craignant qu'on ne me découvre. Mais je me suis vite rendu compte que cette crainte n'avait pas de raison d'être. Les gens reconnaissent rarement ce à quoi ils ne s'attendent pas, même lorsque ça leur crève les yeux. Et, sous bien des aspects, je n'avais plus rien à voir avec Gopal. Le feu avait consumé ma frivolité la nuit du drame, ainsi que ma vanité et mon besoin de jouer les importants. Il ne me restait que des regrets, et de devoir admettre que pour avoir fait le mauvais choix, j'avais perdu ma famille à tout jamais. La seule façon que j'avais de vivre avec elle désormais était de devenir son domestique.

Pendant toutes ces années je vous ai observées, toi et ta mère, les personnes que j'aimais le plus dans la maison. L'amertume et l'âpreté de ta mère m'angoissaient, d'autant que je connaissais le rôle que j'avais joué dans la transformation de l'adorable jeune femme qui avait capturé mon cœur au bord de la rivière. Te voir grandir et devenir une belle jeune fille me remplissait d'une joie exquise — et de chagrin également, car je demeurerais toujours un étranger pour toi, incapable de te protéger des rêves brisés de ta mère. J'ai essayé de te diriger vers le bonheur. Je t'ai admirée, et me suis désolé, quand tu as choisi de te sacrifier afin qu'Anju puisse épouser l'homme qu'elle aimait. Finalement, avant ton mariage, j'ai réuni toutes les économies que j'avais faites depuis ta naissance en vue de cette occasion et te les ai expédiées.

Mais ta réaction, le bouleversement que tu as montré en ouvrant le paquet m'ont enseigné que seuls les bons reçoivent la permission de donner.

Quelle ne fut pas ma douleur de devoir conduire Pishi à Kalighat et de la voir distribuer tout l'argent aux mendiants, jusqu'à la moindre paisa. A ce moment-là j'ai compris que, ayant abandonné mon identité, j'étais devenu semblable au spectateur d'un film qui pleure sur les personnages défilant sur l'écran mais ne peut rien pour eux. A moins que je ne fusse moi-même un personnage, piégé par le conte que j'avais inventé ?

En revenant de Kalighat, j'ai rassemblé tout mon courage pour demander à ta Pishi, le plus naturellement possible, ce qu'était cet argent qu'elle avait ainsi distribué. Elle m'a dit qu'il s'agissait de gains mal acquis, appartenant à un meurtrier dont l'avidité avait détruit la famille Chatterjee. J'ai deviné alors l'histoire que, à partir de demi-vérités, elle avait dû élaborer à ton intention, et fus bouleversé en pensant à la haine que tu devais éprouver à mon égard. Ce jour-là je me suis promis que, lorsque le temps serait venu, je te raconterais tout, te libérant ainsi de la culpabilité et de la haine qui t'encombraient depuis tant d'années.

Alors, Sudha, voici mon cadeau, le seul qu'il me soit permis de te faire : tu n'es pas la fille d'un meurtrier — pas au sens où tu l'as cru pendant tout ce temps.

L'unique chose que je te demande, c'est de ne pas révéler aux mères qui je suis. Il est trop tard pour qu'aucun de nous puisse en tirer un bienfait, et ça me priverait du seul réconfort dont je dispose : pouvoir les aider au crépuscule de nos vies. En toute vérité, Gopal est mort il y a très longtemps, en cette nuit de feu et d'eau, et je suis Singhji.

Je souhaite à ma petite-fille toute la chance que je n'ai pas su saisir. Je suis reconnaissant d'avoir bénéficié de ces quelques mois pour la tenir dans mes bras. J'espère que, quand elle sera en âge de comprendre, tu lui raconteras l'histoire de son grand-père afin qu'elle ne répète pas ses erreurs. J'espère qu'elle pourra l'aimer un peu.

Je me mords le dos de la main, sans souci de la douleur. Je suis déchirée entre chagrin, soulagement et incrédulité. Singhji — mon père ? Il m'est impossible d'imaginer, ne serait-ce qu'un tout petit peu, ce qu'il a dû éprouver jour après jour, saluant, mains jointes, les mères et même nous les filles, obéissant aux ordres, le seigneur des contes de fées déguisé en serviteur. Sauf que, dans son cas, ce déguisement lui collera à jamais à la peau. Ce sont des yeux que je revois en pensant à mon père : des yeux au fond de leurs orbites meurtries, qui m'observent dans le rétroviseur, des yeux nobles, pleins de chagrin, mystérieux à raison même de l'amour qu'il ne pourra pas exprimer, ni moi comprendre. S'il y a une chose que son histoire m'a enseignée, c'est que, une fois fondues les scories du cœur humain, il ne reste que de l'or.

Dayita, soudain, se met à pleurer, et c'est avec reconnaissance que je m'occupe d'elle. Je me réfugie dans ces actes simples qui me permettent de repousser la lettre et ses incidences dans ce recoin sombre où j'ai rangé toutes les expériences de ma vie que je n'osais pas examiner sérieusement. J'ai peur qu'elles ne me dévorent et ne m'entraînent dans l'inconnaissable, comme la fille de l'histoire qu'on m'a racontée un jour, qui ouvre une porte interdite et se trouve devant le char flamboyant du Dieu Soleil.

Mais voilà qu'une pensée stupéfiante surgit en moi comme le soleil après une nuit d'orage : si mon père n'a pas tué celui d'Anju, alors je peux me débarrasser de cette culpabilité qui m'encombre depuis si longtemps que j'ai oublié qu'elle n'a pas toujours fait partie de moi. Je n'ai plus besoin de rembourser de ma vie celle que son père a perdue. J'examine l'idée, avec précaution, avec la délicatesse que l'on met à tâter une croûte qui vient de se former afin de déceler l'éventuelle douleur qu'elle recouvre. Et voici ce que je découvre : mes sentiments envers Anju n'ont pas changé. Ils seraient même plus purs, plus intenses parce que non dictés par la nécessité. Je l'aime parce que je l'aime.

J'ai fini de changer Dayita, lui ai fait faire son rot, je la berce, mais elle décide que l'avion ne lui plaît plus. Bras et jambes aussi rigides que possible — c'est un tour qu'elle vient d'apprendre, et très efficace —, elle entreprend de hurler jusqu'à en devenir cramoisie et au point que les passagers se tordent le cou pour voir ce que j'inflige à cette pauvre enfant. Je lui offre le sein, mais elle refuse de me tenir quitte si facilement. Finalement, en désespoir de cause, je commence à lui chuchoter une histoire. Stupeur ! elle s'apaise — elle pleure encore, mais ce sont de doux sanglots. Et c'est ainsi que, suspendues dans le ciel entre notre ancienne vie et la nouvelle, la vie que nous ne pouvons encore imaginer et celle que nous avons déjà commencé d'oublier, je lui raconte une histoire pour lui donner un cœur solide, sur lequel greffer son existence. Car je crois que c'est ce dont les femmes ont le plus besoin au monde. Je lui raconte — une fois de plus — l'histoire de la reine des épées. Mais j'y apporte des changements, et ce n'est plus l'histoire que j'ai racontée à Anju.

Je lui dis que, de naissance, la reine des épées était une jeune fille ordinaire. Puis j'évoque le mariage et la grossesse, et les gardes du palais qui ont essayé de tuer le bébé dans le ventre de sa mère. Et comment la petite fille encore à naître a donné à sa mère le courage de s'enfuir, lui a donné les épées enflammées faites de lumière si bien que personne n'a osé l'empêcher de partir.

Je lui raconte le désespoir de la reine, après la naissance du bébé, quand elle ne trouvait refuge nulle part. Et comment elle et sa fille ont erré dans de nombreux pays jusqu'au jour où elles se sont retrouvées au bord de l'océan, sans plus d'échappatoire.

« Alors, dis-je, elle a entendu une voix qui chuchotait : “Mère, ne pleure pas.” Elle a cherché et découvert qu'il s'agissait de sa fille, qui prononçait ses premiers mots. L'enfant s'est agenouillée et a touché les épées, qui ne formèrent plus qu'une et se transformèrent en un oiseau d'argent. Ses yeux étaient des rubis, et ses ailes chatoyaient comme des arcs-en-ciel jumeaux. La reine et sa fille grimpèrent sur son dos, et l'oiseau les emporta vers une nouvelle vie dans un nouveau pays. *Nous serons éternellement heureuses*, voulait murmurer la reine à sa fille, mais elle savait que ce n'était pas vrai. La vie ne se déroule jamais ainsi. C'est pourquoi elle se contenta de serrer sa fille dans ses bras, cœur contre cœur, et durant le voyage chaque cœur accaparerait la force de l'autre, si bien que lorsqu'elles arriveraient à destination, elles seraient prêtes. »

Dayita dort quand j'ai fini, détendue et confiante. La façon dont sa tête épouse parfaitement le creux de mon bras m'émerveille. Je suis prise d'une crampe mais ne lâche pas prise. Je continue à la tenir longtemps ainsi, l'écoutant respirer. Lumières principales éteintes, la cabine de l'avion est plongée dans la pénombre, et, sur la poitrine de ma fille, le rubis s'élève et s'abaisse, œil d'oiseau qui scintille faiblement.

XLII

Anju

Je me suis toujours considérée comme quelqu'un d'impatient. C'est une des choses que me reprochait Pishi quand j'étais enfant. Maintenant je me rends compte que je n'ai jamais connu la véritable impatience. Même les premiers jours de joie fabuleuse qui ont suivi ma rencontre avec Sunil n'étaient rien comparés à ceux que je viens de traverser cette semaine. Je ne tiens pas en place. Manger ne m'intéresse pas. Mais pour la première fois de ma vie, je me suis mise à cuisiner comme une folle, jusqu'à ce que le réfrigérateur déborde des plats qui, dans mon souvenir, étaient les préférés de Sudha. Ce qui est absurde car elle cuisine dix fois mieux que moi. J'ai aussi choisi quelques plats américains — spaghetti en sauce, tarte aux pommes, salade de pommes de terre — mon répertoire est limité. Ce sera un bon moyen d'expliquer à Sudha la vie dans ce pays.

En m'entendant raconter cela, Sunil s'est fâché. « Pour l'amour du ciel, s'est-il exclamé, tu n'es pas son professeur — ou sa gouvernante. Elle apprendra par elle-même. »

J'aurais mieux fait de me taire — le sujet de Sudha le rend de plus en plus nerveux et irritable. Et depuis que j'ai découvert le mouchoir, je suis gênée moi aussi, si bien que tout ce que je dis paraît guindé ou d'un enthousiasme trop forcé. Cependant, j'éprouve de temps en temps le *besoin* de parler d'elle, quand le désir de l'avoir près de moi me traverse comme les éclairs brûlants qui me frappaient dans les nuits qui ont suivi la mort de Prem.

(N'empêche, je peux en parler à présent, sans avoir la

sensation de m'enfoncer dans des sables mouvants, ma bouche s'emplissant de mica et de grès.)

L'autre chose que je me vois douloureusement forcée d'admettre, c'est ma couardise envers les sujets qui m'importent le plus. Je n'ai pas pu dire à Sudha de ne pas venir après l'avoir suppliée de le faire, mais à présent j'ai peur de ce que sa présence chez moi va dévoiler. Pas plus que je n'ai eu le courage de demander à mon mari si ce mouchoir, plié si soigneusement dans le coffret du Cachemire, est le résidu d'un coup de passion oublié, ou la preuve d'une obsession qui continue.

Ces pensées tournent et retournent dans ma tête comme les bœufs, dans nos villages, qui font tourner la roue à eau. Je pourrais devenir folle, heureusement je n'en aurai pas le temps. L'avion arrive ce matin, dans une heure et demie — miraculeusement à l'heure malgré les fortes pluies qui s'abattent sur nous depuis l'aube. Nous devons partir dans vingt minutes, hurle Sunil depuis l'autre pièce. Je sors du four un plateau de biscuits au chocolat — bien gonflés, juste un poil trop cuits. Je jette un dernier coup d'œil à la chambre de Sudha. Les monstrueux yeux noirs du Mickey qui se balance au-dessus du petit lit restent braqués sur moi jusqu'à ce que je referme la porte.

« Es-tu prête ? crie Sunil.

— Oui. » Un instant, en me voyant avec mon jean et ma chemise trop large, je me demande si je ne devrais pas m'habiller un peu mieux pour Sudha, mais j'y renonce. Non, jamais des trucs si stupides n'ont compté entre elle et moi. D'ailleurs que mettrais-je ? Je flotte dans la plupart de mes vêtements. J'ai toujours du mal à manger. Je sais que c'est ma faute, que je devrais me forcer, mais tout me semble dégager une faible odeur d'antiseptique. Peut-être quand Sudha sera là...

C'est par ces mots que se terminent nombre de mes phrases ces temps-ci. *Quand Sudha sera là. Tout ira mieux quand Sudha sera là.*

A l'aéroport, Sunil se fraye un chemin à travers la

foule agglutinée à l'extérieur de la zone sous douane — pour la plupart des Indiens comme nous, qui attendent des membres de leur famille. Je le suis, à quelques pas derrière. Aucune trace de passager.

« Qu'est-ce qui ne va pas ? demande Sunil à l'homme rondouillard et moustachu qui se tient à ses côtés. Ça ne peut pas être dû à un retard de l'avion — nous avons vérifié avant de venir.

— J'ai entendu dire que les gens de l'immigration sont très pointilleux ces temps-ci, ils posent des tas de questions, répond le moustachu. Ils ont même refoulé quelqu'un la semaine dernière, une histoire de visa frauduleux. C'est l'amie de ma belle-mère qui nous a raconté ça — elle était dans le même vol. Il fallait voir, nous a-t-elle dit, comme la pauvre jeune femme pleurait et sanglotait quand les autorités l'ont emmenée. Apparemment son mari vit déjà ici, mais elle avait menti afin d'obtenir rapidement un visa de tourisme. » De pitié, il claque la langue. « C'est fou ce que les gens sont prêts à faire pour essayer de contourner les règlements. »

A l'écouter, j'ai la bouche sèche, j'ai envie de vomir. Que se passera-t-il si les autorités soupçonnent que moi aussi je projette de faire rester Sudha aux Etats-Unis ? Est-ce qu'elles... ? Oh, je mourrais si je devais rentrer à la maison sans ma cousine.

La foule se presse contre moi, répandant des odeurs d'hôpital. De l'autre côté des parois de verre de l'aéroport, le ciel s'est coagulé en gris acier. Je suffoque. J'ai besoin d'être seule. Je capte le regard de Sunil et lui fais comprendre que je vais aux toilettes, puis je me fraye un chemin à travers la muraille de corps. Dans les toilettes, j'inspire à grands coups et m'asperge d'eau le visage. Quand le tremblement de mes mains s'apaise un peu, je retourne d'où je viens.

Les portiques ont commencé à laisser filtrer les premiers passagers, et la foule se porte en avant, hurlant et faisant de grands gestes. Je réussis à me glisser juste derrière Sunil. Il ne s'en est pas encore aperçu, et je m'apprête à poser ma main sur son bras quand je vois Sudha.

Elle est si belle, malgré l'épuisement du voyage, dans son sari de soie qui moule son corps mince, avec ses cheveux, échappés de la natte, qui bouclent autour du visage. Même les cernes sous ses yeux fragiles ajoutent à son charme. Elle porte un paquet et pousse un chariot sur lequel s'entassent deux énormes valises qu'elle serait bien incapable de soulever. L'air perdu, elle tourne la tête de tous côtés, essayant de nous repérer. Je veux l'appeler, courir vers elle et l'attirer contre mon cœur, mais j'ai la gorge nouée par trop d'émotions — amour, gratitude, et ce vieux désir de protection. A présent elle aperçoit Sunil — le soulagement se peint sur son visage et elle s'arrête pour lui faire de grands signes. Sunil lui répond de même.

« Votre femme ? » interroge le moustachu.

Je m'attends à ce que Sunil lui explique qui elle est, mais il se tait. Son silence est un bloc de glace où je suis comme prise au piège. Figée sur place, je vois un léger sourire flotter sur ses lèvres.

« Veinard ! dit l'homme, en lui donnant une tape dans le dos. Oh, voilà la mienne. Je ferais mieux d'y aller. » Il se précipite en direction d'une femme à lunettes, aussi rondouillarde que lui, traînant trois fillettes rondouillardes en robes roses identiques.

Quelqu'un me bouscule, me sortant de mon état de transe. Je recule de quelques pas vers la paroi de verre — je ne voudrais pas que Sunil découvre que j'ai été témoin de son bref et silencieux mensonge. Je suis rouge de honte, ce qui me rend furieuse, car je n'ai aucune raison, *moi*, d'avoir honte. Mais « furieuse » n'est pas assez fort pour caractériser l'état où je me trouve, et qui me matraque le corps.

Et puis Sudha est là, qui m'embrasse, son bras libre enserrant si étroitement mon cou qu'il me fait mal. Une douleur que j'accueille avec gratitude. « Anju, Anju, Anju », répète-t-elle dans mes cheveux. Chaque syllabe tombe sur mon cœur avec l'effet d'un baume magique. Pressé contre ma poitrine, le paquet n'apprécie absolument pas, à en juger par ses soubresauts et ses miaulements.

Je tiens Sudha, mon visage contre le sien, et ne veux plus jamais la laisser s'écarter. L'espace d'un instant, je souhaite, en toute irrationalité, que les limites de nos corps se désagrègent, que notre peau, nos os et notre sang se mélangent et ne fassent plus qu'un.

Ecrabouillé entre nous, le paquet pousse un long cri de protestation. Je le regarde et vois une figure toute plissée en train de se couvrir de marbrures.

« Eh, prends-la une minute, veux-tu ? » dit Sudha.

Le sang déboule dans mes oreilles, une puissante vague rouge. Je secoue la tête et entreprends de m'écarter. Je dois trouver les mots — les mots pour expliquer à Sudha que c'est impossible.

« J'ai vraiment besoin que tu le fasses, dit Sudha en se frottant le dos, le visage grimaçant. Au bout de quatorze heures d'avion avec elle, j'ai mon compte. »

Non. J'essaie de le lui dire. Ce serait déloyal envers le mort. Mais elle m'a déjà refilé le paquet dans les bras. Je suis surprise qu'une si petite créature puisse peser si lourd. Sa solidité dément sa frêle apparence. Avec quel naturel la tête se niche dans le creux de mon épaule. Je m'étais promis de ne jamais tenir un bébé dans ces bras qui appartenaient à Prem, mais cela — cela semble si *juste*. Aussi juste que la présence du rubis — oui, je l'ai reconnu immédiatement — autour de son cou. Même cette façon qu'elle a de cogner son visage contre ma poitrine — elle a faim maintenant — me procure plus de douceur que d'amertume. L'amour déferle en moi, un flot incontrôlable, comme le lait dont on nourrit son bébé.

Quelque part sur le côté, Sudha salue Sunil, lui dit qu'elle est désolée, qu'elle n'avait pas l'intention de l'ignorer, mais c'est que, simplement, elle ne m'avait pas vue depuis si longtemps. Il répond sur un ton cérémonieux que, bien entendu, il comprend. Mes oreilles toutefois enregistrent à peine leur échange. Je suis absorbée par la transformation de mon corps, qui se décrispe, se reforme molécule par molécule, se déploie autour de ma nièce comme des pétales autour du cœur de la fleur. Des picotements sur mon front me donnent l'impression qu'on est en train d'y graver un nouveau sort. Qui aurait cru, étant donné les barricades que j'ai élevées en moi contre Dayita, qu'en moins d'une minute elle se serait emparée de tout mon être ?

« Les bébés déjouent toutes les explications, n'est-ce pas ? » me chuchote Sudha. Elle a de nouveau passé son bras autour de moi, sa voix est lourde de larmes contenues. Je veux lui dire de ne pas être triste — parce que je ne le suis pas. Et Prem, dont je sens la présence, toute proche, pour la première fois depuis ma fausse couche, qui effleure mon visage, aussi impalpable qu'une aile de libellule — Prem n'est pas triste lui non plus. Je veux parler à Sudha de ce rayonnement dont j'ai perçu l'essence fugitive dans le battement du pouls, sur la gorge de sa fille. Mais il me faudrait du temps pour trouver les mots qui conviennent.

Je me contente d'enlacer Sudha, tout en gardant Dayita. Sudha glisse son bras sous le mien, si bien que nous portons toutes les deux l'enfant. A supposer qu'un spectateur ait des yeux capables de remarquer ce genre de choses, il verrait que nous formons un tableau, deux femmes, leurs bras entrelacés comme des tiges de lotus, souriant au bébé posé entre elles deux. Deux femmes qui ont traversé la vallée des larmes, et le bébé qui les sauvera, qui les a déjà sauvées. Des madones à l'enfant.

Quelque part, Sunil tambourine sur le bord du chariot à bagages, dit que, vraiment, nous devrions partir, mais nous ne l'écoutons pas, pas tout de suite. Les ennuis viendront bien assez tôt — avec l'intuition d'un animal je les sens fourmiller sur ma nuque. Je m'en occuperai quand ils arriveront. Pour le moment, nous restons là, toutes les trois, savourant la façon dont nous nous ajustons, peau contre peau contre peau, dans la vie les unes des autres. Un soleil trempé de pluie émerge des nuages pour nous enfermer dans sa lumière incertaine et glorieuse.

Composé par Nord Compo à Villeneuve-d'Ascq

Impression réalisée sur Presse Offset par

BRODARD & TAUPIN

GROUPE CPI

La Flèche (Sarthe), 21636
N° d'édition : 3549
Dépôt légal : janvier 2004